흐르는 강물처럼

KB117535

흐르는 강물처럼

GO AS A RIVER

셸리 리드 장편소설 | 김보람 옮김

다산
책방

『흐르는 강물처럼』에 쏟아진 찬사들

셸리 리드의 서정적인 목소리에는 자연의 힘이 담겨 있다. 콜로라도에서 험난한 삶을 살아가는 여성에게 그 목소리를 빌려줌으로써 비극적이면서 희망적인, 그리고 결코 잊을 수 없는 결과가 나왔다.

_보니 가머스, 『레슨 인 케미스트리』 저자

시대에 좌절한 젊은 여성, 사랑하기 위해서 용서할 방법을 찾아야만 하는 상처투성이 여성을 주제로 한 멋진 이야기다. 빅토리아 내시는 그야말로 상실과 절망을 헤치고 빛을 향해 나아가는 캐릭터다. 아메리칸 드림의 영혼이 담겨 있는 놀라운 데뷔작.

_애드리아나 트리자니, 『베리 밸런타인Very valentine』 저자

풍부하고, 아름답고, 강하다. 읽는 내내 감동적인 여정에 푹 빠져들었다.

_클로버 스트라우드, 『더 와일드 아더The Wild Other』 저자

가슴 아리도록 아름다운 데뷔작. 어린 사랑의 호기심과 부드러움, 상실이 주는 영원한 고통, 인간의 파괴에도 불구하고 꾸준히 유지되는

자연의 힘, 모성이 이루어낸 기적까지. 지혜와 연민으로 가득 찬 주인공의 삶에 대한 강렬한 간증을 우리는 소중히 여기고 공유해야 한다.

_메그 웨이트 클레이턴, 『파리의 우체국장The Postmistress of Paris』 저자

토리는 아주 설득력 있고 사랑스러운 캐릭터다. 상실과 절망에 부딪힌 토리, 사랑을 좇아서 한 선택이지만 자신에게는 비극이 될 결정을 내릴 수밖에 없는 토리. 손에서 내려놓을 수 없는 매혹적인 소설이며, 책장을 덮은 뒤에도 오랫동안 기억에 남을 것이다.

_《아이리시 이그재미너》

콜로라도 고지대의 숲과 강을 배경으로 한, 사랑과 힘과 성장에 관한 놀라운 소설. 『흐르는 강물처럼』은 문학적 승리다.

_《덴버 포스트》

대자연, 금지된 사랑, 강렬한 주인공에 대한 아름다운 묘사까지. 모든 독자의 마음을 두드릴 모든 요소를 지니고 있다.

_《리얼 심플》

생생하고 감동적이며 매력적이다. 자연의 아름다움을 풍부하게 묘사함으로써 어려운 상황에서도 성장하는 인간의 가능성을 알려준다. 또한 인간의 내면에 강인한 힘이 흐르고 있다는 사실을 일깨우며, 자연이 어떻게 계속 나아갈 힘을 주는지를 생생하게 보여준다.

_《디 아이페이퍼》

남성들의 세계에서 여성이 되어가는 한 소녀의 가슴 아프지만 희망적인 이야기. 빅토리아 내시는 그녀가 피난처로 삼은 콜로라도 산맥만큼이나 강인하고 회복 탄력성이 강한 동시에 집안 대대로 내려온 복숭아만큼이나 섬세하다. 빛을 향해 나아가는 빅토리아의 이야기는 틀림없이 수많은 북클럽의 사랑을 받을 것이다.

_**티파니 퀘이 타이슨**, 『**과거는 존재하지 않는다**The Past Is Never』 저자

마음을 완전히 사로잡는 소설. 아주 생생하고 빛나는 이야기.

_**제인 그린**, 『**시스터 스타더스트**Sister Stardust』 저자

사랑은 토리의 인생 궤적을 영원히 바꾸어버리는 '작은 운명의 반전'이다. 섬세하고 정밀한 묘사를 통해 콜로라도의 거친 야생부터 근심에 찬 인물들의 마음속 풍경까지 어느 것 하나 놓치지 않고 생생하게 전달한다. 상서로운 데뷔다.

_《**커커스 리뷰**》

서정적이고 아름다운 이야기다. 시대적 진정성과 놀라운 이미지, 능숙한 은유로 캐릭터와 배경을 묘사한다.

_《**북리스트**》

여성의 회복탄력성을 다루는 원대하고 온정 넘치는 이야기가 나무, 산, 빛을 포함한 숨 막힐 듯한 자연 세계를 배경으로 펼쳐진다.

_《**인디펜던트UK**》

『흐르는 강물처럼』은 자연과의 친교 그 자체이며, 다른 모든 관계가 깨지고 상실될 때 자연과의 관계가 얼마나 중요해지는지 보여준다. 풍경은 인물의 내면을 섬세하게 따라가고, 시련 속에서도 성장할 수 있다는 가능성과 우리 안의 힘, 그리고 자연이 어떻게 그 힘을 부여해 주는지를 그려냈다.

_《아이뉴스》

거의 모든 문단에서 멈춰 매혹적인 단어와 그 안에 담긴 반짝이는 통찰을 음미해야 할 만큼 아름답다. 그러면서도 이야기의 매 단계가 현실적이며 공감 가는 보기 드문 소설이다. 빅토리아는 이방인들에게 귀 기울이고 삶을 흐름에 맡기며, 최선을 다해 위험한 소용돌이를 탐색한 뒤 결국 항해하기 좋은 곳에 도착한다.

_《리터러리 허브》

『흐르는 강물처럼』은 우리를 여행의 길로 안내하는 강력한 힘을 지니고 있다. 빅토리아의 선택들은 대부분 가슴 아픈 결정이며 그녀는 어떤 소녀보다도 빨리 철들어 간다. 자연에 대한 모든 묘사가 생생해, 아무리 많아도 질리지 않는다. 독자들은 빅토리아와 연결되어, 그녀의 결정이 옳든 그르든 이해하게 될 것이다.

_《글램 아델레이드》

나의 부모님이자 등대가 되어주신
리처드와 캐스린에게

내게 언제나 영감을 주는
에이버리와 오언에게

내 영원한 사랑,
에릭에게

어느 순간 숲에, 바다에, 산에, 그리고 세상에 외친다.
나는 이제 준비가 되었다고.

– 애니 딜러드

프롤로그

저수지 아래 시커먼 밑바닥에는 무엇이 있을까? 나룻배에서 떨어져 나와 보풀처럼 가슬가슬하게 일어난 나뭇조각들. 낚싯바늘이 닿지 않는 깊은 물속에서 미지의 삶을 유영하는 '삐쭉이 물고기'*. 보는 눈 하나 없는 곳에서 낭창낭창 유연하게 춤추는 여자들처럼 흔들리는 물풀. 낮게 일렁이는 물결에 신발이 젖도록 저수지에 가까이 다가가보자. 거기 서서, 달처럼 고요하고 낯선 세계에, 빛도 열도 소리도 닿지 않는 낯선 세계에 우리가 얼마나 가까이 맞닿아 있는지 상상해 보자.

우리 집은 저수지 밑바닥에 있다. 농장도 마찬가지다. 온통 진흙으로 뒤덮여 무엇이 나룻배의 잔해이고 무엇이 농장의 잔해인지 더 이상 분간할 수 없는 상태로 물 밑에 있다. 일요일이면 온 가족이 함께 둘러앉아 시간을 보냈던 응접실을, 한때 내 침실이었던 공간을 이제는 날렵한 송어가 휘젓고 다닌다. 외양간과 구유는 썩

---

* Pouty fish. 『뽀뽀 물고기』라는 어린이 그림책에 등장하는 입이 삐쭉 나온 물고기.

어간다. 엉킨 철조망은 녹슬어 간다. 한때 비옥했던 땅은 무위에 잠겨 있다.

블루 메사 저수지 건립을 두고 역사책에서는 아마 콜로라도강의 지류를 끌어다 건조한 남서부로 물을 흘려보내기 위해 과감하게 실행한 대형 프로젝트라고 설명하고 있을 것이다. 세차게 흐르던 거니슨강의 물길을 막아 호수로 만든 건 모두 선한 의도에서 비롯된 것이라고 하겠지만, 내가 아는 이야기에는 조금도 선한 구석이 없다.

내가 태어난 골짜기와 골짜기 너머에 광활하게 우뚝 솟은 빅 블루 야생지를 거니슨강이 거품이 일도록 힘차게 흐르던 시절이 있었다. 그때는 강물에 무릎이 잠길 만큼 들어가서 한참을 서 있곤 했다. 매일 아침 밥 짓는 냄새를 맡으며, 분주한 농장과 목장에서 풍겨오는 냄새를 맡으며, 잠에서 깨어나던 시절의 아이올라를 기억한다. 메인 스트리트 동녘에서 떠오른 태양빛이 가장 먼저 윗동네를 가로지르고 기찻길과 학교 운동장을 지나 아담한 교회의 벽에 하나뿐인 둥근 스테인드글라스 창문을 때리던 풍경을 기억한다. 그 시절 나는 9시 22분, 2시 5분, 5시 47분이면 어김없이 울리던 기차의 공허한 경적 소리로 시간을 가늠했다. 아이올라에는 내가 모르는 지름길이 없었고 내가 모르는 사람도 없었다. 우리 과수원에서 가장 오래된 나무, 옹이투성이인 늙은 복숭아나무에서 가장 달콤한 복숭아가 열린다는 것도 알고 있었다. 그리고 무엇보다 나만큼 아이올라의 슬픔을 잘 아는 사람은 없었다.

그 선한 의도가 아이올라 묘지를 언덕 높은 곳으로 옮겼다(그곳에 안치된 우리 식구들의 묘비와 유해가 여전히 일치하길 바란다). 눈의 무게를 이기지 못해 이리저리 구부러지고 뒤틀린 하얀 철제 울타리 너머에 있는 그 언덕만큼은 예나 지금이나 여전하다. 그러나 그곳을 제외한 아이올라 전 지역은 그 선한 의도 때문에 물속에 가라앉았다.

한때 강이었으나 지금은 저수지가 된 물 밑에서 썩어가는 마을, 물속에서 조용히 잊힌 마을이 있다고 상상해 보라. 불어난 물이 마을을 집어삼킬 때 이곳의 기쁨과 고통까지 모조리 앗아갔느냐고 묻는다면, 그건 아니라고 대답할 것이다. 어린 시절의 풍경은 우리를 창조한다. 그 풍경이 내어주고 앗아간 모든 것은 이야기가 되어 우리 가슴에 남고, 그렇게 우리라는 존재를 형성한다.

1부
1948~1955년

1장

1948년

참 볼품없는 남자였다.

적어도 첫눈엔 그랬다.

"저기."

그가 땟국에 전 엄지와 검지로 낡아빠진 빨간 야구 모자의 챙을 잡아당기며 내게 말을 걸었다.

"여기가 여인숙으로 가는 길이 맞나요?"

이게 다였다. 내가 노스 로라 사거리에 다다를 무렵 메인 스트리트 쪽으로 걸어오던 꾀죄죄한 이방인이 던진 평범한 질문 하나.

작업복과 양손이 석탄만큼 시커멨다. 기름때가 묻었거나 탄전에서 탄가루가 묻었나 보다 했는데, 그렇다고 하기에도 너무 까맸다. 양쪽 뺨도 얼룩져 있었다. 흐르는 땀방울 사이로 검게 그을린 피부가 번들거렸고, 모자와 머리 틈새로 검은 생머리가 삐죽 튀어

나와 있었다.

우리 집 남자들에게 내가 아침마다 만들어주던 포리지와 달걀 프라이만큼이나 평범한 가을날이었다. 집안일을 하고, 우리 안에 있는 유순한 가축들을 돌보고, 서늘한 아침 바람을 맞으며 늦여름 끝물 복숭아를 두어 바구니쯤 따고, 여느 날처럼 내 자전거 뒤에 비딱한 수레를 연결해 배달을 나갔다가 점심을 차리러 집으로 돌아갈 때까지도 특별히 눈에 띌 만한 일은 없었다. 그러나 잔잔한 수면 아래에 신비로운 세계가 펼쳐져 있듯, 평범해 보이는 일상 속에 특별함이 숨어 있었다.

"어디로든 갈 수 있는 길인데."

웃기려고 한 말도, 그의 관심을 끌려고 한 말도 아니었는데, 남자가 하던 말을 멈추고 빙긋 웃은 걸 보니 내 대답이 재미있었던 모양이다. 낯선 남자가 그런 눈으로 날 바라보니 가슴이 콩닥콩닥 뛰었다.

"그게, 되게 작은 동네라는 말이에요."

아무 남자에게나 웃음을 흘리거나 추파를 던지는 여자가 아니라는 걸 확실하게 해두려고 서둘러 말을 바로잡았다.

이 이방인의 눈동자는 까마귀 날개만큼이나 새까맣게 빛나고 있었다. 이 남자와 눈을 마주친 첫 순간부터 마지막 순간까지 가장 기억에 남는 건 그 눈에 담긴 다정함이다. 마치 상냥함이 넘쳐흐르는 우물이 있을 것만 같은 눈이었다. 남자는 여전히 웃는 얼굴로 나를 잠시 쳐다본 뒤, 다시 한번 모자챙을 잡아당겨 인사하고는 메인 스트리트 끄트머리에 있는 던랩 여인숙을 향해 다시 걸어갔다.

조각조각 바스러져 가는 이 보도 하나가 동네의 모든 곳으로 이어진다는 내 대답은 틀린 말이 아니었다. 이 길로 가다 보면 던랩 여인숙 말고도 부유한 사람들이 주로 가는 아이올라 호텔이 있고, 호텔 뒤에는 선술집이 있다. 또 저니건스 주유소 겸 철물점, 우체국이 있고, 늘 커피 냄새와 베이컨 냄새로 가득한 카페도 있다. 채프먼스 슈퍼마켓도 있는데, 갖가지 식료품은 물론이고 조리 식품 코너까지 따로 갖추었으며, 무엇보다 온갖 잡담과 소문이 넘쳐나는 곳이었다. 보도를 따라 서쪽 끝으로 가면 내가 다녔던 학교와 어머니가 살아 계시던 시절, 일요일이면 온 가족이 다 함께 앉아 예배 드리던 교회가 나왔다. 흰 판자를 덧댄 교회 건물과 우리 학교 건물 사이에는 높은 깃대가 세워져 있었고, 깃대 너머로는 마치 짤막한 문장 끝에 찍힌 온점처럼 메인 스트리트가 갑작스럽게 산비탈 아래로 사라져 들어갔다.

그날 나는 저니건스 주유소 뒤편에 딸린 포커장으로 동생을 잡으러 가는 길이었다. 그러려면 이 낯선 남자와 같은 방향으로 가야 했지만, 이 남자의 뒤꽁무니를 졸졸 쫓아가는 것처럼 보이고 싶은 마음은 추호도 없었다. 모퉁이에서 잠시 걸음을 멈추고, 손차양을 만들어 쏟아지는 오후 햇살을 가린 채 멀어져 가는 남자를 지켜보았다. 남자의 걸음은 한없이 느긋하고 태평했다. 마치 다음 내딛는 발걸음이 유일한 목적지라는 듯. 남자의 옆구리에 붙은 두 팔은 자연스럽게 앞뒤로 흔들렸고, 머리는 몸통보다 살짝 뒤에서 따라가는 것처럼 보였다. 칙칙한 흰 티셔츠는 작업복의 멜빵끈 아래로 팽팽하게 들어가 있었다. 남자는 늘씬했고, 여느 일꾼처럼 어깨가 다부졌다.

마치 내 시선을 느끼기라도 한 듯 남자가 갑자기 고개를 돌리더니 생긋 웃었다. 때 묻은 얼굴이 미소와 함께 환히 밝아졌다. 그를 지켜보고 있던 걸 들켜버린 나는 화들짝 놀란 나머지 숨이 턱 막혔다. 뜨거운 열기가 목을 간질이며 얼굴까지 올라왔다. 남자는 아까처럼 모자챙을 잡아당기고는 다시 돌아서서 앞으로 걸어갔다. 뒤통수밖에 보이지 않았지만 그는 틀림없이 웃고 있었다.

이제 와 돌이켜 보면 운명 같은 순간이었다. 그날 나는 그길로 노스 로라를 향해 뒤돌아 집으로 가서 저녁 준비를 해도 됐다. 아빠와 오그 이모부에게 세스가 한 소리 듣든 말든 다 놓고 알아서 집에 올 때까지 그냥 내버려 둘 수도 있었으니까. 아니면 최소한 메인 스트리트에서 길이라도 건너가 이따금 다니는 자동차와 노랗게 물들어 가는 미루나무를 사이에 두고 걸어갈 수도 있었다. 그러나 나는 그러지 않았고, 그로써 세상의 모든 게 달라졌다.

대신 나는 천천히 한 발을 앞으로 내딛고, 그다음 걸음을 내디뎠다. 발을 들어 올리고, 앞으로 내뻗고, 바닥으로 내리겠다는 선택 하나하나가 왠지 의미심장하게 느껴졌다.

끌림이란 게 무엇인지 내게 가르쳐준 사람은 없었다. 일찍이 어머니를 여읜 탓에 그런 비밀스러운 얘기를 내게 해줄 사람이 없었다. 설령 어머니가 살아 계셨더라도 내게 그런 얘기를 해주시는 건 상상이 안 된다. 어머니는 정숙하고 품위 있으며 하느님과 그의 가르침에 절대적으로 순종하는 여성이었다. 내 기억 속 어머니는 우리 남매를 사랑했지만 그 사랑을 겉으로 드러내는 사람이 아니었다. 오히려 심판의 날을 대비해 늘 올곧게 행동해야 한다고 입이 마르게 강조하면서 우리 남매를 매섭게 통제했다. 이따금 우리 남매 뒤에서 까만색 파리채를 들고 서 있을 때면 꽁꽁 숨겨두었던 감정이 터져 나왔다. 어머니가 기도를 마치고 일어설 때 뺨에 흐른 눈물을 서둘러 훔쳐낸 자국을 본 적이 없었다. 그러나 어머니가 아빠에게 입을 맞추거나 포옹하는 모습 같은 건 단 한 번도 보지 못했다. 두 사람은 서로에게 유능하고 믿음직한 동반자로서 가정과 농장 살림을 꾸려나갔지만, 둘 사이에 존재하는 남녀 간의 사랑을 우리에게 드러내는 일은 없었다. 그러니까 내게는, 사랑이라는 미지의 영역을 알아가는 데 참고할 만한 지도가 없었던 것이다.

아, 딱 한 번 예외라고 할 만한 일이 있었다. 내 열두 살 생일이 지난 지 얼마 안 됐을 무렵, 거실에 앉아 땅거미 지는 가을 하늘을 창밖으로 내다보고 있는데, 축축한 자갈이 깔린 진입로로 보안관 라일 아저씨의 기다란 자동차가 들어왔다. 차에서 내린 라일 아저씨는 마당에 있던 아빠를 향해 머뭇거리며 다가갔다. 입김으로 뿌예진 창문 너머로 아빠가 빗물 고인 진흙탕에 그대로 주저앉으며 무릎을 꿇는 모습이 보였다. 그때 나는 캐니언 시티로 복숭아 배달을 나간 뒤 한참이 지나도록 돌아오지 않는 어머니, 캘러머스 오빠, 비비언 이모를 기다리는 중이었다. 아빠도 마찬가지였다. 식구들이 돌아오지 않자 아빠는 저녁 내내 안절부절못하며 애꿎은 낙엽만 긁어모았다. 원래는 퇴비가 되도록 겨우내 쌓아두던 낙엽이었다. 라일 아저씨의 말을 전해 들은 아빠가 뭔가에 짓눌리기라도 하듯 무너져 내렸을 때, 나는 어린 나이였지만 엄청난 사실 두 가지를 깨달았다. 그건 아직 귀가하지 않은 식구들이 영영 돌아오지 않으리라는 것, 그리고 아빠가 어머니를 사랑했다는 것이었다. 부모님이 내 앞에서 애정 표현을 하거나 사랑한다는 말을 주고받은 적이 없었지만, 둘만의 고요한 방식으로 사랑하고 있었음을 나는 그때 깨달았다. 형언하기 어려운 두 사람의 관계를 통해서, 그리고 그날 얼마 뒤에 집 안으로 들어와 우리 남매에게 어머니의 사망 소식을 알리던 아빠의 사무적인 눈빛을 보면서 나는 또 한 가지를 배웠다. 사랑은 오로지 두 사람 사이에서 생겨나 커지는 감정이며, 두 사람 사이에서 애도해야 할 개인적인 문제라는 걸. 부모님의 사랑은 감춰진 보물처럼, 은밀한 시처럼, 다른 누구의 것도 아닌 오로지 두 사람의 것이었다.

그것 말고는 사랑에 관해서 아는 게 없었다. 특히 사랑이 어떻게 시작되는지, 끌림이란 게 무엇인지, 다른 남자들에게는 눈길조차 가지 않았는데 어떤 남자에게는 거스를 수 없는 중력이 느껴지는 이유가 무엇인지, 그리고 그 순간부터 오로지 그리움만 차오르는 이유가 무엇인지 나는 아무것도 몰랐다.

한날한시에 콜로라도 작은 마을의 좁다란 보도를 걷고 있던 우리는 겨우 반 블록 정도 떨어져 있었다. 이 남자의 뒤에서 걸어가고 있는데, 이 사람이 어디서 어떤 경험을 하며 살다 왔든 우리 둘은 17년간(이 남자에게는 조금 더 길거나 짧을 수 있겠지만) 서로의 존재를 전혀 모른 채 살아왔다는 생각이 들었다. 그러나 지금 이 순간만큼은 우리 둘의 삶이 어떤 이유에서든 교차하고 있었다. 노스

로라와 메인 스트리트처럼 아주 뚜렷하게.

우리 둘 사이의 거리가 세 집에서 두 집으로, 두 집에서 한 집으로 좁아질수록 심장이 점점 더 빠르게 뛰었다. 알고 보니 아까부터 그가 조금씩 속도를 늦추며 걷고 있었다.

이럴 수도 저럴 수도 없었다. 덩달아 속도를 늦췄다가는 내가 모르는 사람을 지나치게 의식하고 있다는 걸 들키게 될 터였다. 그렇다고 이 속도로 계속 걷다가는 금세 그를 앞서게 될 게 뻔한데, 그다음엔? 등에 꽂히는 그의 뜨거운 시선을 느끼며 걷는다고 생각하니 아찔했다. 흐느적거리는 내 걸음걸이, 맨다리에 신은 낡은 가죽 구두, 너무 오래전에 사서 작아질 대로 작아져 버린 낡은 적갈색 원피스, 일요일 목욕 이후로 감지 않아 떡진 내 갈색 머리칼을 그가 눈치채지 못할 리가 없었다.

결국 나는 속도를 늦추는 걸 택했다. 그러자 우리가 마치 보이지 않는 줄에 묶여 있기라도 한 것처럼 남자의 발걸음도 느려졌다. 한 번 더 속도를 늦춰보니 어김없이 남자도 속도를 늦췄다. 거의 움직이지 않는 정도였다. 그러다 남자가 그 자리에 멈춰버렸다. 하릴없이 나도 멈출 수밖에 없었다. 누가 메인 스트리트에 두 개의 바보 동상을 세워두기라도 한 것처럼 우리 둘은 그렇게 길가에 덩그러니 서 있는 꼴이 되고 말았다.

아무래도 날 놀려주려고 멈춘 것 같았다. 두려움과 우유부단함, 처음 느끼는 들끓는 욕망에 정신이 없어서 나는 그 자리에 얼어붙고 말았다. 이 남자를 알게 된 건 겨우 몇 분 전이었다. 한 블록 전에 마주친 이 남자가 개울물 속 조약돌처럼 이미 내 안에서 나뒹굴고 있었다.

　동네 의사 선생님의 아내인 통통한 버넷 아주머니가 뒤에서 걸어오는 소리도, 보도 바닥을 밀치는 유아차의 쇠바퀴 소리도 듣지 못했다. 나는 갑자기 내 옆에 나타난 버넷 아주머니와 아기를 보고 놀란 다람쥐처럼 겁을 집어먹었다.

　버넷 아주머니는 뭔가 수상하다는 듯 씽긋 웃더니, 무언의 질문을 던지듯 눈썹을 치켜올리며 날 불렀다. "어머, 토리였구나!"

　나는 어찌어찌 공손하게 고개를 끄덕이며 인사를 했지만, 아기의 이름이 도무지 기억나지 않아 이름을 불러주지도, 다정하게 손을 뻗어 헝클어진 금발을 쓰다듬어 주지도 못했다.

　버넷 아주머니가 지나갈 수 있도록 남자가 한 걸음 살짝 옆으로 비켜났다. 아주머니는 그를 이상하다는 듯 위아래로 훑어보았고, 그가 모자를 살짝 들어 올리며 "안녕하십니까"라고 인사하자 옅은 미소로 응답했다. 아주머니는 마치 수수께끼를 풀려고 애쓰는 사람처럼 살짝 찌푸린 얼굴로 다시 나를 힐긋 쳐다보고는 이내 윗동네를 향해 뒤뚱뒤뚱 걸어갔다.

　아닌 게 아니라 그 남자와 나는 정말이지 수수께끼 같은 상황에 있었다. 문제: 운명이 하나로 묶인 존재는? 정답: 같은 줄에 매달린 두 개의 꼭두각시 인형.

　"빅토리아 양."

　마침내 뒤를 돌아본 그가 나를 정면으로 마주 보더니 아는 사람 부르듯 다정하게 말을 걸었다.

"지금 날 따라오시는 건가?"

놀라운 재치였다. 그러더니 그는 방금 그 재치 있는 농담이 내 입에서 나왔다고 착각한 사람처럼 활짝 웃었다.

분명 퉁명스러운 말투로 대꾸해야지 마음먹었는데, 그럴 새도 없이 나는 1센트짜리 동전을 훔치다가 들킨 아이처럼 말을 더듬고 있었다.

"아, 아, 아니야."

그는 까무잡잡한 두 팔로 팔짱을 끼고서 아무 말 없이 가만히 서 있었다. 자기 질문에 대해 생각하는 것인지, 내 말에 대해 생각하는 것인지, 아니면 그저 순간적 우연인지 알 수가 없었다.

불편한 침묵을 더는 참을 수 없어서 애써 태연한 척 몸을 꼿꼿이 세우고 물었다.

"내 이름은 어떻게 알았어?"

"유심히 들었지." 무뚝뚝하지만 점잖은 말투였다. "빅토리아."

남자는 입 안에서 구르다 나오는 발음이 재미있다는 듯 다시 한 번 천천히 내 이름을 소리 내 말했다.

"여왕에게 어울릴 법한 이름이네."

넘치는 매력이 그의 지저분한 용모를 감추었다. 무관심한 척하려고 나름대로 최선을 다했지만, 아무래도 내 마음을 들킨 것 같았다. 그는 내가 입도 뻥긋하기 전에 까만 눈동자로 먼저 같이 걷자고 청했고, 그런 다음에야 입을 열었다.

"같이 걸어갈래? 그러니까 여기로 와서." 그가 손가락으로 자기 옆구리를 가리켰다. "자연스럽게."

여전히 이럴 수도 저럴 수도 없었다. 물론 그 옆에서 나란히 걷고 싶었지만, 보는 눈이 신경 쓰였는지 사춘기라 그랬는지 어쨌든 망설여졌다. 어쩌면 그때 이미 불길한 예감이 들었던 건지도 모르겠다.

"아냐, 고맙지만 됐어. 그게, 그러니까…… 네 이름도 모르고……."

"윌이야." 내가 대답을 채 마치기도 전에 그가 내 말을 가로챘다. "윌슨 문."

그는 자기 이름이 내 귓가에 감돌도록 잠시 기다리고는 내 쪽으로 손을 뻗으며 다가왔다.

"알게 되어 영광입니다, 빅토리아 양."

느닷없이 한껏 진지한 모습을 취하고 선 그는 내가 자기 앞으로 다가와 내민 손을 맞잡기를 기다리고 있었다.

어떻게 해야 하나 망설이던 나는 무릎을 살짝 굽히며 고개를 숙이는 공주님 인사를 해버렸다. 그와 나, 둘 중에 누가 더 놀랐을까? 아주 어릴 때 주일 학교에서 했던 이후로는 한 번도 해본 적 없는 인사였지만, 그의 손을 만지기가 너무 두려운 나머지 생각나는 게 그뿐이었다. 공주님 인사를 하자마자 바보가 된 것 같았다. 당연히 그도 날 비웃을 줄 알았는데, 아니었다. 그때까지는 살짝 올라가 있던 그의 입꼬리가 이제는 귀에 걸릴 것처럼 활짝 올라가 있었다. 조롱하는 기색이 전혀 없는, 환하고 밝은 미소였다. 그는 알겠다는 듯 고개를 끄덕이고는 들고 있던 손을 지저분한 작업복 주머니 속으로 밀어 넣었고, 여전히 내 앞에 가만히 서 있었다.

그때는 그의 시선을 좇기 바빠 몰랐지만, 윌슨 문은 당시 대부분의 사람들과 다른 방식으로 세상을 살아온 사람이었다. 결코 서두르거나 초조해하는 법이 없었고, 사람 사이에 생기는 긴 침묵을 수다로 채워야 할 어색한 그릇으로 여기지도 않았다. 그는 좀처럼 미래를 생각하는 일이 없었고, 과거를 돌이키는 일은 그보다도 없었으며, 후회도 아쉬움도 없이 오로지 현재의 순간만을 두 손에 소중히 담고서 작은 것 하나하나에도 경탄하는 사람이었다. 메인 스트리트에 목석처럼 서 있던 그때는 그가 이런 사람이라는 사실을 전혀 몰랐지만, 삶을 대하는 그의 태도에 깃든 지혜를 나도 점점 배워나갔다. 그리고 그에게서 배운 지혜는 내게 가장 필요한 때가 찾아왔을 때 빛을 발했다.

결국 마음을 바꾸었다. 그렇게 10월의 어느 오후, 더는 낯선 사람이 아닌 윌슨 문이라는 소년과 함께 나란히 메인 스트리트를 걷기로 했다.

주고받은 대화라고 해봐야 농담 몇 마디가 다였고 나란히 걸어간 시간도 짧았지만, 던랩 여인숙에 도착해 낡은 계단을 밟고 포치*에 이르렀을 때 우리는 둘 다 헤어지고 싶지 않았다. 쩍쩍 갈라진 문간에 선 채 그와 함께 바장이는 내내 내 심장은 미친 듯이 쿵쾅거렸다.

윌은 자기 얘기를 많이 하지 않았다. 내가 윌슨Wilson 을 줄여서 윌Wil 이라고 할 때 이름에 알파벳 L을 하나 쓰는지 두 개 쓰는지

---

* porch. 건물의 입구나 현관에 지붕을 내어 비바람을 피하도록 만든 곳.

물었을 때조차도 그저 어깨를 으쓱하며 "좋을 대로"라고 대답할 뿐이었다. 그날 윌슨 문에 대해 확실하게 알게 됐다고 할 만한 사실은 그가 돌로레스 탄광에서 일하다가 도망쳐 나왔다는 것뿐이었다.

"그냥 그곳이 지겨워졌어. 근데 마침 그때 마음에서 날 부르는 소리가 들리는 거야. '떠나, 지금 당장.'"

그가 들려준 말이었다. 듀랑고-실버턴선*의 탄차들이 석탄을 가득 싣고 떠날 채비를 마친 상태였는데, 그때 기차의 출발을 알리는 기적 소리가 마치 자신을 부르는 것처럼 들렸다고 했다. 길고 날카롭고 집요하게. 기차가 천천히 앞으로 움직이기 시작할 때 그는 기차에 달린 녹슨 사다리로 달려가 뜨뜻하고 시커먼 석탄 더미 꼭대기로 올라갔다. 그를 발견한 감독관이 벗어 든 모자를 격렬하게 흔들고 욕지거리를 퍼부으며 기차를 쫓았다. 그러나 상사와 탄광은 곧 시야에서 멀어졌고, 윌슨 문은 고개를 앞으로 돌려 불어오는 바람을 온 얼굴로 맞았다.

"어디로 가는지도 모르고? 그래서 이제 어디로 가려고?"

내가 물었다.

"어디든 상관없어." 그가 대꾸했다. "여기도 좋고 저기도 좋잖아, 안 그래?"

내가 아는 곳이라고는 아이올라, 그리고 넓고 길게 뻗은 거니슨강 주변이 다였다. 거니슨강을 중심으로 옹기종기 모여 있는 작은

---

* Durango-Silverton. 험준한 샌환산맥에서 대규모 광산 채굴이 시작되면서 1880년, 광석 운송을 목적으로 실버턴과 듀랑고를 연결하는 협궤 철도를 놓았다.

마을들 남쪽에는 '빅 블루 야생지'가, 서쪽과 북쪽에는 엘크산맥이 우뚝 솟아 있었고, 동쪽으로 흐르는 강물을 따라 농장과 목장이 꼬리에 꼬리를 물고 길게 이어져 있었다. 그리고 바로 이곳, 아빠가 할아버지에게 물려받은 농가 뒤편에 딸린 연노란색 방 안에서, 이 방의 절반을 차지하는 높다란 철제 침대 위에서 나와 내 동생이 태어났다. 그 사고 이후 오그 이모부가 우리 집으로 들어오기 전까지는 산방과 사랑방으로만 쓰이던 방이다. 우리 농장은 딱히 특별할 게 없었다. 헛간과 집터, 늑대 울음소리만큼이나 기다란 진입로를 다 합쳐도 6만 평이 안 되었으니 규모가 그리 큰 편도 아니었다. 다만 한 가지, 우리 집 헛간에서 뒷담 울타리로 이어지는 땅에는 거니슨 카운티 유일의 복숭아 과수원이 있었고, 거기서 열리는 장밋빛 복숭아는 큼직하고 달콤하기로 유명했다. 우리 땅 동쪽 끝에는 윌로 크리크의 굴곡진 둑이 경계를 긋고 있었다. 산에 쌓인 눈 더미는 어서 녹아 개울물을 타고 내려오기를, 그래서 감자와 양파가 적당히 심긴 밭과 복숭아나무를 적시기를 손꼽아 기다리고 있었다. 개울물은 밤이면 내 방 창밖에서 자장가를 불러주었다. 내 인생의 거의 모든 밤을 보냈던 그 침대에 누워 개울물의 자장가를 듣고 있으면 편안하게 쉴 수 있었다. 저 멀리 텐더풋산 너머로 떠오르는 태양과 하루 세 번 마을 끄트머리의 차고를 지나가는 기차에서 울리는 긴 경적 소리는 아주 믿음직한 시계가 되어주었다. 알려주는 사람은 없었지만, 나는 부엌에 난 자그마한 창문을 통해 들어오는 햇살이 오후에는 얼마나 비스듬한지, 겨울 아침에는 햇살이 기다란 소나무 식탁을 어떤 모양으로 가로지르는지를 자연스레 알게 됐다. 봄이면 야생화 중에 크로커스와 보랏빛 미나리아재비가 가장 먼저 꽃을 피우고, 분홍바늘꽃과 메역취가 가장 늦게 핀다는 걸 알았다. 삼색제비 여남은 마리가 강으로 내려올 무렵이면 하루살이가 알을 깐다는 것, 그 즈음이면 아빠가 쳐놓은 그물에 어김없이 무지개송어가 걸린다는 것을 알았다. 그리고 악마처럼 어둡고 불길한 사나운 폭풍이 거의 항상 북서쪽 봉우리 위로 불어닥친다는 것을, 명금도 까마귀도 까치도 하늘이 노하기 직전에는 울지 않고 조용하다는 것도 알았다.

그러니까 아니었다. 내게는 이곳이든 저곳이든 똑같이 좋은 게 아니었다. 이 남자애가 집이라는 걸 모르는 사람처럼 보이는 이유가 뭘까 궁금했다.

"그럼 짐은?" 나는 떠돌이의 삶이 신기해 물었다.

"마찬가지."

어깨를 으쓱하고 방긋 웃으며 대답하는 그의 모습은 소유에 관해 내가 모르는 뭔가를 아는 사람 같았다. 나중에 알았지만, 그는 정말로 그랬다. 그는 내게 본질을 제외한 모든 것을 비운 삶이야말로 참된 삶이라는 사실을, 그런 수준에 도달하면 삶을 지속하겠다는 마음 외에 그다지 중요한 게 없다는 사실을 가르쳐주었다. 그때 이런 말을 들었더라면 나는 이해하지도 받아들이지도 못했을 것이다. 그러나 시간은 우리를 엮은 끈을 점점 더 가까이 잡아당겼다.

그를 따라 여인숙 안으로 들어갈 만한 핑곗거리가 단 하나도 떠오르지 않았다. 꼭 낯선 남자와 함께 있어서가 아니더라도 여인숙은 마땅한 이유나 보호자 없이 여자애들이 드나드는 곳이 아니었다. 게다가 곧 있으면 저녁 시간이기도 했다. 미첼 아저씨네로 일하러 간 아빠가 막판 건초 작업을 끝마치고 집으로 돌아오기 전에 서둘러 포커장에 들러 세스를 데리고 집에 가야 했다.

나는 "그럼……" 하고 한숨을 내쉬며 이제 헤어질 시간이라는 티를 내면서도 실제로 발을 떼지는 않았다. 월이 눈치를 채고 내 말을 받아줬으면 했지만, 그는 그저 편안하고 차분한 미소만 짓고 있었다. 초저녁 하늘에 뜬 가느다란 구름 속에 글씨라도 쓰여 있는 것처럼 이따금 하늘을 올려다볼 뿐이었다.

"이제 가봐야 할 것 같아." 결국 입을 연 건 나였다. "저녁 준비도 해야 하고."

월은 한 번 더 하늘을 힐끗 보더니, 혹시 내일 다시 만나서 동네 구경도 하고, 파이라도 같이 먹지 않겠느냐고 물었다.

"어쨌든 이렇게 작고 아름다운 동네에 내가 아는 사람이라고는 너밖에 없으니까."

"아닌데. 네가 날 어떻게 알아." 내가 대꾸했다. "우린 서로 알지도 못하잖아."

"잘 알고말고." 월은 윙크를 했다. "아이올라의 여왕, 빅토리아 여왕님 아니십니까."

월은 무릎을 구부리고 손목을 빙빙 돌리며 왕족에게 하는 인사를 따라 했고, 나는 소리 내어 웃었다. 그러자 월이 가만히 선 채로 한참 동안 내 눈을 뚫어져라 쳐다보았다. 얼마나 오랫동안 쳐다봤는지, 비스듬히 비쳐 오는 해 질 녘 햇살에 내 몸이 초콜릿처럼 녹아버리는 것 같았다. 월은 아무 말도 하지 않았지만, 왠지 나를 속속들이 알고 있는 것만 같았다. 그가 더 가까이 다가왔다. 그때 처음으로 묘하게 날 끌어당기는, 머스크 향처럼 강렬한 그의 체취를 깊이 들이마셨다. 그리고 끝 모르게 새까만 그의 눈망울을 잠시 바라보았다.

어떻게 17년 동안이나 이렇게 타인에게 관심받는 것에 관심 없이 살아올 수 있었을까? 다른 사람이 내 속마음을 꿰뚫어볼 수 있다는 생각 자체도 처음이었다. 그런데 그런 사람이 지금 내 눈앞에 있었다. 나는 속마음을 다 들켜버린 듯한 느낌을 받으며 먼지가 수북이 쌓인 여인숙 계단에 서 있었고, 월슨 문을 만나기 전에는 상상조차 하지 못했던 빛을 받고 있었다.

부끄러워서 한 발짝 뒤로 물러난 뒤, 그럼 내일 다시 만나자고 대답했다. 구름 뒤에 숨은 햇살이 나오기를 갈망하는 마음처럼 그를 더 알고 싶다는 마음이 강렬하게 일었다. 그러나 몇 시에 어디서 만나 무얼 할지 약속을 정하기도 전에 메인 스트리트 한복판에서 익숙한 목소리가 돌멩이처럼 날아들어 내 귓전을 때렸다.

"야!"

메인 스트리트 한복판에서 휘청거리며 서 있는 사람은 내 동생 세스였다. 그의 왼손에는 갈색 맥주병의 목이 쥐여져 있었다.

"토리! 저 더러운 자식한테서 빨리 안 떨어져?"

혀가 잔뜩 꼬인 세스는 맥주병으로 월을 가리키며 소리쳤다. 맥주가 흙길에 쏟아지면서 바닥에 거뭇거뭇한 얼룩을 만들었다.

"내 동생이야. 술에 취해서……."

한숨을 쉬며 윌에게 말하고 재빨리 몸을 돌렸다. 짜증이 솟구친 나는 계단을 쿵쿵 내려가며 "갈게"라고 말하고는 세스가 말썽을 일으키기 전에 서둘러 그의 곁으로 달려갔다.

"저 새끼 누구냐?"

세스가 입술에 럭키 스트라이크*를 문 채로 물었다. 그건 내가 아니라 윌에게 묻는 질문에 더 가까웠다.

"아무도 아니야."

나는 가기 싫다는 노새의 고삐를 잡아채듯 세스의 어깨에 두 손을 올린 채 그를 떠밀면서 노스 로라와 메인 스트리트가 만나는 사거리 쪽으로 되돌아갔다. 세스는 나보다 한 살 어렸지만, 열다섯 살 생일이 될 무렵 내 키를 훌쩍 넘어서더니 반년 만에 5센티미터가 넘게 컸다. 그렇지만 내 키가 큰 편이 아니라 세스는 또래 남자애들에 비하면 여전히 작았다. 키는 작고 몸통은 다부져서 생긴 걸로 보나 성질로 보나 복서** 종 개와 닮은꼴이었다. 윌도 윌이지만 다른 사람들이 세스의 술주정을 볼까 봐 겁이 나 낑낑대며 세스를 끌고 집으로 향했다.

"모르는 사람인데 그냥 길 물어본 게 다야."

나는 거짓말로 둘러댔다. 물론 15분 전까지만 해도 사실이었다.

"그냥 지나가는 길이라니까."

"어디 시커먼 새끼가……."

* Lucky Strike. 미국에서 판매되는 담배의 상품명.
** boxer. 독일에서 사역견 목적으로 개량한 대형견으로, 단단하게 단련된 등 근육, 큰 머리, 짧은 꼬리 등이 특징이다.

"너 냄새 지독하다, 세스." 얼른 세스의 말을 끊었다. "돼지우리보다 더 지독해, 냄새가. 아빠 오시기 전에 얼른 가서 씻어."

"아, 꺼지라고 해."

세스는 술기운에 꼬인 혀로 큰소리를 치더니 담배를 한 모금 깊게 빨아들이고서 길바닥에 턱 던졌다.

"제발 한 번만이라도 시키는 대로 해, 좀. 하루라도 조용히 지나가자."

나는 세스 대신 럭키 스트라이크를 발로 밟아 불씨를 끄고서 어깨 너머로 윌이 있던 곳을 힐끗 보았다. 윌은 아직 던랩의 포치에서 있었고, 마치 신기한 이야기를 읽는 듯한 눈으로 나를 쳐다보고 있었다.

"아, 그 시궁창 같은 우리 확 열어버려서 돼지 새끼들 다 쫓아내버릴까 보다. 내가 못 할 거 같아?"

"세스, 입 다물어." 한숨이 나왔다. "제발 좀 닥치라고."

한마디도 더 듣고 있을 수가 없었다. 그땐 정말 세스가 싫었다. 그 어느 때보다도 미웠다. 이미 그때부터, 세스가 그토록 미웠던 건 윌 때문이었다. 물론 오래전부터 세스를 미워했고, 그건 아빠와 오그 이모부, 내 기억에서 잊히기 시작한 엄마와 캘 오빠와 이모 때문이기도 했지만, 어쨌든 나날이 날카로워지는 엉겅퀴처럼 세스를 향한 내 혐오는 점점 더 억세고 거칠어지고 있었다.

있는 힘을 다해 세스의 등을 밀었다. 내게 등짝을 한 대 얻어맞은 세스는 비틀대며 몇 걸음 앞으로 걸었다. 그렇게 얻어맞고 비틀거리기를 반복하던 세스는 집에 가는 내내 맥주를 꼴깍거리며 욕하고 징징대면서도 내게 대들지는 않았다. 너무 취해서 대들 정신이 없었는지, 아니면 해가 산등성이를 넘어가기 전까지는 반드시 돼지우리에 가 있어야 한다는 걸 나만큼이나 잘 알고 있어서였는지는 나도 잘 모르겠다.

노스 로라에서 길을 꺾었다. 거기서 막다른 골목이 나올 때까지 쭉 가면 좁고 구불구불한 산길이 나왔다. 풀숲 사이로 난 산길은 미치광이 루비앨리스 에이커스의 땅으로 이어졌고, 소나무가 잔뜩 심긴 그 땅의 모퉁이를 지나 풀이 무성한 들판을 가로지르면 우리 농장까지 갈 수 있었다. 우리 농장과 시내를 오가는 가장 빠른 길이라 우리 남매가 천 번쯤 같이 걸어 다닌 길이었다. 어렸을 때 어머니는 세스에게 이 길을 오갈 때 반드시 누나를 지켜줘야 한다는 임무를 주었다. 세스가 나보다 나이도 어리고 책임감도 훨씬 없었지만, 남자라는 이유 하나로 그런 임무를 맡긴 것이다. 나이가 들면서는 내가 세스를 지켜주었다. 누가 시켜서가 아니라 그냥 그래야만 했다. 꼭 세스를 위해서가 아니라 나를 위해서도, 또 아빠를 위해서도. 그러나 아무리 노력해도 내게는 세스가 나쁜 짓을 못 하도록 막을 재간이 없었고, 계속 노력하는 것도 진절머리가 났다.

빨리 좀 가자고 세스의 등을 밀며 재촉하자 세스가 또 욕을 지껄이며 비틀거렸고, 그러다 손에 쥐고 있던 맥주병을 놓쳤다. 맥주병이 내 바로 앞에 떨어졌다는 걸 미처 알아차릴 새도 없이 나는 맥주병을 제대로 밟고 말았다. 내가 고꾸라지면서 세스를 밀쳐 넘어뜨렸고 그러면서 나도 오른쪽 엉덩이와 팔꿈치를 바닥에 세게 부딪히며 넘어졌다. 별일은 아니었다. 술 취한 남자애의 아귀힘이 풀리고. 술병이 떨어지고. 발목을 삐끗하고. 원피스 소맷자락이 찢어지고. 그러나 이런 사소한 일, 마치 나를 부르는 듯한 석탄 수송 열차의 기적 소리, 사거리에서 마주쳐 길을 묻는 이방인, 흙길에 떨어진 갈색 술병처럼 별일 아닌 사건이 인생을 송두리째 바꾸어놓는다. 아무리 그렇지 않다고 믿고 싶어도 우리 존재는 탐스럽게 잘 익은 복숭아를 조심스럽게 수확하듯 신중하게 형성되는 게 아니다. 끝없이 발버둥 치다가 그저 우리에게 주어지는 것을 거둘 뿐이다.

순간 방향 감각을 잃고 잠시 땅바닥에 그대로 누워 있었다. 희미하게 들리던 세스의 웃음소리가 곧 사그라들었다. 종아리를 타고 통증이 위로 퍼지기 시작했다. 살살 상체를 들어보려는 순간, 갑자기 나타난 윌이 마치 신부를 껴안는 신랑처럼 두 팔로 내 몸을 안아 올렸다. 그곳은 시든 메역취와 보드라운 풀밖에 없는 들판이었기 때문에 우리의 관계가 특별히 어디서 시작됐다고 말할 순 없지만, 나는 그때 그곳을 우리의 시작으로 기억한다. 나는 그의 손길에 당황하거나 놀라지 않았고, 나를 편안히 감싸 안아 석탄으로 얼룩진 자기 가슴팍에 누이는 그의 손길에도 저항하지 않았으며, 이미 불룩하게 부어오른 발목으로 바보처럼 걸어가려고 하지도 않았다.

"날 따라온 거야?"

나는 일부러 쌀쌀맞은 말투로 물었다.

"응." 그의 대답은 이게 다였고, 길가에 모로 누워 그대로 뻗어

버린 세스를 내려다보며 내게 물었다. "애는 어떡할까?"

"냅둬 버려."

냅둬 버려. 내가 이런 말을, 이런 행동을 했다는 사실에 깜짝 놀라서 머릿속으로 이 말을 되뇌었다. 길바닥에서 잠들어 버린 내 동생을 버려두고 가버리겠다니. 조금 전에 처음 만난 낯선 남자의 팔에 안긴 채 동생을 두고 가버리겠다니.

온몸이 오들오들 떨렸다. 고통 때문인지, 분노 때문인지, 처음 느끼는 사랑의 불꽃 때문인지 모르겠지만(어쩌면 전부 다였을지도), 이 남자가 얼어붙은 연못에 빠진 나를 구해주기라도 한 것처럼 온몸이 부들부들 떨렸다. 그의 품에 안겨 있는 내내 내 두 팔은 그의 다부진 목에 달라붙어 있었다. 내 팔이 잡아당길 때마다 그의 머리가 마치 고개를 끄덕이는 것처럼 위아래로 가볍게 흔들렸다. 그의 품에서 나는 어린아이가 된 것처럼 마음이 가벼웠고, 또 어린아이처럼 조금도 의심하는 마음이 들지 않았다. 낯선 남자의 의도를 조금도 의심하지 않은 채 그가 베푸는 도움과 보호를 그토록 쉽게 받아들이는 건 나답지 않았다. 그러나 윌의 품에 안겨 있는 이 소녀도 다름 아닌 나였다. 나를 둘러싼 세상이 미묘하게 달라지는 것을 느끼며, 내가 평생 걸었던 이 길을, 전에는 생각도 못 했던 방식으로 우리는 함께 걸었다. 지금쯤이면 아빠가 이미 농장에 도착해 기다리고 있을 터였고, 오그 이모부는 대부분의 날들처럼 휠체어에 앉은 채 창가나 포치에 있을 터였다. 두 사람은 조금 있으면 나를 안고 들판을 가로지르는 이 낯선 남자를 보게 될 것이었다. 나는 지난 수년간 아빠의 판단과 오그 이모부의 호통을 두려워하며 살았지만, 이번에는 두 사람이 뭐라 생각하고 뭐라 비난하든 상관없었다. 나를 감싼 월의 거대한 품에 비하면 아빠, 이모부, 권위, 공중도덕 따위는 아무것도 아니었다. 주변의 거대한 산들도, 이 일이 불러올 결과마저 무의미할 만큼 하찮아 보였다.

그날 아침 우리 농가를 나설 때만 해도 나는 그저 평범한 소녀였다. 내 안에 어떤 새로운 지도가 펼쳐졌는지 그때는 몰랐지만, 집으로 돌아가던 나는 이제 비범한 소녀가 되었다는 것만큼은 알 수 있었다. 언젠가 학교에서 배웠던 것처럼 탐험가들이 끝없이 펼쳐진 바다에서 저 멀리 신비로운 해변의 존재를 보았을 때 이런 기분을 느꼈을까. 내 안에 갑작스럽게 마젤란*이 등장했지만, 나는 아직 내가 무엇을 발견했는지 모르고 있었다. 나는 월의 넓은 어깨에 머리를 기댄 채 월이 어디서, 누구에게서 왔을지, 떠돌이라면 한곳에 얼마나 오래 머무르는 것일지 궁금해하며 이런저런 생각에 잠겨 있었다.

* Ferdinand Magellan. 포르투갈의 탐험가.

2장

하얀 농가, 무너져 가는 닭장, 돼지우리가 차례차례 눈에 들어왔다. 장비와 부셸 바구니*를 보관하는 창고이자 우리 집 악대말** 아벨의 보금자리인 얼룩덜룩한 잿빛 헛간도 보였다. 그 사고가 나기 전 여름 이후로 건물이며 울타리에 페인트칠을 한 적이 단 한 번도 없었다. 아니, 사고 이후로는 우리 농장에 제대로 관리된 구석이 거의 없다고 봐야 했다. 우리 농장도 뽀얀 리넨처럼 깨끗하고 단정했던 시절이 있었다. 그러나 모든 보수 작업을 도맡았던 캘러머스 오빠와 그 일을 지시했던 어머니가 세상을 떠난 뒤 5년이라는 세월이 흐르고 나니, 이제는 감자 담는 마대처럼 허름할 따름

* bushel basket. 부셸은 곡식이나 과일의 무게를 재는 단위다. 부셸 바구니는 약 30리터들이의 큼직한 바구니다.
** 거세마를 일상적으로 이르는 말.

이었다. 농장은 가랑비에 옷 젖듯 조금씩 아주 서서히 누추해졌고, 그래서인지 그날까지도 나는 실감하지 못하고 있었다. 어쩌면 나도 월처럼 외부인의 시선으로 우리 집을 쳐다보고 있었던 것 같기도 하다. 우리 농장은 내 인생의 전부였다. 월이 처음으로 농장을 힐끗 바라봤을 때 왠지 나라는 사람이 초라하고 남루하게 느껴졌다.

"우리 집이 원래 이런 건 아니었어…… 나도 그렇고……. 그게, 그러니까 사고가 났었는데……."

뭐라고 변명이라도 하고 싶었다. 그러나 망한 집구석이라는 최종 선고가 내려진 것처럼 너무나도 명백한 증거가 줄줄이 펼쳐져 있었다. 당장이라도 허물어질 듯한 집, 술에 취해 길바닥에서 잠들어 버린 남동생. 거기에다 이제는 아빠의 녹슨 트럭이 툴툴거리며 기다란 진입로를 올라오고 있었다. 아빠가 운전석 문을 열고 차에서 내려 우리 쪽으로 성큼성큼 무섭게 다가오기 시작할 무렵, 포치에 앉은 오그 이모부의 모습이 보였다. 이모부는 휠체어를 굴리면서 바닥이 다 까진 현관 포치로 나오는 중이었다. 난투극이라도 벌어질까 싶어서 조금이라도 더 가까이에서 구경하려는 심산이었다. 월의 팔에 안겨 있는 나는, 지금 이 순간 월의 눈에 담기고 있는 그 어떤 광경도 지워낼 수 없었다. 우리 집에 유일하게 남아 있는 아름다운 공간인 복숭아 과수원으로 월을 데리고 도망칠 수도 없었다. 아빠가 다가오는 즉시 월과는 끝장날 거라는 생각에 나는 눈을 질끈 감아버렸다.

놀랍게도 주먹이 날아든 건 뒤쪽이었다. 세스였다. 세스가 우리 모르게 뒤를 따라오다가 더는 성질을 못 이기고 윌의 등을 주먹으로 힘껏 내지른 것이다. 뒤미처 이어진 싸움은 다시 생각해 봐도 너무 비현실적이었다. 슬로모션처럼 흐릿하게 드문드문 기억날 뿐이다. 물론 또렷하게 기억나는 장면도 있다. 어떻게 된 건지 지금도 설명할 수는 없지만, 윌은 내 몸이 바닥에 내동댕이쳐지지 않도록 나를 떠 올리듯이 부드럽게 감싸 안았다. 여전히 윌의 품에 안겨 있는 내 눈앞에서 윌과 세스가 작은 토네이도처럼 빙글빙글 돌았다. 분노에 휩싸인 세스의 주먹이 날아오자 윌은 한 마리의 춤추는 새처럼 공중에서 몸을 가볍게 움직여 주먹을 피했다. 윌에게 제대로 한 방 맞은 세스가 코피를 흘리고 바닥에 나뒹굴며 욕지거리를 퍼붓던 장면도 생생하다. 그때, 가쁜 숨을 몰아쉬며 나타난 아빠가 세스를 일으켜 잡아당긴 뒤, 두 남자 사이에 끼어들어 심판처럼 두 팔을 양쪽으로 벌렸다.

분한 듯 씩씩대던 세스가 욕을 지껄였고 아빠 손바닥을 자기 가슴팍으로 밀치며 윌에게 덤벼들려고 했다. 윌은 먹잇감을 내려다보는 늑대처럼 위풍당당한 표정으로 세스를 주시하며 침착하게 한 발짝 뒤로 물러섰다.

"대체 어디서 온 누구냐, 네놈은?"

아빠가 윌에게 호통을 치고 나서 자기 아들의 멱살을 잡으며 입 다물고 가만히 있으라고 으름장을 놓았다.

"저는 윌슨 문이라고 합니다, 선생님."

윌은 여전히 세스에게서 눈을 떼지 않은 채 어찌어찌 여전히 머리에 얹혀 있는 모자의 챙을 살짝 잡아 젖히며 침착하게 대답했다.

"하등 상관도 없는 놈이란 소리구먼."

"네, 그냥 지나가는 길이었습니다, 선생님."

"내 딸내미를 품에 안고, 아들내미를 바닥에 메다쳐 놓고, 그냥 지나가는 길이었다고?"

아빠는 무슨 말 같지 않은 소리를 하냐는 듯 거칠게 쏘아 물었다.

"네, 선생님."

월은 구태여 설명하지 않았고, 그저 한마디 덧붙이는 게 다였다.

"한 사람은 들어주고, 한 사람은 떼어내리려던 참이었습니다."

내가 주저앉아 있던 땅바닥에 한 번, 부어오른 내 발목과 찢어진 원피스에 한 번 아빠의 시선이 닿았다. 그러나 진실이 담겨 있는 내 눈동자에는 끝내 닿지 않았다.

"이놈 때문에 다친 거니?"

"아니에요, 아빠. 세스 때문이에요. 이 사람은 제가 다친 걸 보고 집에 데려다주려고 했을 뿐이에요."

"웃기고 있네!" 세스가 버럭 소리를 질렀다. "저 새끼가 누나를 어떻게 해보려고 마을에서부터 따라왔다고요!"

다시금 성질이 오른 세스가 아버지를 밀치며 허공에 주먹질을 해댔다.

"너 내 손에 죽을 줄 알아, 스페인어나 나불대는 새끼야!"

세스를 더 세게 잡아챈 아빠가 이맛살을 찌푸리며 나와 월을 번갈아 쳐다본 뒤 다시 내게 눈을 돌렸다. 아빠는 세스에게 입 다물고 가만히 있으라고 재차 경고를 날린 뒤 엄한 목소리로 내게 물었다.

"정말이냐?"

"그런 거 아니에요, 아빠." 내 대답은 이번에도 같았다. "쟤 술 취했잖아요."

"그래, 그건 굳이 말 안 해도 알겠고."

아빠의 아귀힘에 마침내 굴복한 세스가 시무룩하게 흙바닥을 걷어찼고, 아빠는 그런 세스를 피곤하다는 눈으로 힐끗 보았다.

아빠의 눈이 다시 월을 향했다. 아빠는 남은 손 하나로 쫓아내듯 손부채를 부쳤다. "여기서 썩 나가거라. 두 번 다시 우리 집 근처에도, 우리 애들 근처에도 얼씬하지 말고. 알아들었나?"

"네, 선생님. 똑똑히 알아들었습니다."

월이 모자챙을 살짝 잡아당기며 대답했다.

월은 나를 쳐다보지도 않은 채 몸을 돌리더니 노란 들판을 따라 다시 마을을 향해 걸어갔다. 월의 뒷모습이 점점 작아지다가 이내 시야에서 사라져 버렸다. 라벤더로 물든 지평선이 월을 조금씩 삼키는 것 같았다. 월이 다시 기차를 타러 갈지 궁금했다. 이전까지는 여기도 좋고 저기도 좋았다면, 이제는 세스가 사는 동네보다는 다른 동네가 더 나은 곳이 되었을 터였다. 월의 뒷모습이 점점 더 작아지며 멀어져 가는 동안 그가 사실은 정반대의 생각을 하고 있을 줄은, 월에게 아이올라라는 마을이 세스 때문에 도망치고 싶은 곳이 아니라 나 때문에 머물고 싶은 곳이 되었으리라고는 상상도 하지 못했다.

나중에, 월의 침대에서 한 이불을 덮고 누웠을 때 월이 그랬다.

"그날 걸어가는 내내 어떻게 너에게 돌아가야 할지 생각하고 있었어."

　지금도 한 번씩 그때 윌이 그냥 계속 앞으로 걸어갔더라면, 다음 기차를 타고 어디론가 가버렸더라면 얼마나 좋았을까, 하는 생각이 든다.

　진저리치며 밀어내는 아빠의 손길에 순순히 떨어져 나온 세스는 비틀거리며 돼지우리 쪽으로 걸어갔다. 아빠는 허리를 숙여 힘껏 나를 안아 올린 뒤 집으로 향했다. 어머니가 돌아가신 뒤 홀로 버텨야 했던 고된 세월의 무게를 생각하면 내 몸무게는 아무것도 아니었겠지만, 윌에 비해 아빠의 몸은 너무 앙상하고 불안정했다. 윌에게 안겨 있을 때처럼 아빠의 목에 팔을 두를까 잠시 생각했지만, 그랬다가 함께 바닥으로 고꾸라질까 봐 그만두었다. 우리 농장처럼 아빠도 매일매일 조금씩 시들어가고 있었다. 한때는 강인했지만 이제는 시들어버린 아빠의 팔에 안겨 있으니 마치 허약한 노새를 타고 있는 것 같았다. 천천히 걸어가면 되니 그만 내려달라고 말하고 싶었다. 그러나 어차피 내 말을 듣지 않으리란 것도, 아빠가 불필요한 말을 좋아하지 않는다는 것도 나는 누구보다 잘 알고 있었다.

　아빠는 나를 안은 상태 그대로, 비바람에 닳고 해진 현관 계단을 밟고 올라갔다. 포치에 나와 있던 오그던 이모부의 휠체어를 지나갈 때 이모부가 길고 높게 휘파람을 불었다. 이모부는 여러 말 대신 입꼬리를 올려 사악하게 씽긋 웃었다. 한바탕 난리를 아주 즐겁게 감상했고, 내가 다치든 말든 그건 알 바가 아니며, 더 큰 문제가 생기길 고대한다는 의미였다. 슬프게도 이모부의 못된 바람은 곧 현실이 될 것이었다. 아빠는 이모부를 무시하고 안으로 들어와 나를 소파에 길게 눕혀놓은 뒤, 버넷 선생님에게 전화를 걸기 위해 부엌으로 걸어갔다. 나는 엄마가 손바느질로 만들었던 모슬린 쿠션에 다리를 올린 채 잠자코 기다렸다.

어머니는 이 공간을 응접실이라고 불렀다. 캘 오빠, 세스, 나 우리 셋이 응접실에 들어올 수 있는 날은 일주일에 단 하루, 목욕을 하고 교회를 다녀와 몸과 마음이 깨끗해진 일요일 오후뿐이었다. 어머니가 응접실 모퉁이에 놓인 흔들의자에 앉아 성경 공부를 하고, 아버지는 금빛 양털이 깔린 소파에 앉아 꾸벅꾸벅 졸면서 신문을 읽는 동안 우리 셋은 실을 꼬아 만든 러그에 나무 체커 판을 펼쳐놓고, 배를 깔고 누워서 시간 가는 줄 모르고 체커 게임을 하며 놀았다. 시내 하숙집에 살던 비비언 이모가 놀러 오는 날도 많았다. 이모는 조용히 앉아 바느질을 하다가도 틈만 나면 손을 내려놓고 우리에게 재밌는 이야기를 들려주었다. 주로 주간지 《콜리어스》에서 읽었거나 몬트로스 극장에서 영화 상영 전에 틀어주는 뉴스영화*에서 본 내용들이었다. 이모가 아니었더라면 나는 할리우드라는 데가 있다는 것도, 에롤 플린, 배질 래스본, 그리어 가슨처럼 빛나는 이름을 가진 배우들이 있다는 것도 몰랐을 터였다. 그중에서 내가 가장 좋아하는 이름은 발음이 유난히 더 부드럽고 둥근 올리비아 드 하빌랜드였다. 이 배우가 어떻게 생겼는지 모르면서 나는 그 이름만큼이나 외모도 아름다울 거라고 상상했다. 어

---

* newsreel: 10분 내외의 상영 시간에 시대의 중요한 사건을 보도하는 기록 영화.

머니는 이런 게 죄 쓸데없는 헛소리라고 했지만, 그래서인지 이모가 전해주는 짤막한 소식 하나하나가 훨씬 더 재미있었다. 어머니를 설득한 이모가 라디오를 틀어 「로럴과 하디」*의 촌극을 들려줄 때도 더러 있었는데, 그런 날이면 우리 셋은 바닥을 데굴데굴 구르며 깔깔거렸다. 시끌벅적 즐거운 시간은 그리 오래가지 않았다. 흥분을 주체하지 못한 세스는 고삐 풀린 망아지처럼 법석을 떨다 결국 문제를 일으켰다. 어김없이 캘 오빠에게 주먹을 날리거나 몸싸움을 걸었던 것이다. 그러면 어머니는 우리에게 라디오를 끄고 응접실에서 나가라고 명령했다. 아무것도 안 했지만 그 자리에 함께 있었다는 것만으로도 잘못이라고 생각해야 하는 상황에 익숙했던 나는 싫은 티를 내면서도 고분고분 응접실에서 나갔고, 그럴 때마다 이모는 내게 미안해하는 눈길을 보냈다.

　땅거미 질 무렵, 나는 이들의 유령과 함께 응접실에 가만히 앉은 채 내 발목을 살펴줄 의사 선생님이 도착하길 기다리고 있었다. 그러다 문득, 하늘에서 어머니가 보고 있다면 아무리 발을 다쳤기로서니 소파 위에 다리를 올려놓으면 되겠냐고 꾸짖었을 것 같다는 생각이 들었다. 맞은편 벽에 있는 흰 선반에는 어머니가 모아둔 도자기 십자가들이 진열되어 있었다. 그 선반 아래에 성경 구절을 능숙한 솜씨로 수놓은 자수 액자가 하나 걸려 있었다. 가족들에게 영감과 가르침을 주기 위해 어머니가 집 안 곳곳에 걸어놓은 성경 구절 중 하나였다. 앞에 보이는 액자에는 우뚝 솟은 기

---

* Laurel and Hardy. 무성영화 말기에서 유성영화 초기에 걸쳐 활약한 미국 희극영화의 명콤비.

도 손 그림과 함께 "그는 흥해야 하고, 나는 쇠해야 하니. 요한복음 3장 21절"이라는 성경 구절이 그 그림의 테두리처럼 수놓여 있었다. 밤색 나무 액자에 켜켜이 쌓인 먼지를 보고 있자니 어딘가 부끄러웠다. 반대편 벽에는 파란 꽃으로 테두리 장식이 된 다른 자수 액자가 걸려 있었다.

"내가 너를 잊지 않으리라. 보라, 내가 너를 내 손바닥에 새겼으니. 이사야 49장 16절."

이 성경 구절에 관한 설교를 들었던 날이 떠올랐다. 그날 교회에서 나는 어머니 옆으로 가 허리를 곧게 펴고 바르게 앉았고, 어머니는 그런 나를 스윽 바라보더니 내 허벅지를 살짝 움켜쥔 뒤 금세 두 손을 자기 무릎으로 가져갔다.

응접실을 가리는 나풀나풀한 커튼 너머로 오그 이모부의 옆통수와 휠체어의 높다란 나무 등받이 밖으로 삐져나온 뚱뚱한 어깻죽지가 보였다. 이모부는 씹는담배 한 뭉치를 한쪽 뺨에 쑤셔 넣고는 포치 너머 윌이 떠나간 방향을 가만히 바라보고 있었다. 마치 아까부터 윌의 그림자를 쫓고 있는 사람 같았다. 몇 분마다 빨간 커피 캔을 집어 들어 그 안에 침을 뱉었고, 그런 다음에는 어김없이 은색 플라스크를 입술에 갖다 대고 꼴깍거렸다.

응접실은 오그던 이모부가 비브 이모에게 사랑 고백을 한 장소이기도 했다. 그러나 그 시절 매력 넘쳤던 대학생이 지금 현관 앞 포치에서 허송세월하는 남자와 동일 인물이라는 사실이 도무지 믿기지 않을 만큼 그때 이모부는 전혀 다른 사람이었다. 오그 이모부와 비브 이모는 1941년, 이모부가 다니고 있던 거니슨의 한

주립대학교 봄맞이 댄스파티에서 처음 만났다. 그때 이모는 초대받지도 않은 상태로 여자 친구 둘과 함께 댄스파티에 갔다. 로맨스가 목적이었던 세 사람은 모두 남학생을 유혹하는 데 성공하여 결국 상대방의 무릎을 꿇리고 프러포즈를 받아냈다. 댄스파티 다음 날 아침을 먹으러 부엌에 나왔을 때 이모는 너무 좋아 아찔했다고 한다. 자기가 낚은 물고기가 최고였기 때문이었다.

그다음 주 토요일 저녁 식사 때 이모가 이모부를 우리 집에 데리고 왔는데, 그를 본 나는 고개를 끄덕일 수밖에 없었다. 이모부를 데려오기 전에 이모는 내게 이모부가 영화 「어느 날 밤에 생긴 일It Happened One Night」에 나오는 클라크 게이블처럼 잘생긴 건 아니지만, 「스윙 타임Swing Time」의 프레드 아스테어처럼 거부할 수 없는 매력이 있는 남자라고 말했었다. 살면서 영화라는 걸 한 번도 본 적이 없었던 나는 이모 말이 대체 무슨 뜻인지 이해할 수 없었다. 그런데 새빨간 폰티악*에서 내려 우리 집 현관으로 걸어오는 오그 이모부를 보자마자 이모의 말이 이해가 됐다. 발걸음이 어찌나 가벼운지 갈색과 흰색 가죽이 덧대어진 구두코가 바닥에 닿지도 않는 것 같았다. 이모부를 본 이모는 새된 소리를 지르며 반갑게 뛰어나갔고, 오후 내내 헤어 롤을 말아가며 만지작거린 이모의 갈색 곱슬머리는 엄청나게 뿌려댄 스프레이 덕분인지 그렇게 뛰는데도 전혀 흐트러지지 않았다. 오그 이모부는 포치에서 아빠와 악수를 나누고 엄마에게 꽃다발을 선물했다. 팔짱 긴 채 키

* Pontiac. 1926년부터 2010년까지 존재했던 미국의 자동차 브랜드로, 대중적이고 스포티한 차를 앞세워 젊은 층에게 인기가 있었다.

득거리는 비브 이모 옆에 서 있던 이모부는 빨간 나비넥타이로 한 껏 멋을 부린 산토끼처럼 폴짝 뛰어 집 안으로 들어왔다.

그날 이모부는 온갖 모험담으로 우리 식구들의 귀를 즐겁게 해 주며 저녁 내내 활기차게 대화를 이끌었다. 어머니는 원래 그런 성격을 질색하는 사람이었고, 또 이모부가 과연 구원받은 사람이긴 한지 염려하고 있었을 게 뻔한데도, 그런 어머니조차 이모부의 재치에 두어 번 웃음을 터뜨릴 정도였다. 그랜드캐니언에서 해돋이를 봤다는 사람을, 샌환산맥을 4,000미터 이상 올라가 봤다는 사람을, 공중에서 움직이는 철제 의자를 타봤다는 사람을, 두 발에 널빤지 같은 걸 붙이고서 아이다호주 북쪽의 눈 덮인 산비탈을 내려왔다는 사람을 나는 그때까지 본 적이 없었다. 오그던 이모부는 이 모든 걸 해본 사람이었다. 이 중 몇 가지는 지미라는 남동생과 함께 해봤다고 했다. 우리에게 이야기를 하나씩 들려줄 때마다 짜릿했던 그 순간이 되살아나는 모양이었다. 저녁을 먹다 말고 의자에서 일어나 스키폴을 잡은 척 양팔을 니은 자로 다부지게 만들고, 무릎을 살짝 구부린 채 엉덩이를 양옆으로 흔들면서 스키 타는 자세를 보여주기도 했다. 이모부가 리듬감 있게 쉬쉬 소리를 내며 스키를 타고 기억 속 산비탈을 내려가는 동안 우리는 넋 놓고 이모부를 쳐다보느라 숟가락을 식탁에 내려놓지도 못했고, 비비언 이모는 환하게 웃고 있었다.

그다음 주 토요일 저녁, 오그 이모부가 지미 삼촌을 데려오자 형제의 연기도 두 배로 재미있어졌다. 오그 이모부보다 두어 살 어리다던 지미 삼촌은 자기 형만큼이나 날렵했고, 감정 표현은 형보다 훨씬 더 격렬했다. 두 사람은 버겐과 매카시*처럼 서로 말을 주거니 받거니 하면서 우리 집을 활기와 웃음소리로 가득 채워주었다.

오그 이모부와 비비언 이모는 그해 수확이 시작되기 직전에 결혼했다. 어머니와 나는 과수원 모퉁이에서 꺾어 온 보랏빛 펜스테몬과 연분홍색 리본으로 교회를 꾸몄다. 이모의 신부 입장을 기다리는 동안 지미 삼촌은 이모부 옆에 서 있었는데, 두 사람은 금방이라도 폭소를 터뜨릴 것처럼 쉴 새 없이 히죽거렸다.

그날 흰 판자를 덧댄 교회에 있던 사람 누구도 몰랐다. 그로부터 채 석 달도 지나지 않아서 저 먼 나라의 제복을 입은 사람들이 하와이 어딘가, 이름도 들어본 적 없는 어느 항구에 폭탄을 떨어뜨릴 거라고는, 그래서 오그 이모부와 지미 삼촌이 전쟁터로 끌려갈 거라고는.

내가 다섯 살 때였나, 어느 날 동네 곳곳에 무서운 소문이 돌았다. 몬트로스 출신의 은행가인 매시 아저씨가 몰던 번쩍번쩍한 상아색 오번 스피드스터**가 아이올라 기찻길에서 멈추었고, 그때 마주 오던 기관차에 그대로 들이받혔다는 소문이었다. 어떤 사람들은 매시 아저씨가 운전석에 앉은 채로 사고를 당했고, 자동차가 고치처럼 아저씨를 감쌌다고 말했다. 기차 바퀴에 목이 잘려 나갔다는 말도 돌았고, 아저씨가 오픈카 밖으로 날아가 기관차 앞 유

---

* Bergen and McCarthy. 에드거 버겐은 복화술사이며, 찰리 매카시는 그가 데리고 다니며 연기한 인형이다.
** Auburn Speedster. 미국의 오번 사에서 부자들을 겨냥해 출시한 로드스터로, 1930년대에 개발되어 800여 대만 생산했다.

리창에 부딪히는 바람에 죽기 직전에 기관사와 정면으로 눈을 마주쳤다는 소문도 돌았다. 정확한 사실은 매시 아저씨가 기차와 충돌하기 전에 차에서 뛰어내려 큰 부상을 면했다는 거였다. 그러나 소문이 다양하고 기괴하게 퍼진 탓에 동네 사람들은 너 나 할 것 없이 현장을 직접 확인해 보겠다며 자가용, 말, 자전거 등 저마다의 탈것을 타고 기찻길로 나갔다. 스피드스터가 산산조각 난 모습을 직접 보지 않은 사람이 동네에 없을 정도였다. 그날 아빠, 캘 오빠와 함께 복숭아를 배달하러 나간 나는 트럭 운전석과 조수석 사이에 거꾸로 엎어놓은 부셸 바구니에 앉아 있었다. 아빠가 평소에 가지 않던 길로 차를 돌리더니 철도역을 지나 선로로 향했다. 그곳엔 한때 뭇 사람들의 경탄을 받으며 메인 스트리트를 질주하던 웅장한 자동차, 동네 사람들은 꿈도 꾸지 못하던 다른 세상의 삶과 아이올라를 연결해 주던 그 웅장한 자동차가 찌그러진 거대한 깡통 같은 고철 더미로 변해 있었다.

특유의 아름다움과 창창한 미래를 빼앗아 짓밟았다는 면에서, 매시 아저씨의 매끈한 자동차를 망쳐놓은 기차 사고와 오그 이모부를 망쳐놓은 전쟁은 크게 다를 바 없었다. 그리고 1년 뒤, 우리 가족에게서 캘 오빠, 비비언 이모, 우리 어머니를 앗아간 사고도 그와 똑같은 짓을 했다. 나는 파멸의 집요함이 어떤 것인지 너무 어린 나이에 알게 되었다. 응접실 창문 너머에서 오그 이모부가 분노 섞인 갈색 침을 커피 캔에 뱉을 때마다, 위스키를 한 모금씩 홀짝일 때마다 이모부는 내게 소리 없이 말하고 있었다. 눈에 보이는 것만 봐서는 어떤 일이 닥칠지 알 수 없다는 걸 명심하라고.

부엌에 있던 아버지가 버넷 선생님이 오는 중이라고 내게 소리쳐 말한 뒤 방충문을 쾅 닫고 일하러 나갔다. 그때까지도 월 생각에 푹 빠져 있던 나는 발목을 다쳤다는 사실조차 깜빡 잊고 있었다. 마음속 저울 한쪽에는 월을 다시 보고 싶다는 마음을, 다른 한쪽에는 그가 여전히 아름답고 온전한 모습일 때 내 마음을 접는 게 옳다는 명확한 사실을 올려둔 채 둘을 저울질하느라 여념이 없었다.

3장

발목이 부러진 건 아니었다. 버닛 선생님은 하얗고 넓은 붕대를 내 발목에 감아주면서 며칠간 쓰지 말라고 당부하셨다. 그러나 선생님이 타고 온 자동차가 기다란 진입로를 채 벗어나기도 전에 나는 선생님의 지시를 어기고 다리를 절뚝거리며 부엌으로 저녁 준비를 하러 갔다. 그러길 참 다행이었던 게, 저녁 7시 정각이 되자마자 내가 다쳤거나 말거나 아빠, 오그 이모부, 세스 모두 여느 날처럼 내가 당연히 차려놓았을 저녁 밥상을 기대하며 부엌에 들어와 앉았다. 그날 내가 급하게 식탁에 올린 음식이라고는 부엌 텃밭에서 따 온 양배추와 함께 볶은 소고기, 전날 먹고 남은 롤빵 한 접시, 버터 바른 옥수수 네 대, 이틀 전에 만들어 먹고 남은 복숭아 파이가 전부였지만, 불평하는 사람은 없었다. 식탁에는 접시를 비우는 수저의 달그락거리는 소리와 이따금 오그 이모부가 내는 트림 소리뿐이었다. 세스는 멍들고 부어오른 코를 숨기려는 듯 고개를 처박고서 자기 접시에 아무렇게나 담아 올린 음식을 꿀꺽꿀꺽 삼켜댔다. 한바탕 하고 난 뒤라 걸신이라도 들린 건지, 최대한 빨리 식탁에서 일어나고 싶어서 일부러 그런 건지 모르겠지만 세스는 우리보다 두 배는 빠른 속도로 접시를 비우고 곧장 자리에서 일어났다.

"오늘은 나가지 말고 집에 있어라, 아들."

세스가 어딜 가겠다고 입술을 채 떼기도 전에 아빠가 엄한 목소리로 세스를 불렀다.

"아, 무슨 상관이에요?"

부엌 등이 너무 밝아 눈이 부시다는 듯 세스가 새우 눈을 뜨고 말대꾸했다. 엉망이 된 코 때문에 얼굴이 낯설어 보였다.

"말조심해라."

아빠의 경고가 날아왔다. 아빠는 빵에 버터를 듬뿍 발라 크게 한입 베어 물고 천천히 씹으면서 세스와 아빠 사이를 채운 공간을 응시했다.

세스가 살금살금 발을 옮겼다. 씹고 있던 빵을 꿀꺽 삼킨 아빠가 세스에게 자리에 앉으라고 명령했다.

"저녁 식사 아직 안 끝났다."

어머니는 예의범절, 감리교 교리, 생활 규칙 등에 무척 엄격했다. 어머니가 살아 계실 때 우리는 식사 예절은 물론이고 수많은 규칙을 따라야 했다. 어머니의 사전에는 말하는 방법, 바느질하는 방법, 샌드위치를 만들 때 식빵에 마요네즈를 바르는 방법, 카펫의 먼지를 터는 방법, 닭이 알을 더 많이 낳게끔 구슬리는 방법까지 모든 일에 올바른 방법과 올바르지 않은 방법이 존재했다. 우리는 교회에서 다리를 꼬고 앉으면 안 됐고, 대답할 때가 아니면 어른에게 먼저 말을 걸면 안 됐고, 안장 없이 말을 타면 안 됐으며, 여자인 나는 학교 체육 시간을 제외하고는 공공장소에서 뛰어다니면 안 됐다. 어머니가 돌아가시자 아빠도 처음에는 어머니가 고집했던 높은 기준과 오만 가지 규칙을 지키려고 했지만, 그런 규칙을 따르는 건 아빠 성격에 맞지 않았고 남에게 규칙을 강요하는 건 더더욱 그랬다. 자녀 양육은 어머니의 영역이었던 탓에 어머니가 떠난 뒤에 아빠는 뭘 어떻게 해야 할지 전혀 모르는 사람처럼 보였다. 아빠는 우리 남매를 진정으로 위해서라기보다는 그때그때 규칙이 떠오르거나 어머니 생각이 날 때, 또는 화풀이를 할 때만 우리에게 규칙을 강요했다. 그마저도 예전의 규칙들을 아무렇게나, 마구잡이로 적용하는 바람에 세스와 나로서는 도무지 언제, 어떤 규칙을 지켜야 할지 알 수 없었다. 보통 세스는 저녁밥을 다 먹고 나면 언제든 내킬 때 식탁에서 일어났고, 설거지는 당연히 내 몫이었기에 나는 늘 마지막까지 식탁에 앉아서 천천히 밥을 먹었다. 그랬던 우리 집에 그날은 새로운 규칙이 적용된 것이다.

"오늘은 네가 설거지 담당이다."

아빠가 세스에게 말하고 빵을 한 입 더 베어 물었다.

아무 일도 없다는 듯 사무적으로 전달하는 아빠의 뜬금없는 지시에 우리 남매는 누가 먼저랄 것도 없이 놀란 토끼 눈을 했다. 우리 집에 일관성 있게 통용되는 규칙이 있다면 바로 집안 살림은 여자 몫이라는 것이었다. 생전에 어머니도 당연하게 여기던 일이었다. 생각지도 못했던 새로운 규칙을 만든 게 내 발목이 걱정돼서인지, 세스에게 벌을 주기 위해서인지 아니면 둘 다인지 아빠는 부연하지 않았다. 세스는 고개를 뒤로 젖히고 앓는 소리를 내며 싫은 티를 냈고, 이를 지켜보던 오그 이모부는 싱글싱글 세스를 비웃었다.

아빠는 하나 남은 롤을 마저 먹은 뒤, 모슬린 냅킨으로 입가를 닦았다.

"이 시간이면 그 멕시코 놈은 벌써 멀리 가고 없을 게다. 그게 아니더라도 쫓아가 봐야 우리 집에 더 이상은 필요 없는 말썽만 일으킬 게 뻔하고."

아빠가 윌을 멕시코인이라고 지칭한 순간 그 말에 모두의 관심이 쏠렸다.

"멕시코 사람이라고?"

이모부가 자신의 뭉툭한 오른 다리 끝을 철썩 때리더니 혀를 차며 세스를 꾸짖었다.

"그러니까, 웻백*한테 두들겨 맞고만 있었다는 거냐?"

"멕시코인이 아닐 수도 있어요." 세스가 이를 악물었다. "개자식인 건 틀림없는데, 어디서 왔는지 누가 어떻게 알겠어요."

"그만."

아빠가 끼어들었다. 이들 대화의 편협함 때문인지 비열함 때문

---

* wetback. 미국으로 밀입국한 멕시코인을 폄하하는 단어.

인지는 알 수 없었다. 아니, 어쩌면 그저 둘의 목소리가 듣기 싫었던 건지도 모르겠다.

당장 자리를 박차고 일어나고 싶었다. 당신들이 윌슨 문에 대해 아는 게 뭐가 있느냐고, 아무것도 모르면서 함부로 지껄이지 말라고 소리치고 싶었다. 그때 이미 나는 어떤 식으로든 윌을 내 남자라고 느끼고 있었다. 식탁에 함께 앉아 있는 이들은 내 식구였지만 이 순간만큼은 식구들보다 윌이 더 중요했다.

어머니가 항상 본을 보이며 내게 가르쳐준 규칙이 하나 있었다. 여자는 말을 아껴야 상황을 유리하게 만들 수 있다는 것이었다. 사람들과 함께 있을 때 어머니는 시종 냉담해 보였다. 특히 일꾼들과 집에서 같이 식사하는 시간에는 더욱 그랬다. 그때는 몰랐지만, 이제는 어머니를 이해할 수 있었다. 지금의 나처럼, 그리고 앞서 살았던 수많은 여자들처럼 우리 어머니도 침묵이야말로 자신의 진실을 지키기 위한 최고의 경비견이라는 사실을 알고 있었던 것이다. 여자는 자기의 내면을 적게 드러낼수록 남자들에게 책잡히는 일을 줄일 수 있다. 윌슨 문의 얘기가 나오자 온몸의 핏줄이 마치 전선처럼 웅웅거렸지만, 그 사내에게 전혀 관심 없는 척 연기했다. 꾸역꾸역 음식을 마저 먹었다. 우유도 끝까지 마셨다. 그런 다음 이제 일어나 보겠다고 허락을 구했다. 의자에서 일어났을 때 세스가 나를 노려보고 있었다. 뒤바뀐 역할에 잔뜩 골이 났다는 건 알겠는데, 아무리 그렇다 해도 세스의 두 눈엔 알 수 없는 섬뜩함이 서려 있었다. 나는 발을 절뚝거리며 부엌에서 나와 낡아빠진 나무 계단을 올라 안락한 침실로 향했고, 가는 내내 세스의 눈에 담긴 감정을 무슨 단어로 설명할 수 있을지 곰곰이 생각해 봤다. 도무지 떠오르지 않았다. 그러나 그게 무엇이든 걱정하고 싶지 않았다. 그때만 해도 나는 길들일 수 없는 복수의 들불이 어떤 건지 아무것도 몰랐으니까.

그날 밤, 침대에 누워서 어머니를 그리워했다.

이렇게 어머니가 보고 싶은 건 몇 년 만에 처음이었다. 침대에 누워 있던 나는 월과 어떻게 다시 만날지 이런저런 상상을 해볼 수도 있었고, 월의 품에 안겨 있을 때 느꼈던 강렬함을 다시 떠올려볼 수도 있었다. 월 생각에 빠져 있으면 욱신거리는 발목 통증도 잊을 수 있었을 텐데, 이럴 때 월이 아닌 어머니 생각이 나다니 나도 놀랐다. 물론 지난 5년간 어머니 생각을 더러 한 건 아니었다. 그러나 어머니는 항상 내게 효율적이고 현명하게 행동해야 한다고 가르쳤고, 가질 수 없는 것을 갈망하는 건 효율적이지도 현명하지도 않다고 가르쳤다. 그런 어머니의 가르침을 존중하기 위해서라도 돌아가신 어머니를 그리워하지 않으려고 애썼지만, 그게 애쓴다고 될 일은 아니었다. 솔직히 말하면, 어머니 생각을 하고 있으면 마음이 너무너무 아파서 최대한 하지 않으려고 했던 것 같다.

사고 이후, 처음에 가장 보고 싶었던 사람은 캘러머스 오빠였다. 캘러머스 오빠는 오클라호마주의 칠면조 농장에 살던 큰이모의 아들이다. 내가 아기였을 때 오빠네 농장에 토네이도가 불어닥쳤고, 그 일로 부모를 잃은 뒤 우리와 함께 지냈다. 너무 어릴 때 일이었던지라 오빠네 가족이 어떤 죽음을 맞이했는지 듣지 못해서 그저 내 멋대로 그들의 마지막을 상상하곤 했다. 삶의 마지막 순간에 비행의 짜릿함을 느끼고 꽥꽥대는 칠면조 수백 마리. 그 사이에서 통째로 빙빙 돌며 하늘로 휩쓸려 가는 오빠네 집. 마법처럼 땅에 붙어 있는 여덟 살 꼬마 캘러머스 오빠가 놀라고 체념한 듯 그 광경을 올려다보고 손을 흔들며 작별을 고하는 모습을. 그러나 사실 캘러머스 오빠는 우리 집으로 왔다. 기억을 돌이켜 보면, 본성이 선한 오빠는 옛날부터 제각기 흘렀던 우리 가족의 개울을 하나의 강으로 통합하는 합류점이었다. 오빠는 이따금 어머니를 웃게 만들었고, 기꺼이 아빠의 일을 도왔다. 일머리가 좋았던 오빠의 일솜씨는 빼어난 품질의 복숭아를 제외하면 아빠의 유일한 자랑거리인 것 같았다. 오빠는 세스의 넘치는 에너지를 플라이 낚시나 자동차 수리와 같은 유용한 일에 쏟아붓게 만드는 법을 알았고, 심지어 몇 마디 대화만으로 세스의 성질을 누그러뜨리기도 했다. 그리고 내게는 까진 무릎에 호, 하고 입바람을 불어주는 유일한 사람, 친구가 필요할 때 기댈 수 있는 유일한 사람이었다.

시간이 흐르고 캘 오빠에 대한 기억이 흐릿해질수록 어머니 없이 살아가는 삶의 현실은 점점 더 뚜렷해졌다. 남자들에게 둘러싸인 내 삶에는 본보기가 되어줄 사람이 없었다. 어머니가 돌아가시자 남자들은 슬그머니 내가 어머니의 역할을 대신하길 기대했다. 내가 식사를 준비하고, 오줌통을 비우고, 더러워진 옷을 빨아 널고, 집 안 곳곳의 살림과 텃밭의 작물까지 빠짐없이 돌보기를 바랐다. 어머니에게 기본적인 집안일을 배우긴 했지만, 살림을 온전히 떠맡았을 때 겨우 열두 살이었던 나는 집안일을 하면서도 내가 제대로 하고 있는지 몰랐고, 당연히 어머니만큼 잘했을 리도 없었다. 무엇보다 내가 원해서 이런 일을 하는 것인지 확신이 들지 않았다. 그렇다고 그런 말을 입 밖에 내도 되는지조차 알지 못했다. 그러다 시간이 흘러 마침내 그 답을 알게 되었다.

설상가상으로, 어머니가 돌아가시고 몇 달 지나지 않아 내 몸에 변화가 찾아오기 시작했다. 내 신체는 같은 학교에 다니는 또래 여자애들보다 더 빠르게 성숙해 갔다. 그러나 도대체 내 몸에 무슨 일이 일어나고 있는 것인지, 앞으로 어떻게 되는 것인지 알 길이 없었다. 유독 부끄러움을 많이 타는 성격이기도 했고, 어차피 해야 할 일이 너무 많아서 다른 여자애들과 친하게 지낼 시간도 없었다. 물어볼 사람도 없었던 나는 학교 운동장처럼 사람이 많은 데서 공개적으로 망신당하는 일만큼은 피해야겠다는 일념으로 몸을 꽁꽁 숨기기로 했다. 브래지어를 어디서 어떻게 사야 하는지도 몰랐던 나는 두툼한 스웨터와 셔츠를 겹겹이 껴입는 걸 선택했다. 이 방법으로도 더 이상 감출 수 없게 되자 다른 묘수가 필요했다. 나는 저니건스에 며칠씩 드나들며 갈 때마다 저니건 아저씨에게 무릎이 아프다고 거짓말을 했다. 그렇게 정교한 연막을 친 뒤에 특별 주문한 압박 붕대로 가슴통을 꽁꽁 감쌌다.

얼마 지나지 않아 초경이 찾아왔다. 잠에서 깨자마자 커다란 핏자국을 본 나는 정말이지 죽을병에 걸린 줄 알았다. 요조숙녀의 정숙함과 내 직관은 아빠에게 이 사실을 알리지 말라고 당부했다. 그날 아침, 침대 시트를 적시고 매트리스까지 스며든 핏자국을 봤을 때는 소스라치게 놀랄 수밖에 없었다. 아침밥을 차리고 학교까지 걸어가려면 핏자국을 깔끔하게 지울 시간이 없겠기에 얼룩진 속옷과 잠옷, 시트를 둘둘 말아 침대 밑에 쑤셔 넣고, 꽃무늬 이불을 잡아당겨 더러워진 매트리스를 덮었다. 그러고도 뭘 어째야 할지 몰라서 겹겹이 접은 휴지 뭉치를 깨끗한 속옷에 대서 피를 받아냈다. 그 위에 검정 치마를 걸친 뒤, 휴지가 움직이지 않도록 치마 속에 모직 스타킹과 여름용 니커보커스*를 껴입었다.

"하느님 맙소사! 빌어먹게 느려터졌네." 학교로 가는 길에 앞장서서 걷던 세스가 짜증을 냈다.

"네가 함부로 하느님을 들먹거리는 걸 아시면 어머니가 퍽이나 좋아하시겠다." 내가 대답했다.

"뭐, 어차피 돌아가셨는데, 안 그래?" 세스는 점점 더 빠르게 걷더니 어느새 움직이는 점처럼 보일 만큼 멀어졌다.

은밀한 부위에서 피를 흘리면서, 휴지 뭉치가 빠져나올까 봐 전전긍긍하면서, 온 배에 경련이 난 것 같은 통증을 느끼면서, 이 불가사의한 질병 때문에 학교에 도착하기도 전에 쓰러져 죽을 거라고 확신하면서 학교로 걸어가던 그날 아침만큼 어머니의 죽음이 뼈저리게 실감 났던 날은 없었다.

집에 돌아와 보니 침대 옆에 비눗물 한 양동이와 솔 하나가 놓여 있었다. 그리고 아침에 숨겨두었던 침대 시트가 양동이 옆에 쌓여 있었다. 시트에 묻은 핏자국은 여전했지만 마치 진흙탕에 빠뜨렸다가 끌고 온 것처럼 더러웠다. 얼룩진 속옷은 어딜 갔는지

* knickerbockers. 무릎 아래에서 졸라매는 품이 넉넉한 서양식 반바지.

보이지 않았다. 나는 핏자국을 솔로 문지르고, 물기를 짜내고, 다시 또 솔로 문질러 대며 얌전히 시트를 빨기 시작했다. 소리 없이 생겨나 콧등을 타고 흘러내려 턱 밑에 고여 있던 눈물방울이 양동이 안으로 뚝뚝 떨어졌다.

더러운 작업복에 너덜너덜하게 해진 밀짚모자를 쓴 아빠가 별안간 문간에 나타났다. 아빠는 입 안을 맴도는 말이 무슨 맛인지 음미라도 하듯 앙다문 입술을 이리저리 돌렸다. 어릴 적 우리가 키우던 일등 돼지가 다른 돼지를 물어뜯어서 피투성이로 만든 걸 발견했을 때처럼 이번에도 내게 무슨 일이 일어났는지 아빠에게 얘기하고 싶었다. '영역 싸움'이라고 설명해 주며 상처는 곧 아물 테니 걱정하지 말라고 안심시켜 주었던 그때처럼 이번에도 아빠가 이 상황을 내게 이해시켜 주면 좋겠다고 생각했다. 아빠는 뭔가 할 말이 있어 보였지만, 결국 아무 말도 하지 않고 한 걸음 물러나 몸을 틀어 복도로 걸어갔다.

"개인적인 물건은 개들이 마당으로 물고 나올 수 있을 만한 데에 두지 말고 잘 간수해라."

중얼거리듯 어물어물 말하는 아빠 목소리가 복도에서 들려왔다. 아빠의 무거운 발걸음은 계단을 내려가 부엌을 지나 이어졌다. 방충문이 삐걱 열리는 소리가 나더니 금세 쾅 소리를 내며 닫혔다.

우리 집에 개라고는 아무 의미 없이 '멍멍이'라고 불리다가 언젠가부터 정기적으로 윌로 크리크에서 물고기를 물어다 쌓아놓기 시작해 트라우트*라는 이름을 얻은, 검은 털과 회색 털이 얼룩덜룩 섞인 캐틀도그** 한 마리뿐이었다. 호기심이 많은 트라우트가 얼룩진 침대 시트를 발견했던 것이다. 그때 아빠가 '개들'이라고(복수형으로) 말했고, 지금 생각해 보면 아빠가 단지 말을 잘못했거나 내가 잘못 들었던 건데, 당시에는 겁이 많고 순진하고 무지했던 나머지 이 특별한 피에 이끌린 어떤 악의 무리가 마당에서 우리 가족을 스토킹하고 나를 공격하려고 숨어 있다는 상상에 휩싸였다. 빨다 만 시트를 들어 올려 그대로 얼굴을 파묻고 흐느끼는 바람에 스웨터와 치마가 빨랫물에 흠뻑 젖었다. 그날 이후 나는 아침에 집을 나설 때마다 방문을 굳게 잠갔다. 잠을 잘 때도 문을 잠갔다. 집 안을 돌아다니며 집안일을 할 때에도 내 방문을 닫아둘 수 있으면 그렇게 했다. 남자들만 사는 집에 여자는 나 하나뿐이었고, 그런 나는 마치 논둑에서 피어나는 한 송이 꽃처럼 빠르게 여자가 되어갔다.

월과의 만남은 이 케케묵은 감정의 유령을 모아다가 이들에 새로운 숨결을 불어넣어 주었다. 월이 내 안에 불 지핀 감정은 여자로서 내가 나아가야 할 다음 단계였다. 5년 전 그날처럼 이번에도 내게는 여자 어른이 필요했다. 그러나 현실적으로 생각해 보면, 어머니가 여전히 살아서 바로 옆방에 있었더라도 내가 월 얘기를 하지는 않았을 것이다. 어머니는 어디 여자가 정숙하지 못하게 길

* trout. 송어.
** Cattle hound. 소떼를 몰기 위해 개량된 품종의 개.

바닥에서 처음 보는 남자와 말을 섞는 것으로도 모자라 품에 안기냐며 노발대발했을 게 뻔하다. 내가 어머니를 그리워한 건 꽃피는 사랑에 관해 조언을 듣고 싶어서가 아니었다. 그날 밤 잠에 빠져드는 순간까지 내가 그토록 간절히 소원했던 건, 여자도 자기가 선택한 사람을 사랑할 수 있다고 말해줄 사람이었다. 물론 어머니가 살아 계셨더라도 내 편을 들어줬을지는 모르겠다. 그러나 어머니를 잃은 딸이 누릴 수 있는 이점을 하나만 꼽으라면, 실제로는 어땠을지 모르지만 머릿속에서만큼은 어머니를 확고한 내 편으로 만들 수 있다는 것이다.

그날 밤, 내가 월의 품에 안길 수 있도록 어머니가 두 팔을 활짝 벌리고 강인하게 서서 휘몰아치는 홍수를 막아주는 꿈을 꾸었다. 그런 어머니 뒤에서 세스가 필사적으로 파도와 싸웠지만 어머니를 지나 헤엄치기에는 역부족이었다. 꿈속에서 거대하게 이글거리는 세스의 눈빛은 그날 저녁 식탁에서 일어나 삐걱거리는 계단을 올라가던 나를 쫓는 눈빛만큼이나 섬뜩했다.

4장

　다음 날, 천둥이라도 치는 것처럼 우르릉거리는 소리에 내 방의 창유리가 덜거럭거렸다. 다름 아닌 세스의 로드스터* 엔진에서 나는 소리였다. 화들짝 잠에서 깬 나는 발목을 다쳤다는 사실도 잊고서 벌떡 일어났다가, 두 발에 무게가 실리는 순간 마룻바닥에 풀썩 주저앉고 말았다.

　오그 이모부의 일장 연설이 그날만큼 달가웠던 적이 없었다. 아래층 이모부의 침실에서 고래고래 호통치는 목소리가 들려오자 2층에 있는 나까지 구태여 세스에게 소리칠 필요가 없었다. 새벽 5시 10분. 여느 아침이라면 눈뜨기 20분 전의 시간이었다. 매일 아침 새벽 5시 반이면 나는 우렁차게 울리는 알람시계를 끄고 침

* roadster. 지붕과 뒷좌석이 없는 자동차.

대에서 일어나 부엌으로 내려가 아침밥을 준비하고 커피를 끓였다. 우리 집 남자들이 일어나려면 거의 한 시간은 남은 시간이었다. 그런데 그 어두운 새벽녘에 세스가 이미 마당에 나가 있었던 것이다. 그맘때 세스는 굴러가지도 않을 만큼 낡아빠진 크라이슬러 자동차를 붙들고 겨우 시동이나 걸면서 친구들에게 뻐겨대고 있었다. 무릎을 대고 창가로 기어간 나는 한 발에 무게를 싣고 일어서서 창밖을 내다보았다. 창살 사이로 노랗게 물든 버드나무를 지나 세스의 실루엣과 물 빠진 청바지, 흰 티셔츠를 비추는 희미한 빛이 보였다. 세스는 모자를 쓰지 않은 맨머리였다. 해마다 여름이면 금발이 되는 세스의 상고머리는 이미 가을이 왔음을 알리려는 듯 연갈색으로 변해 있었다. 세스가 이런 터무니없는 시간에 자동차를 만지는 건, 더군다나 보는 사람 하나 없는 데서 로드스터의 시동을 거는 건 처음 보는 광경이었지만, 사실 세스가 무슨 짓을 하든 놀랄 일은 아니었다. 세스가 불룩하게 솟은 자동차 후드 위에 올라가 오그 이모부에게 욕지거리를 해댔다. 고함을 칠 때마다 차디찬 아침 공기 속에 허연 입김이 뿜어져 나왔다. 2층에서 보고 있자니 마치 세스가 이 집에 대고 욕을 하는 것만 같았다.

"여기 우리 집이라고, 병신 새끼야!"

세스의 화가 부글부글 끓고 있었다.

"당신이 여기서 하는 일이라도 있어? 있냐고! 나한테 이래라저래라 하지 말고 꺼져!"

세스는 이모부에게 밥버러지, 거머리, 병신, 뚱보라고 했고, 그런 세스에게 이모부는 낙오자, 계집애 같은 새끼, 사라[*]라고 되받아쳤다. 그렇게 두 사람은 누구 하나 물러설 생각 없이 팽팽하게 적대감 넘치는 신경전을 벌였다.

나는 절뚝절뚝 침대로 돌아와 누워 이불을 머리 위로 잔뜩 끌어올린 채 고성과 추위를 막아보려고 애썼다. 세스가 이번에는 또 무슨 짓을 벌이려고 저러나 싶었다. 그만하라는 아빠의 호통이 들리고 나서야 마당에 울려 퍼지던 세스의 고함이 잠잠해졌다.

세스의 행티는 뼈나 피처럼 가지고 태어난 게 틀림없다. 어머니가 워낙 엄하게 훈육하는 사람이었던지라 망나니처럼 날뛰는 세스를 통제하긴 했지만, 세스는 마치 억압복에 갇힌 사람처럼 어떻게든 어머니의 감시망에서 벗어나려고 늘 발버둥 쳤다. 그러나 어머니에게는 세스가 생각도 하기 전에 세스의 행짜를 예측하는 능력이 있었다. 어머니는 세스가 돌을 주우려고 허리를 숙이기도 전에 돌을 던지지 말라고 경고했고, 세스가 팔을 뻗기도 전에 남의 머리카락을 잡아당기면 안 된다고 경고했으며, 입술을 채 떼기도 전에 교회에서 시끄럽게 떠들지 말라고 경고했다. 그 정도로 어머니의 신경은 세스에게 쏠려 있었다. 어머니와 세스 두 사람은 눈과 눈썹, 한 손만으로 소통하는 침묵의 언어를 발전시켜 나갔다. 단순하지만 모든 권위가 담겨 있는 언어였다. 세스가 복숭아를 야구공처럼 집어 들고 던지기 전에, 혹은 진흙탕으로 폴짝 뛰어들기 훨씬 전에 어머니는 눈을 크게 뜨고, 눈썹을 치켜올리고, 뭔가를

---

[*] Sara. 세스의 여성형 이름.

자르듯 오른손을 허공에다 빠르게 내리쳤다. 말 한마디 뱉지 않은 채 *절대 안 돼. 감히 꿈도 꾸지 마,* 라고 주의를 주는 침묵의 언어였다. 그러면 세스는 가자미눈으로 어머니를 흘겨보고 짜증내며 오른손으로 주먹을 쥔 채 허공을 때렸다. 세스에게 유일하게 허락된 작은 반항이었다.

세스 때문에 언제나 신경이 곤두서 있는 어머니에게 짐이 되지 않기 위해서라도 캘 오빠와 나는 더 조심했고, 자연히 우리 둘이 어머니의 제지를 당하는 일은 거의 없었다. 캘 오빠와 내가 어머니의 기대에 벗어나지 않으려고 순종했던 것이 우리의 도덕성 때문이었는지 아니면 세스와 함께 타고 있던 위태로운 시소의 평형을 유지하고 싶은 마음 때문이었는지는 잘 모르겠다. 앞으로도 알 길이 없을 것이다.

그러나 아무리 어머니라도 24시간 세스를 감시할 순 없는 노릇이었고, 세스는 작은 틈만 보이면 말썽을 일으켰다. 내가 직접 목격한 말썽만 해도 어린 나이에 감당하기에는 벅찰 정도로 많았으니 사람들이 모르는 행짜는 훨씬 더 많으리라는 건 두말하면 잔소리였다. 나는 세스가 복숭아 노점에서 동전을 훔치는 것도 보았고, 말을 잘 듣고 있는데도 말을 안 듣는다며 얌전한 트라우트를 걷어차는 것도 보았다. 대시보드 너머를 겨우 볼 수 있을 만큼 키가 자랐을 때에는 아빠 몰래 트럭 운전석에 올라타 슬쩍 어딘가를 다녀오기도 했다. 세스의 말썽은 친구들과 있을 때면 훨씬 더 심해졌다. 특히 학교에 가서는, 고만고만한 친구들끼리 몰려다니며 시비를 걸어서 꼭 먼지 날리는 주먹다짐으로 일을 키웠고, 후배들의 점심 샌드위치를 훔치기 일쑤였다. 언젠가 한번은 저 아랫길에 사는 오클리네 삼 형제와 세스가 헛간 뒤에서 놀고 있었는데, 가만 보니 황소개구리에게 등유를 붓고 불을 붙이고 있었다. 공포에 질린 불쌍한 생명체가 이리저리 날뛰자 애들은 깔깔거리며 웃음을 터뜨렸다. 나는 세스에게 들키지 않게 서둘러 몸을 숙이고 오리걸음으로 헛간에 들어간 뒤 악대말 아벨의 보드라운 주둥이에 얼굴을 파묻고 눈물을 흘렸다.

그 사고가 나기 전 여름, 건초를 베던 캘 오빠가 잠시 쉴 때가 되면, 그리고 내가 집안일을 모두 마칠 무렵이면 우리 둘은 개울가에서 가장 큰 미루나무의 꼭대기에 나무집을 만들며 시간을 보냈다. 우리는 근처 농장에서 나온 지저깨비를 모아 조금씩 아벨의 등에 실어서 집으로 가져온 뒤 잔가지를 밧줄로 묶고, 높다란 나뭇가지 위에는 쪼개진 판자를 얹었다. 캘 오빠는 거의 모든 일을 도맡아 하면서도 내가 소외감을 느끼지 않도록 잊지 않고 소소한 일거리를 나눠주었다. 세스에게도 같이 하겠냐고 물어봤지만, 여름 내내 세스는 홀든 오클리와 함께 참호를 파는 데에 온 정신이 팔려 있었다. 홀든은 오클리 삼 형제 중에서 가장 나이가 많고 무례한 맏형이었다. 어머니는 한참 고민한 끝에 식물이 심기지 않은 구석에 구덩이를 파도 된다고 허락했다. 그 땅은 아빠가 여분의 울타리 재료와 장비를 쌓아둔 곳이었다. 남자애들은 나뭇가지로 기관총을 만들고 연탄 검정을 뺨에 문질렀다. 그러고는 나무집을 짓는 나와 캘 오빠에게 매일같이 총을 겨누고 입으로 투투투투투 소리를 내면서 우리 나무집이 못생겼다고, 무슨 시간 낭비냐고 고래고래 소리치며 그들의 참호 속에서 공격을 퍼부었다.

평상처럼 만든 바닥, 높이는 조금씩 다르지만 제법 단단한 네 개의 벽, 기울어진 지붕, 바닥의 네모난 구멍을 통해 땅으로 내려가는 줄사다리까지. 나무집 만들기 프로젝트가 완성되던 날, 캘 오빠와 나는 딱 알맞게 새콤달콤한 레모네이드를 만들어서 나무집으로 가져가 소풍을 즐겼다. 우리는 나무집 안에 낡은 담요를 깔고 앉아서 잼을 바른 샌드위치를 먹었다.

"우리가 나무집 다 만들어놨으니까 이제 세스가 끼워달라고 하게 생겼다."

캘 오빠는 팔꿈치로 바닥을 짚고 누워 자신의 작품을 보며 감탄했다.

"우리, 사다리 접어놓자."

다른 게 아니라 세스와 레모네이드를 나누어 먹고 싶지 않았다. 오빠는 빙긋 웃으며 손을 뻗어 사다리를 끌어올린 뒤 나무집 바닥에 쌓아놓았다.

나무집 위에 있다는 안전함, 캘 오빠의 다정함만으로도 나는 이세상과 동떨어져 있는 듯한 달콤함을 느꼈다. 레모네이드가 중요한 게 아니었다. 그날, 태어나 처음으로 세스가 올 수 없는 곳에 있으니 마음이 편했다. 무엇 때문인지, 어떤 말로 표현해야 할지는 몰랐으나, 어쨌든 그날 처음으로 내가 마음 깊은 곳에서 동생을 두려워하고 있다는 사실을 깨달았다. 그때 이미 나는 사탄, 뱀, 죄인 등 어둠을 주제로 한 설교를 빠짐없이 들었지만, 세스가 가진 어둠에 대해 알기엔 너무 어린 나이였다. 아무래도 타고나는 게 분명한 어둠, 어떻게 하면 질서를 파괴하고 사람들을 괴롭힐 수 있을지 연구하며 사는 인간의 그런 어둠을 나는 알지 못했다. 담요 위에 누워 머리 위 참새들의 짹짹거리는 소리, 캘 오빠가 껌 씹는 소리, 내 입에서 나는 긴 날숨소리를 듣고 있던 그때 나는 세스가 아무것도 허물 수 없다는 사실에 감사할 뿐이었다.

오빠와 나는 나무집 위에서 잠이 들었다. 둥지를 짓는 고된 노동을 마친 뒤 고양이의 손이 닿지 않는 높은 보금자리에서 안락함을 즐기는 두 마리의 새처럼.

어디선가 날아든 돌멩이가 벽에 부딪쳐 평화로움을 깨뜨렸고, 우리는 둘 다 깜짝 놀라 동시에 일어나 앉았다. 아직 잠에서 덜 깬 우리는 두 번째 돌멩이가 벽에 부딪친 다음에야 무슨 상황인지 파악했다.

"세스 이 자식."

캘 오빠가 한숨을 쉬고 이를 악물었다. 우리 둘은 바깥을 내다보지도, 세스에게 뭐라고 하지도 않았다. 숨은 건 아니었고 그냥 대꾸조차 하기 싫어서였다. 그냥 세스가 가버리길 바랐다. 하나, 둘, 돌멩이가 연달아 벽을 때렸다. 다섯 번째 돌멩이에 널빤지가 쪼개지자 결국 오빠가 벌떡 일어나 아래에 있는 세스를 보고 그만두라고 소리를 질렀다.

"나도 올라갈래!" 세스가 지지 않고 소리쳤다.

"안 돼!" 캘 오빠는 단칼에 거절했다.

"나도 올려달라고, 빨리!"

세스가 떼를 쓰며 또 집어 던진 돌멩이가 나무집의 벽을 때렸다. 세스는 키가 작았지만 근육질이었고, 공을 잘 던지기로 유명했다. 마을에서 야구 경기가 열리면 세스는 타자를 줄줄이 삼진으로 보냈고, 해마다 거니슨 축제에 가면 병을 모조리 쓰러뜨려 풍선껌을 따냈다.

캘 오빠가 다시금 안 된다고 거절하자 세스는 오빠의 이름을 상스럽게 부르며 나무 밑동에 화풀이를 하기 시작했다. 어머니가 들었더라면 저 입을 양잿물로 씻어내야겠다고 혼쭐을 내셨을 텐데. 캘 오빠는 열여덟 살이었고 세스는 겨우 열 살밖에 안 되었지만, 세스는 위아래가 없었다. 캘 오빠를 형 대접하는 꼴을 단 한 번도 본 적이 없었다. 세스는 어릴 때부터 그랬다. 사사건건 자기 생각이 옳다고 우겼고, 절대 고집을 꺾지 않았다. 사촌 형에게 예의를 갖추기는커녕 아무것도 배우려 하지 않았고, 무엇도 따라 하려 하지 않았다. 마당에서든 들판에서든 과수원에서든 세스는 언제나 캘 오빠를 제치고 앞서서 걸었고, 캘 오빠가 조금이라도 굼떠 보이거나 자기가 더 잘할 것 같다는 생각이라도 들면 오빠의 손에 들린 도구를 낚아채듯 빼앗아 버렸다. 여느 큰형이 막냇동생 놀리듯 캘 오빠가 짓궂은 장난이라도 치면, 세스는 둘의 몸집 차이, 나이 차이를 깡그리 잊은 듯 불같이 화를 냈고, 끝끝내 오빠에게 반격이든 사과든 받아내야만 직성이 풀렸다. 캘 오빠는 세스와 부딪치지 않는 게 상책이라는 걸 아주 일찌감치 터득했다. 그래도 같은 핏줄이라고 많이 봐준 결정이었다.

나는 뭘 어째야 할지 몰라 나무집 바닥에 앉아 피크닉 바구니의 닳아 해진 *끄트머리*만 만지작거렸다. 줄사다리를 끌어올려 세스가 올라오지 못하게 하자고 한 건 나였다. 나 때문에 생긴 문제를 오빠 혼자 감당하게 둘 순 없었다.

"네가 이 나무집 보고 멍청하다며!"

내 목소리가 저 아래까지 닿기나 할는지 모르면서 앉은 그 자리에서 소리쳤다. 한편으로는 차라리 세스가 내 목소리를 못 들으면 좋겠다는 마음도 조금 있었다. 우리 식구들 중에 캘 오빠보다도 세스의 심기를 건드리지 않고 싶은 사람이 있다면, 바로 나였다.

말을 뱉자마자 아차, 싶었다. 몸을 돌려 내 얼굴을 마주 본 캘 오빠가 마치 자기가 입을 다물면 내 입에서 쏟아져 나온 말을 주워 담을 수 있기라도 한 것처럼 검지를 길게 세워 자기 입술에 갖다 댔다.

"토리? 제길, 너도 거기에 있냐?"

잔뜩 심통이 나 거친 목소리가 나무집 바닥의 구멍을 타고 불쑥 올라왔다.

내가 캘 오빠와 나무집에 있다는 걸 세스도 당연히 알고 있을 줄 알았다. 어쨌든 우리 둘이 같이 지은 집이니까, 여긴 내 집이기도 했다. 그런데도 왠지 모를 죄책감이 들었다. 세스가 캘 오빠의 말을 안 듣는 만큼이나, 열한 살이었던 나는 크고 작은 모든 일을 사촌 오빠에게 의지했다. 무슨 일이 됐든 캘 오빠가 그렇다고 하면 나도 그렇게 했다. 캘 오빠는 똑똑하고 착했으니까, 그리고 내가 뭔가 재밌는 말을 하거나 웃긴 행동을 할 때마다 캘 오빠의 두 눈이 작은 초승달처럼 변하는 모습을 보는 게 참 좋았다. 내게 캘 오빠는 언제나 신뢰할 수 있는 나침반 같은 존재였다.

"쉿, 아무 말도 하지 말고 조용히 있어." 오빠가 몸을 웅크리며 나지막이 속삭였다. "말해봐야 좋을 게 하나도 없어."

"왜?"

"세스는 질투만 하니까."

"나무집 보고 그렇게 멍청하다고 해놓고서 왜 질투를 해?"

"나무집이 아니라 너랑 나를 질투하는 거야."

캘 오빠는 담요 위로 올라와 내 옆에 앉아서 다리를 이렇게 놓았다 저렇게 놓기를 반복했다. 마치 *잠잠해질 때까지 기다리자고, 그냥 편하게 있자*고 말하는 것 같았다. 세스는 목이 쉬어라 내 이름을 불러댔고, 아니면 떨어진 나뭇가지로 나무 밑동을 때리거나 우리를 향해 상상의 기관총을 갈겨댔다. 밑에서 끙끙거리다가 쿵 하는 둔탁한 소리가 들리는 걸 보니 세스가 가지 없이 매끈한 나무줄기를 타고 올라오려는 헛수고를 하고 있는 것 같았다.

그때까지 내가 질투의 대상이 될 수 있다고는 생각해 본 적이 없었다. 어머니와 성경이 가르쳐주었듯이 질투는 악이며, 하느님이 보시기에 질투는 살인이나 다름없었다. 또 잠언에는 "질투는 뼈를 썩게 한다"라고 쓰여 있었다. 위트 목사님은 설교 시간에 "질투는 예수님을 십자가에 못 박는다"라고 말씀하셨다. 만약에 내가, 촌스럽고 겁 많은 나도 질투심을 유발할 수 있다면, 질투심이라는 불꽃을 일으키지 못할 존재는 단연코 없을 터였다. 뭔가 불길한 조짐에 위험할 정도로 가까워졌다는 느낌이 들었지만 도무지 내가 어떻게 거기까지 갔는지는 감조차 잡을 수가 없었다. 그러는 동안 세스는 사냥감을 열망하는 사냥개처럼 나무 밑에서 끊임없이 내 이름을 불러댔다.

캘 오빠와 나는 한 시간도 넘게 나무집 안에 조용히 앉아 있었지만, 세스는 포기하지 않았다. 여름 태양이 서쪽 지평선 너머로 뉘엿뉘엿 넘어가기 시작하자 아빠가 진작 가축들을 돌봐야 했을 우리 남매를 찾아 나타났다.

"대관절 무슨 일이 벌어지고 있는 게냐?"

아빠가 다가오며 호통치자 마침내 세스가 조용해졌다. 캘 오빠와 나는 나무집 바닥 구멍에 가까이 붙어서 곧 야단맞을 세스를 훔쳐보았다.

"아무것도 아니에요." 세스가 고개를 떨구고 돌멩이를 걷어차며 대꾸했다. 땀에 전 머리카락이 세이지 덤불처럼 삐쭉삐쭉했다.

"뭔 일이 있긴 있나 보구나." 아빠가 때 묻은 작업복 주머니에 양손을 찔러 넣으며 말했다. 뭔가 알아내려고 할 때면 아빠는 항상 이런 자세로 서 있곤 했다.

"쟤네들이 저 오두막에 저만 안 들여보내 주잖아요."

"네가 장난감 집 앞에서 죽치고 있으면 돼지우리 청소는 누가 하고?" 아빠가 물었다. "어서 가거라."

풀 죽은 세스가 고개를 푹 숙이고 돼지우리를 향해 걸어갔고, 아빠는 그런 세스의 뒷모습을 가만히 바라보았다. 아들 생각에 잠겨 있는 것인지 아니면 그저 세스가 딴 길로 새지는 않는지 확인하는 것인지 알 수 없었지만, 마침내 아빠가 세스의 뒷모습에서 눈을 떼고 우리더러 내려오라고 부를 때까지 우리는 한참을 더 그 위에서 기다리고 있었다.

내 몸무게가 가벼운 탓에 줄사다리가 이리저리 흔들리고 빙글
빙글 돌았다. 사다리가 팽팽해지도록 아빠가 바닥에서 붙잡아 주
었고, 나는 사다리를 타고 내려가 그대로 아빠의 품에 안겼다. 자
주 있는 일이 아니어서, 나는 기회를 놓치지 않고 두 팔로 아빠의
목을 두르고 어깻죽지에 얼굴을 묻은 채 숨을 깊이 들이마시며 아
빠 냄새를 맡았다. 캘 오빠가 담요와 소풍 바구니를 한 손으로 들
고서 허둥지둥 내려올 때까지 나는 삐삐 마른 다리를 아빠의 허리
춤에 감고 있었다.

아빠는 매서운 손길로 나를 바닥에 내려놓고서 세스를 들여보
내 준다 한들 무슨 큰일이라도 났겠냐며 우리 둘을 호되게 꾸짖었
다. 요한복음에 나오는 구절로 훈계하던 어머니가 떠올랐다. "하
느님을 사랑하는 자는 그의 형제도 사랑하라." 남매란 잘못도 반
성도 혼자가 아니라 같이 하는 거라고 늘 말씀하시던 어머니였다.
그래서인지 어릴 적부터 나는 우리 남매가 영원히, 오묘하게 연결
된 존재라고 어렴풋이 느끼고 있었다. 이제 조금 망가져 버린 나
무집 아래에 서 있던 나는 아버지가 갈 때까지 가만히 기다렸다.
그때 나는 너무 어려서 우리 남매 사이가 어디까지 추락하게 될지
상상도 못 했고, 그저 그 상황이 어리둥절할 뿐이었다.

세스가 한 번 더 로드스터의 시동을 걸었다. 부엌문이 여닫히
며 쾅 하는 소리에 뒤미처 마당에서 불같이 성내는 아빠의 목소리
가 들렸다. 쾅 하는 문소리가 한 번, 그리고 몇 분 뒤 또 한 번 들렸
다. 처음에는 아빠가, 다음에는 세스가 집 안으로 들어오는 소리 같

왔다. 때마침 자명종이 울리기에 침대에서 일어나 옷을 챙겨 입은 나는, 고요하고 냉기 도는 집을 절뚝거리며 가로질러 부엌으로 향했다. 아침 준비를 하는 내내 발목이 시큰거렸지만, 그저 삐끗한 게 다라고 애써 통증을 외면했다. 걷지 못하면 월을 찾으러 나갈 수도 없었으니까. 그러나 나는 나가야 했다. 그가 떠났다는 증거를, 아니면 남아 있다는 증거를, 아니 나를 만나고 싶어 하지 않는다는 증거라도, 그것도 아니면 최소한 그가 살아 있다는 증거라도 나가서 찾아야 했다.

등불이 켜진 부엌으로 집안 남자들이 하나둘 조용히 들어왔다. 누구 하나 서로 눈을 마주치지 않았다. 햄이 잘릴 때마다, 달걀프라이가 뭉개질 때마다 접시들이 짤그락거렸고, 곧 모든 접시가 깨끗하게 비워졌다. 가장 먼저 일어난 세스를 시작으로 오그 이모부, 마지막으로 아빠가 나가고 나니 그제야 혼자서 차분히 밥을 먹고 치울 수 있겠다는 생각에 마음이 놓였다. 세 사람이 서로를 못마땅해하면 할수록 나는 투명인간 같은 존재가 되었다. 월을 찾아 나서려는 내게는 더할 나위 없이 좋은 상황이었다.

설거지를 마칠 무렵 오그 이모부의 휠체어가 삐거덕삐거덕 복도를 지나는 소리가 들렸다. 이모부가 살이 찔수록 휠체어는 괴로운 듯 더 크게 신음했고 이모부도 무거워진 몸을 끄느라 땀을 더 많이 흘렸다. 언젠가 나는 저 휠체어가 두 동강 나서 이모부를 바닥에 패대기치는 상상을 해본 적이 있다. 늘 이모부를 지고 다니느라 불쾌했는데 드디어 해방이라며 휠체어 바퀴 두 개가 멀리멀리 달아나 버리는 상상.

예전에 선생님이 루스벨트 대통령의 휠체어 얘기를 해준 적이 있었다. 나무로 된 등받이에, 마치 의자 다리처럼 생긴 두 개의 널빤지가 발판까지 길게 붙어 있었다고 하는 걸 보면 아마 오그 이모부가 타는 휠체어와 비슷했던 모양이다. 루스벨트는 휠체어를 탄 모습으로 공개 석상에 나간 적이 없었고 휠체어에 앉아 있는 모습을 사진으로 찍지도 못하게 했다는데, 어찌나 철두철미하게 숨겼는지 대통령이 장애인이라는 소문을 믿는 사람이 거의 없을 정도였다고 했다. 신문에 실린 사진 속 루스벨트는 누가 봐도 위풍당당한 대통령의 모습이었고, 라디오에서 흘러나오는 그의 달변은 언제나 힘이 넘쳤다. 심지어 멋진 자동차를 몰고 퍼레이드 행렬에 동참한 적도 있었다. 내가 실제로 본 장애인은 전쟁에 나갔다가 몸도 마음도 엉망이 되어 돌아온 오그 이모부가 처음이었다. 전쟁 후 달라진 오그 이모부에게는 루스벨트 대통령은 고사하고 예전의 이모부와도 닮은 구석이 전혀 없었다. 루스벨트 대통령과 오그 이모부 두 사람 다 세상을 떠나고 나무 휠체어 생산이 중단된 지 얼마 지나지 않았을 때 나는 휠체어에 앉은 대통령의 사진 한 장을 보게 되었다. 대중에게 널리 알려진 두 장 중 하나였다. 그 사진을 보고 있자니 문득 이런 생각이 들었다. 루즈벨트 대통령이 휠체어를 수치스러워하지 않았더라면, 자신이 휠체어를 탄다는 사실을 숨기지 않았더라면 혹시 오그 이모부처럼 다리를 잃고 비참한 삶을 산 수많은 참전 용사들이 조금은 덜 고통스럽지 않았을까?
　발 하나에 체중을 싣고 서서 접시의 물기를 닦고 있을 때 벽에 부딪혔는지 이모부가 욕을 내뱉는 소리가 들렸다. 뒤돌아보니 이모부는 한 손에 목발을 들고, 다른 한 손으로 휠체어 바퀴를 앞으로 밀며 부엌 문턱을 넘고 있었다. 이모부와 눈이 마주쳤지만, 평소답지 않은 다정한 모습에 우리 둘 다 무어라 할 말을 찾지 못하고 멀뚱멀뚱 보고만 있었다.

"옜다." 이모부가 퉁명스럽게 목발을 바닥에 내던지고는 휠체어를 끌고 도로 문간을 넘어 복도를 빠져나갔다.

전쟁에 나갔던 오그 이모부가 완전히 다른 사람이 되어 돌아왔던 그날 보고 다시 보지 못했던 목발이었다.

캘 오빠와 함께 나무집을 지었던 1942년도 여름날, 교회 갈 때나 입는 불편한 옷을 입고서 몬트로스로 드라이브를 나갔던 날이 생각났다. 아빠가 이웃집 미첼 아저씨에게 빌려 온 대형 세단 뒷좌석에 캘 오빠와 나, 세스가 나란히 앉았다. 나는 두 사람 사이에 끼어서 땀을 뻘뻘 흘리면서도 이모부를 다시 만난다는 생각에 한껏 들떠 신이 나 있었다. 기다란 앞좌석에 앉은 비브 이모는 초조함을 감추려는 듯 가는 길 내내 어머니에게 재잘거렸고, 그럴 때마다 신경 써서 말아놓은 이모의 머리카락이 용수철처럼 통통 튕겼다. 기차역에 도착한 나는 멋진 제복 차림으로 기차에서 걸어 내려올 오그 이모부의 모습과 그 옆에서 활기 넘치게 걸어올 지미 삼촌의 모습을 기대했다. 두 사람의 맑고 푸른 눈동자가 우리를 보는 순간 얼마나 반짝반짝 빛날까, 그 장면을 놓칠세라 나는 승강장을 이리저리 살폈다. 이모부가 유럽 어딘가의 전쟁터로 떠나기 며칠 전에 내가 과수원에서 보았던 장면도 생각났다. 그때처럼 이번에도 이모부가 비비언 이모의 허리춤을 감싸 안아 바짝 끌어당기는 모습을, 이모의 등이 버드나무처럼 우아하게 휘는 모습을, 그렇게 두 사람이 입 맞추는 모습을 상상했다.

두 사람이 결혼하자마자 이모부가 전쟁터에 끌려갈 줄은 꿈에도 몰랐지만, 어쨌든 그날 우리 가족은 《새터데이 이브닝 포스트》의 표지 사진처럼 너 나 할 것 없이 승강장에 옹기종기 모여 서서 오그 이모부와 지미 삼촌을 보면 곧장 "여기예요!"라고 외칠 준비를 하고 있었다. 시커먼 기관차가 시야에 들어오자 막연한 애국심이 차오르고 잡지에서 읽었던 글들이 떠오르면서 이모부가 정말이지 존경스러웠다. 내게 이모부는 이미 전쟁 영웅이자 영화배우, 거인이나 다름없는 존재가 되어 있었다. 기차가 우리 앞에서 쇳소리를 내며 천천히 멈추고 나면, 기차 칸 사이의 계단에서 루스벨트처럼 멋진 남자가 나타나리라는 기대에 나는 한껏 부풀어 있었다.

그런데 기차의 문이 열리고 이모부의 모습이 드러난 순간, 내기대는 산산조각 나고 말았다. 눈앞에 서 있는 저 사람이 대체 누구인지 한참 동안 기억을 더듬어야 했다. 한 발만 땅에 디딘 채 누렇게 바랜 나무 목발에 양팔을 단단히 감고 외로이 서 있는 남자, 뒤집어진 배처럼 생긴 군모를 쓰고 흐리멍덩한 눈빛으로 서 있는 남자는 아무리 봐도 오그 이모부였다.

이모부를 본 이모는 숨을 헐떡이며 어머니의 어깨에 얼굴을 파묻었다. 어머니는 무거운 쟁기를 끌기라도 하듯 양손으로 이모의 어깨를 잡고 밀어내 이모를 똑바로 세웠다. 그러고는 이모의 곱슬거리는 머리칼 사이에 대고 거친 목소리로 속삭였다.

"네가 이러면 안 돼."

캘 오빠와 아빠가 서로 힐끗 쳐다보고는 곧장 뛰어가 오그 이모부를 부축하려 했다. 이들의 손길에 이모부가 목발 하나를 마치 길어진 팔처럼 휘둘렀고, 그 바람에 오빠는 얼굴을 정면으로 맞을 뻔했다. 이모부는 균형을 잃고 기울어진 몸을 문간에 기대어 받치며 중얼거렸다.

"제기랄, 내 몸에 손 대지 마쇼."

오빠와 아빠는 한걸음 물러났다. 우리는 어설프게 기차에서 내려와 우리에게 등을 돌리는 이모부를 바라볼 뿐 꼼짝도 하지 않고 가만히 서 있었다. 비브 이모가 울먹였다. 이모부가 절뚝거리며 걸을 때마다 누구도 예상치 못한 목발이 승강장 마룻바닥을 때리며 공허한 울림을 만들어냈다. 바닥은 마치 병든 심장처럼 느리게 그러나 꾸준히 쿵쿵거렸다. 하나같이 수척한 얼굴을 한 군인들이 기차에서 줄지어 내리고 있었다. 그러나 거기엔 내가 아는 오그 이모부도, 지미 삼촌도 없었다.

이모부는 역 앞에 가만히 서서 인도를 쳐다보고 서 있었다. 아빠가 근처로 차를 가져왔고, 식구들이 미끄러지듯 차 안으로 들어가 앉았다. 우리 모두는 이모부가 차에 타기만을 기다렸다. 한참을 기다리던 아빠가 시동을 끄자 차 안에는 비브 이모의 훌쩍이는 소리만 남았다. 결국 어머니가 차에서 내려 이모부에게 다가갔고, 이모부를 어떻게 달랬는지 차로 데려와 옆자리에 앉혔다. 집에 오는 내내 그 누구도, 한마디도 하지 않았다. 나와 캘 오빠 사이에 끼어 앉은 이모는 꿈쩍도 하지 않는 남편의 뒤통수를 믿을 수 없다는 듯 쳐다보고 있었다. 나는 이모 무릎에 손을 얹었고, 이모는 내 손이 구명줄이라도 되는 양 힘주어 움켜잡았다.

"주님의 뜻이야."

다음 날 아침, 눈물을 터뜨리며 부엌에 들어온 이모가 자기 남편이 망가진 군인이 되어 돌아왔다고 하소연을 하자 어머니가 말했다. 사는 게 그토록 지긋지긋하고 그렇게 끔찍하다면 전쟁터에서 죽을 것이지, 동생이 죽었다는 그 해변에서 같이 죽어버릴 것이지 뭣 하러 살아 돌아와서 저러는지 모르겠다며 이모는 누가 듣든 말든 목소리를 높여 한탄했다. 어머니는 커피 잔 두 개를 식탁에 놓으며 이모를 앉혔다.

어머니는 걸핏하면 주님의 뜻*이라고, 주님의 계획이라고 말씀하셨다. 그 말을 들을 때마다 나는 '주님이 그렇게 할 *것이다*, 또는 *하지 않을 것이다*'라는 말로 바꾸어 이해했다. 주님은 젊은 군인을 형의 품에 안긴 채 죽게 할 것이다. 주님은 전쟁과 고통을 만들 것이고, 한 인간을 이방인으로 만들 것이다. 그리고 어떤 설명도 하지 않을 것이다.

나는 절뚝절뚝 부엌을 지나 오그 이모부가 주고 간 케케묵은 목발을 집어 들었다. 목발을 양쪽 겨드랑이에 끼우고서 시험 삼아 걸어보았다.

주님은 너의 어머니, 사촌 오빠, 이모를 설익은 복숭아처럼 이 땅에서 거두어갈 것이다. 너무 빨리.

---

* will. 명사로는 '뜻', 동사로는 '~할 것이다'라는 의미가 있다.

깨끗하게 닦은 접시를 찬장에 넣어놓지도 않은 채 나는 부엌 등을 끄고, 뒷문 고리에 걸려 있는 남색 울 코트를 꺼내어 걸치고, 신발 끈을 헐렁하게 풀어서 붕대를 칭칭 감아 퉁퉁해진 발을 집어넣고서 목발을 짚은 채 가축들의 먹이를 챙겨주러 나갔다.

주님은 노스 로라와 메인 스트리트의 한 귀퉁이에서 낯선 두 사람을 만나게 할 것이며, 그 둘을 사랑하게 할 것이다. 그러나 그 사랑이 결코 쉽지 않게 만들 것이다.

주님은 한 생명을 취하고, 새 생명을 줄 것이다. 주님은 내 삶을 이해할 수 없게 만들 것이다. 주님은 다음에 어떤 일이 닥칠지 미리 경고하지 않을 것이다.

가축들의 아침 먹이를 다 챙긴 뒤 아침 해에서 뻗어 나오는 햇살의 첫 줄기가 골짜기를 가로질러 닿을 무렵, 나는 보는 눈이 없는지 확인하려고 주변을 둘러보았다. 자전거에 올라타 핸들 위로 목발을 조심스레 걸쳐놓은 나는 이게 주님의 뜻인지 아닌지 생각할 겨를도 없이 곧장 윌슨 문을 찾으러 떠났다.

5장

월을 찾는 데 걸림돌이 있을 줄은 예상했지만, 그게 루비앨리스 에이커스일 줄은 꿈에도 몰랐다.

우리 농장에서 아랫길로 내려가면 나오는 세모꼴 솔밭에 빛바랜 갈색 농가 한 채가 있었다. 그 집 주인이 바로 루비앨리스였다. 우리 집과 가장 가까이 사는 이웃이긴 했지만 그 노파는 항상 심술궂은 표정이었고 칙칙한 곱슬머리 위에는 늘 까만 스타킹 캡을 쓰고 다녔으며 온갖 떠돌이 동물들을 데려다 키우기까지 했다. 어머니는 저렇게 괴상하게 사는 사람은 선한 기독교인의 관심을 받을 수 없다고 했다. 우리 식구들은 루비앨리스의 집 앞을 매일같이 지나다니면서도 그 집에 들른 적도, 다른 이웃들에게 하는 것처럼 그녀에게 파이를 건넨 적도 없었다. 루비앨리스는 너덜너덜한 라탄 바구니가 달린 까만색 자전거를 비틀비틀 타면서 온 동네를 누비고 다녔다. 우리 어머니는 혹시나 시내에서 그 노파를 마주치더라도 절대 쳐다보지 말라고 우리 남매에게 신신당부했다. 루비앨리스는 기이한 눈으로 사람들을 빤히 쳐다보고는 금방 빽 소리라도 지를 것처럼 입술을 벌리고서 아무 소리도 내지 않는 걸로 유명했다. 미친 여자긴 하지만 적어도 동네 사람들에게 해를 끼치지는 않으니 그냥 내버려 둬도 괜찮다는 게 아이올라 주민들의 공통된 의견이었다.

이제는 오그 이모부가 차지해 버린 식탁 자리가 아직 어머니의 것이었던 시절, 저녁을 먹다 말고 세스가 눈을 반짝였다. 길 건너에서 자전거를 타고 가던 루비앨리스가 자기를 보고 윙크를 하기에 돌멩이를 여러 번 집어 던졌다는 얘기를 하는 중이었다.

"절호의 안타 한 방!"

세스가 비스킷을 반쯤 씹다 말고 신나서 자랑하듯 키득거렸다.

"그런데도 그 미친 머틀*이 하나도 안 아픈 것처럼 계속 자전거 페달을 밟더라니까?"

나는 당연히 어머니가 세스를 꾸짖을 줄 알았다. 이웃에게 폭력을 쓰면 안 된다고, 아니면 최소한 입에 음식을 가득 넣은 채 말하지 말라고 혼낼 줄 알았는데, 어머니는 그저 햄을 적당히 작게 잘라 입에 넣을 뿐이었다.

"그 여자는 악마야."

세스가 깔깔거렸다. 아빠와 캘 오빠는 뭔가를 기다리는 눈으로

---

* Mad Myrtle. 자식들을 죽인 젊은 남녀를 찾다가 죽어 유령이 되었다는 이야기의 주인공.

어머니를 바라봤지만, 어머니는 여전히 아무 말도 하지 않았다. 예기치 못한 자유를 얻은 세스의 입술은 고삐 풀린 망아지처럼 쉴 새 없이 말을 쏟아냈다.

"살아 있는 악마가! 바로 저 솔밭에 살고 있다!"

"집 안에서 악마, 사탄 그런 단어 금지라고 했지?"

양쪽 검지손가락을 뿔처럼 세워 귀 위에 갖다 대고 방정을 떨던 세스는 결국 어머니에게 한 소리를 듣고 나서야 얌전해졌다.

며칠 뒤, 어머니와 함께 메인 스트리트에 나갔다가 자전거를 타고 마주 오는 루비앨리스를 보았다. 나는 정말 그 노파가 사람으로 변장한 사탄일지 궁금했다. 혹시 자세히 보면 변장한 티가 나지 않을까 싶어서 결국 참지 못하고 고개를 들어 쳐다봤다. 악마처럼 못생겼다는 건 틀림없는 사실이었다. 하얗게 세고 윤기 없는 곱슬 머리카락이 까만 스타킹 캡 아래로 삐져나와 있었다. 주름진 피부는 창백하다 못해 푸르스름한 빛을 띠었고, 한쪽 눈은 얼마나 푹 꺼졌는지 마치 애꾸눈처럼 보일 정도였다. 그 순간, 푹 꺼진 눈 옆에 얼음처럼 파랗고 매섭도록 툭 튀어나온 다른 눈동자가 내 눈과 마주쳤다.

노파는 지나가는 나를 내려다보며 얇은 입술을 벌렸지만, 여전히 삐걱거리는 자전거 소리와 바퀴에 밟혀 튀어 오르는 자갈 소리뿐이었다. 박쥐처럼 검고 뾰족한 귀가 달린 작고 덥수룩한 치와와 한 마리가 자전거의 라탄 바구니 안에서 오들오들 떨고 있었다.

"너 방금 저 여자 쳐다본 거니?"

걸음을 멈춘 어머니가 내 턱을 잡고 내 눈을 들여다보며 물었다.

"아니에요, 어머니."

말은 이미 입술을 타고 밖으로 나왔는데, 내가 왜 어머니에게 거짓말을 하고 있는지 나도 알 수 없었다.

"미쳤구나, 미쳤어."

어머니는 내 턱을 잡고 있던 손으로 내 팔뚝을 그러잡고서 계속해서 채프먼스 슈퍼마켓을 향해 걸었다.

"오, 주여, 저희를 도우소서."

루비앨리스가 이미 메인 스트리트 모퉁이에서 길을 꺾어 사라진 지 한참 지났는데도 어머니는 마치 위험을 피하려는 사람처럼 성큼성큼 걸었다. 어머니의 속도를 따라가느라 나도 더 빨리 걸어야 했다. 궁금했다. 루비앨리스 에이커스가 정말 미친 사람인지, 그렇다면 어째서 루비앨리스가 아닌 우리에게 주님의 도움이 필요하다는 건지.

그날부터 남몰래 루비앨리스를 위해 기도하기 시작했다. 길에서 그 노파를 마주칠 때마다 마음속으로 짧고 은밀한 축복의 기도를 올렸다. 어머니의 명령을 거스르는 행동이었기에 최대한 빠르게 끝내야 했다. *주님루비앨리스에이커스를도와주세요아멘.* 이 정도면 간결하고 효율적인 기도문인 것 같았다. 광기, 사탄, 창백한 피부까지 루비앨리스를 괴롭히는 모든 문제를 아우르면서 어머니가 눈치채기 전에 재빨리 하늘로 올려 보낼 수 있을 만큼 짧은 문장이었다. 어머니는 우리 식구들이 더 많이, 더 자주 기도하기를 바라는 사람이었다. 그런 어머니에게 내 기도를 숨긴다는 게 어딘가 이상했으나 어머니는 틀림없이 루비앨리스를 구원받지 못

할 사람으로 여기고 있었다. 내가 어째서 루비앨리스를 주님의 은 총을 받는 자로 돌려놓을 수 있다고 생각했는지 모르겠지만, 어린 나는 진심으로 그리고 전심으로 그럴 수 있다고 믿었다. 심지어 우리 식구들의 장례식을 치렀던 날에도, 비틀거리며 교회를 나서 는 내 흐리멍텅한 눈에 나무 뒤에서 나를 노려보는 루비앨리스의 모습이 들어왔던 바로 그날에도, 내 마음이 슬픔으로 온통 얼룩진 그 순간에도 나는 속으로 기도했다. *주님루비앨리스에이커스를도 와주세요아멘.* 그날 위트 목사님은 서둘러 두 아들을 보내 루비앨 리스를 교회 마당에서 쫓아냈다. 암흑 같은 날이었다. 그날의 모든 풍경이 뿌옇고 흐릿한데도, 황급히 자전거에 올라타 페달을 밟던 루비앨리스의 모습만큼은 또렷이 기억난다.

그해 가을 나는 벌써 열일곱 살이었고, 루비앨리스의 안녕을 기 원하는 유치한 기도를 포기한 지도 이미 오래전이었다. 여전히 이 웃으로 살고 있었지만 루비앨리스의 생각이 나는 날은 좀처럼 없 었다. 지난여름 어느 날, 우리 복숭아 노점 앞을 지나가는 루비앨 리스를 본 이후로는 마주친 적도 없었다. 그날도 아니나 다를까 그 노파는 기이한 눈빛으로 나를 쳐다봤고, 그 눈빛에 트라우트 가 경계심을 드러내며 미친 듯이 짖어댔다. 나는 트라우트를 진정 시킨 뒤 첫물 복숭아를 둘러보고 있던 손님들에게 사과했고, 그날 이후 두 번 다시 그 노파를 떠올리지도 않았다.

길게 뻗은 진입로를 내려갈 때부터 마을로 연결된 비포장도로 로 꺾을 때까지도 핸들 바에 걸쳐놓은 목발이 좌우로 비틀거려 자 전거를 모는 게 쉽지 않았다. 어쨌든 이른 새벽부터 윌슨 문을 찾으러 집을 나섰는데, 그 새벽녘 어슴푸레한 빛 속에서 갑자기 루비앨리스 에이커스가 나타났다. 까만 스타킹 캡도 자전거도 보이지 않았다. 해쓱한 얼굴에서 고불고불한 흰머리가 필사적으로 멀어지려는 것 같았다. 다리는 마치 낡은 가죽 부츠에 꽂아놓은 창백한 이쑤시개처럼 깡마른 모습이었다. 노파는 뼈만 남아 앙상한 무릎에서 떨어지는 칙칙한 모슬린 원피스에 울 카디건을 걸치고 있었는데, 하필이면 옷이 죄 주변 소나무들과 비슷한 진녹색 계열이라 마치 두 동강 난 몸통이 배경 속으로 사라지고 있는 것처럼 보였다. 루비앨리스의 푹 꺼진 한쪽 눈이 나를 낯선 사람 보듯 쳐다보고 있었고, 툭 튀어나온 다른 눈은 마치 어디에 있다 이제 오느냐고, 너무 오래 기다리게 했다고 화를 내며 나를 비난하는 것 같았다.

그 노파를 피하려다가 하마터면 자전거에서 넘어질 뻔했다. 그런데도 루비앨리스는 꼼짝하지 않고 눈을 부라리며 같은 자리에서 있었다. 혹처럼 튀어나온 눈이 붕대 감긴 내 발목과 목발을 향했다. 노파는 고개를 가로저으며 혀를 끌끌 찼다.

내게는 자전거를 멈출 생각이 조금도 없었다. 어린 시절의 내가 걱정했던 루비앨리스 에이커스는 어느새 모두에게 그렇듯 내게도 그저 배경 같은 존재가 되어버렸다. 도로에서 소를 보거나 떨어진 나뭇조각을 발견하면 으레 피해 가는 것처럼 그때 그 노파는 내 길을 가로막는 존재, 말 그대로 장애물에 불과했다.

그런 존재인 루비앨리스가 날 향해 팔을 뻗자 소스라치게 놀랄 수밖에 없었다. 나를 땅바닥으로 밀어 떨어뜨리기라도 하려는 걸까, 눈처럼 새하얀 손바닥에 다닥다닥 붙어 있는 구부러진 손가락들을 잔뜩 벌려서 내 쪽으로 불쑥 내민 것이다. 나는 잠시 주춤했지만 곧 전속력으로 페달을 밟았다. 그제야 그녀의 자전거가 눈에 보였다. 길가 도랑 속 시든 데이지 사이에서 고물 수준의 까만색 자전거가 나뒹굴고 있었다.

이제 와 생각해 보면, 그때 자전거를 멈추고 무슨 일이냐고 물어봤어야 했다. 노파에게 도움이 필요할지도 모른다는 생각도 하지 않고 도망치듯 가버린 내가 부끄럽다. 그날 내 머릿속엔 윌슨 문을 찾아야 한다는 생각뿐이었다. 나도 그 노파를 떠돌이 개처럼 으레 무시해도 되는 존재로 여기고 있었던 것이다. 그녀가 다쳤을 수도 있다는 생각을, 어떤 문제가 생겨서 쩔쩔매고 있을지도 모른다는 생각 자체를 하지 못했다. 물론 날 도와주려는 사람처럼 보이지도 않았다. 내 생각이 짧기도 했지만, 사람에게 다가가는 그 노파의 방법도 서툴기 짝이 없었다.

시내로 나가보았지만 윌은 어디에도 없었다. 이제 막 잠에서 깨어난 아이올라는 쥐 죽은 듯 고요했다. 마을 사람 대여섯 명이 일터로, 카페로 걸어가고 있었다. 빗자루를 든 저니건 아저씨가 가게 앞 인도를 쓸고 있었다. 자동차 두 대와 우유 트럭 한 대가 메인 스트리트를 달렸다. 나를 발견한 윌이 문간이든 창가든 어디서든 나타나 빙그레 웃으며 손을 흔들어주길 마음속으로 간절히 바라며 시내를 두 바퀴 돌았다. 사람들의 관심을 끌지 않으면서 돌아다니는 건 두 바퀴가 한계였다. 던랩 여인숙에서 목욕을 마치고 깨끗한 옷으로 갈아입은 윌의 모습이 어떨지 상상해 보니 심장이 두근거렸다. 마을 어디에서도 그의 흔적을 찾지 못한 나는 여인숙 앞에 자전거를 멈춰 세우고, 겨드랑이에 목발을 끼운 다음 크게 심호흡한 뒤 나무 계단을 절뚝절뚝 올라갔다. 현관문은 갈색 돌멩이로 받쳐져 열려 있었다. 커피 냄새, 베이컨 냄새, 남자 냄새가 풍기는 실내에 빼꼼 고개를 들이밀어 봤지만, 나무판자가 깔린 마룻바닥에 벤치가 나란히 놓여 있는, 기다란 머드룸*에는 어수선하게 걸려 있는 외투 대여섯 벌과 진흙 범벅 부츠들뿐이었다. 무슨 핑계를 대고 안으로 들어가야 좋을지 생각하느라 머릿속이 바빠졌다.

아저씨 한 사람이 성큼성큼 머드룸으로 들어와 벤치에 앉았다. 아빠 나이쯤으로 보이지만 아빠보다 키가 더 컸고, 힘도 더 세 보이고, 수염도 덥수룩했다. 벤치에 앉은 남자는 손을 뻗어 자기 신발을 끌어오더니 그 안에 오른발을 끼워 넣고서 나지막이 휘파람을 불며 신발 끈을 묶었다. 왼쪽 신발을 향해 손을 뻗을 때 그의 눈길이 내가 서 있는 문간에 닿았고, 남자가 섬뜩하게 씩 웃었다. 입꼬리가 올라가자 콧수염이 옆으로 길게 늘어졌다. 남자는 옥수수 알갱이 같은 아랫니와 윗니 사이로 길고 높게 휘파람을 불면서 나를 위아래로 쳐다보고는 혼자 킬킬거렸다.

"오, 이게 누구실까."

해마다 가을이 되면 던랩 여인숙은 일꾼들로 바글거렸다. 건초 작업이나 추수와 같은 밭일을 찾아 온 일꾼들도 있었고, 첫눈이 내리기 전에 소 떼를 고지대의 목초지에서 골짜기로 몰고 내려

---

* mudroom. 비에 젖거나 흙 묻은 옷, 신발 따위를 벗어두는 공간.

오는 일거리를 찾아 온 소몰이들도 있었다. 사람들이 찾아오는 건 고마운 일이고 반길 만한 일이기도 했지만, 해마다 꼭 문제를 일으키는 사람이 있었다. 누런 이를 드러내 보이는 웃음과 이글거리는 눈빛을 보니 이 사람도 분명 심상치 않았다. 이 남자를 보고 있으니 어서 빨리 겨울이 오면 좋겠다는 생각이 들었다.

나는 목발을 그러쥔 손에 힘을 주면서 잠시 머뭇거렸다. 안에서 접시들이 달그락거리는 소리가 들리는 걸로 보아 던랩 부부가 부엌에서 아침 식사를 치우고 있는 것 같았다.

"던랩 아저씨네 점심 준비 도와드리러 왔어요."

놀랍도록 차분하게 거짓말이 나왔다.

"저 뒤에 있습니다, 아가씨."

남자의 대답도 차분했다. 나는 다시 한번 숨을 깊이 들이마신 뒤 목발을 짚으며 문지방을 넘어 기다란 방으로 걸어갔다. 머드룸을 지나갈 때 뒤통수에 꽂히는 남자의 시선이 느껴졌다.

"꼴을 보아하니 썩 도움이 될 것 같지는 않은데."

그는 붕대 감긴 내 발목을 향해 까딱 고갯짓을 하며 능글맞게 웃었다.

"제가 알아서 할게요."

금단의 장소에 발을 들여놓은 데다가 거짓말까지 술술 나오자 용기가 생긴 나는 대담하게 대꾸했다.

안에 들어가면 더 많은 사내들과 마주칠 줄 알았는데 다행히 사내들은 세탁장으로 새벽 일터로 이미 여인숙을 나서고 없었다. 어둡고 습한 거실에는 낡아빠진 가죽 소파 두 개가 놓여 있었고, 까

많고 뚱뚱한 장작 난로 주변에 여러 개의 원목 의자가 아무렇게나 널려 있었다. 테두리가 살짝 벌어진 둥근 놋쇠 그릇이 벽난로 옆에 놓여 있었고, 그 앞에 검은색 손 글씨로 '타구를 사용해 주세요'라고 적힌 판자가 세워져 있었다. 여섯 개의 뿔이 달린 엘크 박제가 높은 벽에서 검고 멍한 눈으로 거실을 내려다보고 있었다. 나는 계속해서 접시 소리가 나는 곳으로 걸었다.

가볍게 콧노래를 흥얼거리며 빨간 체크무늬 행주로 마지막 접시의 물기를 닦아내는 던랩 부인이 보였다. 칙칙한 거실과 다르게 부엌 벽은 희고 깨끗했다. 동향으로 기다랗게 난 창문이 아침 햇살을 뿜어내고 있었다. 던랩 부인은 피부가 뽀얗고, 키가 크고, 몸매가 종처럼 굴곡진 우둥퉁한 여자였다. 부인은 하얀 민무늬 면 원피스를 입고 있었고, 그 위에다가 목과 허리에 데님 앞치마를 느슨하게 묶어 두르고 있었다. 머리에 둘러맨 남색 손수건이 연갈색 머리카락을 감싸고 있었는데, 그 매듭에서 나온 두 갈래 끝이 마치 여분의 귀처럼 튀어나와 있었다. 내가 부엌 문간에 서 있는 것도 눈치채지 못한 채 깊은 생각에 잠겨 계속 콧노래를 흥얼거리기에 부인을 향해 인기척을 냈다.

"어마나! 우리 토리 아니니, 온 줄도 몰랐구나."

던랩 부인은 가슴을 한 번 쓸어내리고는 작은 갈색 눈으로 둥글게 아치를 그리며 따뜻한 미소로 나를 반겨주었다. 목발을 짚고 서 있는 날 보고 또 한 번 깜짝 놀란 부인은 서둘러 행주를 내려놓고 다가와 의자를 빼주었다.

"이게 무슨 일이니? 자, 어서 앉으렴, 아가."

어머니가 돌아가신 뒤로는 오며가며 마주친 게 다여서 던랩 부인이 얼마나 다정한 사람인지 그동안 잊고 있었다. 얼굴을 보자 예전에 장례식에 왔던 던랩 부인이 나를 한참 동안 꼭 안아주었던 일과 그 후 몇 개월 동안이나 우리 집에 캐서롤과 파이를 갖다주었던 게 떠올랐다.

"전 괜찮아요, 던랩 아주머니."

의자에 앉은 나는 마룻바닥에 목발을 내려놓으며 대답했다.

"살짝 삐끗했어요. 왜, 프레리도그들이 파놓는 땅 구멍 때문에요. 아시잖아요."

"오, 세상에, 알다마다." 부인은 자기 일처럼 안타까워했다.

"나도 그런 적이 있단다. 성가신 것들 같으니라고. 많이 아프겠구나."

부인은 내 옆에 있는 의자를 빼서 앉았다.

"필요한 게 있으면 뭐든 말해보려무나. 그리고, 아가, 편하게 밀리 아줌마라고 부르렴. 밀리."

여인숙에 들어가자마자 물 흐르듯 거짓말이 나왔으니 이번에도 그럴듯한 용건을 둘러댈 수 있을 줄 알고 무작정 입술을 뗐다. 그러나 아무 말도 나오지 않았다. 그저 외투에 달린 나무 단추를 만지작거릴 뿐이었다. 밀리 아주머니는 내 쪽으로 조금 더 가까이 몸을 숙이고서 눈썹을 치켜올렸다.

더 이상 꾸며낼 거짓말도 없는 데다가 밀리 아주머니의 따뜻함에 지나치게 위안을 받은 나머지 나는 어리석게도 속내를 털어놓고 말았다.

"혹시 여기에 윌슨 문이라는 남자애가 있는지 궁금해서요."

나는 수줍은 목소리로 말했고, 처음 뱉어보는 그의 이름에 마음이 철렁 내려앉았다.

순식간에 변하는 아주머니의 표정을 보니 아차 싶었다.

"그 인전* 남자애 말이니?"

아주머니가 어디서 지독한 냄새라도 난다는 것처럼 얼굴을 찡그렸다.

"토리, 대체 무엇 때문에 그 더러운 인전을 찾는 거야?"

할 말을 잃었다. 나는 살면서 인디언을 본 적이 없었다. 인디언에 대해 아는 건 학교에서 배운 내용이 전부였다. 학교에서는 우리 할아버지 세대가 살던 시절, 백인들이 서부를 문명화하려고할 때 인디언들이 폭력을 휘둘렀다고 했고, 이들이 더 이상 문제를 일으키지 않도록 오래전에 정부가 다른 곳으로 이주시켰다고가르쳤다. 지난밤 아빠와 세스가 윌더러 멕시코인이라고 했던게 생각났다. 윌이 인디언이라는 걸 알면 더 경멸하고 멸시할 게뻔했다. 윌이 인디언이라는 밀리 아주머니의 말이 사실일 리 없었다.

내 대답을 기다리는 밀리 아주머니의 표정은 어느덧 혐오와 의심으로 가득 차 있었다.

"제가…… 아니, 그러니까 저희……."

나는 더듬더듬 말을 이었다.

* Injun. 아메리칸 인디언을 비하하는 표현.

"저희 아빠가 어디서 들으셨대요. 윌슨 문이라는 사내가 일자리를 찾고 있다고……. 앞으로 1~2주 동안 저희 과수원에 할 일이 많아서요. 그러니까 제가 그 애를 아는 건 아니고요, 가서 찾아보라고 이름만 전해 들었어요."

밀리 아주머니는 그제야 안심하는 눈치였다.

"흠, 아줌마 말을 잘 들으렴. 아버지도 그런 남자애는 안 갖다 쓰시는 게 나을 거야. 그럼, 그렇고말고. 걔가 과수원 근처만 가도 분명 트라우트도 나서서 얼씬도 못 하게 할 게다."

아주머니는 개도 용납하지 않을 만큼 가치 없는 인간이라고 윌을 모욕한 뒤 자신의 표현이 만족스럽다는 듯 방긋 웃었다.

"피부색이 불그스름하기에 우리도 엊저녁에 곧장 내쫓아 버렸다니까."

"아." 나는 속마음을 들키지 않으려고 애썼지만, 깜짝 놀란 걸 숨길 순 없었다.

"인전을 받기 시작하면 숙박객들이 잔뜩 골을 낼 거야. 전염병이 퍼지는 건 말할 것도 없고."

아주머니는 쥐 떼가 침입했다는 얘기라도 하는 것처럼 몸서리를 쳤다.

"아무렴. 아빠께 전해드리려무나. 일꾼이 필요하다는 벽보야 얼마든지 붙여드릴 수 있다만, 그 애는 아니라고. 어쨌든 지금쯤이면 마을에서 못해도 수 킬로미터는 갔을 거야. 그렇고말고."

아주머니는 우리가 같은 편이라는 듯 내 다리를 쓰다듬었다.

"아무렴 그래야지. 안 그러니?"

아주머니의 손길에 구역질이 났다. 월슨 문 얘기에 내가 평정심을 잃어버린 바로 그 찰나에 다행히 아주머니의 남편이 부엌에 들어왔다. 던랩 아저씨는 푸르스름한 옥수수를 품에 넘치도록 한 아름 안고 있었다. 밀리 아주머니가 벌떡 일어나 아저씨를 거들었다.

"토리 왔구나, 잘 잤니?"

아저씨는 매일 보는 사람에게 인사하듯 편안하게 날 맞이했다.

밀리 아주머니는 내가 월 얘기를 꺼내기라도 할까 봐 입도 뻥긋하기 전에 끼어들었다.

"내시 씨가 과수원의 막바지 수확을 거들 일손을 찾고 있대요. 숙박객들에게 알리겠다고 토리에게 일러주던 참이었어요."

아주머니는 날 보며 살짝 윙크했다.

"기꺼이 해드려야지."

아저씨는 옥수수에서 가장 바깥쪽에 있는 긴 껍질과 그 아래 보드라운 흰 수염을 벗겨내며 대답했다. 몸집이 크고 힘이 센 아저씨가 옥수수 껍질을 시원하게 잡아당길 때마다 팔뚝에 있는 힘줄이 불룩해졌다.

"안 그래도 곧 건초 작업이 끝나는 사람들이 몇 명 있단다. 일거리를 더 찾고 있는 사람이 있을 게야."

나는 아저씨에게 감사하다고 인사한 뒤 복숭아 수확, 내 발목, 선선한 가을 날씨에 대해 얼마간 담소를 나누었다. 적당히 예의를 차리자마자 목발을 챙겨 들고서 그만 가보겠다고 인사한 뒤 절뚝거리며 여인숙을 빠져나왔다. 내가 거짓말을 잔뜩 늘어놓았다는

사실과 던랩 부부가 월을 문전박대했다는 사실이 발목 부상보다
더 큰 문제였다. 겁이 났다. 월이 정말로 인디언 핏줄이라면 누구
도 그를 받아주지 않을 터였다. 아침 햇살이 내리쬐는 포치로 나
오자, 새벽에 껴입고 나온 외투 때문에 숨통이 막혔다. 포치 난간
에다 목발을 내던지듯 세워놓고서 공황에 빠지기 직전에 단추를
풀었다. 몸을 이리저리 배배 꼬아대며 벗은 외투를 곧장 바닥에
떨어뜨렸다. 그래도 숨이 찼고 땀이 줄줄 비 오듯 흘렀다.

　월의 혈통보다 훨씬 더 걱정스러운 건 아무래도 그가 이미 마을
을 떠나고 없는 것 같다는 사실이었다. 던랩 여인숙에서 쫓겨나고
우리 가족에게 멸시와 위협을 받은 월이 아이올라에 남고 싶어 할
이유는 도무지 없을 것 같았다. 그런 곳에 월을 붙잡아 두기에 나
라는 여자는 너무나 평범했다. 깊은 한숨이 나왔다. 현명하고 현실
적이었던 어머니를 떠올리며 마음을 다잡았다. 애초에 말도 안 되
는 일이었으니 이제 다 잊겠다고 다짐했다. 월은 떠났다. 깊고 어
두운 월의 눈동자를 들여다보았던 어제의 내 삶과 오늘의 내 삶이
조금도 다르지 않다고, 그렇게 스스로를 다독였다.

　그러나 목발을 짚고 자전거로 가는 동안, 자전거를 타고 집으로
향하는 동안, 내가 할 수 있는 일이라고는 그저 잊을 수 있다고 믿
는 척 연기하는 것뿐이었다. 어제 그의 눈동자에서 내가 본 것은
생각지도 못한 부류의 남자 한 명만이 아니었다. 그 안에는 새로
운 내 모습도 있었다. 그리고 나는, 그 모습의 나를 포기하고 싶지
않았다.

6장

다음 날 아침 눈을 떴을 때 지난 이틀간의 일들이 떠올라 너무나 혼란스러웠다. 몸이라도 바쁘면 좀 나을까 싶었다. 여전히 부어오른 발목을 보면서 이 정도 나았으면 충분히 일할 수 있겠다고 스스로를 채근했다.

아침밥을 준비하러 절뚝절뚝 부엌으로 가는 길에 목발을 먼저 돌려주려고 오그 이모부의 방에 들렀다. 닫혀 있는 이모부의 방문 옆에 목발을 세워두는데 새삼 이런 생각이 들었다. 전쟁으로 다리 하나를 잃고, 괴저*로 다른 발마저 잃은 오그 이모부. 한때는 누구보다 민첩했던 몸으로 살았던 사람이 이제는 휠체어에 갇혀 산다는 건 어떤 기분일까? 전쟁에서 돌아온 그날 이후 이모부는 슬픔

* 혈액이 공급되지 않거나 세균에 감염되어 피부 조직이 죽는 현상.

이라는 어린 양을 숨기기 위해 분노라는 사자를 앞세워 살고 있었다. 어머니가 비브 이모에게 그만 울고 주님의 뜻을 받아들이라고 아무리 달래도 이모는 불구가 된 자신의 전사를 향한 불평불만을 늘어놓기 바빴다. 이모가 그토록 갑작스럽게 죽었을 때 이모부는 의외로 슬퍼하지 않았고, 나는 그런 이모부가 원망스러웠다. 그러나 어찌 보면, 이모가 세상에서 사라짐으로써 이모부는 돌아갈 수 없는 이전 삶의 잔존물 하나를 지울 수 있었던 게 아닌가 싶다. 나는 목발 생활을 채 이틀도 견디지 못했는데, 한때 둘째가라면 서러워할 모험가였던 이모부가 전쟁 때문에 불구가 되어버린 자신의 현실을 어떻게 견딜 수 있었을까?

목발을 벽에 세워두고서 응접실에 있는 접이식 확장형 책상을 향해 기다시피 다가갔다. 서랍 안에는 어머니가 쓰던 편지지가 들어 있었다. 옅은 자주색 민짜 편지지. 편지지는 어머니가 살아 계시던 동안에는 손대면 안 되는 물건이었고, 돌아가신 뒤로는 누구의 손길도 닿지 않아 여전히 가지런했다. 편지지 뭉치에서 맨 위 장을 떼어내는데, 어머니가 나타나 허공에 손바닥을 가르며 나를 꾸짖으면 좋겠다는 생각이 들었다. 은색 필통을 열고 여전히 뾰족하게 잘 깎여 있는 연필을 하나 꺼내 '고맙습니다'라고 꾹꾹 눌러 예쁘게 글씨를 썼다. 그리고 그 편지지를 반으로 접어 이모부의 방문 앞에 두었다. 물론 답장을 바라는 마음은 조금도 없었다.

그 후 며칠간은 할 일이 많아 아주 바빴다. 7월부터 잘 익은 복숭아를 따다 팔고 있긴 했지만, 과일을 설탕처럼 달게 만드는 마법은 콜로라도 서쪽 경사지의 큰 일교차, 그러니까 낮에는 뜨겁고 밤에는 추운 초가을 날씨였다. 우리 과수원의 단골손님들이 가장 기대하는 것도 바로 귀하디귀한 끝물 복숭아였다. 다 된 농사를 망치는 건 한순간이라는 사실을 너무나 잘 알고 있던 아빠는 가을만 되면 자다가도 몇 번씩 일어나 온도계를 확인했다. 아무리 상품성이 좋은 만생종 복숭아라도 기온이 2도만 떨어지면 곤죽이 되어버려 결국 쓰레기통이나 돼지 밥통에 처박히는 신세가 되기 때문이다. 이맘때 우리 과수원의 가장 중요한 목표는 복숭아의 신선도를 유지할 수 있도록 가능한 한 늦게, 그러나 첫서리 전에는 모두 끝낼 만큼 충분히 빠르게 수확하는 것이었다. 그해 가을 마지막 수확은 평년보다 최소 2주 늦출 터였으니 아직까지는 운이 꽤 좋았지만, 아빠는 행운을 믿는 사람이 아니었다. 아빠가 긴장하고 있다는 게 눈으로 보일 정도였다. 세스가 로드스터에 시동을 걸며 소란을 피운 날 아침에 기온이 1도 떨어졌고, 내가 조용히 오그 이모부의 목발을 돌려준 날 아침에 0.5도 더 떨어지자, 아빠는 수확을 최대한 서두르라고 우리를 재촉했다. 발목이 아프거나 말거나 할 일이 생겨 기뻤다.

나는 일평생 복숭아를 따며 살았다. 복숭아 수확은 내게 숨 쉬는 것만큼이나 자연스러운 일이었다. 스치듯 손만 갖다 대보아도, 아니 냄새만 맡아봐도 복숭아가 완벽하게 익었는지 아직 덜 익었는지 감별할 수 있었다. 한 손으로 복숭아를 살짝 받치고 다른 손으로 꼭지를 비틀어야 과육이 상하지 않게 복숭아를 딸 수 있는 것도 잘 알고 있었다. 똑같이 장밋빛으로 익은 열매를 보고도 시장에 내다 팔 복숭아와 배달을 보낼 복숭아, 그냥 내 입으로 넣어도 되는 복숭아를 정확히 구분할 줄 알았다. 이런 것들을 몰랐던 때가 언제였는지 기억도 나지 않는다. 사과나 배와는 달리, 복숭아는 사나흘 사이에 품질이 결정될 만큼 수확 시기가 생명이다. 내시 복숭아가 유명한 건 크고 달콤해서만이 아니었다. 삼대에 걸쳐 내려온 복숭아 재배 기술을 보유한 우리 과수원은 틀림없이 정확한 시기에 복숭아를 수확하는 것으로도 명성이 자자했다.

바나나처럼 길쭉한 황금빛 이파리가 얼굴과 어깨를 간질였다. 나는 왼팔에 바구니를 걸고 오른손을 뻗어 가지에 매달린 복숭아를 하나씩 비틀어 따면서 이따금 코로 가져가 달콤한 향기를 들이마셨다. 역시, 아빠는 틀림없이 정확했다. 마지막 남은 복숭아들 모두 예외 없이 수확하기에 안성맞춤이었다.

나는 과수원에서 가장 오래된 나무가 모여 있는 맨 끝 구역에서 혼자 복숭아를 따기로 했다. 트라우트와 함께 있는 아빠는 비교적 어린 나무가 모여 있는 헛간 근처 구역을 담당했다. 세스는 개울가를 따라 줄지은 나무에서 열매를 수확하기로 했다. 오전 중에는 홀든, 쳇, 레이 오클리 삼 형제가 일손을 거들러 왔다. 알아주는 골통 삼 형제가 웬일로 우리 일을 돕겠다고 왔나 싶었다. 그럼 그렇지. 아니나 다를까 나중에 알고 보니 이날 삼 형제의 일손을 빌리는 대신 2주 뒤에 아빠와 세스가 오클리네 소몰이를 돕기로 양쪽 아빠들끼리 약속한 것이었다. 골짜기 위 방목지에 있는 소 떼를 몰고 앨몬트와 거니슨을 거쳐 아이올라 외곽에 있는 목장까지 가는 건 이틀은 족히 걸릴 일이었다. 오클리 형제의 성격을 잘 알고 있었던 아빠는 오클리 아저씨에게 복숭아를 수확하는 동안 삼 형제가 말썽을 부린다거나 과일을 멍들게 하면 거래는 없던 일이 될 거라고 일러두었다. 물론 삼 형제가 과수원 동쪽에 있는 세스에게 합류한 지 채 2분이 지나지 않아서 럭키 스트라이크 냄새가 퍼졌고, 욕을 주거니 받거니 하며 서로 놀려대는 소리가 들렸다. 너무 멀리 떨어져서 들리지 않았던 건지, 아니면 일손이 절박했던 건지 아빠는 아무 말도 없었다.

누가 말하지 않아도 정오는 점심시간이었다. 12시가 되면 다들 수확하던 손을 멈추고 밥을 먹으러 부엌으로 향했다. 비스듬했던 태양이 청금석처럼 파란 하늘의 정중앙에 가까워지자 나는 복숭아로 가득 찬 바구니들을 한데 모은 뒤 아빠가 수월하게 트럭에 실을 수 있도록 과수원 길가에 줄지어 놓았다. 절뚝거리며 지나가는 날 보며 세스와 삼 형제가 낮은 소리로 킬킬거렸지만 무시하고 집으로 향했다. 집 앞까지 가니, 마당에서 낯선 남자와 얘기 중인 아빠가 보였다. 주근깨가 박힌 앳된 얼굴의 남자는 아빠보다 머리 하나쯤 더 컸지만 몸집은 절반밖에 안 되었다. 챙이 넓은 밀짚모자에 얼룩덜룩한 데님 작업복 차림이었고, 바지 뒷주머니에는 닳아빠진 목장갑이 삐죽 나와 있었다. 남자는 반갑다고 꼬리 치는 트라우트를 못 본 모양이었다. 나와 눈이 마주친 아빠가 가까이 와보라며 손짓하자 얼굴이 말처럼 긴 그 남자는 나를 쳐다봤다.

"던랩에서 보냈다는구나."

아빠가 별다른 소개 없이 그 남자를 가리키며 내게 말했다.

가슴이 철렁 내려앉았다. 잔뜩 늘어놓은 거짓말이 이제 여기까지 뻗어 있었다. 금단의 구역과도 같은 여인숙엔 무슨 이유로 다녀왔는지, 아빠가 일손을 찾고 있다는 거짓말은 도대체 왜 하고 왔는지, 그 이유를 설명할 또 다른 거짓말을 찾아 서둘러 머리를 굴리고 있는데, 입술을 떼기도 전에 아빠가 말을 이었다.

"고맙기도 하군. 일손이 늘었어."

아빠가 남자를 보며 고개를 살짝 끄덕이자 남자도 고개를 끄덕였고, 그것으로 계약이 성사되었다.

"일당이 넉넉지 않으니 점심이라도 잘 내어주려무나."

"네, 그럴게요."

나는 안도의 숨을 길게 내쉬며 남자를 향해 살짝 미소 지었지만, 남자의 입꼬리는 미동도 없었다.

남자들이 점심을 먹으러 부엌으로 몰려들자 그들의 체취도 따라 들어왔다. 오븐에서 비스킷을 꺼내는 순간에도, 게걸든 무리 한가운데에 구운 닭고기와 감자를 내려놓는 순간에도 땀 냄새, 담배 냄새, 복숭아 과즙 냄새, 가을 햇살 냄새가 뒤섞여 음식 냄새를 밀어내고 코를 톡 쏘았다. 오그 이모부가 휠체어를 끌며 샐쭉하게 들어오자 부엌에는 위스키와 씹는담배 냄새까지 더해졌다.

남자들이 식사를 시작한 뒤에도 나는 가스레인지 앞에서 바삐 움직였다. 식탁을 등지고 선 채로 고기에서 나온 기름을 프라이팬에 붓고 잘 섞어가며 저녁에 먹을 그레이비를 만들고 있었다. 그때 말처럼 생긴 사내의 이름이 포레스트 데이비스라며 식탁의 남자들에게 소개하는 아빠의 목소리가 들렸다. 오그 이모부가 무어라 불퉁거렸고, 남자애들은 인사를 하자마자 역시나 추잡한 얘기와 욕지거리를 쏟아냈다. 모두가 충분히 배를 채운 것 같은 그 순간까지도 내가 식탁에 엉덩이를 붙인 적이 없다는 걸 눈치챈 사람은 없어 보였지만, 내게는 오히려 그 편이 나았다.

그레이비 팬에 밀가루를 조금 더 붓고 살살 저어가며 식탁에서 오가는 얘기에 최대한 신경을 끌 참이었는데, 내내 조용하던 데이비스가 느닷없이 목을 가다듬었다. 놀랄 만큼 낮은 목소리였다.

"제가 여인숙에서 인전 놈이랑 한방을 썼다는 거 아닙니까. 다들 그놈 얘기 들으셨나요?"

몸이 얼어붙었다. 내 등줄기에 찬결이 흘렀고, 거품기를 쥔 손아귀에는 바짝 힘이 들어갔다. 나는 숨소리도 내지 않고 가만히 귀를 기울였다.

"야, 네가 쥐어팼다던 그 더러운 새끼 아니냐?"

오클리 형제 중 하나가 쩌렁쩌렁한 목소리로 세스를 불렀다. 목소리가 심술궂고 불쾌한 것이 아무래도 홀든인 것 같았다.

"그놈 던랩에서 쫓겨났다고 하던데."

세스가 대답했다. 세스가 그걸 어떻게 알고 있는지, 누구에게 왜 물어본 건지 궁금했다.

"아, 그랬죠." 이번엔 데이비스였다. "세탁장을 더럽히기 전까지는 거기 있었어요. 쥐새끼처럼 숨어들어서는."

데이비스는 음식을 씹어 삼켰다.

"빨랫줄에 널려 있는 빨래를 훔치다가 주인한테 걸렸거든요. 한아름 챙겨 그길로 토꼈대요."

내가 팬을 눈앞에 두고도 깜빡한 나머지 그레이비가 몽글몽글 끓어 넘쳤다. 이리저리 튀어 오르는 끈적한 갈색 액체가 엄지손가락에 떨어졌다. 화들짝 놀라 뒷걸음질하다가 프라이팬을 놓쳤고, 순간 프라이팬이 덜거덕 뒤집히는 바람에 진득하게 타버린 고깃 기름이 가스레인지 위에 쏟아지고 말았다. 등 뒤의 사내들이 이내 조용해졌다. 다들 나를 쳐다보고 있을 텐데, 윌슨 문 얘기에 얼굴 이 너무 시뻘게진 나머지 차마 뒤를 돌아볼 수 없었다.

"미안해요." 서둘러 싱크대를 열고 행주를 꺼냈다. "제가 손에서 뭘 잘 놓쳐서." 얼룩을 닦으며 억지로 웃는 척을 했다.

사내들의 대화가 다시 이어졌다. 그 뒤로는 누가 무슨 말을 했 는지 자세히 기억나지 않지만, 누군가는 윌슨 문이 남부 어디 보 호구역 근처 감옥에서 탈출한 거라고 했고, 누군가는 인디언 기숙 학교에서 도망쳐 나온 거라고 했다. 또 누군가는 그가 동네를 옮 기며 한탕씩 하고 가는 도둑놈이라고 했다. 남자들은 월의 출진 물감*, 모카신을 입에 올리며 질 낮은 농담을 주고받았고, 불경한 미개인, 프레리도그 같은 쥐새끼라며 욕했다.

"떠난 지 한참 됐을 겁니다, 내가 알기로는 그래요."

다시 데이비스의 목소리였다.

"암, 그래야지." 오그 이모부가 불퉁거리며 대꾸했다.

"빌어먹을 새끼." 세스였다. "한 번만 더 내 눈에 띄었다가는 그 벌건 새끼 그냥 확 죽여버려야지."

"그만." 아빠가 처음으로 목소리를 높였다. 뒤미처 접시 위에 수 저를 내려놓고 식탁 뒤로 의자를 밀어내는 소리가 들렸다.

---

* 미국 원주민들이 전투에 나갈 때 얼굴과 몸에 바르는 물감.

"자, 어서 가서 마저 따자꾸나."

남자들은 잔혹한 단어들과 코를 찌르는 냄새를 챙겨 들어올 때만큼이나 소란스럽게 부엌을 떠났고, 식탁에는 빵 부스러기, 빈 접시, 독수리 먹이로 줘도 될 만큼 깨끗하게 발라 먹은 닭 뼈가 널브러져 있었다. 식탁을 치우고 접시를 거두는데 손이 덜덜 떨렸다. 월이 도망자나 도둑일 가능성은 고사하고 월이 정말로 인디언일지, 만약 그게 사실이라면 뭐가 어떻게 되는 건지 도무지 머리가 돌아가질 않았다. 그를 둘러싼 잔혹한 소문은 물론 다 거짓 같았다. 그러나 그 남자가 매력적이고 신비롭고 나를 깃털처럼 가볍게 안아 옮길 만큼 강인하다는 것 외에, 내가 그에 대해 정말로 아는 게 있기는 한 걸까?

아픈 발목을 쉬게 하려고 한 발로 선 채 싱크대에 물을 받아 설거지를 하면서 나는 월에게 안겨 있을 때의 느낌을 떠올려보았다. 다정하지만 뭔가를 꿰뚫어 보는 듯한 그의 눈동자, 그 눈동자를 들여다보던 순간을 곱씹었다. 내게는 분명 탄차를 타고 여기에 왔다고 말했는데, 도대체 누구의 말이 진실이고 누구의 말이 거짓인지 알고 싶었다. 그러나 월이 아이올라를 떠난 지 한참 됐을 거라던 남자들의 말만큼은 사실이리라고 생각했다.

접시의 물기를 닦아 찬장에 차곡차곡 넣은 뒤 오후 작업을 하기 위해 내가 맡은 구역으로 돌아갔다. 우리 농장 위편 메마른 땅에는 담녹색 세이지 덤불과 불그스름한 덤불참나무, 텁수룩한 잣나무가 군데군데 깔려 있었다. 가히 장엄하다고 할 만한 비탈에는 드문드문 심긴 포플러나무의 노란 이파리가 작은 행사라도 열린 듯 나풀나풀 흔들리고 있었다. 그 사이 유독 우뚝하게 솟은 폰데로사 소나무 몇 그루가 짙은 색 이파리로 널찍한 차양을 만들었다. 하늘 위 태양은 여름이 다 간 줄도 모르는 듯 강하게 내리쬐고 있었다. 내 마음을 가장 편안하게 해주는 공간이자 내 모든 감각을 예민하게 깨워주는 공간인 과수원 그늘에 가만히 서 있노라니, 그게 다행이든 불행이든 왠지 월이 멀리 가지 않았을 거라는 직감이 들었다. 무엇 때문에 그런 직감이 들었는지는 모르겠다. 그러나 팔을 뻗어 향긋한 냄새를 들이마시고 보드랍게 잘 익은 복숭아를 가지에서 하나씩 비틀어 딸 때마다 꼭 월이 나를 지켜보는 것만 같았다. 나중에야 알았다. 정말로 월이 몰래 보고 있었다는 걸. 그날 한낮의 햇살이 황금빛 잎사귀에 반사되어 반짝이고 내 살갗에 닿아 노랗게 빛났다고, 내가 큼직한 복숭아를 깨물었을 때 팔뚝을 타고 과즙이 줄줄 흘렀고 팔꿈치에 맺혀 있다가 뚝뚝 떨어졌다고, 과즙이 묻어 반짝반짝 빛나는 내 입술이 마치 자신의 입술을 부르는 것 같았다고, 나중에 월이 말해주었다. 그때였다고, 그때 자기가 나를 사랑하고 있다는 걸 깨달았다고 그랬다. 내가 복숭아를 크게 한 입씩 베어 물 때마다, 자기가 숨어 있는 줄도 모르고 내가 텁수룩한 나무 사이로 툭툭 눈길을 던질 때마다 나를 사랑하는 마음이 더욱 깊어졌다고 월은 말했다.

정신없이 일하다 보면 월에 대한 생각을 떨쳐낼 수 있으려나 했지만 헛된 기대였다. 오후 내도록 과수원에서 조용히 일하고 있자니 오히려 끊임없이 생각날 뿐이었다. 생각에 푹 빠져 있어서인지 해도 금세 저물었다. 저녁 준비를 하러 부엌으로 가기에 앞서 마지막 바구니를 채우고 있는데, 갑자기 왼편에서 바스락거리는 소리가 들렸다. 소리에 화들짝 놀란 나머지 바구니를 약간 기울이는 바람에 복숭아 몇 개가 떨어져 풀밭으로 굴러가 버렸다. 바스락거리는 소리가 점점 더 가까워졌다. 줄지은 나무들 사이에 나 있는 풀밭 길이 아니라 나무들 사이로 과수원을 가로질러 오면서 가지를 밀어내는 소리였다. 머리로는 사슴이겠거니 하면서도, 마음으로는 월이기를 빌었다. 무성한 이파리 사이로 드넓은 어깨를 하나씩 들이밀며 말없이 내 앞에 서는 월을 상상했다. 모든 걸 다 알고 있다는 듯 환히 웃으며 복숭아를 달라는 듯 손바닥을 내미는 월을. 그러나 사실 복숭아가 아니라 내 손을 기대하고 있을 월을.

내가 있던 곳에서 6미터도 안 떨어진 두둑에서 갑자기 튀어나온 건 월도 사슴도 아닌 포레스트 데이비스였다. 발걸음이 얼마나 단호한지 등골이 오싹할 정도였다. 어떤 목적이 있는 사람처럼 뭔가에 집중한 모습이었다. 아니, 그래도 그렇지 설령 중요한 목적이 있다고 하더라도 나무를 비집고 다닐 게 아니라 널리고 널린 과수원 농로로 걸어도 될 일이었다. 데이비스가 걸음을 멈추고 내 건너편 두둑에 심긴 나무를 올려다보았다. 그의 손에는 목장갑이 끼워져 있었고 바구니는 들려 있지 않았다. 아빠는 잘 익은 복숭아를 따려면 시각과 후각만큼이나 촉각이 중요한 역할을 한다며 장갑을 끼지 못하게 하는 사람이었다. 시간이 촉박해서 아빠가 설명을 생략한 걸까, 신출내기 일꾼이라 데이비스가 서툰 걸까? 데이비스는 초조한 사람처럼 발을 바삐 움직이고 있었다. 밀짚모자에 달린 끈은 목을 가로질러 등 뒤로 늘어져 있었고, 양쪽 끈에 달린 큼직한 밀짚모자가 등 뒤에 대롱대롱 매달려 있었다. 내가 있던 두둑까지 다가와 아래를 이리저리 살피는데, 모자를 안 쓰고 있으니 이마가 훨씬 넓고 도드라져 보였다. 광대는 불뚝 솟고 주근깨는 빼곡하고 턱은 길고 뾰족한 게 안 그래도 말상인데, 이마까지 드러나니 그 특징이 한층 더 도드라졌다. 나는 어리석게도 그가 나를 못 보고 가길 바라면서 꼼짝도 하지 않고 가만히 있었다. 당연히 그는 나를 보았고, 보자마자 화들짝 놀랐다. 아주 잠깐 우리는 서로 마주 보았다. 데이비스는 토끼라도 보았는지 내 뒤 어딘가를 멍하니 바라보았고, 이내 기다란 목을 쭉 뻗고 좌우를 살피더니 갑자기 몸을 돌렸다. 그렇게 그는 멀대 같은 팔다리를 움직이기 시작하더니 두 줄로 늘어선 나무 사이를 빼곡히 채운 무성한 가지를 밀치며 사라졌다. 내 귀에 소리가 닿지 않을 때까지 그는 멈추고 바스락거리길 반복하며 앞으로 걸어갔다.

데이비스는 월을 찾고 있었던 것이다. 틀림없었다. 오후의 산들바람이 서늘한 것도 있었지만, 낯선 사람의 짧지만 강렬한 시선 때문에 온몸이 떨렸다.

월을 쫓는 사람은 데이비스 하나가 아니었다. 다음 날, 찬바람 부는 새벽녘에 아빠와 세스를 도와 마을에 배달을 나갔는데, 채프먼스 앞에 붙은 전단 두 장이 눈에 띄었다. 이름이나 범행 내용에 관한 구체적인 언급은 없었지만, 똑같은 손 글씨로 작성되어 입구 양옆에 붙어 있는 수배 전단을 읽어보니 월을 잡아 오라고 써둔 것이나 다름없었다.

도둑 수배 중, 갈색 피부, 검은 머리카락, 위험 인물. 현상금 20달러.
–마틴델.

에즈라 마틴델은 아이올라에서 보안관 같은 역할을 하는 사람
이었다. 그의 할아버지는 거의 70년 전 메인 스트리트에 처음으
로 집이라고 할 만한 건물을 지은 사람들 중 한 명이었는데, 그 가
족 전체가 널따란 현관 앞 포치에 앉아 마을에서 일어나는 일들을
주시했다고 한다. 그 이상의 자격은 없었지만, 에즈라의 아버지 앨
버트는 거니슨 카운티 보안관 부서의 대리인이 되었다. 그리고 앨
버트가 죽은 뒤에는 에즈라가 그 배지와 함께 거만함까지 물려받
았다. 1942년, 아이올라에 전화가 보급되자 에즈라의 주된 임무는
마을에 문제가 발생한 것 같을 때, 진짜 경관들이 도착하는 데 걸
리는 30분 동안 라일 보안관에게 전화를 걸어 질서를 유지하는 것
이 되었다. 뜬소문과 억측 때문에, 그저 바람에 날아가 버렸을지도
모를 옷 몇 벌 때문에 에즈라 마틴델 같은 사람이 윌에게 현상금
을 내건다는 사실에 너무나 화가 났다.
　더 큰 문제는 그 수배 전단을 본 세스가 마치 기다리고 있었다
는 듯 힘차게 휘파람을 불었다는 것이다. 비열한 손가락을 전단에
갖다 대고서 *현상금*이라는 글자를 툭툭 두드리며 나를 쏘아보는
표정은 더 끔찍했다.
　"야, 두고 봐." 세스가 능글맞게 히죽댔다. "저 20달러, 내가 따내
고 만다."

7장

채프먼스에 배달을 마치고 트럭에 올라탔을 때였다. 아침까지
만 해도 아무 말 없던 아빠가 별안간 내게 복숭아 노점으로 가서
점심까지 일을 도우라고 말했다. 먼저 뒷좌석에 타 있던 나는 가
만히 세스의 뒤통수를 쏘아보는 중이었다.

"데이비스라는 친구가 오늘 온다면 밭에는 일손이 부족하지 않
을 거야. 오늘은 코라가 바쁠 게다."

코라 미첼은 이웃집 노처녀 언니였다. 소박하지만 말쑥한 오두
막에서 부모님과 함께 사는 코라 언니는 매해 늦여름부터 초가을
까지 거의 날마다 우리 노점을 봐주었다. 노동의 대가로 우리 아
빠가 월요일과 수요일마다 미첼 아저씨의 농장 일을 도왔다. 두
집안의 거래는 내가 태어나기 훨씬 전부터 이어져 왔다고 했다.
코라 언니는 동네 사람 누구와도 시시콜콜 수다를 잘 떨었고, 처

음 보는 사람과도 날씨 얘기나 복숭아 얘기를 나누며 금세 친해졌다. 언니의 탁월한 장사 수완 덕분에 복숭아 여섯 개를 사러 온 손님은 열두 개를 사서 돌아갔고, 열두 개를 사러 온 손님은 반 바구니를 사 갔다. 이른 오후면 복숭아는 이미 다 팔리고 없을 때가 많았다. (내가 괜찮은 척하고 있는) 발목 때문이 아니고서야 아빠가 굳이 나를 코라 언니 옆에 세워둘 이유가 없었다. 그렇지만 세스 때문에 화가 나고 포레스트 데이비스가 영 미심쩍은 상황에서 잠시 벗어나 한숨 돌릴 수 있다고 생각하니 그것도 썩 나쁘지 않았다.

"네, 그럴게요." 나는 고분고분 시키는 대로 하겠다고 대답했다.

흰색 빛바랜 판자가 덧대어진 과일 노점 앞에 아빠가 트럭을 세웠을 때 코라 언니는 벌써 나와 예의 바르게 우리를 기다리고 있었다. 50번 고속도로에 상설 가판대는 하나밖에 없었고, 그건 이 지역에서 유일하게 복숭아를 재배하는 우리 과수원의 노점이었다. 우리 노점은 아이올라로 나가는 149번 고속도로 출구 앞 다리 건너편에 있었다. 다른 마을에서 온 농부들이 임시로 가판대를 펼쳐놓고 각종 푸성귀와 뿌리채소 같은 작물을 파는 날도 있었지만, 제대로 된 양철 지붕과 마룻널을 갖추고 또 합법적으로 정부 허가까지 받은 곳은 우리 노점뿐이었다. 우리 집에 신화처럼 내려오는 이야기가 하나 있었다. 할아버지가 거니슨 시청에 가서 허가서를 받아 왔던 날 공무원은 반드시 허가서를 노점에 붙여두라고 당부했지만, 할아버지는 눈 하나 깜짝하지 않고 허가서를 무슨 예술 작품이라도 되는 양 액자에 예쁘게 넣어 집 응접실 벽에 걸어두었다는 것이다.

트럭 짐칸에 실린 부셸 바구니를 아빠와 세스가 한숨에 하나씩 들어 올릴 때마다 따뜻한 입김이 차가운 아침 공기 속으로 뿌옇게 퍼져 나갔다. 코라 언니는 볼우물이 깊이 팰 정도로 활짝 웃으며 우리를 맞이한 뒤 곧장 복숭아를 받아서 하나씩 예쁘게 진열하기 시작했다. 살짝 경사진 진열대의 각도에 맞춰 복숭아의 가장 불그스름한 부분이 잘 보이도록 세우고, 가끔 멍든 과일이 나오면 뒤쪽 바구니에 도로 담았다. 빠르지만 한 치의 오차도 허락하지 않는 섬세한 손길이었다. 코라 언니는 키가 크고 살집이 두툼했다. 아마도 내가 그때까지 살면서 본 여자 중에 가장 몸집이 컸던 것 같다. 내가 태어났을 때부터 알고 지낸 사이인데도 언니의 큰 덩치에 한 번씩 깜짝깜짝 놀랄 때가 있었다. 그날 입고 온 엄청나게 큼직한 흰색 블라우스가 언니의 거대한 가슴과 배를 가렸고, 블라우스의 손목 주름 장식은 밀가루 반죽처럼 늘어진 팔뚝 살 사이를 파고들었다. 날이 꽤 쌀쌀했는데도 코라 언니의 탱글탱글한 갈색 곱슬머리 끄트머리에서는 가느다란 땀방울이 졸졸 흘러내렸다. 나도 서둘러 코라 언니 옆에 자리를 잡고 서서 과일을 정리하기 시작했고, 얼마 뒤 트럭에서 짐을 다 내린 아빠와 세스는 다시 차를 몰고 떠났다.

아침 장사는 더디게 시작되었다. 문을 열고 한 시간이 다 가도록 손님이라고는 아침잠 없는 동네 사람들 몇 명이 다였다. 그사이 코라 언니와 나는 날씨와 가족들 안부, 농장의 근황에 대해 가벼운 대화를 주고받았다. 코라 언니는 아주 오래전에 언니네 아버지가 노점에서 쓰라고 만들어준 널찍하고 낡은 스툴을 손으로 끌어다 앉았다. 스툴이 하나 더 있었고 발목도 시큰거렸지만, 나는 앉지 않고 서성거렸다. 손님이 뜸할 때면 언니 손은 초록색 목도리를 뜨느라 바삐 움직였고, 내 머릿속은 마틴델이 붙여놓은 수배 전단 속 글자들로 가득 메워졌다. 도둑으로 의심받는 사내가 사실은 어떤 사람인지 내가 아는 걸 모두 언니에게 털어놓고 싶었지만, 밀리 아주머니와 있었던 일을 생각하면서 입을 꾹 다물었다.

아침 9시쯤 되자 차들이 길가에 줄지어 섰다. 손님 세 명이 들어오니 노점은 발 디딜 틈도 없이 꽉 들어찼다. 코라 언니는 일하는 내내 파티장의 안주인처럼 쉴 새 없이 시시덕거렸다. 한 손님이 코라 언니에게 여름이 다 가도록 노점을 열어줘서 정말 고맙다고 인사하자 코라 언니는 유쾌하게 웃으면서 선선한 가을 날씨를 주신 전능하신 하느님 덕분이라고 대답했다. 코라 언니의 쾌활한 대화가 내 산만함을 가려주길 바랄 뿐이었다. 내 딴에는 손님들에게 최대한 다정하게 말을 걸어보려고, 정확하게 주문을 받고 거스름돈을 계산하려고 애썼지만, 언니로부터 이상하다는 듯한 시선을 받은 게 한두 번이 아니었다. 그럴 때마다 언니는 발목을 다칠 때 머리의 나사도 하나 빠진 게 아니냐며 나를 놀렸다.

아무리 생각해도 내가 아는 윌과 마을 사람들의 입에 오르내리는 윌은 한사람 같지 않았다. 윌이 망나니에다가 미개한 도둑놈이라니. 윌의 진짜 모습을 알고 싶었다. 맹목적인 편견이 만들어낸 악의적인 소문도 벗겨내고 내 원초적인 갈망이 씌워놓은 콩깍지도 벗겨낸, 윌의 진짜 모습이 궁금했다. 내가 살면서 본 외톨이라고는 루비앨리스 에이커스 하나뿐이었다. 동네 사람들은 루비앨리스를 존중할 필요도, 배려할 가치도 없는 존재라고 생각했다. 노인네가 미쳐서 난폭하고 위험하다며 대놓고 따돌렸다. 세스, 밀리 던랩, 마틴델을 포함해 다른 동네 사람들이 보기에는 월도 별반 다르지 않을 터였다. 이틀 전 아침, 자전거 없이 우두커니 길에 서 있던 루비앨리스의 모습이 떠올랐다. 나는 도대체 왜 그녀에게 도움의 손길을 내밀지 않았던 걸까?

손님이 뜸해진 틈을 타 코라 언니에게 요즘 루비앨리스를 본 적이 있느냐고 물었다.

"평소브다 더 자즈 보이던걸?"

돈통이 놓인 카운터에 있던 코라 언니가 스툴을 향해 걸음을 옮길 때마다 마룻널이 신음하듯 삐걱거렸다. 의자에 앉은 언니는 마치 눈앞에 보이지 않는 촛불을 끄려는 사람처럼 주름진 입술 사이로 몇 번이나 숨을 내쉬었다.

"이번 즈 내내 으리 집 앞 도로에 나와 있었는데, 꼭 느그 기다리는 사람처럼 가아만히 서 있더라그. 느이 집 근처에서도 보이지 않았니? 왜 거기 진입로 들으가는 길목 말이야."

코라 언니에게는 모든 단어를 온전히 발음하는 건 너무 힘든 일이라는 듯 발음을 뭉개는 습관이 있었다.

"언니도 루비앨리스가 이상한 사람 같아요?"

무슨 말을 하고 싶은 건지 별생각도 없이 언니에게 물었다.

"글쎄……."

코라 언니가 낄낄거렸다. 언니가 키득거리는 건 '어디서부터 시작해야 하지? 아니, 시작이나 할 수 있는 이야기려나?'라는 의미였다.

다시 한번 물었다.

"그게, 저도 며칠 전에 집 앞에서 봤거든요. 근데, 아무리 그 할머니라고 해도 좀 이상해 보여서요. 언니가 봤을 때 어디 아프거나 그런 것 같진 않았어요?"

"물어볼걸 그랬나? 생각드 못 해봤네. 아닌 게 아니라 이상하긴 하더라그. 어제도 엄마랑 차 타고 마을로 가그 있는데, 글쎄 그 여자가 도로 한복판에 떡하니 서 있지 뭐니. 멍한 눈으르 두리번두리번하면서 말이야. 아휴, 하마터면 칠 뻔했다니까."

코라 언니네 모녀도 그제의 나처럼 그 노파를 무시하고 지나쳤다는 말을 들으니 마음이 조금 놓이는 것 같기도 하고 왠지 더 불편해지는 것 같기도 했다.

"근데, 동네 사람들은 왜 그 할머니를 무서워해요? 세스는 루비 앨리스가 악마인 줄 알아요."

코라 언니가 또다시 깔깔댔다.

"아, 무서워하는 게 아니라 느무 괴상하니까 그냥 피해 다닌다고 봐야지. 아마 다들 그럴 거야. 처음브터 저렇게 별난 건 아니었어. 멀쩡하던 때드 있었는데…… 느무 옛날 일이라 동네 사람들드 이제 까먹었나 봐."

"안 저랬다고요?"

"전혀어." 코라 언니가 고개를 가로저었다.

"내가 알기론, 독감이 동네를 휩쓸고 간 이후로 영 이상해졌대. 고열 때문이라는 말드 있고, 너므 슬퍼서 저리 됐다는 말드 있고."

"가족들이 죽었어요?"

언니가 진한 눈썹을 치켜올리며 고개를 끄덕였다.

"저언부 다."

"몇 명이나요?" 나는 깜짝 놀라 물었다.

언니가 어깨를 으쓱했다.

"글쎄다. 나드 그때는 걸음마드 잘 못하는 애기였어서. 그냥 으른들 하는 얘기를 들은 게 다야. 내가 좀 컸을 땐 지금 모습이랑 똑같았어. 그 낡은 자전거를 타고 여기저기 돌아다니그, 퀭한 눈으로 사람들 노려보그. 말은 한마디도 안 하그. 온갖 떠돌이 동물들을 주워다 키우그. 오, 주여, 도와주소서."

주님루비앨리스에이커스를도와주세요.

코라 언니의 말소리가 공중으로 흩어질 때 나도 얼른 속삭이듯 기도문을 흘려보냈다. 마음이 영 괴로웠다.

언니는 천천히 고개를 몇 차례 끄덕이더니 다시 뜨개바늘을 손에 쥐었다. 나는 마음속으로 *아멘* 하고 기도를 마쳤다.

어릴 적 나는 캘 오빠와 함께 과수원에 있는 작은 연못 둑에 엎드려서 놀던 날이 많았다. 그럴 때면 오빠는 손을 뻗어 물에 떠 있는 낙엽을 양옆으로 치우고 물속에 숨겨진 세계를 내게 보여주었다. 연못 앞에 나란히 찰싹 엎드린 우리 둘은 수면에 거품을 일으키는 게 무엇인지, 그 안에 뭐가 헤엄쳐 지나가는지 하나도 놓치지 않으려고 숨죽인 채 지켜보았다. 그러다 송사리, 지렁이, 소금쟁이 같은 작은 생물을 보면 기적이라도 발견한 듯 기뻐했다. 그날 코라 언니와 나눈 대화가 꼭 그랬다. 언니의 말을 듣고 나니, 마치 수면의 나뭇잎이 걷힌 듯 그동안 보이지 않았던 물속이 보였다. 루비앨리스는 미친 사람도 악마도 아니었다. 그저 마음이 산산이 부서지고 외로운 사람이었다. 월도 그랬다. 월은 구릿빛 피부의 나그네일 뿐이었다. 다만 우리 동네 사람들이 살면서 구릿빛 피부를 지닌 사람도 나그네도 본 적이 없다는 게 문제라면 문제였다. 방금 전까지는 전혀 생각지도 못한 것이 머릿속을 스쳤다. 요즘 그 길가에 서 있던 노파가 사실은, 매일매일 나를 기다리고 있었던 게 아닐까? 루비앨리스에게서 도망가려고 내가 온 힘을 다해 페달을 밟아댔던 그날 아침, 노파가 날 향해 손을 뻗었던 건 날 밀쳐내기 위해서가 아니라 내게 뭔가를 알려주기 위해서였다. 월은 아이올라를 떠나지 않았다. 루비앨리스의 집에 숨어 있다. 루비앨리스가 월에게 은신처를 제공한 거다. 그랬다. 틀림없다.

"저기, 언니, 저 잠깐 나갔다 와도 될까요?"

요동치는 심장을 붙잡고 태연한 척 묻느라 진땀이 났다.

"그럼, 물론이지. 이제 점심 준비할 시간이지? 어서 다녀와."

점심 준비는 안중에도 없었지만, 언니의 말이 옳았다. 노점 밖으로 걸어 나온 나는 구름 한 점 없는 하늘을 바라보았다. 제때 점심을 차려야 하는 내게 허락된 시간은 겨우 한 시간 남짓이었다. 뛰고 싶은 걸 꾹 참았다. 월을 찾고 난 다음에는 뭘 어째야 할지 몰랐지만, 그가 어디 있는지 알아냈다는 사실 하나로 나는 대담해졌다. 내 추측이 무조건 맞으리라는 확신에 찬 나는 아주 약간 절뚝거렸지만 씩씩하고 단호한 걸음으로, 점점 더 속도를 높여 걸었다. 걷는 동안에도 곧 재회할 우리의 모습을 다양한 버전으로 상상해 보았다. 모든 시나리오는 내가 월의 품에 와락 안기는 장면으로 끝났다.

열일곱 살은 얼마든지 엉뚱한 행동을 할 만한 나이다. 더군다나 사랑의 위력은 고사하고 사랑의 '사' 자도 평생 모르고 살던 열일곱 살 소녀가 어느 날 갑자기 폭풍처럼 다가온 사랑에 휩쓸려 버렸다면 못 할 일이 무엇이겠는가. 그러나 월이 가까이에 있을 거라는 내 직감, 곧 월을 찾을 거라는 확신은 틀릴 리 없었다. 온갖 떠돌이 동물들을 데려다 키우는 우리 이웃, 루비앨리스네 집에 가 보면 틀림없이 월이 나를 기다리고 있을 것 같았다. 그러기까지 내가 해야 할 일이라고는 짙은 솔밭을 가로질러 걷는 것, 어제까지만 해도 금단의 구역이었던 그 집 대문의 빗장을 여는 것, 다양한 닭들과 이상하리만큼 작은 개들이 나돌아 다니는 마당을 걸어가는 것, 그게 다였다. 그런 다음, 한 번도 두드려본 적 없는 분홍 꽃잎색 현관문을 두드리기만 하면 됐다.

손을 살짝 오므려 손가락 마디 끝으로 조심스레 문을 두드렸다. 아무도 들을 수 없을 정도로 작은 소리가 울렸다. 역시나 아무도 나와보지 않았고, 나는 조금 더 힘을 실어 세게 문을 두드렸다. 그러고는 한 걸음 물러나 깊이 심호흡을 한 뒤 가만히 기다렸다. 그제야 지금 내 꼴이 어떨지 걱정되었다. 머리칼이라도 쓸어내리고, 옷매무새를 바로잡고, 어깨를 펴고, 턱을 살짝 들고 있어야겠다는 생각이 들었다. 늘 뒷전이었던 내 외모가 그 순간만큼은 너무나도 중요해졌지만, 한쪽으로 돌아가기 시작하는 문고리를 보니 이제 와 어쩌기엔 너무 늦어버린 듯했다.

삐그덕 하는 소리와 함께 분홍색 철문이 열렸다. 문이 열리면서 환히 빛나는 그의 모습이 드러났다. 윌은 내가 올 걸 미리 알고 있었던 사람처럼 차분한 얼굴로 방긋 웃고 있었다. 갑자기 꿈에서 깬 것처럼 정신이 번쩍 들었다. 생각해 보니, 이 남자애하고는 현실에서 같이 보낸 시간보다 상상 속에서 보낸 시간이 훨씬 더 길었다. 따지고 보면 모르는 사이나 다름없는데 어째서인지 그가 나를 반겨줄 거라고 확신하고 있었던 것이다. 나는 발그레해진 얼굴로 그 앞에 서서 무슨 말을 해야 할지도 모른 채 안절부절못하고 있었다.

다행히 윌이 따뜻한 손을 내밀었고, 나는 그 손을 잡았다. 그의 손이 나를 안으로 안내했고, 나는 잠자코 그의 손을 따라갔다.

남자들이 또다시 저마다의 체취와 식욕을 이끌고 하나둘 부엌으로 들어왔다. 나는 남자들이 서슴없이 욕지거리를 주고받으며 식탁에 앉는 걸 확인하고서, 양배추 샐러드가 봉긋하게 담긴 그릇과 햄 샌드위치가 잔뜩 쌓인 접시를 식탁에 내려놓았다. 뒤미처 달달하게 우려낸 냉차도 한 주전자 갖다주었다. 나는 서두르느라 덥기도 하고 정신도 없었던 터라 줄곧 고개를 숙이고 있었다.

"야, 너 아프냐?"

내 붉은 뺨과 땀에 젖은 머리카락을 가장 먼저 알아차린 건 세스였다. 마치 나는 아플 권리도 없는 사람이라는 듯, 내가 아픈 척 연기라도 한다는 듯 세스가 핀잔하는 투로 눈을 흘기고 있었다. 데이비스가 말처럼 길쭉한 머리를 쳐들고 잠시 나를 빤히 쳐다보는가 싶더니 이내 자기 접시에 고개를 파묻었다.

"노점에서 뛰어와서 그래."

나는 얼른 조리대로 돌아서서 토마토를 썰며 대답했다.

"복숭아는 좀 팔았고?"

아빠가 길쭉한 유리컵에 차를 따르며 물었다.

"꽤요." 이건 솔직한 대답이었다.

"인전들은 좀 봤고?"

세스의 비아냥거리는 소리에 오클리 형제들이 웃음을 터뜨렸다. 때마침 오그 이모부가 식탁으로 다가오면서 호통치듯 큰 소리로 물었다.

"뭐가 그렇게들 재밌어서 터졌냐?"

"아무것도 아니니까 병신은 신경 *끄쇼*."

세스가 거칠게 내뱉었다.

"그만." 아빠의 호령에 남자들이 잠자코 식사를 이었다.

인디언 한 명이거든? 세스에게 따지고 싶은 마음이 굴뚝같았다. *나만의 인디언이라고.* 물론 나는 그게 정확히 무엇을 의미하는 말인지 몰랐고, 월도 그렇게 생각하는지 확신할 수도 없었지만, 세스와 그 패거리가 찾고 있는 사람이 어디에 있는지, 그가 어떤 사람인지 나는 알고 있다고, 너희들은 모르는 사실을 나는 아주 많이 알고 있다고 속으로 외쳤다.

월이 그동안의 사정을 말해주었다. 빅 블루 야생지로 도망친 월은 높은 언덕에서 사냥꾼이 버리고 간 산막을 발견했고, 그 산막에 숨어 며칠을 버텼다. 마을에 몰래 내려왔다가 루비앨리스의 허

124

드렛일을 해주는 대가로 먹을 것과 이불을 얻었다. 그리고 우리가 다시 만날 거라고 확신하며 내내 나를 기다렸다. 심지어 과수원에서 일하는 나를 몰래 훔쳐보기도 했다. 우리가 다시 만났을 때, 윌은 처음 만났던 날 입고 있었던 것과 똑같은 옷을, 그러나 이제는 깨끗해진 작업복과 티셔츠를 입고 있었다. 빨간색 야구 모자만 보이지 않았다. 그가 도둑이라는 건 말도 안 되는 누명이었다. 내 뺨에 닿은 그의 손바닥이 얼마나 따뜻한지, 그의 살갗이 얼마나 매끄러운지, 입술이 얼마나 보드랍고 또 얼마나 달콤 짭쪼름한지 나만은 알고 있었다. 그 입술 때문에 그를 더욱 더 갈망하게 되었다. 잠시 후 식사를 마친 남자들을 부엌에서 내보내고 나도 집 밖으로 나가면, 저 길가 끄트머리에 아치를 이룬 미루나무까지만 나가면 나를 기다리고 있는 그를 만날 수 있었다. 소용돌이치는 깃털을 꿀꺽 삼키기라도 한 듯 나만 아는 비밀이 배 속을 간질였다. 나는 남자들이 마지막 한 입을 마저 씹어 삼키기도 전에 식탁 위의 그릇들을 하나둘 거두기 시작했고, 싱크대에서 허리를 굽히고 설거지를 하는 동안에도 들뜬 마음에 혼자 히죽 웃었다.

식사를 마치고 부엌을 나서려는 아빠에게 다시 노점으로 나가 마감을 도와주고 오겠다고 얘기했다.

"그러렴."

내 말이 어떤 의미를 담고 있는지 전혀 눈치채지 못한 아빠는 날 쳐다보지도 않고서 대충 대답했다. 그건 내가 아빠에게 생전 처음 하는 거짓말이었다. 그리고 윌슨 문의 품에 다시 한번 안기기 위해 기꺼이 지불해야 할 대가였다.

8장

    윌슨 문은 내 애인이 되었다. 루비앨리스 에이커스의 집에 있던 윌을 발견했던 그날 아침 짧은 입맞춤을 나누면서, 그날 오후 약속대로 미루나무에서 다시 만나 긴 포옹을 나누면서 우리의 연애가 시작되었다. 연애의 시작과 동시에 거짓말을 지어내는 솜씨가 나날이 늘었다. 복숭아 수확을 마치기가 무섭게 하루가 멀다 하고 아빠에게 이런저런 핑계를 둘러대며 농장에서 빠져나와 윌을 만나러 갔다. 때로는 미루나무 아래에서, 때로는 윌로 크리크에서, 때로는 갈대가 무성한 거니슨 강가에서, 때로는 언덕 위 외따로 우뚝 서 있는 푸른 가문비나무 아래서, 때로는 동물원 한복판이나 다름없는 루비앨리스 집에서 윌을 만났다. 언제나 나를 기다리고 있던 윌은 언제나 나를 반기는 게 세상에서 가장 중요한 일이라는 듯 굵직하고 단단한 두 팔을 넓게 벌리고 나를 꽉 안아주었다. 윌의 가슴에 얼굴을 파묻고서 머스크 향의 체취를 맡고 있으면 마음이 편안해졌다. 그러면 월은 내 얼굴이 보일 만큼만 살짝 내 몸을 밀어내고는 허깨비라도 보듯 내 얼굴을 신기하게 바라보았다.

다가오는 나를 보고서 월이 재빠르게 숲속이나 풀숲으로 뛰어들어갈 때도 있었다. 그럴 때면 나도 서둘러 그 뒤를 따랐다. 그렇게 우리는 바닥에 나뒹굴었고, 입을 맞추었고, 아무것도 아닌 일에 깔깔거렸다. 바닥에 등을 대고 누운 채 시시각각 달라지는 구름을 관찰할 때도 있었고, 공중을 빙글빙글 도는 매를 바라볼 때도 있었다. 그러던 어느 날에는, 발톱을 세우고 송어 한 마리를 움켜쥔 채 하늘을 가로질러 날아가는 대머리 독수리를 보았다. 월은 손가락으로 독수리를 가리키며 저게 신호라고 말했다. 왠지 부끄러운 마음이 들어서 무슨 신호냐고 묻지 못하고 있는데, 그때 월이 나를 자기 몸 쪽으로 바짝 끌어당겨 이마에 입을 맞추었다. 마치 우리가 축복받은 사람들이라는 신호라고 대답하는 것 같았다. 둘 다 말수가 적은 편이라 한낮의 밀회를 가질 때도 오가는 대화가 많지 않았다. 고요라는 즐거움을 위해 조각된 공간에 있는 것처럼 정적 속에서 우리는 매우 편안했다. 언젠가 내가 한번에 많은 식구들을 잃었다고 말한 적이 있었다. 그러자 월은 자기도 같은 경험을 했다고 했다. 나중에야 그날 이것저것 물어볼걸 하는 후회가 들었지만, 그때는 마른풀 사이로 바스락거리는 바람 소리와 내 어깨를 누르는 월의 어깨보다 다정한 대답이 없었다. 내가 복숭아를 가져오면 월은 맛있다고 감탄하며 후룩후룩 삼켰다. 그리고 복숭아를 다 먹자마자 곧장 내 손을 다시 꽉 잡았다. 손을 어찌나 세게 잡았는지 아직 손에 남은 끈적한 과즙 때문에 손바닥이 달라붙는 것만 같았다. 윌은 어떤 범주에도, 관습에도 속하지 않는 사람이었다. 가끔은 도무지 논리적으로 설명할 수 없는 행동을 할 때도 있었다. 이를테면 마치 비법을 알고 있는 사람처럼 윌이 내 아픈 발목을 살살 문질러주었을 때 불꽃처럼 뜨겁게 아리던 통증도, 마지막 남은 부기도 발목에서 남김없이 빠져나갔다.

남몰래 만나 서로를 끌어안을 때마다 우리의 순수함은 빠르게, 그리고 꾸준하게 사라져 갔다. 윌이 빛바랜 분홍색 문을 열고 나를 집 안으로 들인 지 겨우 2주 만에 우리 둘은 욕정에 눈이 멀어 빅 블루 야생지의 고지대에 위치한 외딴 산막까지 꼬박 두 시간을 걸어가 침대 속으로 뛰어들었다.

바로 그날 아침에, 아빠와 세스는 밥을 먹자마자 묵직한 캔버스 재킷과 낡은 카우보이모자를 챙겨 쓰고서 안장, 8자 모양으로 꼬아놓은 기다란 밧줄, 캔버스 백팩 두 개를 트럭에 싣고 있었다. 배낭에는 내가 미리 꾸려놓은 물통, 육포, 통조림 콩, 삶은 달걀이 담겨 있었다. 두 사람은 소몰이를 도우러 갈 채비를 하는 중이었다. 북녘 목초지에 있는 오클리네 소 떼를 골짜기 아래 겨울 목초지까지 몰고 내려오려면 집에는 다음 날이나 돌아올 수 있을 거였다.

낡은 트럭이 툴툴거리며 진입로를 내려가는 모습을 보는 내내 마음이 달싹거려 혼났다. 설거지를 하는 동안에도, 가축을 돌보는 동안에도 머릿속은 온통 윌 생각으로 가득했다. 원래 수요일에는 목욕을 하는 법이 없었지만 그날은 특별히 욕조에 물을 채우고 달콤한 시간을 즐겼다. 살갗에 비누 거품이 닿을 때마다 내 몸에 닿는 월의 손길을 상상하니 마음이 살랑거리고 얼굴이 화끈거렸다. 목욕을 마치고 욕조에서 일어나는데 얼굴이 벌게지고 다리에는 힘이 풀렸다. 가을볕에 머리카락을 말린 뒤 오그 이모부에게 점심을 차려주면서 나는 코라 언니가 많이 아프니 집에 가 병간호를 해주고 내일 오겠다고 또다시 유려하게 거짓말을 했다. 다행히 이모부의 걱정거리라고는 햄 샌드위치와 홍차가 냉장고에 충분히 있는지 그뿐이었고, 나는 서둘러 샌드위치와 홍차를 넉넉히 만들어둔 뒤 뒷문으로 빠져나왔다. 수확을 다 마친 과수원 모퉁이에서 나를 기다리고 있는 월을 보자마자 당장 그의 몸에 올라타고 싶었다. 우리 둘은 월로 크리크를 따라 한참을 걸었고, 아이올라 너머로 길고 가파르게 이어지는 오솔길을 따라 또 한참을 걸었다. 잘 다져진 길이 갈수록 좁아졌다. 공기가 점점 차갑고 희박해졌고, 그럴수록 주변 풍경도 바뀌었다. 세이지, 바위, 잣나무가 펼쳐져 있던 주변은 어느덧 노란 포플러나무가 드문드문 심긴 풀밭으로 바뀌어 있었다. 마침내 오래된 산막이 어슴푸레 보이기 시작한 그 순간부터는 산막 뒤로 흐르는 개울도, 은은하게 빛나는 풀밭도 그 어떤 것도 눈에 들어오지 않았다. 오랜 시간을 들여 걸어온 만큼이나 내 마음은 욕망으로 들끓어 댔다. 당장 그와 함께 침대에 눕고 싶은 마음뿐이었다. 월은 산막 입구를 막아놓은 사슴 가죽을 걷어 올려 붙잡은 상태로 고개를 돌려 나를 바라보며 눈빛으로 물었다. 나는 '응, *준비됐어. 정말이야*'라는 의미로 고개를 끄덕였다. 월이 싱긋 웃으며 나를 안으로 들였다.

　나는 월을 따라 산막 안으로 들어갔고, 월이 내 옷을 다 벗길 때까지 가만히 서 있었다. 입고 있던 옷이 한 겹 한 겹 흙바닥에 미끄러지듯 떨어졌다. 월을 마주 보고 서 있던 나는 이윽고 맨몸이 되었고, 그도 곧 맨몸이 되었다. 태어나서 처음 맛보는 자유였다. 우리는 벌거벗은 서로의 모습에 살짝 당황해서 잠깐 멀뚱멀뚱 서 있었다. 마침내 월이 손바닥으로 내 턱을 부드럽게 감싸서 내 입술이 자기 입술에 닿도록 살며시 끌어당겼고, 우리는 미끄러지듯 침대로 들어갔다. 서로에게 너무 깊이 몰입한 나머지 이 세상의 모든 존재가 그 순간과 그 장소에, 우리 두 사람의 살갗과 손길에, 우리 두 사람의 움직임에 응축된 것만 같았다.

월과 사랑을 나누는 건, 아주 오랫동안 가고 싶었던 곳에 도달한 듯한 느낌이었다. 월의 품에 안겨 있을 때만큼은 평생 꿈도 꿔보지 못한 모든 존재가 될 수 있었다. 그의 품에 안긴 나는 아름다운 여자, 매력적인 여자, 심지어 조금은 위험한 여자였다. 농가를 떠나 온 하룻밤 사이에 나는 그전까지의 순종적이고 소심한 소녀가 아니라 스스로 결정을 내리고 위험을 감수하는 여성이 되어 있었다.

사랑을 나눈 뒤, 나는 잠든 월의 따뜻한 어깨에 뺨을 기대고 누웠다. 마치 부부 사이처럼 월이 자연스럽게 나를 감싸 안았다. 그때까지 나는 남자의 맨팔에 안겨본 적이 없었던 건 물론이고, 남자의 맨가슴에 안겨 잠든다는 상상조차 해본 적이 없었다. 그러나 월의 가슴팍을 베고 누워서 그의 숨결과 일정한 심장 박동을 느끼며 달큰한 땀 냄새를 맡고 있는 그 순간에도 그의 속을 들여다볼 수는 없었다. 산막에 난 작은 창을 통해 들어온 은색 달빛 한 줄기가 그의 보드라운 얼굴, 힘줄이 불끈 솟아오른 목덜미, 루비앨리스에게 받아왔을 분홍색 누비이불 여러 겹 위에 놓인 울끈불끈한 팔을 비추었다. 그의 큼직한 손을 보면서 나는 월이 어떤 삶을 살아왔을까 유추해 보려고 했다. 손목에서 한시도 빼지 않는 검정과 빨강 실로 짠 실 팔찌, 손가락 마디를 가로지르는 하얀 흉터, 어린 나이라는 게 믿기지 않을 정도로 두툼하게 박인 굳은살, 그 손에 담긴 신비로운 능력. 나를 어루만지는 그의 손길은 삐끗한 발목뿐만 아니라 나조차 제대로 알지 못했던 깊은 마음의 병을 고쳐주었다. 대체 어디서 그런 특별한 능력이 나오는지 너무나 궁금했다.

따뜻한 누비이불 안에서 조심스레 손을 꺼내어 월의 손에 포개어 놓자 별안간 일주일 전, 내 두 눈으로 직접 목격한 놀라운 일이 떠올랐다. 월은 다 죽어가던 새끼 강아지 한 마리를 오로지 두 손으로 살려냈다. 그날 우리는 루비앨리스의 집에 있었고, 나는 선반을 빼곡히 채운 자그마한 장식품과 온통 분홍색으로 꾸며진 집 안 구석구석을 둘러보고 있었다. 루비앨리스의 영혼을 위해 기도했던 어릴 때조차 나는 루비앨리스가 천사, 강아지, 눈사람 모양의 작은 조각상들이 섬세하게 진열된, 아담하고 따뜻한 집에서 먹고 자며 살 줄은 상상도 하지 못했다. 입을 다물지 못하고 감탄하던 바로 그때 루비앨리스가 현관문을 벌컥 열고 들어왔다.

그녀는 언제나처럼 말이 없었지만 누가 봐도 당황한 모습이었고 안절부절못하고 있었다. 그녀의 거친 눈빛이 월을 부르고 있었다. 그릇처럼 둥글게 모은 창백한 두 손바닥 위에는 아주 작은 강아지 한 마리가 축 늘어져 있었다. 갈색 점박이 털이 끈적한 점액질로 여전히 번들거리는 걸 보아하니 물어볼 필요도 없이 사산된 강아지였다. 강아지의 머리통은 한쪽으로 축 처져 있었고, 작고 하얀 발끝도 힘없이 흐늘흐늘하게 늘어져 있었다. 월도 질문 한마디 없이 손을 뻗었다. 루비앨리스가 월의 손바닥에 강아지를 조심스레 뉘였다. 강아지를 받아 든 월은 두 손을 자기 배 앞으로 가까이 당기더니 한 손으로 강아지를 쓰다듬기 시작했다. 부드럽지만 맹렬한 손길이었다. 생기라고는 조금도 찾아볼 수 없는 자그마한 몸통을 입술 가까이 들어 올려서 얼굴에 대고 부드럽게 호 하고 입바람을 불었다. 그러고는 다시 가슴께로 내려 한 손으로 몸통을 쓰다듬고, 위로 올려 입바람을 불고, 아래로 내려 쓰다듬기를 반복했다. 월이 그러는 내내 나는 월 옆에 바짝 붙어 서 있었지만, 루비앨리스는 내가 자기 집에 들어와 있다는 것도 모르는 사람 같았다. 월은 축 늘어진 강아지의 몸통을 살짝 돌려서 두꺼비처럼 얼룩진 배가 드러나도록 눕히고는 이제 손가락 두 개만 펼쳐 자그마한 가슴팍을 위아래로 문질렀다. 그러더니 강아지의 몸통을 입술 가까이 들어 올려 뭐라고 나직이 중얼거렸다. 들어본 적이 없는 말인 데다가 소리도 너무 작아서 뭐라고 하는 건지 도무지 알아들을 수 없었다. 월은 강아지의 작은 가슴팍을 손가락으로 또다시 문지르고는 자기 가슴에 꼭 끌어안았고, 눈을 감은 채 길게 숨을 내쉬었다.

그때 강아지가 약간 꿈틀거렸다. 삶을 향한 꿈틀거림. 두 눈으로 보면서도 믿기지 않았다. 혹시 내가 잘못 봤나 생각하던 그때 강아지가 다시 한번 꼼지락거렸다. 이번에는 누가 봐도 아니라고 할 수 없을 만큼 뚜렷한 움직임이었다. 한 번 더, 또 한 번 더 꼼지락 대던 강아지는 마치 월의 손바닥 위에서 이제 막 태어나기라도 한 것처럼 몸부림치기 시작했다. 아직 눈도 뜨지 못한 작은 생명이 젖꼭지를 찾겠다고 목을 쭉 뺀 채 코를 손바닥에 비벼댔다. 월은 피식 웃으며 강아지의 코에 살짝 입술을 갖다 댄 뒤 다시 루비앨리스에게 강아지를 건넸다. 루비앨리스는 짝짝 손뼉을 치며 환히 웃고 있었다. 입술 사이로 드러난 비뚤배뚤한 치아가 창백한 얼굴에 대비되어 한층 누레 보였다. 축 처진 가슴 앞에 강아지를 안아든 루비앨리스는 집에 들어올 때만큼이나 재빠르게 뒤돌아 나갔고, 그녀의 등 뒤에서 현관문이 쾅 닫혔다.

떡 벌어진 내 입이 다물어지지 않았다.

"아니, 대체 어떻게 한……."

어떻게 된 일인지 물어보려는 찰나에 월의 입술이 내 입술을 덮었고, 우리는 그대로 바닥을 뒹굴었다. 그의 손을 뿌리치고 서둘러 집에 돌아가 저녁 준비를 하는 건 여간 어려운 일이 아니었다.

그로부터 일주일이 지나 달빛이 내리쬐는 산막 안에서 월의 맨가슴을 베고 누워 있던 내 맨몸은 월이 그때 그 손으로 내 온몸을 구석구석 만져주기를 바라는 정욕으로 끓어넘치고 있었다. 고개를 살짝 들고 월의 입술 선을 바라보았다. 그를 깨울까 말까 고민하다가 쇄골 아래 부드러운 살에 가볍게 입을 맞추었다. 그리고 한 번 더, 참지 못하고 입을 맞추었다. 또 한 번. 세 번째 입을 맞추자 그가 살짝 움직였다. 네 번째 입을 맞추었을 때 월이 나를 향해 고개를 숙였고 그렇게 우리의 입술이 맞닿았다. 둘 다 사랑을 나누는 건 처음이었지만 우리의 몸은 어디를 맞대야 하고 어떻게 움직여야 하는지 정확하게 아는 듯했고, 그렇게 절묘하게 조화를 이루며 미끄러지듯 한 몸이 되었다. 그리고 첫 번째 나누었던 사랑은 그저 리허설에 불과했다는 듯 다시 한번, 이번에는 더 천천히 그리고 리듬감 있게 사랑을 나누었다.

쏟아지는 가을 달빛 아래서 숨을 헐떡이고 아파하며 서로 껴안고 있던 그때는 상상조차 하지 못했다. 그날 그렇게 우리의 아기가 자라기 시작했다는 것을.

9장

다음 날 오후, 녹초가 된 몸으로 집에 돌아왔다. 멀고 먼 산막까지 걸어서 오간 데다가 잠도 한숨 못 잤으니 그럴 만도 했다. 시계를 보니, 오클리네 소몰이를 도우러 갔던 아빠와 세스가 돌아올 시간이 다 되어 있었다. 윌은 과수원 모퉁이의 뒷문까지 나를 바래다주고 작별 키스를 건넨 뒤 나무 사이로 사라졌다. 쏟아지는 졸음에 정신이 몽롱해져 공중에 붕 뜬 느낌으로 마당을 걸어가고 있는데, 아빠의 트럭이 가까워지는 소리가 들렸다. 순간 채찍에 맞기라도 한 듯 정신이 번쩍 들었다. 그대로 쪼그려 앉아서 부엌문까지 오리걸음을 걸어 안으로 들어간 나는 곧장 진흙투성이 신발과 재킷을 벗어 던졌다. 헝클어진 머리칼부터 휙 잡아 하나로 묶은 뒤, 뭘 끓일지 아무런 계획도 없었지만 우선 냄비에 물을 받아 서둘러 가스레인지에 올렸다. 천만다행으로 아빠와 세스는 한갓

지게 차에서 짐을 내리고는 아무도 돌보지 않은 헛간을 정리하는 중이었다. 아침에 달걀도 거두지 않고 가축들의 먹이도 챙기지 않았으니 곧 아빠에게 한 소리 들을 건 불 보듯 뻔했다. 어제 이모부에게 했던 거짓말을 다시 한번 곱씹었다. 밤새 코라 언니 병간호를 하고 왔다고, 아빠에게도 똑같이 말해야 했다.

부엌으로 들어오는 두 사람의 안색을 보니 아빠와 세스도 나만큼이나 피곤해 보였다. 이미 식탁에는 치즈 샌드위치와 달달한 냉차가 깔려 있었고, 프라이팬에는 깍지 콩과 양파가 지글지글 볶이고 있었다. 그 옆 냄비 안에서는 감자가 익어가고 있었다. 아빠가 재킷을 벗고 세스가 쏜살같이 부엌을 지나가기에 나는 두 사람에게 바쁜 사람처럼 보이려고 공연히 주걱을 더 뒤적거렸다. 어젯밤에 존재했던 여성은 온데간데없이 나는 다시 소녀가 되어 있었다. 그렇게 여느 때와 같이 살가운 목소리로 아빠에게 일은 어땠냐고 물었다. 아빠는 "한 마리 잃어버렸다"라고 무뚝뚝하게 대꾸했다. 한 마리가 사라졌다는 말인지, 죽었다는 말인지, 무슨 일이 있었던 건지 한마디 부연 없이 그대로 부엌을 지나쳐 집 안으로 들어가 버렸다. 내가 알기로는 아빠가 오클리네 목장이든 미첼 아저씨네 목장이든 남의 목장에 일하러 가서 소를 놓친 적은 단 한 번도 없었다. 아빠는 언제나, 틀림없이 소 떼를 겨울 목장까지 안전하게 모는 사람이었다. 무슨 일이 있었든 간에 세스의 잘못일 거라는 직감이 들었다.

아빠가 먼저, 그다음엔 세스가 부엌으로 들어와 식탁에 앉았다. 느지막한 오후, 고된 소몰이 작업을 마친 두 사람은 내가 음식을 식탁에 올리는 족족 게걸스럽게 먹어치웠다.

오그 이모부가 휠체어를 밀고 부엌으로 들어오면서 높게 휘파람을 불었다.

"어이구, 드디어 집에 오셨구먼."

이모부의 말이 나를 겨냥하고 있다는 걸 단번에 눈치챈 나는 놀라고 창피했던 나머지 감자 냄비의 물을 싱크대에 따라 버리다 말고 고개를 번쩍 들었다. 가슴이 철렁 내려앉았다. 다행히 아빠와 세스는 자신들에게 하는 말인 줄 알고 여전히 음식을 입에 넣기 바빴다. 가슴을 쓸어내리며 안도의 숨을 내쉬었지만, 아직 덜 익은 감자에 버터와 우유를 넣고 으깨는 손이 바들바들 떨렸다.

"보통 힘든 게 아니었어."

아빠가 세스를 잠깐 쳐다봤다.

"뭐가요, 어쨌다고요."

세스의 말대꾸에도 아빠는 깍지 콩을 접시에 더 덜어 먹을 뿐 아무 말도 하지 않았다.

이모부가 접시에 음식을 담고서 아빠와 세스를 한 번씩 쳐다보더니 다시 아빠를 향해 고개를 돌렸다. 부자간 티격태격 말다툼이 일어나기를 기대하는 이모부의 두 눈이 반짝였다. 나는 머릿속으로 무슨 핑계를 대고 자리를 뜰지 고민하면서 감자를 식탁으로 가져가고 있었는데, 너무 배가 고팠던 나머지 머리에게 동의를 구하지도 않은 채 몸이 나를 의자에 앉히고 접시에 음식을 퍼 담게 만들었다. 아침 일찍 산막을 나서기 전에 윌이 비축해 둔 돼지고기와 콩 통조림을 나누어 먹긴 했지만 그건 진즉에 소화돼 버리고 없었다.

나는 최대한 차분히, 얌전하게 먹으려고 애썼다. 무슨 말을 꺼내야 내 어색함과 부자간의 냉기를 누그러뜨릴 수 있을지 머리를 굴려보았지만, 도통 떠오르는 얘깃거리가 없었다.

"인전 잡는 일에 정신이 팔려서 소를 놓치셨나, 사라 양께서?"

오그 이모부가 세스를 건드렸다.

세스가 두 손바닥으로 식탁을 힘껏 내리치는 바람에 식기가 공중으로 폴짝 뛰어오르고 유리잔에 든 차가 테이블 위로 잔뜩 쏟아졌다. 드르륵 바닥 긁히는 소리와 함께 세스의 의자가 뒤로 끌렸고, 세스가 벌떡 일어나 부엌을 나가버렸다. 세스는 나가는 길에 보란 듯이 이모부의 휠체어를 거칠게 걷어찼지만, 오그 이모부는 목이 쉬도록 껄껄껄 비웃을 뿐이었다.

부엌을 나가는 세스의 뒷모습을 보며 아빠가 고개를 저었다.

"그러게 말이야. 송아지를 한 마리 잃어버리고 왔지 뭐야."

월의 생김새를 묘사하는 내용과 함께 20달러를 현상금으로 내건 수배 전단이 여전히 아이올라 곳곳에 붙어 있었다. 내가 알기로는 옆 도시인 사피네로와 세볼라에도 걸려 있었다. 어쩌면 저 멀리 거니슨까지, 또 그 너머에도 걸려 있을지 모를 일이었다. 아무것도 모르면서 월을 쫓는 사람이 얼마나 더 많을지 걱정되었다. 서둘러 화제를 바꿔보려 했으나, 애석하게 진실도 타이밍도 내 편이 아니었다.

"감자가 너무 딱딱하네요. 죄송해요, 아빠."

내가 조심스레 입을 뗐다.

아빠는 어깨를 한번 으쓱하고는 으깬 감자를 한 숟가락 가득 떠올려 입에 넣었다. 괜찮다고, 맛있다고 말하는 아빠 나름의 방식이었다.

"서두르니 감자가 설익었지, 뭘."

또 이모부가 끼어들었다.

내가 집에 늦게 들어왔다는 걸 어떻게든 티내고 싶어서 안달인 이모부 때문에 가슴이 또 한 번 철렁 내려앉았다. 내 비밀을 꽁꽁 감싸둔 막이 한 꺼풀 벗겨지는 것 같았다.

"아참, 안쓰러운 코라! 그래, 코라는 좀 어떻든?"

이모부가 아빠와 나를 번갈아 쳐다보며 간드러지는 목소리로 물었다. 정말로 안쓰러워하는 척, 너무나 다정하게 고개까지 갸우뚱하며 묻는 이모부의 태도 때문에 한결 더 재수 없게 들렸다. 이모부는 다 알고 있었던 것이다.

아빠가 어리둥절해져 나를 쳐다보기에 나도 어쩔 줄 몰라 눈을 동그랗게 뜨고 아빠를 바라보았다. 달리는 트럭의 헤드라이트에 비친 너구리처럼 내 거짓말이 훤히 들통나 버린 순간이었다. 엎친데 덮친다더니 하필 그때 다시 부엌으로 들어와 재킷을 집어 들었던 세스가 우리가 하는 말을 듣고는 뒷문으로 나가려던 걸음을 멈추었다.

"아, 아직 아파요."

나는 기어들어 가는 목소리로 겨우 대답했다.

"코라가 아프다고 밤새 돌봐주고 오다니 참 착하구나."

이모부가 마지막 한 방을 날렸다.

나는 냉차가 담긴 유리잔을 입술에 딱 붙인 채 천천히 한 모금 삼키면서 잔 너머로 아빠의 표정을 살폈다. 아빠의 미간이 실시간으로 찌푸려지고 있었다.

"코라가 아프다니, 그게 무슨 말이냐?"

아빠의 말에 속이 울렁거렸다.

"아까 일 도우러 목초지에 왔을 때는 멀쩡해 보였는데."

뒷문에 서서 재킷 소매에 팔을 느릿느릿 넣으며 이 장면을 지켜보는 세스의 시선이 내게서 떨어지지 않았다.

나는 어떻게든 거짓말을 들키지 않으려고 끝까지 최선을 다했다. 코라가 아침을 먹고 나서 괜찮아졌다고, 고열에 시달려서 밤새 뒤척이고 잠결에도 예수님을 찾으며 신음하더니 아침으로 비스킷과 베이컨을 먹고서 좀 나아졌다고. 안달이 난 나머지 멍청하게 너무 많이 지껄이고 말았다.

기적이 일어난 줄 알았다. 이모부가 껄껄걸 웃기 시작한 것이다. 내가 탄 배를 바다 한가운데에서 뒤집어 놓을 땐 언제고 이제 와 생명줄을 던져주는 건 무슨 심보인지 정말 고약했다.

"거 코라도 참, 하여간 베이컨이라면 자다가도 벌떡 일어날 만큼 좋아한다니까."

아빠는 한 번 더 고개를 갸웃하더니 내게 이따 닭장에 가보라고 말하고서 다시 식사를 이어갔다. 맞은편에서 여전히 나를 쳐다보고 있던 세스의 얼굴에 옅은 미소가 스쳤다. 세스는 빠른 손길로 재킷의 지퍼를 휙 올리고, 뒷문을 열고 밖으로 나갔다. 방충문을 어찌나 세게 닫았는지 쾅 하는 소리가 마치 총성처럼 울렸다.

이모부의 시선이 느껴졌다. 어쩌면 머쓱해하는 이모부의 표정을 볼 수 있었을지도 모르겠다. 그러나 나는 끝내 고개를 들지 않았다. 입맛이 뚝 떨어졌다. 고개를 숙인 채 자리에서 일어나 식탁 위에 놓인 빈 접시들을 거둔 뒤, 아직도 반쯤 차 있는 내 접시를 맨 꼭대기에 올려서 싱크대로 가져가 설거지를 시작했다.

헛간 쪽에서 로드스터의 굉음이 들려왔다. 세스는 내 신경을 긁으려고 작정한 듯 연거푸 시동을 걸어댔다. 싱크대 앞에 난 창문 밖으로 노란색 후드가 지나갔을 때 나는 내 눈이 어떻게 된 줄 알았다. 그 무렵 세스가 유난히 차에 집착하고 있긴 했다. 세스, 홀든 오클리, 포레스트 데이비스는 누가 더 상스러운지 겨루기라도 하듯 저마다의 거친 입에 럭키 스트라이크를 한 개비씩 물고서, 기름때에 전 꼴로 후드를 열어둔 로드스터에 나란히 기대어 서 있는 날이 많았다. 이미 몇 년 전에 고장 난 엔진을 붙잡고 이리저리 만지작거리는 세스를 보면서도 나는 그 차가 실제로 굴러갈 거라고는 생각하지 않았다. 그런데 세스가 그 고물 같은 차에 올라 부엌 창문 앞을 천천히 지나가고 있는 게 아닌가. 핸들에 바짝 몸을 붙이고 날 조롱하듯이 의기양양한 표정으로 거수경례를 하고 있었다. 차를 멈추려나 싶었던 세스가 이내 미친 듯이 속도를 올렸다. 아빠가 샛문으로 뛰어나가고 오그 이모부는 식탁에 앉은 채 고래고래 소리를 질렀지만, 세스는 바닥에 깊은 바큇자국을, 공기 중에는 자욱한 매연 자국을 남긴 채 그길로 진입로를 내달렸다.

그날 저녁, 저녁 식사 시간이 되도록 세스는 돌아오지 않았다. 세스의 자리가 원래 빈자리였다는 듯 누구도 세스에 대해 묻지 않왔다. 아빠는 내게 닭장과 헛간의 밀린 일들을 마쳤냐고 물었고, 나는 그랬다고 대답했다. 이모부는 말이 없었다. 아빠와 이모부가 부엌을 나간 뒤 나는 설거지를 마치고서 계단을 올라가 필요 이상으로, 평소보다 더 요란하게 방문을 쾅 닫았다. 일찌감치 잠자리에 들 테니 날 찾지 말라는 의미로. 그런 다음, 이불 속에다 베개를 넣어 사람이 누워 있는 것처럼 꾸며놓은 뒤 곧장 스웨터를 한 장 더 껴입고 다시 방을 나섰다. 까치발로 계단을 내려와 조용히 부츠를 신고 코트까지 챙겨 입은 나는 살금살금 뒷문으로 빠져나갔다.

마당을 가로지르는데 몸이 오들오들 떨렸다. 코를 뚫고 들어오는 10월 말의 찬바람 때문이기도 했지만, 그보다는 윌을 껴안고 싶은 마음 때문이었다. 그리고 하나 더, 누군가가 따라올까 봐, 세스든 그 패거리든 윌을 잡으려는 누군가가 내 뒤를 밟고 있을까 봐 신경이 곤두서서 몸이 떨렸다. 달빛 사이로, 어깨 너머로 끊임없이 좌우를 살피며 발걸음을 옮겼다. 아치 모양으로 늘어진 미루나무가 시야에 들어오자 언제나처럼 그 나무에 기대고 서 있는 윌의 형체가 보였고, 그제야 마음이 놓였다. 기쁨과 걱정이 한꺼번에 밀려와 눈물이 터졌다. 나는 윌을 향해 달려갔고, 그는 두 팔을 벌려 나를 힘껏 안아주었다.

우리는 버드나무 숲을 지날 때까지 쭈그려 앉아 나란히 오리걸음을 걸었고, 자그마한 공터에 다다라서야 서로 얼굴을 마주 보고 앉았다. 윌이 내 두 손을 자기 손으로 감싸주었다. 그렇게 마주 앉은 우리는 사랑에 대해, 위험에 대해, 세스와 세스 같은 부류의 사람들에 대해 많은 이야기를 나누었다. 윌은 내 머리카락을 쓰다듬어 주었고, 내 뺨을 타고 흐르는 차가운 눈물방울을 닦아주었다. 월의 온화한 진갈색 눈동자를 바라보던 나는 마침내 내 속마음을 배신할 용기를 냈다.

"여기서 떠나."

정말 그래야 한다고 생각해서 한 말이지만, 내가 듣기에도 너무 끔찍한 말이었다.

월은 내 말이 차가운 공기에 머무는 한동안 대답이 없었다. 얼마나 지났을까 월이 씩 웃었다. 노스 로라와 메인 스트리트가 교차하는 사거리 모퉁이에서 처음 만났던 그때 본 그 미소, 산막에서 맨몸으로 서 있던 그때 본 그 미소였다. 나조차도 모르는 내 마음속의 무언가를 다 이해하고 있는 것 같은 그 미소였다. 떠나라는 말은 전혀 진심이 아니었다. 내가 아니라 내 안의 다른 여자가 뱉은 말처럼 느껴질 정도였다. 내가 미쳐버린 것 같았다.

월은 고개만 가로저을 뿐 조용히 있다가 한참 뒤 입술을 뗐다.

"세스 같은 사람들은 밤하늘의 별보다 더 많아."

내 말을 듣지 않겠다는 의사와 날 안심시키려는 의도가 담긴 대답이었다. 그러나 안심은커녕 불안만 커지고 말았다. 그건 월의 말이 부인할 수 없는 사실이었기 때문이다. 월이 이곳을 떠나 어디로 간다 한들 세스 같은 사람이 없겠는가? 어디로 간들 세스처럼 분노로 가득한 사람, 피부색이 어둡다는 이유만으로 괴롭히려는 사람이 없겠는가? 월은 도망칠 생각이 전혀 없었다.

"흐르는 강물처럼 살 거야. 우리 할아버지가 늘 그러셨거든. 방법은 그뿐이라고."

나는 무슨 말인지 알아들었다는 의미로 고개를 끄덕였고, 우리는 다음 날 만날 약속을 정했다.

월을 향한 갈망으로 흐려진 내 판단력 때문에, 우리의 사랑이 세스의 분노보다 더 오래갈 거라는 월의 자신감 때문에 우리 둘은 그 이후로도 틈만 나면 만났다. 이성적으로 생각하면 누가 보더라도 어리석은 짓이었지만, 이미 우리 귀에는 어떤 말도 들리지 않았다. 물론 만날 때마다 조심하긴 했다. 보는 눈이 없을 때만, 최소한 주변에 사람이 없을 법한 시간에만 몰래 집에서 빠져나갔다. 그 무렵 세스는 집을 비우는 일이 잦았다. 집에서 일하고 있을 땐 평소보다 더 부루퉁한 얼굴로 평소보다 훨씬 더 자주 골을 부렸고, 밥때가 되어 식탁에 나타나는 날도 가끔 있었지만 대부분은 로드스터를 몰고 나돌아 다니느라 바빴다. 그러는 사이 '인전' 어쩌고 하는 말을 더 이상 꺼내지 않았다. 그런 날이 반복될수록 나는 세스의 머릿속에서 월의 존재가 사라지게 해달라는 내 소원이 이루어졌다고 점점 더 강하게 믿고 말았다.

언제였는지, 도대체 언제 세스에게 뒤를 밟혔는지 도무지 모르겠다. 버드나무 숲에서 월이 내 손을 붙잡고 아이올라를 떠나지 않겠다고 말한 지 일주일이 지난 그날, 내 축축한 뺨에 흐르는 눈물을 닦아주고 입맞춤을 건네며 내 두려움을 없애주려고 애썼던 날로부터 정확히 일주일이 지난 그날, 월은 약속 장소에 나타나지 않았다.

11월의 추운 밤, 아치 모양으로 흐드러진 미루나무 아래를 왔다

갔다 서성거리며 윌을 기다렸다. 쥐 죽은 듯 고요한 들판에도 길가의 도랑에도 손전등을 비춰보았지만, 그럴수록 점점 더 뚜렷해지는 건 윌이 오지 않으리라는 사실 그 하나뿐이었다. 제일 먼저 버드나무 숲속 공터로 달려가 보았다. 두 번째로 과수원 모퉁이, 그다음은 개울목, 거니슨강 둑, 가문비나무 언덕, 우리가 만난 적 있는 곳곳으로 달려가면서 제발, 그저 내가 약속 장소를 착각한 것이길 빌고 또 빌었다.

숨을 헐떡이며 루비앨리스네 대문을 열자 마당 안의 온갖 생명체들이 격분해 짖어대는 소리와 우왕좌왕 움직이는 소리가 들렸다. 낡은 헛간의 문이 열려 있었지만 그 안에는 닭 몇 마리와 윌을 부르는 내 목소리에 깜짝 놀라 파르르 움직이는 박쥐 한 마리가 다였다. 집 안에서 희미한 빛이 한 줄기 새어 나왔다. 제발 그 안에서 윌이 나오기를, 그래서 나를 꼭 안아주기를 기도했다. 분홍색 현관문을 열면 그를 만날 수 있으리라고 확신에 차 있었던 그날처럼, 영겁이 지난 것 같지만 겨우 몇 주 전이었던 그 따뜻했던 가을날처럼, 윌이 여기서 나를 안아줬던 그날처럼. 질퍼덕거리는 진흙탕을 걷듯 느린 걸음으로 마당을 가로지르던 나는 현관까지 가기도 전에 윌이 집 안에 없다는 걸 알았다. 소파에 뻗어 있는 루비앨리스가 창 너머로 보였다. 노파의 창백한 얼굴과 머리칼이 그날 밤 충분치 않은 달빛을 대신해 밤하늘에 빛을 뿜어내고 있었다. 가슴까지 끌어 올린 누비이불을 꼭 움켜쥔 노파의 모습은 삶을 마감한 사람 같기도 했고, 어떻게 보면 삶의 끄트머리라도 붙잡고 싶어 하는 사람 같기도 했다.

산막을 제외하고는 더는 가볼 만한 곳도 없었다. 온몸에 힘이 빠져 마당에 그대로 풀썩 주저앉아 버렸다. 산막은 세상에 이보다 더 높은 곳이 있을까 싶을 만큼 고지대에 있었고, 또 가는 길도 너무 험했다. 작은 개 한 마리가 궁금하다는 듯 흐느껴 우는 내 곁에 다가와 바지 자락을 핥았다. 나는 그 개를 걷어차 쫓았고, 개는 이빨을 드러내며 으르렁거렸다.

무슨 정신으로 집까지 걸어갔는지, 언제 어떻게 계단을 올라가 침대로 들어갔는지 기억나지 않는다. 정신을 차려보니 자정이 한참 지난 시간이었고, 나는 외출복 차림 그대로 내 방 침대에 엎드려 펑펑 울고 있었다. 그때 로드스터가 굉음을 내며 마당으로 들어왔다. 차 소리가 얼마나 요란했는지 창문이 덜거덕거린 건 말할 것도 없고 내 뼛속까지 쿵쿵 울렸다. 샛문이 여닫히는 소리가 들리자마자 나는 이불을 걷어차고 벌떡 일어나 세스가 있을 부엌을 향해 성큼성큼 계단을 뛰어 내려갔다.

세스는 불도 켜지 않은 채 앉아 있었다. 뒷문 옆에 놓인 벤치에 웅크리고 있는 그의 까만 실루엣이 보였다. 실루엣을 보아하니 재킷과 부츠를 그대로 입고 있는 모양이었다. 내가 부엌 문간에 서 있는 걸 모를 리가 없는데도 세스는 돌아보지도, 말을 건네지도 않았다. 계속 그렇게 가만히 앉아 있었다. 세스에게서 위스키 냄새, 담배 냄새, 자동차 배기가스 냄새가 풍겨왔다. 불을 켤까 하고 전등 스위치 쪽으로 뻗었던 손을 도로 거두었다. 캄캄한 게 나을 것 같았다. 세스의 얼굴을 보고 싶지 않았다. 내가 알아야 할 모든 걸 나는 이미 알고 있었다.

"끔찍한 새끼."

세스의 실루엣을 향해 평생 쌓인 시큼한 담즙을 몸 밖으로 뱉어내듯 말했다.

"내가 현상금보다 더 좋은 걸 건졌어, 누나."

세스는 친구에게 좋은 소식을 전하기라도 하듯 아주 부드럽게 조잘거렸다.

"더 큰 걸 건졌고말고."

세스는 피곤한 듯 한숨을 내쉬더니 뒤미처 잔뜩 취한 목소리로 낄낄거렸다.

"응, 더 크고 좋은 거지."

세스는 술에 취해 거드럭거리며 또 한 번 중얼거렸다. 역겨워서 몸서리가 났다. 세스는 윌을 곱게 마을 밖으로 쫓아낸 것도, 윌을 붙잡아 당국에 넘겨준 것도 아니었다. 불을 켜면 내 눈앞에 피 묻은 손이 나타날 게 틀림없었다.

나는 그대로 몸을 돌려서 기다시피 계단을 올라갔다. 현기증이 났다. 몸통에 팔다리가 붙어 있다는 사실도 잊은 듯 병든 짐승처럼 몸뚱이로 기어서 벌벌 떨며 복도를 지나 그렇게 침대로 기어들어갔다.

설마설마했던 일이 사실로 밝혀지기 전까지 몇 주 내내 나는 좀비처럼 넋이 나간 채로 집안일을 해댔다. 매일매일 떠올라 중천에 걸렸다가 반대편으로 넘어가는 태양을 견디는 것조차 힘들었다.

"어디 아픈 거냐?" 어느 날 아침, 밥상을 차리지 못하고 누워 있으니 아빠가 방문을 열고서 물었다.

나는 대답 대신 이불 속에서 끙 앓는 소리를 냈다.

"버넷 선생님 불러주랴?"

"괜찮아요." 목에서 쉰 목소리가 나왔다.

아빠는 그대로 방문을 닫고 계단을 내려갔다. 직접 아침상을 차릴 아빠의 모습을 상상하니 왠지 죄책감이 밀려들어 결국 침대에서 일어나 부엌으로 내려가 아침을 차렸다. 다음 날도 또 그다음 날도 무감각과 고통을 동시에 느끼면서 매일매일 내게 주어진 일을 묵묵히 해나갔다.

해 질 무렵이면 그날그날의 가식과 슬픔이 한꺼번에 들이닥쳐 진이 빠졌지만, 내게는 잠자리에 들기 전에 반드시 해야 할 일이 있었다. 집안일을 마치고 나면, 집 안에 어둠과 정적이 깔리고 나면, 오그 이모부와 아빠가 하루를 마무리하며 각자의 방에 들어가고 나면, 세스가 어딘가로 나가버리고 나면, 그제야 나는 겹겹이 옷을 껴입고서 윌을 찾으러 차디찬 어둠 속으로 몰래 집을 나섰다. 머리 위 나뭇가지는 서리를 맞아 희끗했고 발아래 마른 낙엽은 신발에 밟힐 때마다 파삭거렸다. 윌이 사라졌던 그날 밤처럼 매일 밤 나는 윌과 만난 적 있는 모든 곳을 찾아다니며 걷고 또 걸었다. 그때마다 나무에 등을 기대고서 진득이 나를 기다리는 그의 실루엣이 보이기를, 그의 환한 미소가 캄캄한 밤을 밝혀주기를 마음속으로 빌고 또 빌었다. 그러고 있으면서도 나도 이게 미친 짓이라는 걸, 내 희망은 사무치는 그리움이 만들어낸 허상에 불과하다는 걸 알았다. 어딜 가도 월의 모습은 보이지 않았다.

밤마다 루비앨리스네 마당에 들어가 창 너머 소파 위에 죽은 듯이 누워 잠자는 노파의 모습을 바라보았다. 추워진 날씨에 실내로 들였을 개들은 방 안 곳곳에서 자그마한 공처럼 웅크리고 자고 있었다. 괴이할 만큼 정적이 감도는 마당을 빠져나오던 어느 날, 이런 생각이 들었다. 이렇게 월을 찾아 헤매는 나처럼 혹시 루비앨리스도 먼저 떠나보낸 가족들을 그리워하고 있는 게 아닐까? 그래서 미친 짓인 줄 알면서도 그렇게 자전거를 타고 돌아다닌 게 아니었을까? 슬픔이 만들어낸 그녀의 광기가 내게도 전염된 건 아닐까?

11월 말의 어느 날 아침, 나는 채프먼스 슈퍼마켓 뒤편 구석에 서서 무슨 중요한 물건이라도 고르는 것처럼 진지하게 베이킹 소다를 고르고 있었다. 그때 조리 식품 코너 쪽에서 시끌벅적한 소리가 들렸다. 진열장에 기대어 서 있는 목장주 두 사람이 얼마나 큰 목소리로 떠들어대던지, 듣지 말았어야 할 대화 내용을 드문드문 엿듣고 말았다.

시체를. 블랙 캐니언 바닥에서. 그 인전 놈. 피부가 거의 벗겨진 채로. 차 뒤에 있었다나. 던져졌대.

인간이 담아낼 수 있는 것에는 한계가 존재한다. 어마어마한 슬픔과 죄책감, 사랑, 두려움, 혼란이 이미 내 안을 가득 채우고 있었다. 그리고 아직 확실하게 알아차리기 전이었지만, 내 자궁에서는 아주 작은 태아가 자라나고 있었다. 그런 내 안에 남자들의 말소리까지 들어오겠다고 자꾸 귓전을 때렸지만, 그들이 주고받는 말은 내가 도저히 담아낼 수 없는 말들이었다. 이미 들어버린 몇 안되는 단어조차 내가 감당하기에는 너무 벅찼다. 나는 그 자리에서 무릎을 꿇으며 주저앉아 토하고 말았다.

카운터 뒤에 있던 채프먼 아저씨가 바로 달려 나와 나를 도와주었다. 티끌 없이 깨끗한 마룻널에 쏟아진 토사물 사이에서 내 몸을 일으켜 의자로 데려가 앉힌 뒤 물을 한 컵 가져다주었다. 아저씨가 바닥을 닦는 동안 주변에 있던 사람들이 야단스럽게 수군댔다. 누가 누구였는지 이제는 기억나지 않지만, 사람들이 보내주었던 걱정 어린 눈빛과 부드러운 목소리와 따뜻한 손길은 여전히 머릿속에 흐릿하게 남아 있다. 나는 애써 정신을 차리고 아저씨에게 사과한 뒤 비틀거리며 가게를 나섰다.

밤사이 날린 눈발이 바닥에 소복이 쌓여 있었다. 메인 스트리트에 내리쬐는 햇빛이 너무 눈부셔서 눈 뜨기조차 힘들었다. 손차양을 만드는 그 짧은 순간에도 조금 전 가게 안에서 들었던 단어 몇개가 머릿속에서 웅웅거렸다.

차 뒤에 있었다나. 그 인전 놈. 피부가 거의 벗겨진 채로.

채프먼스에서 휘청거리며 나온 나는 노스 로라와 메인 스트리트의 모퉁이를 피해서 집으로 향했다. 아이올라 너머에 하얗게 빛나는 빅 블루 야생지가 드리워져 있었지만, 눈에 가득 고인 눈물 때문에 꼭대기의 새하얀 눈이 이리저리 뒤틀려 추괴한 모습으로 보였다. 저 깊은 산속 은신처에서 안전하게 머물 수도 있었던 윌은 그걸 포기하고 나를 택했다. 나는 월이 저 깊은 산속 산막에서 포근한 누비이불을 덮고 자고 있다고 상상했다. 산막에 하나 있는 자그마한 창문으로 들어오는 햇살이 그의 완벽한 살갗에 보드랍게 내려앉는 모습을 상상했다. 도무지 견딜 수 없는 현실을 어떻게든 견뎌보려고 애썼다. 그러나 진실을 외면할 순 없었다. 무고한 소년을 포용하지 못할 만큼 이 세상이 잔인하다는 진실을. 우리가 받아들일 수 있는 것과 없는 것을 가르지 못할 만큼 이 세상이 잔인하다는 진실을. 블랙 캐니언이 월의 깊고 끔찍한 무덤이 되어버린 것은 그가 나를 사랑하기 위해 이 마을에 머물렀기 때문이라는 진실을.

2부
1949~1955년

10장

1949년

그해는 거니슨 카운티 관측 기록상 가장 건조한 겨울이었다. 아이올라에도 영하를 훨씬 밑도는 날씨가 연일 이어졌지만 눈은 좀처럼 내리지 않았다.

아빠는 이러다 강 수위가 너무 낮아져서 여름에 가뭄이 들면 어쩌나 수심이 가득했지만, 나로서는 쌓인 눈 더미를 비집고 터벅터벅 걸어 다닐 필요도, 눈을 쓸어낼 필요도 없이 집안일을 할 수 있어서 감사했다. 유난히 길고, 무섭도록 흙빛이었던 그해 겨울 내내 마음은 지독히 슬프고 몸은 극도로 피로했다. 어떤 날은 닭장에서 달걀 바구니 하나조차 들고 나올 힘이 없었고, 어떤 날은 아벨의 마구간에 청소하러 가놓고도 팔을 들거나 뻗을 힘이, 갈퀴를 당길 힘이 없었다. 일요일이 되어 목욕을 하기 위해 몸을 담갔다가 팔을 들 힘조차 없어서 겨우겨우 머리만 감고 나온 적도 있었다. 한편 젖가슴은 점점 커지고 배는 동그랗게 부풀어 올랐다. 실처럼 가늘디가늘던 손발의 핏줄이 이제는 피부 아래에 새끼 뱀이라도 들어 있는 것처럼 불룩하게 솟아 있었다. 매달 찾아오던 월경도 멈추었다. 무지한 나는 비탄이 쌓이고 쌓여서 몸이 무거워진 줄 알았다. 그렇게 내 피, 내 그리움, 내 슬픔이 차곡차곡 모이고 쌓이다가 어느 날 내 몸뚱이가 축복의 폭죽처럼 빵, 터져버리려나 보다 싶었다. 처음에는 나비의 날갯짓만큼이나 미약하게 느껴졌던 배 속의 움직임이 날이 갈수록 강해졌다. 나중엔 몸속에 작은 새가 한 마리 살고 있는 듯한 느낌이 들었다. 작은 생명의 강인한 날갯짓을 처음으로 온전히 느꼈던 그날에야 비로소 나는 내 몸의 부기와 피로가 어디서 비롯됐는지 깨달았다.

커져가는 내 몸집을 식구들에게 들키지 않으려고 몸을 꽁꽁 숨기며 겨울을 보냈다. 처음에는 몸을 감추는 일이 썩 어렵지 않았다. 수줍음 많은 사춘기 시절 겨우 꽃봉오리만 한 가슴을 감출 때처럼만 행동하면 됐다. 그때와 다르게 풍만해진 가슴에 압박 붕대를 둘둘 감고, 건조하고 추운 날씨 때문인 것처럼 스웨터와 치마를 겹겹이 껴입으면 충분했다. 겨우내 아빠는 건초를 나르느라, 미첼 아저씨네 목장에 남아 있는 울타리를 자르느라, 우리 집 헛간의 무너진 벽을 다시 세우느라 정신이 없었다. 오그 이모부는 현관 앞 포치에 자리를 틀 수 있는 따뜻한 봄날이 오기만을 기다리며 날이면 날마다 방 안에 틀어박혀 살았다. 겨울이면 라디오를 틀어둔 채 위스키를 들이켜며 허송세월하는 게 이모부의 일이었다. 내가 설거지를 하고 있거나 세탁을 마친 옷가지를 이모부 방

안의 벽장에 걸고 있을 때 한 번씩 이모부의 시선이 느껴졌지만, 그건 의심하는 눈초리도 악의가 깃든 눈빛도, 그렇다고 연민에 찬 눈빛도 아니었다. 그저 내 존재를 여태 몰랐다는 듯한 눈빛, 내가 한집에 살고 있는 인간이었다는 걸 방금까지 몰랐다는 듯한 그런 눈빛이었다. 그런 눈빛으로 나를 그냥 멀뚱히 쳐다보고 있었다. 왠지 뭔가 알고 있는 것 같은 눈치였지만, 이모부는 일언반구도 없었다.

세스는 집을 비우는 날이 전보다 더 많아졌다. 월의 시체가 발견된 날 이후로 이런저런 이유를 대며 아이올라를 벗어나기 일쑤였다. 처음에는 포레스트 데이비스와 사냥을 간다고 2주나 나갔다 왔는데, 잡아 온 거라고는 겨우 들꿩 세 마리와 기껏해야 한 살이나 돼 보이는 하찮은 엘크 한 마리뿐이었다. 그다음에는 홀든 오클리가 알아봤다는 듀랑고 근처 남쪽 어디 철도 회사에 홀든, 데이비스와 한 달간 일자리를 얻었다며 집을 나갔다. 집에 돌아왔을 때 세스는 유리 단지에 지폐를 한 다발 집어넣었다. 한동안 집에 머물던 세스는 낮에는 아빠를 도와 헛간에 높은 벽을 세우고 밤에는 매일같이 시내에 나가 술을 마셨다. 집에 있는 동안에도 내게는 말도 걸지 않고 내 쪽으로는 눈길조차 두지 않았다. 그러더니 며칠 안 가 몬트로스 공사판에 일자리가 났다며 또 집을 나갔다. 우리 집 돈궤에 돈을 채워놓기만 한다면 세스가 무얼 하든 아빠는 크게 개의치 않는 것 같았다. 세스가 불쑥불쑥 사라질 때마다 오히려 아빠는 안심하는 눈치였다. 동네 사람 누구도 세스가 월의 죽음과 관련이 있을 거라고 의심하지 않았다. 누구 하나라도 관심을 가졌더라면 세스만큼 유력한 용의자가 없다는 걸 금세 알았을 텐데. 그러나 왠지 아빠만큼은 세스를 의심하는 것 같았다.

도저히 세스에게 맞서 따질 용기가 나지 않았다. 윌이 떠나고 나는 다시 혼자가 되었고, 그간의 모든 일을 혼자 감당하기에는 너무도 벅찼다. 결국 나는 윌을 만나기 전의 순종적인 소녀로 돌아가는 걸 택했다. 나는 농장의 반복적인 일상 속에서 편안함과 안전함을 찾으려고 노력했다. 끔찍한 그 사건이 떠오를 만한 행동 자체를 최대한 멀리했다. 행여 밧줄 자국이나 핏자국을 보게 될세라 로드스터의 뒤 범퍼 쪽은 쳐다보지 않았고, 윌의 육신이 자갈에 갈려 찢기는 모습 같은 건 감히 상상도 하지 않았으며, 보안관 라일 아저씨를 찾아가 살인 사건을 조사해 달라고 신고하지도, 남동생을 고발하지도 않았다. 한마디로 나는 겁쟁이였다. 세스가 예상한 그대로였다.

그러는 동안에도 배는 속절없이 불러왔다. 판에 박힌 듯 뻔한 일상에서는 불러오는 배를 언제까지나 감출 순 없었다. 2월이 되자 단추를 옆으로 옮겨 달아야 할 만큼 치마가 작아졌다. 아침이면 너무나 배가 고팠고, 그러면서도 속이 메스꺼웠다. 달걀, 피망, 햄, 비스킷, 버터 냄새는 물론이고, 아빠와 함께 산들바람에 묻어 들어오는 동물 우리 냄새와 장작 더미 냄새까지. 우리 집에 아침을 알리는 일상의 냄새들이 너무 역하게 느껴져 입을 틀어막고 화장실로 달려가기 일쑤였다. 3월 말이 되자 A라인 원피스 한 벌을 제외한 모든 옷이 작아졌다. 양 볼에 도톰하게 살이 오르고 손가락마저 통통해졌다. 당장 질식하더라도 이상하지 않을 정도로 겹겹이 껴입은 스웨터 아래 감춰놓은 내 배는 어느덧 수박처럼 툭 튀어나와 있었다. 4월이 되자 이제 집을 떠날 때가 왔다는 걸 더는 모른 척할 수 없었다.

나는 내가 아닌 다른 사람을 탈출시키려는 사람처럼 계획을 짜고, 낡은 캔버스 배낭에 이런저런 짐을 챙기기 시작했다. 어릴 때부터 내게는 상상 속 친구도 진짜 친구도 거의 없었기 때문에 딱히 어떤 인물을 특정해 생각하면서 짐을 싼 건 아니었다. 그냥 곤경에 처한 어떤 소녀가 있다고 생각하며, 어딘가로 도망쳐야 하는 소녀가 있다고 생각하며 가방 안에 밧줄, 육포, 성냥, 양초, 냄비, 손도끼, 갖가지 통조림과 병조림, 칼 한 자루, 채소 씨앗, 뜨개바늘과 뜨개실, 밀랍을 먹인 종이로 감싼 비누 한 덩이, 오그 이모부의 거대한 스웨터 한 벌을 챙겼다. 그 소녀가 가야 할 경로도 곰곰이 생각하고 꼼꼼히 따져보았다. 이 무렵이면 고산 지대의 빙판도 얄팍해졌을 터이니 그나마 다행이었다. 빠뜨린 생필품은 없는지, 생각지 못한 잠재적 위험 요소는 없는지 낱낱이 헤아려보려 최선을 다했다. 그러다 보니 어느새 4월 중순이 되어 있었다. 안개가 자욱한 아침, 오그 이모부는 아침을 먹자마자 휠체어를 끌고 방으로 다시 들어갔고, 아빠는 트라우트를 트럭에 태우고서 미첼 아저씨네 송아지 받는 일을 돕고 오겠다며 집을 나섰다. 그날까지도 나는 믿기 힘들 만큼 현실을 외면하고 있었다. 그 임신한 소녀가, 집안의 명예를 실추시키지 않기 위해 곧 산속으로 도망갈 그 소녀가, 살인마 동생으로부터 아기를 안전하게 지켜내려는 그 소녀가 사실은 나라는 현실을.

아벨에게 귀리 한 양동이를 먹이고, 안장을 지어 헛간 밖으로 데리고 나왔다. 짐을 가득 채워 한껏 무거워진 배낭을 둘러멘 채 어색한 자세로 아벨의 등에 올라탄 나는 농가를 나와 아직 겨울잠을 자고 있는 과수원을 빠르게 지나갔다. 단 한 번도 뒤를 돌아보지 않았다.

아벨의 등에 올라탄 채로 윌로 크리크와 바위투성이 경사면을 따라 한참 산길을 올라갔다. 얼마나 높이 올라갔는지 뒤를 돌아보니 구불구불한 골짜기 사이로 마을이 발자국처럼 작고 네모나게 보였다. 회색 띠처럼 보이는 거니슨강의 물줄기가 골짜기 사이로 흐르고 있었다. 가뭄과 추위 때문에 강의 수위는 낮았고 유속이 느렸다. 강줄기를 따라 철길과 50번 고속도로가 나란히 달리고 있었다. 마을 남동쪽으로 루비앨리스네 집 앞의 진한 솔밭이, 그 옆에 기다랗게 늘어진 우리 집 진입로가 보였다. 나도 모르게 자갈길을 따라 두 개의 희끄무레한 건물 쪽으로 눈이 갔다. 우리 농가와 헛간이었다. 그리고 그 두 건물 사이로 아직 제철이 아니라 열매 하나 없이 가지만 삐죽한 복숭아나무들이 울타리처럼 경계를 이루고 있었다. 미첼 아저씨네 연녹색 목초지에는 암소와 송아지가 갈색 점으로 군데군데 크고 작게 찍혀 있었다. 거기 찍힌 점들 중 하나는 우리 아빠일 터였다. 골짜기 저편 끄트머리에서는 그을린 땅 위로 연기가 피어올랐다. 씨 뿌리기에 앞서 밭을 태우는 모양이었다. 위치로 보았을 때 클리프턴 아니면 오클리네 밭인 것 같았다. 부엌 텃밭을 돌보고 나오지 않은 게 영 마음에 걸렸다. 양파는 지난가을에 심어두었고, 감자는 때가 되면 아빠가 사람을 써서 심을 터였지만, 날이 따뜻해진 이후에 부엌 텃밭을 관리하는 건 여자들의 일이었다. 아빠가 볼 수 있도록 씨앗에 이름표를 붙여놓긴 했지만, 과연 아빠가 씨앗을 찾아서 직접 심을지 그냥 내버려 둘지는 모를 일이었다. 애써 마음을 다잡았다. 아빠가 어떤 선택을 하든, 무엇을 먹든, 어떻게 빨래를 하며 살아가든 더는 내 알 바가 아니었다. 나는 다시 등을 돌렸고, 내가 아는 모든 것을 뒤로한 채 산등성이를 오르내리며 더 높은 곳으로, 더 먼 곳으로 계속해서 나아갔다. 그렇게 마을이 보이지 않을 만큼, 그러나 아벨이 집으로 돌아가는 길을 잃어버리지 않을 만큼 멀리 온 나는, 아벨의 등에서 내려왔다.

　발이 땅에 닿는 순간, 묵직한 배낭을 감당하지 못하고 뒤로 넘어질 뻔했다. 서둘러 아벨의 고삐를 잡아챈 덕분에 가까스로 넘어지지 않고 버틸 수 있었다. 밀려드는 걱정이 무게를 더했는지 가방이 배로 무거워진 것 같았다. 나는 한참을 아벨 옆에 서서 이제 어떻게 해야 할지 고민했다. 계획대로 계속해서 앞으로 가려니 무서웠고, 그렇다고 다시 집으로 돌아가자니 그건 그것대로 똑같이 두려웠다. 지금 상태의 몸과 마음으로 과연 닥쳐올 일들을 버텨낼 수 있을지 의구심이 들었다. 내가 어떤 결정을 내릴지 인내심 있게 기다리고 있는 이 충성스러운 동물의 등에 다시 올라타고 싶었다. 지금 아벨을 놓아준다는 건 내 가족과의 관계를 모두 포기하겠다는 의미였다. 나는 아벨의 목덜미에 가만히 얼굴을 갖다 댔다. 말은 자기가 아는 길로 되돌아가는 본능이 있다. 아벨이 여기서 뒤돌아 달콤한 자주개자리와 폭신한 밀짚 더미가 기다리는 그 곳을 향해 느리지만 확실한 걸음으로 언덕을 내려가고 나면, 나는 예측할 수 없는 광대한 황무지에 찍힌 점 하나로, 오롯이 혼자가 될 것이었다.

규칙적으로 숨을 내쉬는 아벨의 호흡이 내 뺨에 전해졌다. 아벨의 밤색 가죽은 따뜻하고 축축하고, 솜털처럼 보드라웠다. 아벨은 내가 여덟 살 때 태어났다. 아벨이 태어났던 날, 쿨쿨 자던 나는 해가 뜨기도 전에 엄마에게 불려 나갔다. 그 이른 새벽에 엄마, 캘 오빠, 세스와 나란히 짚단에 앉은 나는, 아빠가 암말의 피투성이 구멍에서 나뭇가지처럼 생긴 다리를 하나씩 능숙하게 잡아 빼는 모습을 넋 놓고 지켜보았다. 세상으로 미끄러져 나오는 새끼 아벨의 힘이 어찌나 셌는지 아빠는 미끈둥미끈둥한 새끼를 팔로 받아 안으면서 그대로 뒤로 나자빠졌고, 그러면서 칭찬인지 욕인지 모를 말을 무어라고 뱉으며 껄껄거렸다. 갓 태어나 눈빛이 멍한 새끼 망아지를 아빠는 자기 자식처럼 품에 안은 채 쳐다보았다. 어머니는 그 자리에서 망아지에게 아벨이라고 이름을 지어주면서 아담도 자기 자식을 당신보다 더 사랑스러운 눈으로 쳐다보진 않았을 거라고 아빠에게 말했다.

"카인 아니고?"

망아지가 제 어미의 주둥이에 기댈 수 있도록 아빠가 아벨을 놓아주면서 어머니를 놀렸다. 그때의 아빠는 유머도 있고 분위기도 밝은, 지금과 전혀 다른 사람이었다.

"카인 아니고."

성경에 관해서는 작은 농담도 허락하지 않는 어머니의 대답은 간결했다.

방금 전까지만 해도 존재하지 않았던 망아지인데, 갑자기 몸체가 생기고 생명이 생겼다니, 그렇게 복숭아나무나 개울처럼 이제 우리 농장의 일부가 되었다니, 내 어린 마음으로는 쉬이 이해가 되질 않았다. 아빠의 농담에 엄마는 크게 한숨을 내쉬고는 아침 준비를 하러 집 안으로 들어갔고, 아빠는 헛간에 있는 깊숙한 세면대에서 몸을 씻었고, 캘 오빠와 세스는 들통과 갈퀴를 챙겨 들고 아침 일을 시작했다. 그러나 나는 좀처럼 발길을 뗄 수가 없었다. 무에서 유가 창조되는 장면을 두 눈으로 목격한 충격이 가시질 않았다. 갓 태어난 아벨이 누워 있는 곳으로 살금살금 다가가 손을 뻗어 아벨의 매끄럽고 새로운 목을 만져보았다. 아벨은 호기심에 찬 부드러운 눈망울로 나를 쳐다보았다. 세상 밖으로 나왔다는 현실이 나만큼이나 어리둥절하다고 말하는 듯이.

바로 그때 만졌던 아벨의 목 부분을 지금 다시 쓰다듬으며 작별의 입맞춤을 건네고 한 걸음 뒤로 물러났다.

"이랴!"

배낭을 바닥에 내려놓았다. 아벨을 언덕 아래로 쫓아 보내려면 팔을 더 힘차게 휘저어야 했다.

"이랴! 집으로 가, 아벨. 어서!"

아벨에게 소리치는 그 순간까지도 과연 내가 옳은 선택을 한 것인지 확신이 들지 않았다. 아벨은 내리막길을 향해 몸을 돌리고도 통 앞으로 가질 않았다.

"이랴! 이랴! 어서 가란 말이야!"

양팔을 풍차처럼 흔들어대며 아벨에게 소리쳤다. 그래도 아벨은 꿈쩍도 하지 않았다. 가라고 소리를 지르면서도 속으로는 그냥 아벨을 데리고 있을까, 아벨이 내 친구도, 이동 수단도 되어줄 텐데. 그냥 다시 아벨의 등에 올라타 산속으로 계속 들어갈까, 하는 유혹에 흔들렸다. 그러나 말썽을 부리는 것은 이 정도로도 충분했다. 아벨과 함께 있고 싶은 마음이 굴뚝같았지만, 그렇다고 아빠의 말을 훔칠 수도 없었고, 미지의 세계로 아벨을 끌고 들어가 위험에 빠뜨릴 수도 없었다. 나는 차오르는 눈물을 삼키며 야구공만 한 돌멩이를 주워 들고 아벨의 엉덩이 쪽으로 던졌다. 돌멩이가 뒷발치에 떨어지자 아벨이 깜짝 놀라 몇 걸음 앞으로 걸어갔다. 돌멩이를 하나 더 집어 들고 아벨에게 던졌다. 이번에는 돌멩이가 아벨의 꼬리를 스쳤다. 하나 더. 또 하나 더. 연거푸 돌을 집어 던졌다. 너무나도 사랑하는 동물에게 내가 무슨 짓을 하고 있는 건가 싶었다. 이제 돌을 던지면서 흐느끼고 있었다. 겁에 질린 아벨은 내키지 않는다는 듯 무거운 걸음으로 언덕을 내려가기 시작했고, 그러면서도 이따금 뒤를 돌아 나를 쳐다보았다. 무슨 상황인지 영 모르겠다는 듯 아벨은 자꾸만 걸음을 멈추었다.

나는 일평생 착한 딸로 살아왔다. 부모님 말씀을 잘 들었고, 예의 바르게 행동했으며, 어른들을 공경했다. 성경책을 읽는 것도 게을리하지 않았다. 복숭아를 수확할 때면 얇디얇은 유리 공을 만지듯 조심스럽게 비틀어 따서 부셸 바구니 안에 살포시 담았다. 항상 집 안을 쓸고 닦았고, 남자들이 배고프지 않도록 끼니를 챙겼고, 빨래를 깔끔하게 정돈했고, 빈틈없이 농장을 관리했다. 불필요한 질문을 하지 않았고, 내 울음소리가 침실 밖으로 새어 나가지 않도록 늘 조심했다. 어머니 없이 살아가는 방법도 오롯이 혼자 힘으로 깨우쳤다. 그렇게 착한 딸로 살던 내가 노스 로라와 메인 스트리트 모퉁이에서 우연히 마주친 꾀죄죄한 남자와 사랑에 빠진 것이다. 단 한 번의 폭풍우가 강둑을 무너뜨리고 강물의 흐름을 바꾸어버리듯 한 소녀의 인생에 닥친 단 하나의 사건은 이전의 삶을 모조리 지워버렸다.

고래고래 소리를 지르며 연달아 돌멩이를 던지는 동안 눈물이 뺨을 타고 줄줄 흘렀다. 나는 차오르는 두려움과 슬픔을 이 불쌍한 말에게 쏟아내고 있었다. 월을 만나기 전에 내가 그랬던 것처럼 아벨이 아는 거라고는 충성과 복종이 전부였다. 내가 먼저 배운 교훈을 돌멩이에 담아 힘껏 아벨에게 던졌다. 이 세상의 모든 선을 이기는 건 악이라고, 아벨에게 마음속으로 외쳤다. 착한 딸이 되든 착한 말이 되든, 복종하든, 사랑하든 마음대로 하라. 그러나 권선징악을 기대해서는 안 된다. 그건 동화책에나 나오는 이야기니까.

마지막으로 던진 돌멩이가 아벨의 턱에 맞는 바람에 턱에서 피가 흘렀다. 너무나 놀랐다. 아벨은 한때 자기에게 잘해주었던 소녀를 피해 도망치듯 언덕 아래로 내려갔다. 나는 그대로 주저앉아 배낭을 끌어안고 펑펑 울었다. 짙게 깔려 있던 구름이 때마침 걷히면서 구름 사이로 내리쬐는 정오의 태양이 내 뺨 위의 눈물을 짭조름하게 말렸다.

부엌은 지금 어떤 모습일까. 기억에 남아 있는 부엌은 여전히 한밤중의 풍경이라 가스레인지가 차갑게 텅 비어 있었다. 아빠는 미첼 아저씨네서 점심을 먹고 올 테니, 내 가출을 가장 먼저 알아차릴 사람은 오그 이모부일 터였다. 이모부는 부엌에 들어오기 전부터 어째서 음식 냄새가 나질 않는지 의아해할 것이고, 자기 점심을 차려줘야 할 사람이 부엌에 없다는 걸 알고 나면 '내 그럴 줄 알았지' 하고 생각할 것이다. 그러나 아빠에게 전화를 걸어 내 가출 소식을 알리거나 짚이는 게 있다며 일일이 설명할 것 같진 않았다. 이모부 성격상 둘 다 지나치게 사려 깊은 행동이었다. 해가 저물고, 송아지를 받느라 여기저기 피 얼룩을 묻힌 아빠가 녹초가 되어 집에 돌아오면, 가장 먼저 안장이 채워진 채로 마당에 풀려 있는 아벨을 발견할 것이다. 부엌문을 열고 집 안에 들어오면 저녁이 차려져 있지 않은 빈 식탁을 보게 될 것이다. 내가 없어진 걸 알고 아빠가 어떤 생각을 할지는 상상이 되지 않았다. 아빠는 나를 그저 붙박이장처럼 항상 집에 있는 존재로, 가정부 같은 존재로, 예측에서 벗어난 행동을 하지 않는 아이로 생각하고 있을 것이다. 달리 생각한다고는 상상할 수 없었다. 아빠가 머뭇머뭇 내 방에 들어와서 침대 위에 놓인 편지를 발견하고, 여기저기 까진 손으로 천천히 편지를 열어보는 모습을 상상했다. 편지를 조금 더 길게 쓸걸. 아빠에게 자초지종을 설명할 용기조차 내지 못한 게 후회됐다. 내가 써두고 온 편지 내용은 이게 다였다.

아빠,

잠시 어딜 좀 다녀올게요. 중요한 일이 있어요.

부디 찾지 말아주세요. 때가 되면 돌아올게요. 사랑해요.

죄송해요. 걱정하지 마세요.

빅토리아.

배낭을 베고 바닥에 누워 이런저런 생각에 빠져들었다. 암소의 출산이 오늘 하루에 다 끝날 리는 없고, 미첼 아저씨도 암소도 아빠의 능숙한 손길에 의지하고 있을 텐데. 과연 내일 아침에 아빠가 다시 송아지를 받으러 갈까, 아니면 나를 찾으러 다닐까? 알 길은 없었다. 아빠에게 남긴 편지에 나는 '토리'라는 이름 대신 '빅토리아'라고 썼다. 그걸 본 아빠가 이제 내가 다 컸다고 생각하기를, 딸이 이런 선택을 내릴 만큼 어른이 되었다고 생각하기를 바랐다. 그러고 보니 아빠는 기분이 좋을 때도 아무리 화가 날 때도 내 이름을 빅토리아라고 부른 적이 없었다. 그러니까 어쩌면, 집을 나간 이 여자애가, 빅토리아라는 이름의 이 젊은 여자가, 자기 딸이 아닌 전혀 다른 사람이라고 생각할지도 모를 일이었다.

그러자 문득 이런 생각이 들었다. 일어서서 앞으로 나아갈 힘이 없는 건 토리다. 월의 여자, 빅토리아는 얼마든지 전진할 수 있을 만큼 충분히 강인한 여성이다.

나, 빅토리아는 두 발을 딛고 일어섰다. 배낭을 등에 메고 가방 끈과 어깨뼈 사이에 엄지손가락을 넣어 야무지게 끈을 조인 뒤 앞으로 걷기 시작했다. 월과 함께 누웠던 그 산막까지 가는 길이 정확하게 기억나진 않았지만, 내 직감이 이끄는 대로, 또 배 속의 아기가 알려주는 대로 나아갔다. 무슨 뚱딴지같은 소리냐 싶겠지만 그때 나로서는 자력에 의존하는 수밖에 없었다. 아기와 내가 자석에 이끌리듯 우리의 시작이 될 장소를 찾아갈 수 있을 거라고, 그렇게 믿는 수밖에 없었다.

세이지가 무성한 바위투성이 언덕을 터벅터벅 걸어가는 동안 나와 점점 더 멀어지고 있을 아벨을 떠올리지 않으려고 무던히 애쓰면서, 그렇게 발자국 하나 없는 산속으로 걸어 들어갔다. 몇 달 전, 가을에서 겨울로 넘어갈 무렵 월과 함께 걸어갈 때 봤음 직한 익숙한 풍경이 언제 나오려나 두리번거렸다. 그러고 있노라니 그 날 사랑에 들떠 나란히 걷던 우리 둘의 모습이 생각났다. 아름다웠던 월의 미소, 미끄러지듯 부드럽게 내 손가락 사이를 드나들던 월의 손가락, 가다 멈춰 서서 허리를 굽히고 이파리를 날리며 세이지 가지를 비틀어 꺾던 월의 모습, 행복한 표정으로 풀 내음을 들이마시고는 가지를 내 코앞에 갖다 대던 그의 모습, 그때 맡았던 세이지 향기. 나는 월의 영혼을 다시 불러내려는 사람처럼 그때 그가 했던 그대로 허리를 굽히고 세이지 줄기를 하나 꺾어서 배낭끈에 꽂아두었다. 톡 쏘는 세이지 향기를 맡으니 흐릿했던 기억이 되살아나는 것 같았다. 왠지 길을 제대로 찾아갈 수 있을 것만 같았다. 얼마 안 가 나온 언덕을 오르자 길쭉하고 뾰족뾰족한 사암이 줄지어 나타났다. 내 기억이 맞았다. 여길 지나가면서 월이 이걸 보초병이라고 얘기했었다. 언뜻 보면 서로 엉덩이를 맞대고 있는 것 같다면서. 언덕을 내려온 다음에는 들쭉날쭉한 네 개의 탑을 지나 걸었다. 그 너머로는 길이 없는 것처럼 보였지만, 이제부터는 찾아갈 수 있었다. 포플러나무 가지에 달려 있던 이파리 대신 이제는 자그마한 적갈색 꽃봉오리가 무르익고 있었다. 앙상한 포플러나무 사이를 지나 또 다른 언덕을 올랐다. 숨은 찼지만 용기가 생긴 나는 잠시 앉아 수통을 꺼내 물을 마시며 한숨 돌렸다. 말라버린 도랑을 따라 터벅터벅 걷다 보니 포플러나무와 소나무가 뒤섞여 자란 언덕이 나왔다. 마지막 오르막길이었다. 군데군데 쌓인 눈이 녹고 있었다. 공터를 지나자 마침내 목적지가 보였다. 월이 은신처로 삼았던 아담한 통나무 산막. 산막은 내가 기억하는 것보다 훨씬 더 초라했다. 마구간보다 약간 더 넓은 크기에, 평탄화 작업을 생략한 듯 바닥이 울퉁불퉁했으며, 마구잡이로 쌓은 듯한 녹슨 양철 몇 겹이 지붕의 역할을 대신하고 있었다.

남의 집에 무단침입을 하는 거면 어떡하느냐고 내가 걱정했을 때 월은 이렇게 말했다.

"사냥꾼이 버리고 간 낡은 산막일 거야. 여길 찾아오는 건 내가 쫓아 내보낸 거미랑 벌레들뿐이야."

월이 마을로 내려오지 않고 차라리 여기에서 눈과 추위와 배고픔과 싸우며 겨울을 버텼더라면 지금도 살아 있을 것 같다는 생각에 또 한 번 마음이 아렸다. 월이 산에서 내려온 뒤로 매일 어디서 잠을 자는지 나는 아무것도 몰랐다. 그저 루비앨리스의 집이나 마당 헛간에서 자겠거니 넘겨짚을 뿐이었다. 그런 나도 월이 이 안전한 은신처를 떠난 게 바로 나 때문이었다는 사실만큼은 너무나 확실하게, 아프도록 정확하게 알고 있었다.

우선 진흙투성이 풀밭으로 향했다. 무거운 배낭을 바닥에 세워

두고서 주변을 둘러보았다. 산막에 도착하긴 했지만 이제 뭘 어떻게 해야 할지 여전히 막막했다. 우리의 사랑이 꽃피었던 산막, 그러나 윌이 두 번 다시 돌아오지 않을 그 산막 안으로 들어간다는 생각만으로도 고통스러웠다. 그렇다고 무방비로 야생에 노출된 채 밖에서 계속 이러고 있는 것도 말이 안 됐다. 여기에 야영지를 만들고 살림을 꾸려나간다는 건 아무리 생각해도 터무니없는 일이었다. 이러지도 저러지도 못한 채 피로에 못 이겨 한참을 멍하니 앉아 있었다.

해가 저물어 찬바람이 내려오자 금세 어둠이 깔리고 음산해졌다. 하릴없이 자리에서 일어나 산막으로 들어갔다. 이곳에 처음 왔던 날, 내 손을 잡아주고, 끌어주고, 내가 편히 들어갈 수 있도록 입구에 걸린 사슴 가죽을 걷어 올린 채 기다려주던 윌의 모습이 떠올랐다. 안으로 들어가 보니, 아담한 방 안은 윌이 떠나기 전 그 모습 그대로였다. 방 한구석에는 돼지고기와 콩이 든 통조림이 가지런히 쌓여 있고, 벽에 박힌 녹슨 못에는 알루미늄 물통이 걸려 있고, 성냥 상자들 위에 놓인 유리병에는 반쯤 타다 만 양초가 들어 있었다. 윌이 금세 돌아올 거라고 말해도 믿을 수 있을 것 같았다. 침대에는 루비앨리스에게 받았을 누비이불이 여러 겹 쌓여 있었다. 너무 지쳐서 음식을 꺼낼 힘조차 없었던 나는 흙바닥에다가 배낭을 털썩 떨어뜨렸다. 신발을 벗고, 이불 끄트머리를 슬그머니 들어 올리고, 배 속에서 꿈틀거리는 아기의 태동을 느끼며 이불 속으로 들어가 누웠다. 혹시 남아 있을지 모를 윌의 체취를 맡을 수 있을까 싶어 길고 깊게 숨을 들이마셨다. 정말로 이불에서 여전히 그의 냄새가 났는지 아니면 슬픔과 공포로 미쳐버리지 않으려고 환상을 떠올린 건지 모르겠지만, 나는 월의 체취에 안기듯 몸을 웅크리고 눈앞의 모든 걸 지운 채 잠이 들었다.

다음 날 눈을 떴을 땐 너무 피곤해 아무것도 할 수 없었다. 용변을 볼 때와 차가운 통조림 수프를 먹을 때 말고는 이불 밖으로도 나가지 않았다. 하루 종일 침대에 누워서 보낸 건 내 평생 처음 있는 일이었다. 집에 있을 때는 아무리 몸이 아파도 어머니의 집안일을 거들었고, 어머니가 돌아가신 뒤로는 나도 어머니가 그랬던 것처럼 상황이 어떻든 매일매일 내게 주어진 일을 했다. 해야 할 일도, 날 찾는 사람도 없이 침대에서 뒹굴거리니 호사로 느껴질 법도 한데 오히려 모든 게 잘못된 것 같은 기분이었다. 잠결에도 불안했다. 이렇게 게으름을 부려도 되는 건지, 내가 올바른 선택을 한 건지, 밖에서 나는 낯선 소리의 정체는 무엇인지 불안에 시달리느라 온종일 자다 깨기를 반복했다. 그날 꿈에 월이 나왔다. 꿈에서 월은 나를 어루만져 주기도 했고, 깔깔거리며 웃기도 했다. 그리고 그날 처음으로, 질주하는 로드스터 뒤에서 월이 죽어가는 꿈을 꾸었다. 꿈속에서 월의 피부가 얇은 포장지처럼 찢어졌다. 식은땀을 잔뜩 흘리며 잠에서 깨어보니, 자그마한 창문으로 따뜻한 햇살이 들어오고 있었다. 지금 내가 어디에 있는 것인지 순간 정신이 들지 않았다. 남들의 어떤 시선도 비판도 닿지 않는 이곳에서 나는 몸을 둥그렇게 웅크린 채 마음껏 슬픔을 토해냈다. 상상도 못 해본 고통이 느껴졌다. 그렇게 한바탕 쏟아내고 나니 슬픔의 손아귀가 이번에는 마음 깊숙이 숨겨두었던 어머니, 캘 오빠, 비브 이모를 끄집어 냈다. 윌을 생각할 때만큼이나 고통스러웠다. 네 개의 굵직한 손가락으로 심장을 움켜쥐었다. 주먹에 짓눌리는 스펀지처럼 가슴이 찢어질 듯 아팠다. 두 눈은 눈물을 줄줄 쏟아내고 있었고, 목구멍은 악을 쓰며 울부짖고 있었다. 그날 밤, 산막에서 나는 꿈도 꾸지 않고 아주 깊은 잠에 빠졌다.

다음 날에는 억지로 몸을 일으켰다. 여전히 뭘 해야 할지는 몰랐지만, 이곳에서 살아가려면 뭐라도 해야 한다는 것만큼은 알고 있었다. 서리 내린 아침, 나는 위험을 무릅쓰고 산막 밖으로 나갔다. 그다음 날 아침, 그리고 그다음 날, 또 그다음 날 아침에도 오로지 살겠다는 의지 하나로 같은 일과를 반복했다.

깨어 있는 시간에는 너무나 초조했다. 끝이 보이지 않는 황야에 혈혈단신 외돌토리 신세였지만, 생각처럼 외롭지는 않았다. 무서운 건 일상의 소음이었다. 사슴이 쓰러진 나무를 밟고 갈 때 들리는 새된 소리, 다람쥐의 발걸음에 혹은 흔들리는 바람에 잔가지가 떨어지는 소리라도 들리면 화들짝 놀랐다. 심지어 아무 소리 없이 고요할 때도 느닷없이 공포에 휩싸였다. 누가 멀리서 쳐다보고 있을지도 모른다는 생각, 소나무 숲 사이에 스토커가 있을지도 모른다는 생각 때문이었다. 그럴 때면 (상상의 곰이든 쿠거든 뭐가 나올지 모를) 현장을 잡겠다며 재빨리 몸을 획 돌렸지만, 그때마다 호기심 많은 얼룩다람쥐 한 마리가 획 지나가거나 아예 아무것도 없었다. 서둘러 산막으로 숨어 들어가서도 몸을 꼿꼿하게 세우고 앉아 경계를 늦추지 않았다. 혹시라도 어떤 사내나 산짐승이 산막으로 다가오고 있으면 어떡하나 두려움에 떨었다. 나는 산막 뒤 개울가에 졸졸거리는 물소리가 끊기지는 않는지, 발자국 소리가 들리지는 않는지 정신을 바짝 차리고 귀를 쫑긋 세웠다.

비뚤어진 문간에 걸려 있는 낡은 사슴 가죽을 보완할 방법을 찾아봤지만, 산막엔 못도 망치도 없었다. 설령 못질을 할 수 있다손 치더라도 그건 침입자를 막겠다고 나를 산막 안에 가두는 꼴이 되고 말 것이었다. 밤이면 밤마다 집에서 챙겨 온 식칼을 손에 꽉 쥔 채로 담요 속에 웅크리고 누워서 눈도 깜빡이지 않은 채 뚫어져라 문을 쳐다보며 하루를 마감했다. 그러고 있다 보면, 결국 잠이 공포를 이겼다. 한없이 무거워지는 눈꺼풀의 무게를 도무지 감당할 수 없게 되면, 밤사이 무슨 일이 일어나든 그건 운명이라고 생각하며 잠에 빠져들었다. 아침이 되면, 얼어붙은 물고기처럼 흙바닥에 비어져 나와 있는 칼을 보면서 오늘도 온전한 몸으로 무사히 깨어나 다행이라고 생각했다.

그래도 집에 가고 싶지는 않았다. 누가 뭐래도 그것만큼은 확실했다. 아빠와 과수원이 어렴풋이 그리운 날이 있긴 했지만, 그런 그리움도 시간이 흐르면서 기억나지 않는 꿈처럼 흐릿해졌다. 향수보다는 세스, 이모부, 그리고 두 사람과 관련된 모든 일로부터 해방되었다는 안도감이 훨씬 더 컸다. 산막의 고독한 생활이 아무리 불안하더라도 집으로 돌아가지는 않을 것이다. 지치고 힘들었지만 이미 첫 주에 이곳에 야영지를 꾸리겠다고, 내 손으로 새 집을 만들겠다고 마음먹었다. 최소한 시늉이라도 해보기로 했다. 이제 나는 월의 아기를 돌봐야 했다. 하루가 멀다 하고 죽을 만큼 월이 그리웠지만, 그래도 정신을 차려야 했다. 삶을 포기해야 할 이유가 아니라 살아야 할 이유에 집중해야 했다.

변소를 파는 일은 아주 합리적인 출발 같았다. 그러나 땅은 너무 단단했고, 집에서 챙겨 온 모종삽은 너무 작았다. 숟가락으로 땅을 파는 것이나 진배없었다. 짜증이 나서 모종삽을 개울가에 던져버렸고, 개울물에 버려진 삽은 물속에서 몇 날 며칠 녹슬어 갔다. 성공의 경험이 필요했던 나는 다음 할 일들을 신중하게 골랐다. 우선 내 수통과 월의 수통을 자갈 깔린 개울가로 가져가 마실 물을 채워 왔다. 그다음에는 소나무 가지를 꺾어 와 산막에 있는 거미며 거미줄, 쥐똥을 모두 쓸어냈다. 화로를 만든 뒤 주워 온 나무로 화로 위에 냄비를 매달아도 될 만큼 (제발) 튼튼하게 A자 모양의 구조물을 만들었다. 포플러나무의 굵직한 가지에 밧줄 한쪽 끝을 묶고, 맞은편 나무에 연결해 빨랫줄을 만든 뒤 분홍색 누비 이불을 가지고 나와 빨랫줄에 널고 나뭇가지로 팡팡팡 두들겼다. 이불에서 떨어져 나와 바람에 흩날리는 먼지를 보고 있자니 마치 춤추는 작은 유령들 같았다. 그런 뒤에 나는 개울에 버린 모종삽을 다시 주워 와 변소의 흙을 더 파내기 시작했다. 여기서 보낸 날이 며칠이나 됐는지 가늠할 수 있도록 산막 벽 한구석에 줄을 그어 표시도 했다.

언젠가는 식량을 구할 방법을 모색해야 하리란 걸 나도 알고 있었지만, 아직은 집에서 가져온 걸로 충분했다. 육포, 통조림 수프, 말린 콩과 귀리, 복숭아 조림, 달걀 피클, 크래커 한 통, 게다가 월이 남기고 간, 돼지고기와 콩 통조림도 쌓여 있었다. 식량 구하기는 주변 환경을 조금 더 파악한 이후로 미루어도 될 것 같았다. 산막 하류에서 발견한 비버 연못과 개울물을 들여다보며 물고기가 사는지 확인해 보았다. 맑은 물 밑에 보이는 거라고는 반짝이는 돌멩이뿐이었지만, 나중에 필요해지면 다시 와서 송어를 잡아보겠다고 마음먹었다. 낚싯대도 낚싯줄도 바늘도 없이 물고기를 정말로 잡을 수 있느냐 하는 문제는 지금 당장 생각할 일이 아니었다. 좋든 나쁘든, 지금은 그저 눈앞에 주어진 하루하루를 살아가는 걸로도 충분했다.

식량을 찾아 떠난 내 첫 번째 모험지는 개울 반대편 짙은 숲이었다. 숲속에 라즈베리 나무가 있는지 찾아볼 요량이었다. 물론 열매가 열리려면 아직 한참 멀었지만, 나무가 있는지 알고 싶었다. 라즈베리 나무가 있다면 7월에는 열매를 먹을 수 있을 테니 마음이 조금은 놓일 것 같았다. 산막 상류에 물이 얕은 데가 있었고, 거기에 마침 거북이 등딱지 같은 바위 네 개가 징검다리처럼 놓여 있어서 개울을 쉽게 건널 수 있었다. 호신용으로 야구 방망이처럼 생긴 막대기도 하나 주워 들고 숲으로 들어갔다. 그러나 숲에 첫발을 딛는 순간 날 덮친 건 적이 아니라 오만 가지 향기의 습격이었다. 임신을 하니 후각이 너무 예민해진 탓에 어떨 땐 무슨 늑대라도 된 것처럼 주변의 모든 냄새를 다 맡을 수 있었다. 그날은 숲에 발을 들이자마자 날카로운 소나무, 머스크 향 땅, 축축한 부패층에서 나는 냄새가 코를 찔렀다. 심지어 바위에서도 쇠붙이와 이끼 냄새 같은 게 났다. 모든 게 섞인 이상한 냄새였지만 불쾌하지는 않았다. 나는 숨을 깊이 들이마시면서 계속 앞으로 걸어갔다.

점점 더 멀리 들어가 라즈베리 나무를 찾아 숲속을 헤매다가 어느 순간 가슴이 철렁 내려앉았다. 땅 대부분은 여전히 단단하게 얼어붙은 눈으로 덮여 있었고, 그 깊이가 어느 곳은 발목까지, 또 어느 곳은 무릎까지 왔다. 키 크고 검푸른 소나무가 널따랗게 우거진 탓에 바닥에 쌓인 눈에 햇살이 닿지 않았다. 이런 고산 지대의 야생에서는 최소한 앞으로 몇 달간 먹을거리를 구할 수 없겠다는 생각이 들었다. 집에서 가져온 새싹들도 5월 중순 이전에 심었다가는 얼어 죽거나 냉해를 입어 까매질 게 뻔했다. 변소를 파는 일이 왜 그렇게 힘들었는지 그제야 이해가 됐다. 바닥의 흙은 그냥 단단한 게 아니라 여전히 얼어 있었던 것이다. 신발 앞코로 바닥을 슬쩍 비벼 눈을 치우고 땅바닥을 발로 몇 번 찬 다음, 막대기로 찔러보았다. 돌멩이도 이보다 더 단단하지는 않을 정도로 얼어붙은 땅은 조금도 파이지 않았다.

나는 포기하고 한숨을 내쉬며 나무 그루터기에 털썩 주저앉았다. 그러고는 주변의 숲을, 차가운 적막과 어스름 속에 매달린 삶과 죽음의 층을 쭉 둘러보았다. 지저귀는 새들의 노랫소리 외에는 아무 소리도 들리지 않았다. 숲속의 모두가 침묵하고 있었다. 숲 바닥에는 큼직한 바위, 잔가지와 솔방울들 사이로 큼직한 나무가 쓰러져 있었다. 하늘을 향해 우뚝 솟은 거대한 황갈색 나무들도 있었다. 그 아래로 수십 그루의 묘목이 생명을 좇아 자라나고 있었다. 그중에는 잡초와 쌓인 눈 위로 힘차게 머리를 삐쭉 내민 것들도, 아직 내 배 속에 있는 아기처럼 썩어가는 통나무들 한가운데에 자리를 잡은 것들도 있었다. 혼란함 속에 아름다움이 있었다. 이곳의 모든 생명은 저마다의 역할을 하고 있었다. 내가 너무나도 작고 하찮은 존재라는 느낌이 들었지만, 전혀 환영받지 못하는 존재 같지는 않았다.

엉덩이를 털고 일어나 눈밭을 가르며 숲속으로 더 깊이 들어가 보았다. 한 걸음 한 걸음 옮길 때마다 적막이 깨졌다. 나중에라도 내가(우리가) 먹을 만한 게 있으려나 찾아보는 동안 아기는 그 어느 때보다 더 활기차게 몸을 들썩들썩 존재감을 뽐내며 자궁을 유영했다. 내 아들이(남자애라는 건 나중에 알게 되었다) 발차기라고 할 만한 태동을 처음으로 내게 전달해 준 것도 그날이었다. 나는 활짝 웃으며 울 스웨터 위로 둥글게 나온 배를 쓱 문질렀다. 매끄럽고 깨끗한 아기의 발바닥을 어루만지는 느낌이 들었다. 아들은 내 손에서 발을 쏙 빼더니 다시 한번 발차기를 했다. 벌써 놀이를 하고 있다는 생각에 또 웃음이 새어 나왔다. 이 낯선 숲속에서 나는 정말로 혼자가 아니었다.

산의 날씨는 금방금방 변한다. 나는 아주 어릴 때부터 이 사실을 알고 있었다. 그리고 나는 교과서의 글씨만큼이나 정확하게 구름을 읽는 법도 알고 있었다. 나는 과수원이든 헛간이든, 아니 메인스트리트에 있다가도 저 멀리 폭풍이 생겨 하늘이 점점 어두워지기 시작하면 첫 번째 번개가 골짜기를 뒤흔들기 직전에 잽싸게 부엌문을 열고 집 안으로 들어갔다. 내게는 폭풍이 다가오는 시간을 그 정도로 완벽하게 맞히는 재주가 있었다. 그러나 이 높고 깊은 산속에 온 이후로는 땅과 하늘에 대해 내가 안다고 생각했던 모든 지혜가 시험대에 올랐다. 마치 처음부터 글을 다시 배우는 것처럼.

높다란 소나무 사이로 거센 바람이 불어오면서 폭풍이 시작됐다. 바람이 살갗에 닿기도 전에 나무 꼭대기들이 마치 술 취한 거인처럼 마구 흔들리기 시작했다. 내내 지저귀던 새들이 내게 경고라도 하듯 순식간에 조용해졌다. 새들이 조용해지자 주변의 모든 것, 심지어 배 속의 아기조차도 완벽하게 고요해졌다.

마치 투명한 해일이 쓸고 가듯, 단번에 모든 숨을 토해내듯 거센 바람이 숲 바닥에 쏟아지자 어린 소나무들이 이리저리 휘고, 바닥 위 파편들이 먼지처럼 일어났다. 바람이 얼굴에 닿을 때마다 거인의 손바닥이 내 뺨을 후려치는 것 같았다. 차갑고 축축한 바람이었다. 시커먼 구름이 금세 몰려와 조금 전까지만 해도 한낮이었던 하늘을 순식간에 초저녁으로 만들 것이었다. 어두워지기 전에 지금 당장 해야 할 일이 떠올랐다. 나는 곧장 뒤돌아서 내 발자국을 따라 뛰기 시작했다. 쓰러진 나무와 돌을 헤치고, 손에 쥐고 있던 막대기를 놓치고, 눈길에 미끄러지고, 다시 일어나 달리고, 또 넘어졌다. 오래된 눈 표면의 얼음 결정체가 얼굴로 튀었다. 산막에서 너무 멀리까지 나온 나 자신을 향해, 날씨가 순식간에 변할 걸 알면서도 숲의 고요함에 넋 놓고 빠져버린 나 자신을 향해 욕을 퍼부었다. 서둘러 바닥을 짚고 다시 일어나 산막을 향해 허둥지둥 개울을 건너다가 마지막 디딤돌에서 미끄러지는 바람에 얼음장처럼 차가운 물속에 한쪽 발을 빠뜨렸다.

머리 위에서 천둥이 울렸다. 콩을 담가 화로 옆에 둔 냄비를 잡으려고 했는데, 냄비를 들자마자 폭풍의 맹렬한 기세 때문에 빗줄기가 옆 방향으로 들이붓듯이 쏟아졌다. 덜덜 떨리는 손아귀에서 냄비가 미끄러지며 떨어졌고, 내 소중한 음식은 진흙탕 속 조약돌처럼 바닥에 쏟아지고 말았다. 번개가 머리 위 하늘을 갈랐고, 그러자마자 하얀 섬광이 또 한 번, 또 한 번 뒤따랐다. 꽝음과 함께 천둥이 쳤다. 차가운 빗줄기를 맞으며, 비틀비틀 미끄러운 바닥을 헤치며 마침내 산막 입구에 생긴 널찍한 웅덩이를 넘어 겨우겨우 안으로 들어갔다. 손이 얼어붙기라도 한 듯 어찌나 차갑고 떨리던지 문틀에 걸린 사슴 가죽을 움켜쥐고 당기는 것도 보통 일이 아니었다.

빗줄기가 사정없이 산막을 때렸다. 녹슨 양철 지붕 구석구석에서 물이 새어 들어왔다. 모아두었던 빈 깡통 몇 개를 서둘러 가져와 되는대로 빗물을 받았지만, 다른 데서 새어 들어오는 빗방울에는 속수무책이었다. 차갑고 축축한 발아래 흙바닥 곳곳에 생긴 진갈색 원은 점점 더 커지고 점점 더 색깔이 진해졌다.

폭우가 쏟아지는 소리에 귀청이 터질 지경이었다. 하나뿐인 창문과 양철 지붕 위로 마치 백만 개의 동전이 쏟아지는 것 같았다. 번개가 칠 때마다 창밖이 새하얗게 번쩍이고 그러면 곧이어 폭탄처럼 강렬한 천둥이 쳐서 심장이 덜컹거렸다. 바로 그때, 누가 날향해 방아쇠라도 당긴 것처럼 나는 무릎을 꿇고 주저앉았다. 내의지와 상관없이 몸이 반으로 접혔다. 팔뚝과 얼굴을 진흙 바닥에 댄 채 털썩 엎어졌다. 단단한 공 같은 내 배가, 내 아기가 허벅지에 세게 부딪혔다. 온몸이 격렬하게 떨렸다. 조금도 움직일 수 없었다. 한낮의 하늘을 덮친 검은 폭풍처럼 감당할 수 없는 슬픔이 온몸으로 퍼져 나갔다. 도대체 무슨 생각으로 여기서 살아남을 수 있을 거라고 믿었던 걸까? 평생 눈으로 봐온 곳이라고 안일하게 생각했던 걸까? 추위와 공포에 흠뻑 젖어 덜덜 떨면서, 사실 나는 하늘을 지붕 삼고 바위를 베개 삼으며 살 수 있는 사람이 아니라는 걸 깨달았다. 나는 여기서 살아남을 수 없는 사람이었다.

의식을 잃기 직전에, 폭풍의 무자비한 불협화음보다 더 큰 외침이 내 안을 샅샅이 파고들었다. 그 외침은 내가 더 이상 모른 척할 수 없을 만큼 불길하고 명확하게 공표했다. 내 계획은 절대 성공할 리 없다고.

11장

다음 날 아침이 되어 눈을 떠보니, 무시무시했던 폭풍 소리는 온데간데없고 명랑한 새소리만 울려 퍼지고 있었다. 잠이 덜 깼을 때 지금 내가 어디에 있는 건가 싶었지만, 금세 붉은죽지찌르레기가 지저귀는 소리, 산비둘기들이 구구구 공허하게 우는 소리, 박새와 파리새, 참새들이 짹짹거리는 소리가 들렸다. 그렇지, 나는 산막 안에 있었지.

간밤에 잠에서 깼는데 내가 진흙투성이 바닥에 누워 있었다. 어찌어찌 정신을 차려 젖은 신발과 양말을 벗고서 침대로 기어 올라간 뒤 누비이불 속으로 파고들어 가 다시 잠들었던 게 어렴풋이 기억났다. 새소리에 잠에서 깬 나는 따뜻한 이불 속으로 더 깊숙이 파고들었다. 아기가 무사하다는 징후를 찾고 싶어 배를 문지르니 아기가 대답하듯 톡톡톡 발차기를 했다. 정말 다행이었다.

어젯밤에 양팔과 이마에 묻었던 진흙이 팽팽하고 딱딱하게 굳어 있었다. 축축한 머리칼과 양쪽 귀는 꽁꽁 얼어붙어 있었다. 머릿속에 정리해 둔 '가져왔으면 좋았을 물건들' 목록에 모직 모자를 추가했다. 그 무렵 나는 깜빡 잊었거나 아빠 물건을 훔치고 싶지 않았거나 어리석게도 생각조차 못 했거나 아니면 단지 가져올 수 없었던 여러 물건을 머릿속에 나열하고 있었다. 이를테면 적당히 큼직한 삽, 방수포, 양동이, 연필, 종이, 그리고 총 같은 것들 말이다.

그런 것들 없이 어떻게 하면 좋을지 온갖 방법을 생각하고 있는데, 그 목소리가 다시 들렸다. 그 목소리는 이번에도 지난밤처럼 암울하고 분명하게, 내 계획은 절대 성공할 리 없다고 말했다.

내 계획은 절대 성공할 리 없다.

잔인한 상황이 무섭기도 했지만, 이 정도로 무모한 짓을 저질렀다고 생각하니 스스로가 너무 한심했다. 방광이 터질 것 같은데도 둘둘 말고 있는 이불을 걷고 나갈 수가 없었다. 산막 밖에서 나를 기다리고 있을 광경을 마주할 자신이 없었다. 나는 여기에, 아니 어디에도 속하지 않았다. 도무지 뭘 해야 할지 몰랐다.

문득 어머니가 돌아가신 다음 날이 생각났다. 그날 밤새도록 꿈에 보안관 라일 아저씨가 타고 왔던 흰색과 검은색이 섞인 순찰차와 마당에서 주저앉는 아버지가 나왔다. 잠에서 깼을 때 나는 어머니, 캘 오빠, 이모가 없다는 걸, 집 안에도, 집 밖에도, 어디에도 없다는 걸, 내가 무슨 짓을 하더라도 이 사실이 달라지지 않는다는 걸 알았다. 침실 안으로 들어오는 황금빛 아침 햇살이 견딜 수 없이 눈부셨다. 고작 열두 살이었던 내가 생각해 낸 방법은 하나뿐이었다. 나는 침대에서 폴짝 뛰어내려 컴컴한 벽장 안에 들어가 문을 닫았다.

몇 시간이 지났을까 세스가 벽장 안에 숨어 있는 나를 찾았지만 그냥 내버려 두었다. 조금 뒤 코라 언니가 찾아와 이제 그만 나오라고 나를 어르고 달랬지만, 나는 꿈쩍도 하지 않았다. 아빠는 끝내 오지 않았다. 그때 나는 아빠도 저기 복도 끝 안방, 좀약 냄새가 풍기는 어두컴컴한 벽장 속에 나처럼 숨어 있을 거라고 상상했다. 그날 오후, 누가 가져다주었는지 방문 앞에서 맛있는 냄새가 솔솔 풍겼다. 배고픈 어린아이가 참기에는 너무 맛있는 냄새였다. 나는 머뭇머뭇 기어 나가 낯선 캐서롤을 한 숟가락 떠먹었다. 어느 다정한 이웃이 손수 만들어다 가져다주었을 캐서롤이었다. 처음에는 깨작깨작 먹던 나는 이내 숟가락에 수북하게 퍼 올려 꿀꺽꿀꺽 삼켰다. 그러는 나 자신이, 먹고 살아보겠다고 그러고 있는 나 자신이 경멸스러웠지만, 어쩔 수 없었다. 내가 통제할 수 없는 어떤 힘이 내 몸을 움직이고 있었다. 그렇게 나는 나보다 더 큰 힘에 이끌리듯, 처음에는 원시적인 배고픔에 문 앞까지, 그다음에는 계단을 따라 부엌으로 내려갔다. 그리고 결국엔 가족을 돌보는 어머니의 역할을 맡게 되었다. 그건 내 선택이 아닌 필요에 의한 굴복이었다.

그때와 비슷한 상황이었다. 이 황막한 벌판에서 임신 기간을 버티고 월의 아기를 세상에 태어나게 하겠다는 계획이 성공하든 실패하든 나는 그저 계속해야만 했다. 방광을 비워야 했고, 음식을 먹어야 했다. 열두 살의 내가 어머니 없는 새로운 세상에 발을 들였던 것처럼 이제는 어머니로서의 삶 속으로 한걸음 내디뎌야 했다. 나는 필요의 부름에 귀를 기울여야 했다. 몸을 일으켜야 했다.

사슴 가죽 문을 걷어 올리고 밖으로 나갔다. 산막 옆에 쪼그려 앉아 시원한 아침 공기를 마시며 새들의 노랫소리를 듣고 있자니 간밤의 폭풍이 꿈이었나 싶었다. 눈앞에 펼쳐진 풀밭은 축축하고 완벽하게 고요했다. 새순과 새잎과 꽃봉오리가 새봄을 알리고 있었다. 떠오르는 태양이 수제 버터처럼 보드라운 햇살을 주변 산봉우리에 나누어 주었다. 아직 그늘진 산기슭과 골짜기는 햇살이 풀밭의 진흙을 말려주기를, 얼마 남지 않은 마지막 눈 조각을 녹여주기를 인내심 있게 기다리고 있었다. 주변에 깔린 고요를 깊이 들이마셨다. 그리고 팽팽하게 부푼 풍선처럼 폐에 잔뜩 숨을 집어넣은 다음 천천히 내뱉었다.

동녘의 들쭉날쭉한 능선 뒤에서 고개를 빼꼼 내밀었던 둥근 태양은 놀랍도록 빠르게 올라갔다. 그러고는 금세 골짜기를 가로지르며 세상에 말간 빛을 퍼뜨렸다. 햇빛은 내가 서 있는 곳에 가장 먼저 닿아 미묘한 온기로 나를 감쌌다. 그다음엔 이파리와 줄기에 대롱대롱 매달린 물방울을 때렸고, 파닥거리는 곤충들, 반짝거리는 거미줄에 닿아 순간 투명해 보이게 만들고는 이내 주변을 환하게 비추었다. 개울을 따라 미로처럼 펼쳐진 빽빽한 버드나무 숲속에도, 그 안에서 싹트는 붉은 가지에도, 그리고 하얀 포플러나무 껍질에도 구석구석 햇볕이 찾아갔다. 그렇게 온 세상에 시나브로 빛이 퍼졌다. 몇 분 만에, 밝아오는 여명과 새들의 노랫소리가 밤새 봄을 가리고 있던 장막을 거두자 골짜기 전체가 환하게 깨어났다.

산등성이를 넘은 태양이 햇살과 온기를 온전히 뿜어내기 시작할 때 나는 턱을 살짝 들어 태양을 마주 보았다. 착실히 떠오르는 아침 해를 보고 있으니 오늘도 내게 새로운 하루가 주어졌구나 싶었다. 내일도, 어쩌면 내게 새로운 하루가 주어질 것 같았다.

폭풍이 몰아치던 지난밤이 절망 그 자체였다면, 오늘 아침은 희망이었다. 내 계획이 통하지 않을 수도 있다. 그러나 떠오르는 태양의 다정한 손길을 받고 있는 이 순간만큼은 실패할 가능성만큼 성공할 가능성도 있다는 생각이 들었다. 이제 새들은 주변을 빙빙 돌고 휙휙 날아다니며 쉴 새 없이 짹짹거리고 있었다. 새들의 요란한 환희 속에서 어쩐지 나를 응원하는 목소리가 들리는 것 같았다.

나는 하루하루 계속 살아나갔고, 차츰 긴장을 늦추기 시작했다. 두려움으로 가득했던 마음에 어느 정도의 믿음이 들어섰다. 물론 하루아침에 마음이 편해진 건 아니었다. 예기치 못한 소음이 들리거나 폭풍이 휘몰아칠 때면 여전히 화들짝 놀라고 움츠러들기 일쑤였다. 그러다 나는 씨앗을 심거나 변소를 파거나 일상을 세우는 것보다 내 마음을 가라앉히는 게 먼저라는 사실을 깨달았다. 앞날을 걱정하고 두려워한다고 해서 지금의 상황과 앞으로의 운명이 달라지진 않는다. 나는 하늘을 지붕 삼아 살아갈 수 있는 사람이 아니었지만, 차근차근 그곳에 머물 방법을 찾아나갔다.

이윽고 나는 들판을 가르는 땅거미가 불길한 게 아니라 아름다운 존재라는 걸 알게 되었다. 소리든 침묵이든 그것들 대부분은 별다른 의미 없이 그 자체로 전부였다. 일상을 살다 보니 소음도 침묵도 위협이 아니라 익숙한 배경음으로 들렸다. 숲과 나 사이의 미약했던 우정은 첫 한 달 동안 계속해서 커졌다. 자연의 모든 피조물은 저마다의 본성과 수천 년간 만들어온 습관에 따라 움직였고, 나도 내 일상을 그 리듬에 맞추기 시작했다. 자연에 존재하는 다른 피조물들처럼 나도 뜨고 지는 태양에 맞추어 살아갔다. 추우면 추운 대로 더우면 더운 대로, 배고프면 먹고 졸리면 잠을 잤다. 폭풍이 치면 치는 대로, 달이 차면 차는 대로 기울면 기우는 대로, 그렇게 자연의 리듬대로 살아나갔다.

언 땅이 녹으면서 변소 파는 일도 끝마쳤다. 곰을 유혹할 만한 냄새를 풍기는 음식은 배낭에 담아서 야영지 끄트머리의 포플러 나무 위 높다란 가지에 밧줄로 매달아 두었다. 윌이 그렇게 했던 게 생각난 덕분이었다. 볕이 잘 드는 남쪽에는 지난가을 부엌 텃밭에서 챙겨 온 씨앗을 심었다. 강돌 맛이 나는 아주 차갑고 깨끗한 개울물을 길어다 마셨고, 그 물로 몸도 닦았다. 가만히 앉아 경이로운 자연을 사색할 때도 많았다. 아주 작은 소리도 내지 않는 여우의 걸음부터 완벽한 대칭을 이루는 비버의 오두막집, 작디작은 꿀꽃이 피자마자 어떻게 알았는지 형형색색의 꽃종이처럼 날아드는 나비들, 어디로 가야 할지 정확히 알고 날아가는 캐나다두루미 떼까지. 나무를 모아다가 장작을 팼고, 느슨하게 실을 엮어 비버 연못에 던져 강 송어를 잡았다. 나무 그루터기를 잘라 등받이 의자 비슷하게 만들어두고서 저녁마다 누비이불을 두르고 거기에 앉았다. 그러고 앉아 지는 해를 관찰하고, 잦아드는 숲 소리에 귀를 기울이고, 소리는 들리지만 한 번도 보지 못한 부엉이의 울음소리를 따라 해보고, 밤하늘이라는 새까만 캔버스에 하나하나 수놓인 별들을 보며 감탄했다. 달빛 한 줌 없이 어두운 밤이면 안개처럼 뿌옇고 어마어마하게 큰 은하수를 올려다보았다. 별자리에 관해서는 학명도 이름도 모양도 아무것도 몰랐던 나는 반짝이는 별들을 바라보며 내 멋대로 기도 손 자리, 복숭아꽃 자리, 새끼 돼지 꼬리 자리, 나팔 자리와 같은 이름을 지어주었다.

끝없는 리듬 속에서 두려움이 사그라드는 만큼 나와 아기는 점점 성장했다. 5월 말이 되자 내 배는 수박처럼 둥글둥글해지고 딴딴해졌다. 몸 구석구석에 살이 붙어 풍만해졌다. 낯설어진 내 몸 속에서 아기는 기지개를 켜고, 발길질을 하고, 몸을 이리저리 뒤집어 댔다.

낮게 깔린 구름이 골짜기를 감싸 안은 어느 날 밤, 배 속의 아기와 함께 이불이라는 둥지 안으로 들어가 몸을 웅크리고 누운 채지금 숲속에서 나처럼 온기를 찾아 잔뜩 웅크리고 있을 다른 동물들을 생각했다. 숲속의 다른 어미들도 나처럼 새끼의 발차기를 느낄까? 그 어미들은 새끼들을 어떻게 먹이고 키우고 보호할까? 몸집이 가장 큰 곰부터 아주 작은 곤충까지, 또 씨앗이 싹을 틔우고 꽃을 피우기까지, 탄생하고 견디고 시드는 만물의 삶에 대해 생각해 보았다. 숲속의 나는, 혼자가 아니었다. 윌이 줄곧 내게 알려주고 싶어 했던 진리는 바로 이것이었다. 둥글게 솟아오른 배를 두 팔로 감쌌다. 그러면서 내 아기뿐만 아니라 그 이상의 것, 형언할 수는 없지만 나 또한 그 일부라고 느낀 어떤 무한함을 나는 단단히 끌어안았다.

산막에 오기 전 농가에서 살 때는 귀를 틀어막아야 잠을 잘 수 있었다. 허구한 날 세스와 이모부가 아래층에서 옥신각신 다투었고, 그렇지 않으면 세스가 마당에서 로드스터의 시동을 걸어댔다. 그럴 때면 어김없이 술 취한 세스 패거리가 고래고래 고함을 질렀다. 그때를 떠올리니 그동안 잊어버리려고 애썼던 어떤 일이 떠올랐다. 내 방 문고리가 흔들리는 소리에 한밤중에 자다 깬 적이 몇 번 있었다. 내기 때문이든 미친 욕망 때문이든 머저리 같은 음흉함에 눈이 멀어버렸기 때문이든 이유는 모르지만 아마 세스 친구였을 것이다. 아니, 어쩌면 세스였는지도 모른다. 문고리가 덜그럭거리는 소리 뒤에는 어김없이 발자국 소리가 들렸다. 문이 잠겨 있어 실망한 듯 질질 끄는 발소리가 천천히 멀어지면 그제야 나는 가슴을 쓸어내렸다.

거대하고 신비로운 태피스트리로 장식된 숲속의 집에서 잠을 청할 때면 숲의 심장이 뛰는 소리, 주변의 무수한 생명이 숨을 들이쉬고 내쉬며 나와 함께 호흡하는 소리밖에 들리지 않았다. 밤이 두렵지 않은 건 살면서 처음이었다.

12장

6월은 약속의 달이었다.

날은 포근했고, 하늘도 맑은 날이 많았다. 해야 할 집안일도, 농사일도, 끼니마다 밥상을 차릴 일도 없으니 하루가 길고 놀랍도록 여유로웠다. 멍하니 풀밭에 앉아 있거나 숲을 거닐면서 눈에 보이는 풍경에, 머릿속에 떠오르는 생각에 푹 빠져 보내는 시간이 점점 익숙해지면서 갈수록 내게 중요한 일과가 되었다.

자잘한 송어 몇 마리 빼고는 식량을 구하는 데 운이 영 따르지 않았지만, 남녘 언덕에는 무성한 라즈베리 덤불에 달린 열매들이 탐스럽게 익어갔고, 텃밭에도 자그마한 새싹이 돋아나기 시작했다. 한두 달 뒤면 먹을거리가 풍족해질 터였다. 얼기설기 만들어둔 덫에는 토끼도 들꿩도 잡히지 않지만, 연습하다 보면, 그리고 필요한 상황이 되면 만드는 기술도 잡는 기술도 나아지겠거니 싶었다.

땅거미에 온 하늘이 보랏빛으로 물든 어느 날, 나는 풀밭 모퉁이에 앉아 숨도 쉬지 않고 가만히 앉아 있었다. 그날 일찍이 나는 잔가지를 뜨개실로 엮어서 상자 모양의 덫을 만들고 그 안에 토끼풀을 미끼 삼아 넣어둔 다음, Y자 모양 막대기에 비스듬히 받쳐두었다. 그러고는 고집스럽게, 너무나 순진하게도 내 방법이 통하리라 믿으며 충실히 기다리는 중이었다. 머리 위에서는 박쥐들이 빙글빙글 날아다니며 벌집 나방을 쏙쏙 잡아먹고 있었다. 밤을 알리는 소음에 귀뚜라미들이 한 마리씩 깨어나고 있었다. 그때 포플러나무가 무성한 풀밭 모퉁이에서 암사슴 한 마리가 살금살금 걸어나왔다. 나를 보고 깜짝 놀란 사슴은 목을 길게 빼고 눈을 껌뻑이며 살짝 뒷걸음질 쳤다. 반짝거리는 까만 눈동자가 다시 한번 껌뻑였다. 뭔가를 망설이는 듯 이번에는 하얀 꼬리가 앞뒤로 움직였다. 나는 여전히 바위처럼 앉은 채 사슴의 눈을 바라보고 있었다. 이곳에 온 뒤로 땅다람쥐, 나무다람쥐, 얼룩다람쥐, 마멋, 토끼, 호저, 여우는 물론이고 풀밭에서 홀로 사냥하는 코요테며 언덕을 가로질러 이동하는 사슴 떼까지 수많은 동물을 봤지만, 내게 이렇게나 관심을 보이는 동물은 처음이었다. 그렇게 우리는 한참 서로를 바라보고 있었다.

사슴은 고상한 몸짓으로 돌아서더니 왔던 길로 껑충껑충 뛰어 이내 시야에서 사라졌다. 몇 초나 지났을까, 그 사슴이 다시 나타났다. 옆에는 우아한 얼룩무늬가 있는 새끼 사슴 한 마리가 있었다. 꾸밈없는 아름다움에 숨이 턱 막힐 정도였다. 사슴 두 마리가 똑 닮은 눈망울로 나를 바라보았다. 새끼 사슴이 조용히 조심스럽게 어미 곁으로 다가갔다. 둘은 나란히 부드러운 움직임으로 풀밭을 가로질러 숲속으로 사라졌다. 뒤미처 어미 사슴이 처음 나타났던 수풀에서 바스락거리는 소리가 또 한 번 들렸다. 나는 사슴을 노리고 쫓아온 포식자인 줄 알고 바짝 긴장했다. 수풀 사이로 뛰어나온 건 좀 전에 봤던 새끼 사슴보다 더 작고 가냘픈 또 한 마리의 새끼 사슴이었다. 새끼 사슴은 제 어미와 누이를 놓치지 않으려고 총총거리며 풀밭을 가로질렀다. 어미의 손길을 받지 못한 새끼의 가냘픈 모습에 마음이 아렸다.

며칠 뒤 저녁에 또다시 그 어미 사슴을 만났다. 예쁨받는 새끼는 어미 옆에서 나란히 걸었고, 작고 약한 새끼는 약간 뒤처진 채 따라왔다. 그렇게 세 마리가 살금살금 산막 옆 개울가에 다녀갔다. 다음 날 해 질 무렵, 사슴 가족은 한 번 더 나를 시험했고 그다음 날부터는 저녁마다 물을 마시러 산막 근처에 나타났다. 식구들을 놓치지 않으려고 수풀 사이에서 다급히 튀어나오는 약한 새끼 사슴을 볼 때마다 나는 가슴을 쓸어내렸고, 나를 신뢰하는 사슴 가족을 볼 때마다 동지애를 느꼈다.

해가 뜨면 일어나고, 모닥불을 피우고, 귀리를 한 냄비 올리고, 숲을 산책하고, 식량을 구하러 나가보고, 해가 지고, 통조림 콩을 하나 먹고, 잠을 자고. 그렇게 차근차근 6월이 지나갔다. 6월엔 숲 바닥에 떨어진 나뭇가지를 모아다가 텃밭에 비스듬히 울타리도 만들었다. 수통에다 길어 온 개울물을 텃밭 안 푸른 새싹에 졸졸졸 흘려주었고, 서리에 얼지 않도록 밤마다 누비이불도 덮어주었다.

1949년 여름을 돌아보면, 목욕을 마치고 홀딱 벗은 채로 개울가에 앉아 있던 열일곱 살의 내 모습이 떠오른다. 아직 영글지 않은 내 몸 위로 따뜻한 꿀 같은 햇살이 쏟아졌다. 배는 희끗하고 신비로운 지구처럼 동그랬으며, 젖가슴은 이상할 정도로 풍만하게 부풀어 있었다. 아기는 내 자궁 속에서 뒹굴거렸고 내 심장에 대고 발차기를 해댔다. 해바라기, 자줏빛 루피너스, 연분홍 야생 장미가 온 산등성이를 곱게 물들였다. 개울가 습지에서는 자홍색 꽃이삭이 피어올랐다. 꽃대마다 코끼리 얼굴을 닮은 분홍 꽃이 잔뜩 붙어 있었고, 한가운데 있는 코는 하나같이 하늘을 향해 올라가 있었다. 메뚜기를 잡아서 작은 턱이 갈라져 있는 모양을 빤히 들여다보기도 했다. 색깔이 다른 나비의 종류를 세다 보니 열 손가락이 부족했다. 한겨울부터 이듬해 여름을 준비하는 숲처럼 내 안에서도 슬픔의 진창 사이로 실낱같은 행복이 피어올랐다.

그러나 6월의 해가 저물어갈 때부터 모든 게 힘에 부치기 시작했다. 엎친 데 덮친다더니 먹고 싶은 음식도 너무 많아지기 시작했다. 지난 두 달 동안 푸짐하지는 않았지만 늘 부족하지 않게 끼니를 때웠다. 사실 비축해 둔 식량을 아끼기 위해 적게 먹으려고 애쓰고 있었고, 또 계획적으로 먹기 위해 내 나름대로 노력하고 있었다. 통조림을 하나씩 먹을 때마다, 식량 배낭에서 음식을 꺼낼 때마다 통조림이 몇 개 남았고 배낭의 무게가 얼마나 가벼워졌는지 확인했고, 얼마나 남았는지 잊지 않기 위해 식량 현황을 매일 확인하여 중요한 평결을 외듯 중얼거렸다. 무덥고 건조한 7월이 되니 육포와 복숭아 병조림, 달걀 피클은 다 먹고 사라진 지 오래였고 통조림도 거의 동났지만, 다행히 아담한 텃밭에 각종 푸성귀와 완두콩이 자랐고, 곧이어 비트와 양배추, 감자와 당근까지 열리기 시작했다. 비버 연못을 헤엄쳐 다니는 자그마한 강 송어와 제법 살진 무지개송어도 보였다. 언덕 위 라즈베리도 서서히 익어갔다. 걱정할 일은 없었다.

먹을 게 부족할까 봐 걱정할 필요가 없어지자 구할 수 없는 음식을 향한 갈망이 스멀스멀 밀려들기 시작했다. 하늘을 물들인 분홍빛, 회색빛 구름 너머로 살포시 해가 넘어가던 어느 날 저녁이었다. 사슴 가족도 기다릴 겸 나무 그루터기에 앉아서 천 기저귀를 만들고 있는데 느닷없이 어머니가 명절마다 만들어주시던 햄 생각이 났다. 우리 집은 아빠가 서너 달에 한 번씩 돼지를 잡았기 때문에 1년 내내 돼지고기를 충분히 먹었지만, 흑설탕을 발라 통째로 구워 기름이 뚝뚝 떨어지고 당밀처럼 달콤했던 어머니의 명절 햄은 두말할 것 없는 별식이었다. 희한한 건, 뚝뚝 떨어지는 기름과 엉덩이 부위에 붙은 미끄덩한 비곗덩어리가 가장 먹고 싶었다는 것이다. 하얀 연골이 박힌 탱글탱글한 부위를 칼로 자른 뒤, 한 조각씩 입술을 스쳐 입 안으로 밀어 넣는 상상을 했다. 번뜩 정신이 들자 무슨 엉뚱한 상상을 하고 있는 건지 소름이 끼쳤다. 그런 햄이 마지막으로 우리 식탁에 올라왔던 것도 아주 옛날이거니와 나는 기름진 부위를 좋아했던 적이 단 한 번도 없었다.

다음 날에는 프라이드치킨이 먹고 싶었고, 그 주 후반에는 진하고 걸쭉한 그레이비를 비스킷 한 접시에 듬뿍 올려서, 아니 그냥 숟가락으로 퍼서 와구와구 먹고 싶었다. 음식 생각이 머릿속을 떠나질 않았다. 텃밭에서 드디어 얄팍한 완두콩 꼬투리를 수확해 먹었지만, 너무 기대가 컸던 탓인지 그다지 만족스럽지 않았다. 숲에 가서 따 온 라즈베리가 아직 덜 익어서 떫은맛이 나자, 이걸 크림에 빠뜨려서 먹으면 얼마나 맛있을까 싶었다. 엘크 스튜, 햄 호크,* 두툼하게 썬 베이컨, 버터 향을 가득 머금은 페이스트리, 얇게 썬 감자에 치즈를 듬뿍 얹어 구워낸 감자 요리, 날이 갈수록 머릿속은 온통 맛있는 음식 생각뿐이었다. 밤낮으로 음식이 너무 당겼다. 먹는 상상을 하다가 나도 모르게 침을 흘리고, 그러다 환상에서 깨어나 배고픈 현실로 돌아오면 눈물이 나는 날이 이어졌다. 이곳에 처음 왔을 때 윌을 그리워했던 마음만큼이나 강렬한 식탐이었다. 그때처럼 마음을 다잡아야 했다. 누구보다 잘 알고 있었지만 이번엔 도무지 되질 않았다.

운이 영 따르질 않아 그때까지 한 마리도 잡아본 적이 없는 물고기가 갑자기 너무너무 먹고 싶었다. 나흘 내리 비버 연못에 갔다. 손수 만든 그물을 던지고 불뚝 솟은 배를 무릎에 부딪쳐 가며 낚시질을 해봤으나, 물에서 건져 올린 거라고는 죽고 시든 갈대뿐이었다. 빈 그물을 올릴 때마다 미쳐버릴 것 같았다. 마침내, 잔잔한 윤슬 사이로 무지갯빛 비늘이 번쩍이기에 재빨리 그물을 물속에 찔러 넣었다. 그물에 잡혀 올라온 물고기는 20센티미터가 채 안 되는 볼품없는 크기였지만, 나는 서둘러 야영지로 돌아가 열심히 내장을 걷어내고 작살을 꽂은 뒤 아침에 피워두었던 잔불에다 살짝 구워서 눈 깜짝할 새에 뼈까지 게걸스럽게 먹어치웠다. 얼마

* ham hock. 돼지 다리의 관절 부위를 오랫동안 구워 익힌 요리.

나 급하게 먹었는지 가시가 목에 걸려 빼내느라 이를 닦으면서 수도 없이 켁켁거려야 했다. 그런데도 계속 더 먹고 싶었다. 가시라도, 아니 유독 가시가 더 먹고 싶었다. 돌이켜 보면 그때 내가 얼마나 굶주린 상태였는지 보인다.

식탐 외에도, 피로와 통증, 시도 때도 없이 찾아오는 배 뭉침 때문에 물을 길어 오고 장작을 마련하는 것 같은 일상의 노동을 해내기가 점점 더 어려워졌다. 허리를 굽혀 불쏘시개를 넣고 불을 지피는 것도 힘들어서 자리를 잡고 앉아 쉬어가며 했다. 그토록 기다렸던 라즈베리가 달콤한 보석처럼 영롱하게 영글었을 땐 몸통을 질질 끌다시피 오르막을 기어 올라가서 하나도 남김없이 모조리 따 먹었다. 그러나 언덕에서 침대까지 내 다리로 몸통을 지탱하고 내려오는 건 너무나도 힘든 일이었다. 라즈베리를 따 먹겠다고 또다시 산비탈을 올라갈 엄두가 나질 않았다.

배가 얼마나 커졌는지 신체의 다른 모든 부위가 배를 떠받치고 있는 것 같은 모양새였다. 팔다리는 쇠약해졌고, 발바닥이 아팠다. 그렇다고 침대에 누워 있으면 등이 아팠고, 앉아 있으면 방광과 대장이 불편했다. 서 있으면 엉덩이가 당겼고, 걸으면 엉덩이가 두 쪽으로 떨어져 나갈 것만 같았다.

언제였을까. 시간이 가면서 반드시 필요한 일을 제외하고는 하나씩 그만두기 시작했고, 산막 벽에 날짜를 표시하던 것도 일찍이 그만두었다. 확실히는 모르겠지만 7월 말인가 8월 초, 여하튼 달빛 한 줌 없던 밤이었다. 갈수록 커져가는 식탐과 불편함을 가라앉히려고 애쓰면서 어떻게 누워야 좀 편하려나 침대에서 뒤척이고 있었다. 그렇게 몇 시간을 이리 뒤척 저리 뒤척 하다가 짜증을 참지 못하고 벌떡 일어나 버렸다. 어디로 가서 무얼 해야 할지 계획은 없었다. 아무런 생각도 계획도 없이 그냥 자리에서 일어나 성냥불로 초를 밝히고, 집에서 가져온 오그 이모부의 큼직한 스웨터를 걸친 뒤 서늘하고 캄캄한 바깥으로 나갔다. 쏟아질 듯한 수백만 개의 별들이 날 보며 윙크하고 있었지만, 몸과 마음을 달랠 길을 찾기 바빠서 하늘을 올려다볼 정신도 없었다. 그때 텃밭이 나를 불렀다. 당장 달려간 나는 무릎을 꿇고 앉아 비트를 하나 뽑았다. 비트 뿌리는 포도알보다도 작은 크기였지만 나는 그 뿌리에 묻은 흙과 줄기까지 앉은자리에서 남김없이 몽땅 먹어치웠다. 그런 다음 하나 더, 또 하나 더 뽑았다. 아직 여물지도 않은 텃밭 작물을 먹어치워서 그동안 공들인 농사를 망치고 있다는 걸 알면서도 멈출 수가 없었다. 이 사이에 낀 흙이 아드득아드득 씹혔다. 잔모래가 씹힐 때마다 구역질이 날 것 같으면서도 묘하게 기분이 좋았다. 정신을 차리고 보니 나도 모르게 흙을 한 움큼 입 속으로 퍼넣고 있었다. 말도 안 되는 행동이었지만 어쩔 수 없었다. 도대체 뭐가 맞고 뭐가 틀린 건지 혼란스러웠고, 이내 눈에서 눈물이 터져 나왔다. 더러워진 손바닥을 핥자 눈물을 잔뜩 머금은 흙에서 짭조름한 맛이 났다. 아기는 조금 더 넣어달라는 듯 사납게 발차기를 해댔다.

내가 대체 무슨 짓을 한 건지 부끄럽고 당혹스러웠다. 어서 따뜻한 산막 안으로 들어가려고 벌떡 일어서는데, 순간 자궁이 경직되는 느낌이 들었다. 작고 익숙한 통증으로 시작된 경련은 점점

심해졌고 어느새 배 전체가 단단하게 굳을 것처럼 심하게 조여와 쓰러질 것 같았다. 간신히 문간을 넘어 침대로 돌아왔다. 곧 통증과 수축이 가라앉았다. 출산의 '출' 자도 모르는 나였지만 방금 그게 첫 번째 진통이었다는 직감이 들었다. 두려웠다. 겨우 잠이 들었고, 꿈속에서 찾을 수 없는 무언가를 찾아 헤맸다. 잠에서 깨어보니 속옷과 이불이 젖어 있었다. 너무 축축해서 허벅지가 서로 들러붙을 정도였다.

출산할 때 자비로운 기억상실증에 걸린다는 말이 있다. 나도 아들이 세상에 태어났던 순간을 자세히 기억하지 못하는 걸 보면 아마도 맞는 말 같다. 그러나 이것 하나만큼은 또렷하게 기억이 난다. 나는 해야 할 일을 해내기에 내가 너무 쇠약하다는 걸 알고 있었고, 그래도 어떻게든 해내야만 한다는 걸 알고 있었다.

진통은 며칠간 계속되었고 날이 갈수록 심해졌다. 진통이 올 때마다 나는 점점 더 거칠어졌고, 흉포해졌고, 두려워졌다. 가장 두려운 건 무슨 수를 쓰더라도 출산을 피할 수 없다는 사실이었다. 마치 거세하지 않은 수말에 올라타 내던져질 때까지 타고 있을 수밖에 없는 상황처럼. 그제야 모든 식욕이 사라졌다. 아무것도 눈에 들어오지 않았다. 그때 나란 존재는 아무것도 아닌, 살덩어리에 불과했다. 자궁이 열리고 생살이 찢기는 살덩어리. 고통이 견딜 수 없는 수준에 이르렀을 때 나는 코를 쌕쌕대고 울부짖으며 야영지 한복판에 엎드린 채 불쌍한 짐승처럼 몸을 앞뒤로 흔들어댔다. 엉덩이가 몸에서 떨어져 나와 반대편으로 발사되려는 게 틀림없다는 생각이 들 무렵, 어찌어찌 산막 안으로 기어 들어갔다. 옷을 벗은 기억은 나지 않지만 잠시 뒤 나는 벌거벗은 몸으로 침대 모서리를 움켜쥔 채 흙바닥에 쪼그리고 앉아 있었다.

덜덜 떨리는 손을 뻗어 가랑이에 갖다 댔을 때 자그마한 두개골의 단단한 정수리가 만져졌던 게 기억난다. 침대에 깔린 분홍색 누비이불을 언제 어떻게 잡아당겨 바닥에 깔았는지는 기억나지 않는다. 힘을 얼마나 어떻게 줘서 아기를 몸 밖으로 밀어냈는지도 기억나지 않는다. 그러나 무릎을 꿇고 아기를 안아 올린 건 희미하게 기억이 난다. 나는 장어처럼 미끄덩한 아들을 가슴팍께로 안아 올렸다. 우리 둘의 몸은 고동치는 보랏빛 탯줄로 여전히 연결돼 있었다. 아들이 세상에 나왔던 그 순간에 대해 내가 뚜렷하게 기억하는 건 아들이 움직이지 않았다는 사실뿐이다.

아기는 자그맣고 생기가 없는 게 마치 인형 같았다. 움직임이라고는 덜덜 떨리는 내 손이 만들어내는 진동뿐이었다. 이미 제정신이 아닌 머릿속은 현실과 환상 사이에서 오락가락하고 있었다. 자유로운 세상으로 나오겠다고 그토록 끈질기게 발차기를 해댔던 그 강인한 생명력이 온데간데없이 사라져 버렸다. 아기를 살리려면 뭔가를 해야 했지만, 결국 나도 고작 애였다. 내가 산속에서 무얼 하고 있는지조차 모르는 어리숙한 애. *아기는 분명 죽고 말겠지.* 고통과 섬망 속에 드는 생각은 그것뿐이었고, 너무 지치고 쇠약해진 데다가 허벅지 안쪽으로 피를 줄줄 흘리고 있는 나 역시 아기의 뒤를 따라가게 될 게 뻔했다. 소리치는 것 말고는 달리 할 수 있는 게 없었다.

"살아야 돼!"

내 무릎에 축 늘어져 있는 푸르스름한 아기를 향해서, 그리고 어쩌면 나 자신을 향해서 있는 힘껏 소리쳤다.

"살아야 돼!"

말 한마디로 죽은 사람을 살릴 수 있다는 듯 나는 계속해서 흐느끼며 외쳤다.

그런데 그때, 맹세컨대 윌이 내 앞에 나타났다. 윌이 내 팔에 안겨 있던 우리 아기를 들어 올렸다. 그러고는 내 손을 잡아당겨 자기 손 위에 포개어 놓고, 루비앨리스가 데려왔던 축 늘어진 강아지에게 했던 것처럼 우리 두 손으로 아기의 가슴을 문지르기 시작했다. 처음에는 살살, 그런 다음에는 강하게, 윌은 내 납작한 손바닥을 아기의 가슴에 갖다 대고는 아기의 몸을 뒤집어 깃털 같은 등을 토닥였고, 다시 몸통을 돌려 가슴을 쓰다듬으며 아기를 소생시키려 애썼다. 그런 다음, 우리 아들의 작고 푸른 입술 사이로 윌이 숨을 불어넣었다. 그런데도 우리 아기는 깨어나지 않았다.

윌은 포기하지 않았다. 이번에는 아기의 얄팍한 갈비뼈를 덮고 있는 양털처럼 보드라운 보랏빛 피부 위로 내 손을 올려놓더니 빠르게 원을 그려가며 문질렀다. 그 순간, 갑자기 스위치가 켜지기라도 한 듯 아기가 숨을 헐떡거렸다. 목구멍이 무언가로 꽉 막혀서 이러지도 저러지도 못하는 것처럼 낮고 거친 소리였다. 나는 아기의 숨통을 막고 있는 걸 빼내보려고 얼굴이 바닥으로 향하도록 몸통을 뒤집어 놓고서 연신 등을 두들겼다. 그래도 효과가 없자 다시 아기의 몸통을 바로 돌린 뒤, 이번에는 잇몸밖에 없는 자그마한 입 속에 손가락을 집어넣어 끈적한 점액질을 걷어냈다. 그러자 아기는 약하고 불안정한 숨을 한 번 더 뱉어냈다. 나는 아기의 입술 위에 내 입을 포개어 대고서 숨을 세게 빨아들여 점액질을 뱉어 냈다. 다시 한번, 나는 입술을 맞대고 아기 입 속에 남아 있는 점액질을 빨아들이면서 지평선 위로 머리를 내미는 태양처럼 확실하게 생명을 끄집어 올렸다.

아들의 첫 울음소리는 세상에서 들어본 그 어떤 소리보다도 아름다웠다. 놀라고 기쁜 마음에 환히 웃으며 월을 돌아봤는데, 월이 보이질 않았다. 분명히, 방금 전까지만 해도 바로 여기 서서 나와 함께 우리 아들을 살려내고 있었는데. 그러나 현실에서 월은 이제야 핏기가 도는 얼굴로 앙앙 울어대는 우리 아들 안에 있을 뿐이었다. 한 손으로 아들을 품에 안고, 다른 한 손을 뻗어 침대에 깔려 있는 담요 한 장을 잡아당겼다. 어이구어이구 소리로 아기를 달래가며 아기의 몸을 담요로 닦은 뒤 꽁꽁 싸맸다. 탯줄을 자를 방법을 찾아야 했지만, 지금 당장은 아기와 딱 달라붙은 몸을 앞뒤로 흔들고 있을 수밖에, 믿기지 않는 현실에 감사하며 기쁨의 눈물을 흘리고 있을 수밖에 없었다. 아기는 살았다. 이 새로운 생명을 만들고, 무사히 세상으로 데려온 걸 보면, 어쩌면 생각했던 만큼 어리숙한 애는 아니었는지도 모르겠다.

아들이 살짝 부은 눈을 느리게 뜨고서 호기심 어린 눈망울로 처음 나를 쳐다본 순간, 나는 세상 그 무엇과도 비교할 수 없는 경이로움을 느꼈다. 수개월 동안 나는 내 배 속에 살고 있는 이 생명을 그저 낯선 존재, 신비로운 생명체, 한편으로는 응당한 대가라고 생각했다. 내 존재의 깊은 곳, 어딘지 알 수 없는 깊은 곳에서 내가 한눈에 알아볼 수 있는 사람이 되어 나타날 줄은 상상도 하지 못했다. 까만 눈을 가진 이 아기는 놀랍도록 친숙했다.

아기는 작은 눈썹을 찡그렸고, 우리는 아주 멀리 떨어져 있다가 다시 연결된 두 영혼처럼 오랫동안 서로를 바라보았다.

13장

드라마 같았던 출산 과정과 아기를 품에 안은 행복감을 한껏 만끽한 뒤 첫 수유를 하려고 보니 가슴에서 버터처럼 진하고 노란 젖이 흘러나오고 있었다. 유두를 뚫는 듯한 통증이 자궁에 태반을 밀어 내보내라는 신호를 보냈다. 칼을 찾아 탯줄을 자르자 피가 철철 흘렀다. 서둘러 뜨개 가방에서 노란 실을 꺼내 탯줄을 묶으면서 내가 할 수 있는 일이라고는 부디 잘되길 기도하는 것뿐이었다. 엉망진창이 된 바닥을 그대로 둔 채 아기를 안고 침대로 올라가 아직 깨끗한 두 장의 누비이불 속으로 파고들었다. 출산 과정에서 풍긴 향긋한 체액이 산짐승들을 유인하지 않을까 걱정스러웠지만, 일어나서 치울 힘이 도저히 나질 없었다. 젖을 빠는 아기의 모습은 놀랍도록 완벽했다. 흠잡을 데 없는 입술, 코, 이마. 양쪽 귀의 정교한 굴곡, 아버지를 닮아 사색에 잠긴 듯한 어두운 눈

동자까지. 아기의 성을 문Moon 으로 해야겠다고 생각하면서, '문
페이스'*야, '문파이'**야, 라고 부르며 장난을 치는데, 머릿속에
「블루 문」***이라는 노래 제목과 '빅 블루' 야생지라는 단어가 자꾸
맴돌았다. 나는 우선 아기를 '베이비 블루'라는 애칭으로 부르기로
마음먹었다. 출산 직후라 너무나도 피곤했지만, 아기가 숨을 쉬고
있어서, 내 젖이 잘 나와서, 끔찍한 고비를 무사히 넘겨서, 윌슨 문
의 한 조각을 내 품에 안고 있을 수 있어서 더할 나위 없이 행복하
고 감사했다. 출산이라는 신성한 보호막 안에서 우리 모자는 몇날
며칠 잠을 잤다. 침대에 누워서 지내는 사이에 젖가슴이 붓고 타
는 듯이 아파와 뭔가 끔찍하게 잘못된 게 아닐까 두려웠지만, 이
제는 뽀얗고 매끄러워진 모유가 다행히도 여전히 풍족하게 흘러
나오고 있었다.

　그러나 남아 있던 힘은 금방금방 줄고, 아기에게 줄 유일한 영
양분마저 점점 동이 나고 있었다. 물고기를 낚으러 나갈 기력도
없었다. 설령 라즈베리가 열린 산비탈을 올라갈 수 있다손 치더라
도 이제 그곳엔 곰이 너무 많이, 그리고 너무 자주 나타났다. 비축
해 두었던 식량은 이미 사라진 지 오래라 여전히 여물어 가는 중
인 텃밭 작물을 하루하루 조금씩 수확하는 수밖에 없었다. 그마저
도 푸성귀와 콩이 대부분이었고 얄따란 당근, 감자 몇 알, 베이비

---

* 달덩이 같은 얼굴.
** 한 쌍의 둥근 그레이엄 비스킷 사이에 마시멜로를 넣고 표면에 초콜릿을 바른 과자.
*** 1934년 리처드 로저스(Richard Rodgers)와 로렌츠 하트(Lorenz Hart)가 만든 곡으로 여러 가수들이
발표했다.

블루의 주먹 크기밖에 안 되는 몇 안 남은 비트가 전부였다. 자라는 속도가 더딘 뿌리채소와 양배추를 심은 건 정말 어리석은 짓이었다. 맨 위에 깔린 누비이불로 태반을 둘둘 감싼 뒤 남은 힘을 다해 야영지에서 멀리 끌고 갔을 때 너무나 절박했던 나는, 동물들처럼 태반을 먹을까 잠시 고민했다. 또 젖가슴에서 떨어지는 내 젖을 손바닥을 오므려 받아내 한번 마셔볼까 싶기도 했다. 차마 그렇게까지는 못 하겠어서 둘 다 하지 않았다. 어쨌든 아직 텃밭이 있었다. 그러나 텃밭만으로는 턱없이 부족하다는 걸 나만큼 잘 아는 사람도 없었다.

베이비 블루가 태어난 지 2주 남짓 되던 (이 무렵 내 모유도 정신도 쇠약해지기 시작했음에도 삶에 대한 경각심은 점점 더 강해지고 있었다) 어느 날 아침, 잠에서 깨보니 12월이라고 해도 믿을 만큼 너무 춥고 캄캄했다. 눈을 뜨자마자 뭔가 잘못되었다는 직감이 들었다.

자고 있는 아기를 내 옆에 눕힌 뒤, 아기를 감싸놓은 뜨개 담요 위에다가 우리가 함께 덮고 잔 누비이불을 덮어주었다. 몸이 벌벌 떨려서 큼직한 스웨터를 걸쳐 입고서 자그마한 창문으로 바깥을 내다보았다. 눈이 쌓여 있었다. 간밤에 내리고 쌓인 눈이 족히 60센티미터는 되어 보였다. 아직 8월 말밖에 되지 않았을 텐데. 고산 지대의 날씨는 원래 그렇게 변덕스러운 것이라 사실 놀랄 일은 아니었다. 아이올라 사람들은 봄 이후 처음으로 내린 단비에 기뻐하고 있을 터였다. 그러나 나는 아니었다. 예기치 않은 눈과 추위가 내 운명을 뒤집는 순간이었다. 그 사실을 알기 위해서 굳이 산막 밖으로 나갈 필요도 없었다. 텃밭은 보나마나 엉망이 되어 있을 것이다.

　도움을 청하러 나가볼까 싶었지만, 그러려면 우선 폭풍이 지나갈 때까지 기다려야 했다. 포기하고 나니 어떻게든 여기서 버텨내고 싶었다. 이럴까 저럴까 고민하던 이틀 동안 구름이 개지도 기온이 오르지도 않았다. 나는 내 맨살이 닿도록 아기를 스웨터 안으로 넣어 안았다. 나는 젖 먹일 때만 빼고는 아들과 함께 거의 이틀 동안 내리 잠만 잤다. 온기나 젖이 부족할 때면 아들과 함께 울었다. 셋째 날 아침, 마침내 산막 밖으로 나가볼 수 있었다. 하늘엔 여름 햇살이 가득했고, 땅은 녹은 눈을 게걸스럽게 빨아들이고 있었다. 오후가 되니, 엊그제까지만 해도 텃밭이었던 공간에는 그늘진 진흙탕과 물컹한 진녹색 점액밖에 남아 있지 않았다. 텃밭에서 살아남은 건 아무것도 없었다. 얄따란 당근, 비트, 감자는 여전히 먹을 수 있었지만, 그 줄기가 녹아내리면서 약속과 희망은 물거품이 되어버렸다. 나는 먹을 수 있을 만한 걸 수확하기 위해 폐허가 된 텃밭을 파헤쳤다. 그런 다음, 수척한 아들에게 새 기저귀를 채우고, 뜨개 담요로 단단히 싸매 품에 안아 들고서 사람들이 살고 있을 것 같은 방향으로 무작정 걷기 시작했다.

　몇 달 전 이곳에 처음 왔을 때, 나중에 이 야영지를 어떻게 하고 떠나는 게 좋을지 생각해 본 적이 있었다. 그때 생각으로는 떠나기 전에 텃밭을 갈아엎고, 화로와 냄비 받침대를 해체하고, 밧줄을 내리고, 산막을 치우고, 의자로 썼던 나무 그루터기를 쓰러뜨려야지 싶었다. 수치스러웠던 여름의 흔적을 그렇게라도 지워버릴 생각이었다. 이보다 더 현명할 수 없을 만큼 좋은 계획이라고 생각했다. 그러나 막상 그날이 오자 침대 정리를 할 힘도, 수저를 챙겨 넣고 배낭을 둘러멜 기력도 남아 있지 않았다. 아무것도 하지 못하고 모든 걸 뒤로한 채 길을 나서는 내 머릿속에 두 가지 합리적 의문이 있었다. 여기까지 쫓아올 만큼 나를 신경 쓸 사람이 누가 있겠는가? 내 죄를 입증할 가장 큰 증거인 이 아기를 데리고 나가면서 나는 도대체 무엇을 숨길 수 있다고 생각했던가? 신생아를 품에 안고 아이올라를 배회한다면, 야영지의 존재를 들키지 않는다고 한들 아무 소용이 없을 터였다. 나는 고개를 가로저으며 앞으로 걸어가기 시작했다. 지난 4월에 도착했던 그 엉뚱한 소녀에게 영겁 같은 세월이 흐른 뒤였다.

살면서 이렇게 오래 걸어본 일이 없었다. 1킬로미터를 걸었는지 10킬로미터를 걸었는지도 모르겠다. 무게가 거의 느껴지지 않는 아기를 가슴에 꼭 안은 채 그저 한 발 한 발을 내디딘 기억뿐이다. 섬망에 빠졌는지 그 여정조차 현실이 아닌 환상으로 느껴졌다. 내게는 분명 목적이 있었기에 발걸음을 다급하게 움직였지만, 어디로 가야 할지 막막했다. 그동안과 다르게 주변 숲이 적대적으로 느껴졌다. 내리쬐는 늦여름 뙤약볕은 악마의 채찍질처럼 따가웠고, 노래하는 새들은 끝없이 이어지는 무시무시한 군악대 같았으며, 울퉁불퉁하고 위압적인 지형은 마치 해골 밭 같았다. 내 희망을 앗아간 눈보라를 견뎌낸 키 큰 분홍바늘꽃이 자신의 우월함을 우아하게 뽐내며 나를 비웃었다. 아기가 가냘프게 울 때마다 나는 실망스러울 정도로 미미한 모유 몇 모금밖에 줄 수 없다는 걸 알면서도 걸음을 멈추고 아기의 얼굴을 젖가슴에 갖다 댔다. 내 젖으로 아이의 주린 배를 달랠 수 있는 시간은 채 몇 분이 되지 않았고, 몇 분이 지나면 아기는 금세 더 달라고 칭얼거렸다. 눈앞에 펼쳐진 메마른 풍경처럼 내 몸도 가뭄처럼 말라 있었다. 내 몸에는 아들에게 줄 게 아무것도 남아 있지 않았다.

침통하게 걷고 또 걷다가 공터에 들어섰을 때 어미 사슴과 나는 서로를 발견하고 화들짝 놀랐다. 몇 주 만이었다. 채 5미터도 떨어지지 않은 거리에서 우리는 또다시 서로를 빤히 쳐다보았다. 이제는 우리 둘 다 엄마가 되어 있었다. 새끼 사슴들은 어디에 있나 궁금하던 그때 수풀이 바스락거리더니 예쁨받는 새끼가 나타났다. 키가 더 자라고 한결 우아해진 모습이었다. 새끼는 영리한 눈빛으로 나를 경계하면서 조심스럽게 어미 곁으로 걸어갔다. 두 마리는 나란히 우아하게 걸어갔다. 두 번째 새끼는 아직 뒤따라오지 않고 있었다. 나는 바위에 앉아 약한 새끼 사슴을 기다렸다. 그러나 연약한 새끼 사슴은 끝내 모습을 드러내지 않았고, 나는 슬픈 마음에 베이비 블루를 더 꼭 껴안고 비틀거리며 일어섰다.

14장

　까맣고 기다란 자동차가 보이기에 처음에는 신기루인 줄 알았다. 얼마나 걸었는지도 모르겠다. 내게 길을 알려줄 뾰족뾰족한 사암을 찾아 걷고 또 걸어도 그저 낯선 풍경만 펼쳐질 뿐이었다. 그토록 무성했던 포플러나무와 버드나무는 자취를 감춘 지 이미 오래였다. 아무리 두리번거려도 눈앞에는 세이지, 향나무, 바위밖에 보이질 않았다. 그런데 거기에, 폰데로사 소나무가 우거진 숲 근처 길가에 검은색 해치백 한 대가 주차되어 있는 게 아닌가. 뒤죽박죽인 내 머리로는 도무지 이해할 수 없는 풍경이었다.

　상황 파악을 해보려고 얼른 나무 뒤에 몸을 숨긴 채 지켜보았다. 남녀 한 쌍과 빨간 돗자리, 그 위에 깔린 점심 도시락. 소풍을 즐기는 가족이었다. 돗자리에는 황금빛 빵과 치즈 한 덩어리, 채프먼스에서 팔던 것처럼 얇게 썰린 분홍 빛깔 햄이 놓여 있었다. 거기에 하나 더. 그게 가능한 일인지 모르겠지만 탐스럽게 익은 장밋빛 복숭아도 보였다. 갈색 종이 봉투에 싸인 소프트볼만 한 복숭아 두 알. 이들의 점심거리를 보고 있자니 위가 쓰려왔다.

그런데, 그보다 더 놀라운 장면이 눈에 들어왔다. 바로 연청색 플란넬에 둘둘 감싸여 여자의 품에 안겨 있는 아기였다. 몸집은 더 크지만 우리 베이비 블루보다 늦게 태어난 신생아처럼 보였다. 그 아기는 여느 아기들처럼 몸을 비틀고 발을 차대고 악을 쓰며 울고 있었다. 옆에 있던 남자가 일어나더니 머리 위 폰데로사 나뭇가지에 앉아 날카롭게 울어대는 파랗고 검은 깃털의 스텔라 까마귀 두 마리를 향해 욕을 지껄이며 담배를 피웠다. 여자는 입고 있던 셔츠의 단추를 풀어 서툴게 한쪽 가슴을 꺼냈다. 말라비틀어진 내 젖가슴과 대비되는 풍만하고 넉넉한 젖가슴이 셔츠 사이로 드러났다. 아기는 가슴을 밀쳐냈지만, 어머니도 물러나지 않았다. 아기가 울음을 멈추고 젖을 빨기 시작했을 때 지금 내가 해야 할 일이 무엇인지 확신이 섰다.

세상에는 슬픔을 넘어서는 슬픔, 펄펄 끓는 시럽처럼 아주 미세한 틈으로도 스며들어 버리는 그런 슬픔이 있다. 그런 슬픔은 심장에서 시작되어 모든 세포로, 모든 혈관으로 스며들기 때문에 그런 슬픔이 한번 덮치고 가면 모든 게 달라진다. 땅도, 하늘도, 심지어 자기 손바닥마저도 이전과 같은 눈으로 바라볼 수 없게 된다. 그야말로 세상을 바꿔버리는 슬픔이다.

그런 슬픔을, 그 무엇보다도 깊은 슬픔을, 나는 이미 경험해 봤다고 생각했다. 사랑했던 비브 이모와 캘 오빠, 그리고 어머니를 떠나보낸 경험은 내 행복한 유년 시절이라는 촘촘한 태피스트리에 큼직한 구멍을 내버렸다. 정말 그랬다. 그러나 어머니의 성경책에 쓰인 말씀, 그리고 주어진 일을 해야만 했던 현실은 그 구멍을 반드시 꿰매야 한다고 내게 말했다. 얼없고 어렸던 나는 현실적인 대답을 받아들이고 현실의 가르침대로 살아나갔다. 나는 슬픔이라는 큼지막한 덩어리를 단단한 숯덩이 삼키듯 꿀꺽 삼켜버렸다. 그리고 그 슬픔은 그대로 배 속에 남아버렸다. 채프먼스에 갔던 날, 윌이 끔찍하게 죽었다는 비보를 엿듣고도 부엌칼을 집어 들고 세스에게 달려들어 복수하지 않았다. 그때도 나는 순순히 밥을 짓고 설거지를 했으며, 남모르게 눈물을 흘리며 묵묵히 아벨을 돌보고 닭장을 치웠다. 그저 부지런히 손을 놀렸다. 그러다 산속으로 도망쳤고, 출산을 준비하고, 아이를 낳고, 그렇게 살아남았다. 무지막지한 슬픔은 나를 앗아가려고 했지만 끝내 성공하진 못했다.

그러나 그 검은색 자동차로 몰래 다가가 뜨뜻한 뒷좌석에 내 아들을 눕히고, 아들을 남겨둔 채 뒤돌아섰을 때는 온몸의 세포를 덮치는 격한 슬픔을 가누지 못했다. 처음에는 실감이 나질 않았다. 굶주림에 정신이 혼미해진 탓인지, 감정을 꾹꾹 누르고 주어진 일을 하는 것에 익숙했던 탓인지 모르겠다. 나는 돌멩이 하나를 내려놓듯 아기를 내려놓았고, 딸깍 자동차 문을 닫고, 그렇게 내 아들에게서 멀어져 갔다. 글쎄 돌멩이라고 하기에 무엇하다면, 강아지나 병아리처럼 내가 키우던 생명이라고 하면 적절할까? 이를테면 우리 안 새끼 돼지나 과수원의 묘목처럼 내가 정성껏 돌보던 생명을 돈이 필요하다고 내다 팔듯이. 아들의 얼굴을 내 목덜미에 파묻지도, 솜털처럼 보송보송한 아들의 머리통에 내 뺨을 비비지도 않았다. 애틋한 작별 인사 같은 건 없었다. 아들의 냄새를 기억하겠다며 아기를 뒷좌석에 눕히면서 깊은 숨을 들이마시지도 않았고, 아들의 완벽한 입술선을 마지막으로 한 번만 더 보겠다고 살짝 열린 창 틈 너머로 고개를 들이밀지도 않았다. 농장에서 자라는 아이들은 언젠간 헤어질 운명인 새끼 동물들에게 애착을 가지면 안 된다는 걸 일찌감치 배우는 법이다. 물론 내 아들을 돌아보고 싶은 마음이 수도 없이 들었다. 소풍을 즐기는 저 집 남편이든 아내든 누구라도 내 아들을 발견할 때까지만, 그때까지만이라도 어딘가에 숨어서 지켜보고 싶었다. 차 안에 누워 있는 내 아들을 발견하고 자기 품에 안아주는 모습, 그것까지만 보고 싶었다. 그러나 나는 그냥 달렸다. 약해질 대로 약해진 몸이었지만 자동차를 등지고 한 번도 돌아보지 않은 채 온 힘을 다해 공터에서 도망쳐 버렸다.

바위와 나뭇가지와 그루터기를 기어오르고, 세이지와 암벽을 피해 달리고, 고랑과 산비탈을 따라 뛰어오르고, 비틀거리고 넘어지고, 발버둥 치면서도 하염없이 달렸다. 기진맥진한 몸에서 설명할 수 없는 힘이 폭발했다. 내가 무슨 짓을 한 거지? 제정신이 아니었다. 어디를 향해 달리는지도 몰랐다. 그날 도망가는 내 모습을 본 사람이 있었더라면 틀림없이 포악하고 굶주린 짐승에게 쫓기고 있나 보다고 생각했을 것이다. 그러나 그 포식자가 실은 내 어처구니없는 행동이라고는, 내가 저지른 황당한 짓에 내가 쫓기고 있다고는 누구도 상상하지 못했을 것이다.

결국 숲 바닥에 쓰러졌다. 쓰러진 김에 바닥에 등을 대고 누워 숨을 크게 들이마셨다. 기억나는 건 그때 올려다본 하늘 풍경뿐이다. 구름 한 점 없이 새파란 하늘에 붉은꼬리매 한 마리가 빙글빙글 날고 있었다. 나는 이 세상에 의지할 존재가 저 하늘의 매밖에 없다는 듯 우아한 비행에서 눈을 떼지 못했다. 매는 사냥 중이라기보다는 바람을 쐬며 노닐고 있는 것 같았다. 퍼덕퍼덕 세찬 날갯짓도 없이 그저 유유히 편안하게 하늘을 돌고 돌았다. 매의 움직임을 따라 내 눈도 같이 빙글빙글 돌았다. 매는 저 먼 하늘에서 즐겁게 날아다니고 있는데, 땅바닥에 누워 있는 나는 아이를 잃고 전율하며 밀려드는 외로움에 맥을 못 추고 있었다. 임신 기간에 느꼈던 친밀함, 온 세상이 내 편 같던 따뜻함이 이제는 간데없었다. 문득 그런 생각이 들었다. 내가 윌과 함께 누워 있던 날, 내 등이 사랑의 황홀감에 휩싸이고 있던 바로 그 순간에, 하늘을 날고 있는 바로 저 매가 둥지로 돌아갔다가 새끼들을 도둑맞았다는 사실을 알게 되지는 않았을까? 저 매가 지금 내 비극을 전혀 의식하지 못하는 것처럼 저 매에게 비극이 닥쳤을 때 나도 나만의 행복에 빠져 있지 않았을까?

처음으로 이런 생각이 들었다. 어머니와 캘 오빠, 비브 이모가 탄 우리 집 자동차가 커브 길을 벗어나 뒤집히던 그 순간, 나는 무엇을 하고 있었을까? 과수원에서 놀고 있었을까? 차가 뒤집히던 그 첫 순간, 열린 창문 사이로 내가 사랑했던 가족이 하나둘 내던져지고 바위에 부딪혀 머리가 깨지던 그때, 달콤한 복숭아를 깨물고 있진 않았을까? 세스의 자동차가 앞으로 휘청거리며 윌의 묶인 손에 엄청난 충격을 가했을 때 나는 어디에 있었을까? 내 사랑이 자갈에 살점이 갈리는 고통을 겪던 그 첫 순간, 또는 마지막 숨을 뱉던 순간, 등신처럼 노릇노릇 완벽하게 구워진 빵을 오븐에서 꺼내고 있던 건 아니었을까?

하늘을 유영하는 매가 땅에 있는 나와 고통을 함께해 주길 바라다니 얼마나 터무니없는지. 우리 베이비 블루의 모든 것을 나 홀로 감싸 안았던 것처럼 그를 잃은 고통 또한 오롯이 홀로 견뎌내야 할 것이다. 거짓말처럼 부드러운 목주름, 달콤한 입김, 꼬물꼬물 움켜쥐는 자그마한 손을 지닌 내 아들이 존재한다는 건 오로지 나만 아는 비밀이고, 오로지 내게만 중요한 사실이었다.

그리고 그 여자 생각이 났다. 흰 블라우스를 입은 여자. 내가 덤불과 나무 뒤에 숨어 있다가 자동차에 가까이 다가갔을 때 한 번 힐긋 쳐다본 게 전부인, 다른 아기의 엄마. 세련되게 한쪽으로 쓸어 넘긴 짧은 밤색 곱슬머리. 여자는 팔다리를 휘둘러 대는 갓난아기를 내려다보면서 밤색 머리칼을 한쪽 귀 뒤로 쓸어 넘겼다. 광대뼈가 둥글게 튀어나오고 코의 선이 섬세하니 예쁘장한 얼굴이었지만, 차를 타고 오는 길이 고단했는지 낯빛이 창백하고 표정이 없었다. 그저 심각한 얼굴로 아기의 등을 토닥이며 울지 말고 젖을 먹으라고 어르고 달래기 바빴다. 이따금 고개를 들어 남편을 쳐다보았지만, 아내에게 널찍한 등만 보이고 서 있던 남편은 까마귀를 향해 욕지거리를 뱉으며 먼 숲을 내다볼 뿐이었다. 남편의 까만 머리카락 위로 담배 연기가 고양이 꼬리처럼 구불구불 피어올랐다.

그 이후의 상황을 아는 것도 아닌데, 마치 두 눈으로 직접 본 것처럼 너무나 생생하게 머릿속에 그려졌다. 시끄럽게 울어대던 까마귀가 마침내 잠잠해지자 차 안에서 나직한 울음소리가 들려온다. 소리를 들은 여자가 고개를 갸우뚱한다. 처음에는 새소리를 잘못 들었나 싶었을 수도 있지만, 어미의 본능이 이건 새소리가 아니라고 여자에게 알려줬을 것이다. 아기 엄마가 블라우스의 단추를 꿰어 옷을 여미고, 아기를 남편에게 건넨 뒤 처음에는 살금살금, 그러다 이내 다급하게 총총거리며 차를 향해 걸어간다. 차창너머 안을 들여다본 여자가 깜짝 놀라 숨을 들이마시며 황급히 문을 열고, 믿기지 않는다는 눈으로 뒷좌석을 내려다본다. 여자는 내굶주린 아들을 틀림없이, 본능적으로 서둘러 품에 안았을 것이다. 내 아들에게 달콤하고 진한 젖을, 나는 줄 수 없었던 생명의 자양분을 먹였을 것이다.

우리 아기를 젖가슴에 안고 젖을 물리는 동안, 분명 나를 궁금해했을 것이다. 부디 그랬길 바란다. 숲 어딘가에 자기처럼 젊은 아기 엄마가 있었다는 걸, 자기 자식을 남의 차에 눕혀놓고 비틀대며 도망가 버렸다는 걸 알게 된 여자는 동정 어린 눈으로 숲을 이리저리 둘러봤을 것이다. 도대체 얼마나 극한 상황에 처했길래 아기 엄마라는 여자가 이토록 말도 안 되고 어리석은 선택을 내렸는지 의아했을 것이다.

끊임없이 빙글빙글 도는 매의 움직임에 최면이라도 걸린 듯 한참을 가만히 누워 있다가 오른손을 뺨에 갖다 댔다. 내 아기의 살갗을 마지막으로 만졌던 오른손으로 뺨을 눌렀다. 아기의 작디작은 머리통의 흔적이 내 손바닥의 주름과 손금에 새겨지는 걸 상상하며, 우리 아기도 어떤 식으로든 내 손길을 느끼길 희망하며 오른손을 연거푸 뺨에 갖다 댔다.

그대로 잠이 들었나 보다. 눈을 떴을 때 내가 넘어졌던 그 딱딱한 바닥에 누워 있었다는 것과 돌멩이들 때문에 등이 배기던 느낌, 그리고 머리를 쿵쿵 울리는 두통을 앓았다는 게 기억난다. 나는 꼼짝도 하지 않고 그대로 누워서 어슴푸레한 땅거미와 장미 모양의 회색 구름 한 점을 멍하니 바라보았다. 그리고 그날 하루를 곱씹어 보았다. 도움을 청하러 길을 나설 때만 해도 아들을 두고올 생각은 없었다. 정말 그랬는데, 소풍 나온 사람들, 그러니까 매끈한 검은 차, 풍만한 젖가슴, 단란한 가족을 보자 내 아기가 누릴수 있을지도 모를 삶의 모습이 섬광처럼 눈앞에 번쩍였다. 내 아들로 살다가는 점점 야위다가 결국 죽고 말 것이었다. 어찌어찌아들이 생명을 유지한다고 하더라도, 우리 둘 다 살아남는다고 하더라도, 우리가 어디에서 어떻게 살아갈 수 있으랴. 그러나 아기가내게서 영영 떠나 다른 여자의 아들로 살아간다면, 내 아들은 잘먹고 튼튼하게 자랄 것이었다. 내 아들도 미래와 아버지와 가족을갖게 될 것이었다. 강한 새끼를 선호하는 어미 사슴의 본능과 약한 새끼를 포기하지 않으려는 욕망이 결코 양립할 수 없는 것처럼, 내 안에서도 이성, 사랑, 심지어 희망보다도 더 깊은 곳의 목소리가 나도 비슷한 선택을 해야 한다고 말했다. 그렇게 나는 마치 꿈꾸는 것처럼 아무런 의식 없이 그냥 걸었다. 뇌가 정상적으로 작동하지 않았다. 나도 모르는 어떤 힘이 내 발을 움직이는 것 같았다. 높고 마른 풀숲과 세이지 덤불을 지나 바위투성이 땅을 넘어 자동차를 향해 그렇게 걸었다. 마지막 순간까지도 내가 무슨 짓을 하고 있는지 완전히 의식하지 못했다. 그냥 꿈꾸듯 걸었다. 어느 순간, 아들의 작은 몸통을 내가 꼭 끌어안고 있었다. 나는 자동차 뒷문을 열었고, 가죽 시트에 아기를 눕혔고, 조용히 딸깍 소리를 내며 문을 닫았고, 아기에게서 멀어지고 있었다.

달빛 한 줌 없이 시커먼 어둠이 빠르게도 내려앉았다. 나는 소나무 숲이 날 보호해 줄 거라는 환상에 빠져 있었다. 자리에서 일어나 비틀비틀 걷다가 숲속에서 추운 밤을 보냈다. 자다 깨길 반복하며 밤새 악몽에 시달렸다. 꿈속에서 아기가 나를 찾아 애타게 우는데, 아무리 찾아도 아기가 보이질 않았다. 동쪽 지평선에서 새벽녘의 노르스름한 띠가 떠오르자마자 나는 벌벌 떨며 뻣뻣한 몸을 일으키고는 지난날의 발걸음을 되짚으며 다시 걷기 시작했다. 환하게 동이 틀 무렵, 간신히 그 공터에 다다른 나는 어제 아기를 눕혔던 바로 그 자리로 가서 멈춰 섰다. 물론 자동차도 부부도 가고 없었다. 잔혹한 유령이 내 정신을 홀려놓고 아기를 훔쳐가기라도 한 것처럼 공터에는 타이어 자국은커녕 발자국 하나 남아 있지 않았다. 반쯤 혼이 나간 상태로 빙글빙글 공터를 맴돌았다. 한 바퀴만 더 돌아보면 아기의 운명을 일러줄 힌트를 찾을 수 있을 것 같아서 돌고 또 돌았다. 모든 게 잘못되었다는 공포가, 내가 아무도 모르는 곳에 아기를 내버려 두고 왔다는 공포가 밀려들었다.

그러던 그때, 높다란 바위 위에 우두커니 놓여 있는 복숭아 한 알이 눈에 들어왔다. 복숭아는 밝게 비치는 동녘 햇살을 받아 황

수정처럼 빛나고 있었다. 어제 돗자리에 놓여 있던 그 복숭아였다. 이제 그 여자에게는 내 아기가 있었고, 내게는 그 여자의 복숭아가 있었다. 깃털처럼 가벼운 베이비 블루를 안아 든 여자는 이 아기의 엄마도 굶주렸을 거라고 확신하며 이 복숭아를 남기고 갔던 것이다. 그리고 무엇보다, 그들이 아기를 데리고 갔는지 확인하기 위해 내가 공터로 다시 돌아올 거라고 확신했던 것이다.

보고도 믿기지 않았다. 복숭아가 있는 바위를 향해 조심조심 다가갔다. 손을 뻗어 만져보니 진짜 과일이었다. 어찌나 완벽하게 익었는지 그 복숭아를 가지에서 비틀어 땄을 아빠의 손바닥과 그 복숭아를 종이봉투에 고이 담았을 코라 언니의 부드러운 손길이 그대로 전해졌다. 반질반질 검은 자동차를 타고 공터로 오기 전에 이미 이들의 인생과 내 인생은 한 번 교차했던 것이다. 이들은 도로변에 있는 복숭아 노점에 들렀을 터였다. 고속도로에서 잠시 벗어나 소풍을 즐길 만한 장소가 있느냐고 물었을 것이고, 코라 언니가 알려준 장소로 찾아왔을 것이다. 코라 언니가 두툼한 팔뚝을 들어서 왼쪽과 오른쪽을 가리키며 이 공터를 설명하고 있었을 그때, 멍하니 헤매던 내 발걸음도 바로 이 공터로 향하고 있었던 것이다. 어머니는 신이 우리의 운명을 결정한다고 굳게 믿었지만, 나는 단 한 번도 그런 믿음을 가져본 적이 없었다. 그러나 그때 그 순간만큼은 모든 일에 주님의 뜻이 존재한다는 어머니의 믿음이 어쩌면 옳을지도 모르겠다는 생각이 들었다. 넉넉한 모유, 자신을 살뜰히 보살펴 줄 어머니, 살아 있는 아버지가 필요했던 우리 아기 앞에 이 모든 게 나타났다. 지금 내게 필요한 건 우리 아들이 무사히 발견되었다는 증거와 먹을거리였다. 그리고 기적처럼 내 손에는 이 과일이 들려 있었다.

복숭아를 한 입 베어 물자마자 너무나 맛있어서 입 안이 다 얼얼했다. 메마르고 공허했던 입 속이 폭발하는 달콤함으로 가득 채워지도록 잠시 기다렸다. 그런 다음, 구원의 손길을 영접하듯이 복숭아를 천천히 음미하며 한 입 한 입씩 깨물어 먹었다. 어느 순간 나도 모르게 복숭아를 정신없이 꿀꺽꿀꺽 씹어 삼키고 있었다. 손목을 타고 흐른 과즙이 다 해진 스웨터 소맷자락을 적셨다. 그 소중한 선물은 그렇게 순식간에 사라져 버렸다. 복숭아씨에 붙은 과육까지 쪽쪽 빨아 먹은 뒤, 마지막으로 더러워진 손바닥과 손목에 묻은 과즙을 핥아 먹었다.

몇 입만 더 먹으면 좋겠다는 심정으로 검은색 자동차가 주차되어 있던 공터를 빠져나왔다. 공터를 벗어나니 숲을 사이에 둔 좁다란 흙길이 나왔고, 그 길을 따라 1킬로미터쯤 걸어가다 보니 누르스름하고 무딘 자갈이 깔린 넓은 도로와 만나는 교차로가 나왔다. 멀쩡한 정신이었다면 거기가 어딘지 진작 알아차렸을 텐데 그때는 그저 지치고 무거운 발을 바닥에서 떼어 나약한 몸뚱이를 앞으로 이동시켜야 한다는 생각뿐이었다. 교차로에서 내리막길로 걸어 내려가기 시작했다. 방향을 고려한 선택이 아니라 그저 오르막길을 피하기 위한 선택이었다. 알고 보니 그 길은 집으로 가는 길이었다. 끝이 없어 보이던 자갈길에서 빅 블루 크리크가 보이기 시작했고, 더 가다 보니 50번 고속도로로 합쳐지는 길이 나왔다. 틀림없었다. 건너편 차로에서 차 한 대가 이쪽으로 달려오고 있었다. 무턱대고 뜨겁게 달궈진 까만 아스팔트 도로를 가로질러 뛰어가 반대쪽 가드레일을 붙잡았다. 가드레일 아래로 거니슨강의 청천한 강물이 유유히 흐르고 있었고, 강줄기를 따라 철도가 길게 뻗어 있었다. 동쪽으로 아이올라가 보였다. 그때까지는 그리워할 수조차 없었던 바로 그 마을, 그 삶이 거기 있었다.

손을 흔드는 나를 발견한 운전자가 차를 세웠다. 운전자 눈에 비친 나는 영락없는 미개인이었을 터였다. 최대한 태연한 척했지만 내 꼴은 말이 아니었다. 머리칼은 제멋대로 헝클어진 데다 강파른 몸, 더러운 옷까지. 그런 남루한 행색을 보고도 차를 세워준 게 놀라울 정도였다. 남자는 아이올라 사람은 아니었지만 고맙게도 시내까지 태워다 주겠다고 했다. 자동차에 타자마자 온갖 냄새가 코를 자극했다. 달달한 애프터셰이브, 박하, 담배, 구두약, 휘발유, 가죽 냄새까지. 속이 울렁거렸다. 후각이 지나치게 예민해져 있는 탓이기도 했고, 오랫동안 문명의 평범한 냄새를 접하지 못한 탓이기도 했다. 남자가 건넨 인사말은 지난 4월 집을 떠난 이후로 처음 듣는 사람 목소리였다. 바리톤처럼 듣기 좋은 중음을 타고 그의 입에서 흘러나오는 말들은 활기찼고 진정성이 묻어났다. 다행히 수다스러운 사람은 아니었다. 나는 따뜻한 유리창에 머리를 기댄 채 눈을 감았고, 엔진의 진동을 자장가 삼아 잠에 빠져들었다. 속도를 늦추는 느낌에 눈을 떠보니 자동차는 어느새 고속도로를 빠져나와 다리를 건너 아이올라로 접어드는 자갈길을 달리고 있었다.

우리 노점이 보였다. 완벽한 복숭아들이 단정하게 진열돼 있는 너무나도 익숙한 우리 노점, 조금도 변하지 않은 모습으로 노점 기둥에 기대어 서서 외지인을 불러 세우고 있는 사랑하는 코라 언니도. 이 복숭아 한 입에 이끌려 산 밑까지 내려와 놓고도, 복숭아가 이렇게 가까이 있는데도, 더는 복숭아에 둘러싸인 내 모습을 상상할 수 없었다. 코라 언니와 대화를 나누는 장면도, 내 손으로 우리 집 문을 열고 들어가는 장면도 더는 머릿속에 그려지지 않았다. 몇 달 사이 나는 야생 그 자체가 되어버렸고, 고향 땅이 낯선 이방인이 되어버렸다. 운전대를 잡고 있는 남자에게 길을 따라 쭉 가다가 우리 집으로 들어가는 길목에 내려달라고 부탁했지만, 그러면서도 집으로 들어갈 생각은 없었다. 남자는 우리 집 앞에서 속도를 늦추었다. 차를 세우면서도 이토록 빽빽한 솔밭 한가운데에 사람 사는 집이 있으리라고는 생각하지 못하는 눈치였다.

"정말 여기서 내려줘도 괜찮겠어요?"

그는 짙은 솔밭을 바라보며 의아하다는 듯 물었다.

"네, 괜찮아요."

루비앨리스 에이커스라면, 월을 받아줬던 것처럼 나를 받아줄 것 같았다. 다른 건 몰라도 이것 하나만큼은 확신할 수 있었다. 나는 남자에게 고맙다고 인사를 전하고 온갖 향으로 가득한 그의 차에서 기어 내린 뒤 비틀거리며 솔밭을 지나 루비앨리스네 대문으로 걸어갔다. 자그마한 소형견들과 뿔닭, 겁먹은 병아리들이 컹컹 짖고 꼬꼬댁 울며 마당을 이리저리 뛰어다녔다.

분홍색 현관문에 다다르기도 전에 루비앨리스가 반갑게 문을 열고 나왔다. 그러더니 쇠약한 노파라도 본 것처럼 내 옆구리에 바싹 붙어서 나를 집 안으로 데리고 들어갔다. 거실로 들어간 나는 소파에 풀썩 주저앉았다. 나를 바라보는 루비앨리스의 움푹 꺼진 한쪽 눈에는 연민이 가득 담겨 있었고, 그 옆에 불룩하고 거친 눈은 무슨 일을 겪었든 이제는 다 괜찮다고 말하고 있었다.

루비앨리스는 덜덜 떨리는 파리한 두 손으로 물컵을 가져와 바싹 마른 내 입술에 가져다 댔다. 묽은 수프와 빵도 가져다주었다. 또 신선한 복숭아를 아기에게 먹일 때처럼 한 입 크기로 얇게 썰고 고급스러운 도자기 접시에 예쁘게 담아서 가져다주었다. 아담한 집이라 충분히 따뜻한데도 분홍색 누비이불을 가져와 내 몸을 덮어주었다. 나는 아기와 윌을 생각하면서 그 이불을 가슴께로 바싹 끌어당겼다.

그 뒤로 사흘 내내 밤낮으로 잠을 잤고, 가끔 일어나서 내 몸이 받아들일 수 있을 만큼의 음식과 음료를 조금씩 받아먹었다. 루비앨리스는 매번 음식의 종류와 양을 조금씩 늘렸고, 나흘째 되던 날 정오가 지나서 일어난 나는 몇 달 만에 처음으로 온전한 한 끼를 배부르게 먹을 수 있었다. 루비앨리스가 손수 잡아 구워준 닭을 나는 겨울잠에서 갓 깨어난 곰처럼 게걸스럽게 먹어치웠다. 딸기, 감자튀김, 햄과 함께 끓인 줄기 콩, 가운데에 버터를 올린 폭신한 라즈베리 머핀. 앞에 어떤 음식을 놓아주든 나는 가리지 않고 닥치는 대로 먹어치웠다. 배가 터지도록 음식을 먹고도 한 시간쯤 지나면 또 먹었다. 루비앨리스는 내가 목욕을 할 수 있게 도와주고 깨끗한 옷을 내어주었다. 내 길고 엉킨 머리칼을 빗은 다음, 하나로 길게 땋은 머리를 돌돌 말아 느슨하게 묶어주었다. 침묵에 익숙했던 우리 둘은 내가 고마움을 전할 때 외에는 대화랄 걸 주고받지 않았다. 내가 고마움을 표현할 때면 노파는 그거면 됐다는 듯 끙 앓는 소리를 냈고, 그게 전부였다. 내가 아기 생각에 슬피 우는 소리를 혹시나 들었더라도 모른 척하고 내버려 둘 만큼 루비앨리스는 나를 잘 알고 있었다.

월슨 문이 아니었더라면, 나는 루비앨리스를 신의 도움이 절실히 필요한 미친 할머니라고밖에 생각하지 못했을 것이다. 월슨 문이 아니었더라면 내 매력을, 내 아름다움을, 내 강인함을, 또 베이비 블루를 품에 안을 때의 소중함을 알지 못했을 것이다. 마침내 소파에서 몸을 일으켜 루비앨리스와 함께 대문으로 걸어 나갈 때 나는 그간의 고통과 상실을 이러한 추억들로 덮어보겠다고 다짐했다. 루비앨리스의 앙상한 어깨를 잠시 감싸 안으며 고마움을 전한 뒤, 나는 솔밭으로 걸어 들어가 우리 가족의 농장이 있는 쪽으로 방향을 틀었다. 5시 47분을 알리는 낮고 긴 기적 소리가 나를 집으로 불렀다.

15장

    농장에는 아무도 없었다. 세스도, 오그던 이모부도, 아빠도, 트라우트도 보이지 않았다. 심지어 우리 안에 있어야 할 닭과 돼지들마저 보이지 않았다. 집 안으로 들어가 보니 오래된 신문, 얼룩진 커피 잔, 진흙이 잔뜩 묻은 부츠 발자국, 더러워진 옷과 목장갑이 아무렇게나 널려 있었다. 집 안은 아빠의 흔적으로 어수선했지만, 이모부 방과 세스 방은 텅 빈 상태로 먼지 쌓인 빈 침대와 서랍장만 덩그러니 놓여 있었다. 조리대와 싱크대에는 족히 며칠은 묵은 듯 보이는 더러운 접시가 겹겹이 쌓여 있었다. 부엌 텃밭은 아무것도 심긴 것 없이 바싹 메말라 있었다. 이상해 보이지 않는 공간은 내 방뿐이었다. 내 방만큼은 내가 떠난 그날 이후로 누구의 손도 타지 않은 듯 그 모습 그대로였다. 아빠에게 써두었던 쪽지가 펼쳐진 상태로 아직까지 침대에 놓여 있었다. 나는 침대에 앉아 내가 쓴 글씨를 다시 읽어보았다. *사랑해요. 죄송해요. 걱정하지 마세요.* 다시 보니 너무나도 비겁하고 유치했다. 편지를 구겨 쓰레기통에 던져 넣고서 방을 나섰다. 나는 아버지를 진심으로 사랑했지만, 그 사랑에 수반하는 두려움과 복종을 떨쳐낸 지는 오래였다. 이제 아버지가 내게 어떤 사람이 되어 있을지는 나도 알지 못했다.

내가 꼭 사과해야 할 유일한 존재는 아벨이었다. 헛간에 가보니 아벨이 있었다. 아주 말끔한 모습은 아니었지만 건강해 보였다. 나를 본 아벨이 고개를 뒤로 젖히며 인사를 건넸다. 나를 알아보고 안심이라도 한 것처럼 아벨의 부드러운 초콜릿색 눈동자가 반짝였다. 적갈색 털이 매끈한 아벨의 목덜미를 천천히 길게 쓰다듬자 아벨이 긴 주둥이를 내 어깨에 갖다 댔다. *너도 나도, 우리 다 괜찮아. 집으로 돌아와서 기뻐.* 그렇게 내게 말하는 것 같았다. 사실 아벨이 그렇게 생각해 주기를 바라는 내 마음이었다. 나는 귀리가 든 양동이를 아벨 앞에 들어 올렸고, 아벨은 귀리를 먹었다.

아벨의 넓고 편평한 미간에 나 있는 흰 별 모양에 입을 맞추었다. 짧은 순간이지만 아벨에게 상처를 주었던 나는 그 일에 대해서만큼은 용서를 구해야 했다. 월슨 문과 사랑에 빠진 것은 내 평생 가장 진실된 행동이었다. 그런 선택이 예기치 못한 결과를 가져온다고 하더라도 행동의 진실성이 흐려지는 건 아니다. 그럴 땐 그저 있는 그대로 그 여파를 마주하는 수밖에 없다. 끔찍하든 아름답든 절망적이든 어떤 결과가 닥치든 간에 그저 최선을 다해 마주하면 된다고, 월이 내게 가르쳐주었다. 일주일이 지난 우리 아기, 이제는 잘 먹어서 장밋빛 젖살이 통통하게 올랐을 베이비 블루의 모습을 상상했다. 심장이 아렸다. 골수에 끈적한 타르가 맺힌 것처럼 슬픔이 몰려들었지만 나는 알고 있었다. 아기를 그곳에 눕혀놓고 온 그때의 내 결정도 진실된 행동이었다는 것을.

덜커덕덜컹 멀리서 아빠의 트럭이 기다란 진입로를 달려오는 소리가 들렸다. 나는 아빠를 만나기 위해 용기내어 헛간 밖으로 나갔다. 트럭 쪽으로 걸어갔지만, 아빠는 주차를 마치고 차에서 내리느라 날 보지 못한 것 같았다. 대신 뒤미처 내린 트라우트가 꼬리를 흔들며 잽싸게 달려왔다. 나는 늙은 개를 쓰다듬으려고 쪼그려 앉으면서 고개를 들어 아빠의 파리한 회색 눈을 올려다보았다. 처음 보는 사람을 보듯, 얼간이를 보듯, 아니 어쩌면 처음 보는 얼간이를 보듯 나를 바라보는 아빠의 눈은 강물에 박힌 돌멩이만큼이나 멍했다.

"아빠."

용기 내어 아빠를 불렀지만, 아빠는 아무것도 못 보고 못 들은 사람처럼 나를 지나쳐 부엌문으로 걸어갔다. 마르고 구부정한 아빠는 더러워진 작업복을 입고 있었다. 모자는 어디에 두고 왔는지 벗겨진 머리가 그대로 햇볕에 그을려 분홍빛으로 익어 있었다. 아빠는 세 번의 젖은 기침 소리를 남기고서 문간 너머로 사라져 들어갔다. 아빠의 몸 상태가 심상치 않다는 걸 단번에 알 수 있었다. 트라우트는 재회의 기쁨을 주체하지 못하고 몸통을 이리저리 비틀며 낑낑거렸다. 나는 트라우트의 주둥이에 한참 얼굴을 비비고 일어난 뒤에야 아빠를 따라 집 안으로 들어갔다.

아빠는 이미 저녁 준비를 하고 있었다. 지난 다섯 달 동안 아빠는 매일 이렇게 저녁을 차렸을 터였다. 칼이며 주걱, 프라이팬 같은 부엌살림을 유연하게 다루는 아빠의 모습에 깜짝 놀라 가만히 보고만 있었다. 내가 문간에 서 있는 걸 모를 리 없는데도 아빠는 가스레인지 위에서 김을 모락모락 뿜으며 익어가는 소고기와 양파를 휘적거릴 뿐 고개를 돌리지 않았다. 내 밥까지 차려주기를 기대한 건 아니었지만, 어쨌든 나는 접시와 물컵을 두 개씩 챙겨 식탁에 가지런히 올리고, 냉장고에서 달콤한 홍차를 꺼내 컵에 따랐다. 그러고는 가만히 식탁에 앉아서 아빠를 기다렸다. 마침내 오른쪽 어깨 옆으로 다가오는 프라이팬이 보이더니 내 접시 위로 음식이 수북하게 쌓였다. 아빠는 내게 덜어준 것보다 더 적은 양의 음식을 자기 접시에 담았고, 빈 프라이팬을 가스레인지 위에 올려놓은 뒤 내 맞은편에 앉았다. 나는 준비되지 않은 대화를 강요할 생각이 없었다. 굳이 수다나 설명이나 질문들을 동원해 가며 정적을 채워야 할 것 같지도 않았다. 저녁을 먹는 내내 아빠는 침묵으로 일관했다. 아빠에게서 나오는 소리라고는 연거푸 쿨럭거리는 기침 소리와 식사를 마칠 무렵 설거지를 하겠다고 고집하는 무뚝뚝한 목소리가 전부였다. 아빠의 침묵이 분노에 차서 나를 용서하지 않겠다는 의미인지, 내가 왜 떠났고 어디에 있었는지 묻고 싶지 않다는 의미인지 모르겠지만, 어쨌든 나는 그 고요함이 전혀 싫지 않았다.

저녁 식사를 마친 뒤, 나는 해가 넘어가기 전에 마지막으로 뿜어내는 연분홍색 노을빛을 한껏 받으며 향긋한 과일이 가득한 과수원을 걸었다. 줄지어 선 나무들 끄트머리마다 복숭아가 가득 담긴 부셸 바구니가 놓여 있었다. 내일 아침이면 노점으로 보내질 것들이었다. 낡은 트럭의 아빠 옆자리에 앉아 노점 가판으로 가는 길, 반겨주는 코라 언니의 두 팔에 안긴 채 주고받는 안부 인사, 복숭아 바구니를 차에서 내려 가지런히 진열하는 과정이 주는 편안함과 익숙함을 떠올려보았다. 나뭇가지에서 완벽하게 익은 복숭아 한 알을 비틀어 따 잇자국이 크게 나도록 깨물었다. 틀림없는 우리 복숭아의 맛이었다. 그러고는 널찍한 그루터기에 앉아 고요한 저물녘의 공기 속에서 아들을 그리워하며 숨죽여 울었다.

내가 돕겠다고 했지만 다음 날 아침 식사도 준비부터 설거지까지 아빠가 도맡아 했다. 우리 둘은 아침을 먹으며 서너 마디를 주고받았고, 차를 몰고 노점으로 가는 길에도 몇 마디를 주고받았다. 점심 먹을 때 몇 마디, 저녁 먹을 때 또 몇 마디……. 아빠가 서서히 녹는 고드름이라면 나는 참을성 있는 개울이었다.

일주일이 채 안 되었을 때 아빠와 나는 나란히 부엌일을 하며 어색한 대화를 나누는 수준으로까지 발전했다. 그사이 아빠의 기침 소리는 점점 더 깊어지고 오래 지속되었다. 나는 최후의 화해 선물로 복숭아 라즈베리 파이를 구워서 식탁에 올렸다. 그날 나는 (아빠의 표현을 빌리자면) '인전 놈과의 문제'로 라일 보안관이 세스를 신문했고, 라일 아저씨의 요구로 세스가 마을을 떠났다는 사실을 알게 되었다.

파이를 담은 접시를 옆으로 밀면서 깊은 한숨을 내쉬었다.

"세스가 그 사람을 죽였어요, 아빠."

긴 침묵 끝에 아빠에게 사실을 털어놓았다. 사실이지만 충분하지 않은 말이었다. 그 말을 뱉고 가슴이 뒤틀리듯 아팠다.

가만히 있어도 근엄했던 아빠의 얼굴이 치욕, 실망, 슬픔이 뒤섞여 침울해진 표정과 함께 무너져 내렸다. 아빠는 멍한 눈으로 커피가 담긴 머그잔을 바라보면서 마치 뭔가 단단히 붙잡을 것이 필요하다는 듯 거친 두 손으로 머그잔을 감쌌다.

"역시 그랬구나."

이게 다였다. 윌슨 문의 죽음을 두고 아빠가 한 말이라고는 이게 다였다. 윌과 내가 사랑하는 사이였고, 그것 때문에 내가 집을 나갔다는 것까지도 아빠가 알고 있었는지는 알 길이 없다. 아빠에게 손자가 있다고, 너무나도 완벽한 손자가 있다고 말해주고 싶었지만, 도저히 입 밖으로 나오지 않았다.

"오그던 이모부는요?"

그 대신 이모부의 소식을 물었다. 아빠는 끙 하는 소리와 함께 말도 말라는 듯 얼굴 앞에서 포크를 흔들 뿐이었다. 아빠의 성격을 충분히 잘 아는 나는 두 번 묻지 않았다.

그날 밤, 아빠는 피를 토하기 시작했다. 나란히 저녁 설거지를 하는 내내 기침 소리와 쌕쌕거리는 소리가 점점 더 심해졌다. 아빠는 내가 눈치채지 못하길 바라는 것처럼 기침이 쏟아질 때마다 황급히 몸을 돌렸다가 잠잠해지면 싱크대 앞에 다시 나타났다. 저녁 일거리를 마치고 집 안으로 들어오는 아빠를 보니 숨 돌릴 틈도 없이 기침을 하고 있었다. 나는 버넷 선생님을 모셔오겠다고 했지만 아빠는 그럴 필요 없다며 일찌감치 잠자리에 들었다.

밤새 아빠의 기침 소리가 우리 침실 사이에 내려앉은 시커먼 침묵을 깨뜨렸다. 기침 소리가 너무 격렬하게 끊임없이 이어져서 나는 더 참지 못하고 아빠 방 문을 두드리고 들어갔다. 아빠는 침대 옆 어슴푸레한 빛의 웅덩이 속에 앉아서 끈적한 핏덩어리를 그릇에 뱉고 있었다.

"아빠."

나는 충격과 연민을 감추지 못하고 기어들어 가는 목소리로 아빠를 불렀다. 아빠가 고개를 위로 들고 나를 쳐다보았다. 자신의 마지막이 가까워졌음을 아는 동물의 표정이었다. 두려움과 체념이 뒤섞인 슬픈 표정이었다. 그러고는 금세 또다시 올라오는 피가래를 뱉을 준비를 하며 다시 그릇을 내려다보았다. 긴소매 잠옷 차림의 아빠가 얼마나 야위었는지 어른 옷을 입은 어린아이처럼 보였다. 침대 옆으로 다가가니 아빠는 한쪽 손을 들어 그만 오라고 신호를 보냈다.

"아빠, 제가 도와드릴게요."

나는 아빠에게 간청하고 있었다.

"할 수 있는 게 없어." 아빠가 쉰 목소리로 대꾸했다. "어서 돌아가 자렴."

그날 긴 밤 내내 아빠의 앓는 소리를 들으며 깨어 있었다. 아들이 내 곁에서 사라진 지금, 아빠는 이 세상에 마지막 남은 내 피붙이였다. 연이은 기침 소리는 내 마지막 남은 가족의 실오라기가 풀리는 소리처럼 들렸다. 빅 블루 야생지의 은신처에 머물면서 아주 멀리 떨어진 우리 농장을 상상했을 때 나는 이곳이 언제까지나

변함없을 줄만 알았다. 그러나 그건 크나큰 오해였다. 다시 돌아온 이곳에 쇠퇴하지 않은 건 복숭아뿐이었고, 예전 모습보다도 훨씬 더 남루한 흔적들만 남아 있었다. 나는 우리 집을 돌아가게 하고 유지하는 건 집안의 남자들인 줄로 알았다. 늘 그렇게 믿어왔다. 내가 가정부 혹은 일꾼 이상의 존재가 되리라고는, 우리 가족의 중심, 이 집의 심장 같은 역할을 하게 되리라고는 상상조차 해본 적이 없었다. 아빠마저 쇠약해진 이제, 우리 집에 남은 건 과수원과 나뿐이었다.

몇 주 후, 아빠는 폐 기능 부전과 고열에 시달려 정신이 오락가락했다. 그때 아빠는 내가 긴 머리를 동그랗게 말아 묶고 있으니 어머니를 꼭 닮았다고 얘기했다. 아빠의 마지막 말이었다.

"너희 엄마도 참 아름다웠는데."

아빠는 잃어버린 사랑을 회상하며 애석하고도 달콤한 목소리로 혼잣말처럼 중얼거렸다. 그 말에는 나도 아름답다는 의미가 담겨 있었다.

자다 깨다 하는 아빠의 손을 잡았다. 아빠의 손가락이 내 손가락과 얽히는 느낌을 소중히 여기며 아빠의 손등에 난 검버섯 하나하나 주름 하나하나 울퉁불퉁한 손가락 마디 하나하나를 빠짐없이 뇌리에 깊이 새겼다.

16장

1949~1954년

아빠는 여름 끝물 복숭아인 만생종까지 수확하고 배달을 마친 다음 토요일에 돌아가셨다. 마치 모든 것을 신중하게 계획한 것처럼, 기온이 영하로 내려간 첫날 아침, 일손들은 마지막 복숭아를 땄고 아빠는 영영 일어나지 못했다.

나는 아빠 침대 옆에 앉아서 슬픈 눈으로 아빠를 내려다보고 있었다. 트라우트도 침울한 표정으로 내 발치에서 웅크리고 있었다. 마지막으로 아빠의 손을 잡았을 때 사람 손이 그토록 차가울 수 있을 거라고는 상상도 하지 못했다.

하늘이 새파랗고 높은 가을날 치른 아빠의 장례식에는 아이올라 주민들 거의 대부분이 참석했다. 장지에서 내려온 마을 사람들은 우리 농장 뒷마당에 다시 모여 조의를 표하며 음식을 나누었다. 거기서 라일 아저씨가 내게 세스를 고발한 사람이 아빠였다는 사실을 알려주었다. 그러나 당시에는 확증이 없어 체포할 수 없었다고 했다. 라일 아저씨는 세스와 포레스트 데이비스에게 마을에 남아 있다가는 둘 다 무사하지 못할 거라고 닦아세웠고, 두 사람은 그길로 로드스터에 몸을 싣고 캘리포니아로 떠났다고 했다.

"여기서 저지른 못된 짓거리까지 들고 간 게지."

"못된 짓이라고 하기엔 지옥처럼 끔찍한 일이었죠."

나는 이를 악물고 대꾸했다.

엄숙한 표정으로 고개를 끄덕이는 라일 아저씨의 눈은 뭔가를 탐색하는 것 같기도 했고 미안해하는 것 같기도 했다. 내게 묻고 싶은 게 있지만 때가 때이니만큼 나중으로 미루려는 눈치였다.

"그 뒤로 네 아버지가 매일같이 널 찾아다니셨어. 거니슨으로, 사피네로로, 세볼라로 차를 끌고, 또 아벨을 타고 산으로 말이지."

아저씨는 접시에 담긴 음식을 이리저리 뒤적거리기만 할 뿐 입으로 가져가진 않았다.

"세스가 없다는 걸 알면 네가 집에 돌아올 거라고 생각하셨던 모양이야. 나한테도 세스가 네게 얼씬하지 못하게 잘 살펴달라고 부탁하셨단다."

아저씨의 말을 듣고 나니 아빠가 어디까지 알고 있었는지, 나를 찾아 산을 헤매고 다닌 탓에 폐병을 얻은 건 아닌지, 그래서 그토록 기침을 했던 건지, 윌의 죽음처럼 아빠의 죽음도 내 탓이었던 건지 알고 싶었다.

"그러셨을지도 모르겠네요."

내 아기를 아주 달갑지 않은 존재로 만들어버리는 대답이었다.

나는 말벌을 삼켰다가 목구멍에 벌침을 쏘였다는 얘기를 하는 것만큼이나 잔인한 말을 하고 있었다. 아버지의 헌신적인 사랑을 그동안 의심했다는 게 너무 죄송했다. 그러나 아빠에게 고맙다는 말을 전하기에는 이미 늦어버렸고, 손자를 집으로 데려오기에는 더더욱 늦은 뒤였다.

"네 이모부까지 보내달라고 부탁하셨어."

라일 아저씨가 말을 이었다.

"보내달라고요?"

아빠에게 이모부 얘기를 듣기는 했지만, 그것만으로는 도대체 '보내라'는 말이 어디서 왜 나오는 건지 퍼뜩 이해되질 않았다. 마침내 이모부 소식을 전해줬을 때, 아빠는 오그 이모부를 '무임 승차자'라고 비난했다. 뻔히 자기 핏줄이 있었는데도 우리 집에 얹혀살다가 집안에 자기 뒤치다꺼리를 해줄 여자가 없어지고 나니까 자기 가족에게 연락해서 떠났다고 했다.

"알고 보니 오그던에게 어머니가 있었더구나."

라일 아저씨가 설명을 시작했다.

"누구에게나 어머니는 있죠."

나는 그날 일과에 지친 나머지 무례하게 대꾸하고 말았다.

"버릇없는 자식을 8년씩이나 찾아 다닌 어머니를 둔 사람은 많지 않을걸."

라일 아저씨가 말을 이었다.

"네 아버지가 편지 한 통을 발견했다면서 연락을 하셨어. 나한테 오그를 데리고 살다 역으로 가서 덴버행 첫 기차에 태워주고 오라더구나. 역으로 가는 길 내내 그 악마 같은 인간이 나한테 어찌나 욕을 해대던지."

"편지에 뭐라고 쓰여 있었는데요?"

"전쟁 난 첫 달에 두 아들이 다 전사했다는 통지를 받았는데, 자기는 믿지 않는다고. 자식을 둔 어미에게 신이 그럴 리가 없다나."

"신은 그럴 수 있죠."

나는 신은 그렇게 할 수도, 하지 않을 수도 있다고 생각했다.

"음, 그리고 신은 결국 그러지 않으셨지."

라일 아저씨가 대꾸했다.

"어찌 된 영문인진 몰라도 그 노파가 사정을 정확히 알았던 거야. 무슨 수를 썼는지 결국은 아들이 사는 데를 찾아냈고, 그 뒤로는 집으로 돌아오라고 사정사정했다는구나."

"어머니의 직감이네요."

그 노파가 부러웠다. 신이 내 아들에게 어떤 운명을 주었는지 나는 아는 게 없었으니까, 어딜 가야 내 아들을 찾을 수 있을지 아무것도 몰랐으니까.

"그 죽은 남자애네 가족을 찾겠다고 서에서도 수소문을 해봤는데 말이야."

라일 아저씨는 내가 뭐라도 아는 게 있는지, 내가 듣기 힘들어하지는 않는지 가늠하려고 내 눈치를 살피며 말을 덧붙였다.

"그 사람도 어딘가에 어머니가 있겠죠."

심장이 가라앉았다.

"그 사람에게도 이름이 있어요, 라일 아저씨."

내가 말했다.

"그렇지, 그 문 씨 친구. 부랑자들 가족 찾는 건 보통 일이 아니라서 말이다. 우리가 찾은 가장 최근 기록은 그가 앨버커키 지역에 있는 인디언 학교에 다녔다는 건데, 그것만으로는 어느 보호 구역 출신인지 알 수가 없으니. 그 학교에서도 수년 전에 도망쳤다고 하고. 그게 우리가 알아낸 전부야."

아닌 게 아니라 아저씨의 얘기를 듣고 있기 힘들었다. 나는 라일 보안관과 검은 옷을 입은 문상객들, 곳곳에 놓인 캐서롤, 맞잡은 손과 조의로 붐비는 현장을 떠났다.

정신을 차려보니 이제 내 것이 된 과수원에서, 떨어지는 누런 잎들 사이에서, 나무에서 떨어지지 않고 가지에 매달려 썩어가는 열매 몇 알 사이에서 나는 혼자 걷고 있었다. 윌에게도 끝내 돌아가지 못한 집이 있었다. 땅이 윌을, 윌이 땅을 아는 고향 집. 그곳에 어쩌면 여전히 윌을 기다리는 가족이 있을지도 모른다. 인디언 아이들을 보호 구역에서 쫓아내고 특수학교로 보낸다는 얘기를 언젠가 들은 적이 있다. 나는 사람의 출신과 배경은 전혀 중요하지 않다고 배우며 자랐지만, 그런 아이들이 무엇을 뒤로하고 쫓겨났을지는 생각해 본 적이 없었다. 윌은 내게 과거 얘기를 해준 적이 없었다. 어쩌면 너무 그리워서였을 수도, 어쩌면 더는 중요하지 않아서였을 수도 있다. 이것저것 물어본 적은 없지만, 윌은 마치 모든 곳에 속해 있으면서 동시에 어디에도 속하지 않은 사람 같았다. 고향에서 타고났을 윌의 사랑스러움은 그곳을 떠나면서 무르익었을 것이고, 그 매력을 잃지 않은 건 강한 회복력 덕분이었을 것이다. 나는 우리 아들도 윌처럼 강인하기를 바랄 뿐이었다.

우리 아버지가 마지막 숨을 뱉고 채 한 달도 지나지 않아 마지막 열차가 아이올라를 통과했고, 기관사는 평소보다 더 크고 길게 경적을 울렸다. '덴버 앤드 리오 그란데 웨스턴 레일로드'*는 이미 10년 전 여객 열차를 없앴고, 1949년 가을에는 웨스턴 슬로프 노선을 모두 폐쇄하기 위해 70년 동안 지속했던 가축 운반차와 석탄 운반차 운영까지 중단하기로 결정했다. 사람들은 애초에 그 노선을 깔지 말았어야 했다고 비난했다. 블랙 캐니언을 지나 시머론까지 이어지는 철로 건설은 당국이 감히 인정하지 못할 정도로 많은 예산과 생명을 앗아갔기 때문이다. 하지만 내게는, 그 기차의 경적 소리가 내 일상에 리듬을 만들어주었다. 심지어 윌을 만나게 해준 것도 경적 소리였다. 그 경적 소리가 사라진 첫날, 아이올라에는 어쩐지 섬뜩한 침묵이 내려앉았다. "마치 죽음이 깔린 것 같다"며 한탄하는 사람들도 있었고, "계속 밤이 이어지는 것만 같다"고 말하는 사람들도 있었다. 그때까지만 해도 우리는 이게 침묵의 시작일 뿐이라는 사실을 몰랐다. 언젠가 아이올라가 통째로 집어삼켜져 모든 소리와 모든 건물이 물에 잠겨 사라지리란 사실을 누구도 알지 못했다.

아빠가 돌아가신 뒤 몇 년간 나는 할 수 있는 최선을 다해 농장을 운영했다. 미첼 가족이 한동안 큰 도움을 주었고, 필요할 때면

---

* The Denver & Rio Grande Western Railroad 1910년 설립된 철도 회사로 콜로라도 및 유타 지역의 수송을 담당하다가 1997년 유니언 퍼시픽 레일로드로 합병되었다.

일꾼을 쓰기도 했다. 부엌 텃밭을 다시 가꾸었고 부서진 울타리도 손봤다. 봇도랑에 항시 물이 흐르도록 관리했고, 나방의 유충이나 너구리가 나무 근처에 오지 못하도록 열심히 쫓았다. 가지치기를 하고, 비료를 주고, 뿌리 덮개를 덮고, 물을 주고, 꽃을 솎아내고, 열매를 수확했다. 어느 구역의 나무들이 열매를 맺지 못할 만큼 늙으면, 사람을 고용해 나무를 뽑았고, 아빠가 가르쳐주었던 그대로 정성을 다해 접붙이기를 하고, 우리 가족이 대대로 해왔던 것처럼 휴지기의 땅에 새로운 나무를 심었다. 겉으로는 모든 게 질서 정연해 보였겠지만, 나는 매일 아침 심장을 후벼 파는 진실과 함께 눈을 떴다. 이곳을 향한 내 사랑도 우리 가족이라는 끝장난 나무에 간당간당 매달린 시든 잎사귀 하나에 불과하다는 속삭임이 매일 아침 나를 깨우는 알람이었다.

아빠의 유품을 담은 마지막 상자를 운반하던 바로 그날, 우리 가족의 늙은 충견 트라우트가 아빠의 침대 한가운데서 죽었다. 나는 연못가에 깊은 구덩이를 판 뒤, 우아하게 텁수룩한 늙은 개의 가슴팍을 마지막으로 한 번 쓰다듬고, 축 늘어진 트라우트의 몸을 담요로 감싸 땅속에 묻었다. 이듬해 겨울 어느 날에는 아벨이 헛간 밖 빙판에 옆으로 누운 채 숨을 헐떡이고 있었다. 아벨의 사랑스러운 적갈색 가죽을 뚫고 정강이뼈가 튀어나와 피투성이가 되어 있었다. 차마 내 손으로 아벨에게 총을 겨눌 수는 없었다. 카운티 수의사가 아벨에게 심장을 멈추게 하는 주사를 놓는 동안 나는 태어날 때처럼 완벽한 아벨의 목덜미를 끌어안고서 쓰다듬어 주었다. 수의사와 조수들이 죽은 아벨을 싣고 나갈 때 나는 헛간에 들어가 눈물을 훔쳤다. 이제 내게 남은 가족이라고는 사나운 닭 몇 마리가 전부였다.

아무리 부정하려고 애써도 농장을 돌보며 살아가는 일상은 나날이 공허해졌다. 집에 있기 싫은 마음에 무시로 루비앨리스네 집을 찾아갔다. 윌이 한때 머물렀던 그곳에서, 기묘하고 조용한 노파와 웅크리고 잠자는 소형견들을 곁에 두고 텃밭이나 닭장이나 부엌에서 일을 거들고 있으면 왠지 위안이 되었다.

집에 있으면 옛 기억이 떠올라 괴로웠다. 베개나 쌀 봉지를 들고 있다가 문득 베이비 블루를 안고 있는 느낌이 되살아나면 뻔히 미친 짓인 줄 알면서도 그걸 품에서 내려놓을 수가 없었다. 한밤중 저 멀리 산막에서 나를 찾는 아기 울음소리를 듣고 자다 깨 부랴부랴 계단을 내려가 신발을 집어 든 뒤에야 정신을 차린 게 한두 번이 아니었다. 기다란 식탁에 홀로 앉아 저녁을 먹을 때면 창밖을 지나가는 세스의 로드스터가 내 밥그릇만큼이나 뚜렷하게 보이거나 으르렁거리는 엔진 소리가 긴 진입로를 집어삼킬 듯이 크게 울리곤 했다.

하얀 달빛이 먼 산을 뒤덮은 어느 봄날 밤, 현관에 검은 그림자가 드리웠다. 세스였다. 세스가 응접실 창문으로 날 쳐다보고 있었다. 어머니의 의자에 앉아 있던 나는, 말하기 창피하지만 벌떡 일어나 재빨리 몸을 숨겼다. 청소 도구를 넣어두는 창고가 구세주라도 되는 양 창고 문을 열고 들어가 몸을 웅크리고 앉았다. 애처로운 토끼처럼 벌벌 떨고 있는데, 갑자기 그날 낮에 이불 빨래를 하고서 진흙탕이 된 뒷마당 빨랫줄 대신 포치 난간에 누비이불을 널

어두었던 게 떠올랐다. 네모난 조각보를 동생의 사악한 얼굴로 착각했던 것이다. 정신을 차리고 일어난 나는 아무 일도 없었다는 듯 현관으로 성큼성큼 걸어가 이불을 홱 잡아당겨 걷어버렸다.

어떤 장면들은 세월이 아무리 흘러도 조금도 흐려지지 않고 꾸준히 눈에 아른거렸다. 과수원 모퉁이에서 나를 기다리다가 손을 내미는 윌. 텁수룩한 나무들 사이에 서서 능숙하게 복숭아를 비틀어 따는 아빠. 부엌 텃밭을 가꾸며 저녁에 먹을 푸릇한 푸성귀를 따는 어머니. 오래전 무너졌지만 지금도 있을 것만 같은 나무집에서 내 이름을 부르는 캘 오빠. 그 옛날 쌩쌩한 모습 그대로 포치에 서서 남몰래 키스를 나누는 비브 이모와 오그던 이모부. 우리 집에도 한때는 약속이 있었고 사랑이 있었다. 그러나 그런 희망들은 하나둘씩 사라져 갔다. 내게 아들을 집으로 데리고 올 용기가 있었더라면, 내 아들이 희망의 불씨를 되살려 냈을 텐데. 부엌 바닥을 아장아장 걸으며 내게 엄마라고 부르는 아들의 모습을. 시간이 흘러 말쑥하게 자란 아들이 자기 아버지를 닮아 우아한 걸음으로 과수원을 휘젓고 다니는 모습을. 나는 희망의 불씨가 모든 걸 불태워 없애버릴 때까지 마음속에 그리고 또 그렸다. 그러나 우리 집에 남아 있는 좋은 거라고는 딱 하나, 복숭아밖에 없었다.

1954년, 무더운 7월 어느 날 오후였다. 정부에서 나왔다는 사람이 잠시 할 얘기가 있다며 우리 집 현관문을 두드렸다. 나는 큰 잔 두 개에 냉차를 따라 포치로 가져가서 공무원이 하는 말을 들었다. 강 하류에 댐 건설이 추진될 것이며 곧 골짜기 주변 땅을 매수할 거라는 소문을 들은 적이 있었다. 아이올라 주민들은 새로운 저수지 하나 때문에 삶의 터전을 몽땅 잃어서야 되겠냐며 격노했다. 댐이 들어서면 마을이 수몰될 뿐만 아니라 아름다운 거니슨강을 비롯한 야생이 사라질 테니 그런 반응은 당연했다. 아무리 좋게 포장해도 이건 분별없는 계획이었다. 진보라는 이름을 내건 서부의 수많은 다른 프로젝트들처럼 비극을 불러올 게 분명했다. 진행되면 안 될 일이라는 걸 나도 알고 있었다. 그러나 포치에 앉아 공무원의 얘기를 듣고 있던 나는 티를 낼 순 없었지만 내심 그 제안이 반가웠다. 모든 게 지워지길 바라던 때였다. 나는 생각해 보겠다고 대답하고 남자를 돌려보냈다.

나는 아이올라에서 제일 먼저 땅을 판 사람이 되었다. 그해 9월, 정부에서 값을 후하게 쳐주고 우리 땅을 사 갔다. 내가 아이올라를 배신했다는 소문이 동네에 퍼진 뒤에 감내해야 했던 고통에 비하면 하잘것없는 보상이었다는 걸 그때는 몰랐다. 증오에 가까운 따돌림을 당했다고 해도 과언이 아니었다. 평생을 알고 지낸 이웃들조차 더 이상 우리 집 복숭아를 사지 않았고, 어쩌다 메인 스트리트에서 나를 마주쳐도 못 본 체 지나갔다. 심지어 미첼 아저씨네도 정말로 화가 나서 그랬는지, 자기네 식구들까지 따돌림을 당할까 봐 걱정돼서 그랬는지 어쨌든 우리 집에 발길을 끊었다. 코라 언니는 미첼 아저씨의 반대를 무릅쓰고 그해 복숭아 철이 끝날 때까지 우리 노점을 봐주었다. 물론 언니도 마음에서 우러나와서가 아니라 의무감 때문이었다. 한때는 언제나 유쾌하고 따뜻했던 언니의 모습은 더는 찾아볼 수 없었다. 노점에 외지인이 들러도 무뚝뚝하게 예의를 차리는 게 다였고, 내게는 특히 더 차가웠다.

마지막 복숭아 한 봉지를 팔고 난 뒤 코라 언니는 트럭에 몸을 실었고 나는 이제 두 번 다시 열 일 없는 노점에 판자를 치기 시작했다. 언니는 열린 차창 밖으로 내가 몰라보게 변했다는 듯한 눈빛을 보내며 나를 뚫어져라 쳐다봤다.

"너희 아브지가 지하에서 펄쩍 뛰실 거야, 토리. 정부에서 받은 돈을 한 푼 한 푼 쓸 때마다 대노해서 벌떡벌떡 일어나실 거라그."

나는 언니에게 오랫동안 노점 일을 도와줘서 고맙다고 인사한 뒤, 더는 토리라는 이름을 쓰지 않는다고 다시 한번 일러주었다.

타이어가 일으킨 흙먼지 사이로 오후의 햇살이 스며들면서 트럭이 멀어질수록, 하잘것없는 도로는 묘하게 아름다운 풍경으로 물들었다.

나는 아이올라를 사랑했던 것처럼 코라 언니를 사랑했다. 그러나 비극과 슬픔은 아이올라에 대한 내 모든 믿음을 좀먹었다. 텅 빈 노점에 마지막 판자를 못 박으면서 할아버지에게 죄송하다고 속삭였다. 그러나 아버지에게는 굳이 사과하지 않았다. 코라 언니의 생각과는 달리 나는 아빠가 무덤 속에서 차분하고 편안하게 누워 있다고 자신했기 때문이다. 코라 언니나 동네 사람들이 뭐라고 하든 아빠라면 내가 모든 기억을 지우고 동네를 떠나 도망칠 기회를 틀림없이 지지해 줬을 것이다. 내가 과수원만 제대로 건사한다면, 그거면 될 터였다. 그리고 나는 그렇게 할 계획이었다.

홀리스 헨리 내시라는 이름을 썼던 할아버지는 지대가 높고 건조한 서부 지역에 조지아 복숭아를 적응시키려고 무척이나 애를 썼다. 악조건 속에서도 할아버지는 포기하지 않았다. 콜로라도 아이올라는 기온이 낮고 공기가 희박해 안 될 거라고 하나같이 비관했지만, 할아버지는 수많은 시행착오 끝에 결국 해내고 말았다. 얼마나 진실에 가까운지는 모르겠지만 내가 어릴 때부터 줄곧 들었던 이야기로는 그랬다. 어릴 적엔 무조건 말도 안 된다고 하는 사람들의 손에 완벽하게 익은 우리 복숭아를 쥐여주는 아빠를 본 적도 많았다. 그런 사람들 중에는 탐스러운 우리 복숭아를 손에 들고도 그 존재를 부정하는 이도 있었다. 과수원을 확장하면서 동시에 복숭아의 품질을 끌어올린다는 건 애초에 기적 같은 일이었다. 우리 내시 복숭아가 유명한 것과는 별개로 어머니는 우리에게 교만은 죄악이며, 우리 농장은 남에게 자랑거리로 내세우는 곳이 아니라 집이라고 부를 수 있는 따뜻한 곳이어야 한다고 가르쳤다. 조만간 나는 무엇을 물에 잠기도록 내버려 둘지, 무엇을 구할지 결정해야 했다. 내 손으로 구할 수 없었던 수많은 존재가 내 인생에서 사라졌다. 나는 홀리스 할아버지를 단 한 번도 뵌 적이 없었지만, 그래도 할아버지를 위해서, 그리고 아빠를 위해서 과수원을 구하기로 마음먹었다.

그치만 과수원을 구하는 방법에 대해 아는 게 전혀 없었다. 게다가 온 동네가 내게 등을 돌렸으니 나는 그야말로 외톨이였다. 내 고민을 말없이 들어주는 것 외에 루비앨리스가 도움을 줄 거라고는 생각하지 못했지만, 어떻게 보면 과수원을 구할 방법을 찾아낸 건 루비앨리스 덕분이었다.

나와 친구가 된 이후로, 아니 엄밀히 말해 내게 곁을 준 이후로 루비앨리스는 하루하루 시들어갔다. 내 어린 시절 기억 속에 존재하는 그 옛날 루비앨리스는 지금보다 훨씬 더 젊은 모습이었다. 늘 타고 다니던 자전거는 이미 마당 한편에 버려진 지 오래였고, 이제는 암탉과 개들이 가장 좋아하는 횃대로 쓰이고 있었다. 채프먼스 슈퍼마켓에서 식료품과 사료를 배달시킬 때를 제외하면 루비앨리스가 교류하는 사람은 나뿐이었다. 한때 윌과 나의 약속 장소였던 늙은 미루나무만큼이나 척추가 굽은 탓에 얼음처럼 파란 눈동자가 이제는 거의 땅바닥을 향해 있었다. 한쪽 눈은 여전히 거칠고 매서웠으며 다른 한쪽 눈은 점점 더 푹 꺼져서 곧 눈꺼풀과 눈 밑이 붙을 것만 같았다. 가느다란 팔다리는 늘 오들오들 떨렸다. 표현이라고 할 만한 건 이따금 내 손등을 쓰다듬는 손길과 정성껏 준비해 주는 2인분의 식사가 다였지만, 루비앨리스는 내가 한 번씩 집에 들르는 걸 고마워하는 눈치였다.

복숭아 노점을 닫고 몇 주 지나서 루비앨리스가 정성껏 차려준 저녁밥을 먹고 있는데, 그녀가 갑자기 녹슨 바퀴처럼 새된 비명을 지르며 접시에 얼굴을 푹 박았다. 나는 벌떡 일어나 베개처럼 가볍게 축 늘어진 그녀를 소파로 옮겼다. 서둘러 전화기를 찾았지만, 그 집에 전화기가 있을 리 없었다. 도움을 청하려면 한시 바삐 우리 집으로 달려가야 했으나 주름진 얼굴에 잔뜩 묻은 음식을 보니 도무지 그냥 두고 갈 수가 없었다. 어쩌면 내가 나간 사이에 마지막 숨을 넘길지도 모르는데, 더러워진 얼굴로 눈을 감게 할 순 없었다. 나는 행주를 적셔 와 얇은 피부를 살살 닦았다. 옛날에 그 노파가 내게 해주었던 것처럼 최소한의 존엄을 지켜주고 싶었다. 그러고 나서야 나는 어린 시절 주문처럼 외웠던 '주님루비앨리스

*에이커스를도와주세요아멘'*을 숨 쉴 틈 없이 읊조리며 집으로 달렸다.

10분 만에 집에 도착해 버넷 선생님께 전화를 건 뒤, 아빠의 트럭을 몰고 다시 노파의 집으로 돌아갔다. 루비앨리스는 꿈쩍도 하지 않은 채 그대로 누워 있었다. 맥박이 있나 보려고 얇은 손목을 꼭 쥐어보니 하늘에서 막 떨어지기 시작한 빗방울처럼 가녀리고 불안정한 맥이 뛰고 있었다. 앙상한 가슴팍이 아주 미세하게 오르내렸다. 버넷 선생님을 기다리던 시간, 앰뷸런스, 날카롭게 번쩍이는 빨간 불빛, 뛰어 들어오는 사람들, 겁먹고 깽깽거리며 이리저리 뛰어다니는 암탉과 강아지들. 말없이 이어지는 긴 시간이 영원의 거품 속에 싸여 있는 것 같았다. 그동안 경험했던 다른 죽음들과는 달리 루비앨리스의 죽음은 만물이 장생을 마치고 원래의 것으로 되돌아가는 순리를 담고 있었다. "재에서 재로, 먼지에서 먼지로Ashes to ashes, dust to dust." 어머니가 살아 계셨더라면 아마 그렇게 죽음의 신성함을 가르쳐주었을 것이다. 나는 믿기지 않을 만큼 가냘프고 부드러운 루비앨리스의 손을 붙잡고 작별을 고했다.

그러나 누구도 예상하지 못한 영화 속 반전 같은 일이 일어났다. 루비앨리스는 죽지 않았다. 그녀가 앰뷸런스에 실려 간 뒤에도 나는 놀란 동물들을 진정시키고 돌보느라 밤새 그 집에 남아 있었고, 그래서 이 사실을 전혀 모르고 있었다. 마지막으로 그녀의 소파에 누워 분홍색 누비이불로 몸을 둘둘 감싸고 노파의 기이한 삶을 돌아보며 감상에 젖어 밤을 보냈다. 동 틀 무렵이 되어서야 집으로 돌아왔는데, 마침 전화벨이 울리고 있었다. 버넷 선생님이었다. 선생님은 몇 시간 내내 우리 집에 전화를 걸고 있었다고 했다. 루비앨리스가 한밤중에 벌떡 일어나더니 그 뒤로 눕지를 않는다고 했다. 기둥처럼 떡하니 버티고 앉아서 말 한마디 하지 않는다며 병원에서 버넷 선생님에게 연락해 루비앨리스에게 친척이 있는지 묻더라는 것이었다.

나는 곧장 아빠의 트럭을 몰고 거니슨으로 갔고, 병원 직원에게 내가 루비앨리스의 손녀라고 말했다. 그러고는 서류를 작성했다. 루비앨리스의 머리카락을 빗겨주었다. 초록색 젤로*를 숟가락으로 떠서 덜덜 떨리는 입술 사이에 넣어주었다. 나는 병실 침대 옆 딱딱한 의자에서 쪽잠을 잤다. 간호사가 주사를 들고 다가갈 때면 루비앨리스는 내 쪽으로 몸을 살짝 틀었다. 별다른 이유 없이 고개를 들고 내 얼굴을 바라볼 때도 있었다. 그럴 때면 거친 한쪽 눈에는 일종의 묵종이, 가늘게 뜬 다른 눈에는 고마움이 묻어 있는 것 같았다. 내게는 그거면 충분했다.

루비앨리스가 잠들고 나면, 무색 무균의 병원에서 탈출해 거니슨의 널찍한 거리를 거닐었다. 카페, 술집, 형형색색의 자동차를 구경하며 돌아다니다 보니 처음엔 활기차고 재미있었지만, 얼마 안 가 도시의 혼잡함에 진이 빠졌다. 둘째 날에는 시내를 피해 대학 캠퍼스를 산책했다. 10월에도 푸릇할 정도로 말끔하게 정돈된 잔디밭은 처음이었다. 청소부들은 미루나무에서 누런 이파리가 떨어지기 무섭게 낙엽을 쓸어 모았다. 붉은 벽돌로 지어진 높

* 다양한 맛과 향을 내는 젤리의 상품명.

은 빌딩들을 연결하는 굴곡진 콘크리트 길에는 학생들이 가득했다. 깨끗하게 면도한 남학생들은 말쑥한 스웨터에 벨트 달린 바지를 입고 있었고, 여자들은 달라붙는 모직 치마에 빳빳하게 다림질한 흰 블라우스 차림이었다. 여자들이 대학교에 간다는 걸 상상해 본 적이 없었다. 아이올라에서는 거니슨으로 고등학교를 다니는 여자들도 드물었고, 그래서인지 당연히 나도 그래야 할 이유를 알지 못했다. 캠퍼스에서 마주치는 여학생들이 내게는 동물원 우리 속 동물들만큼이나 신기했다. 하이힐이나 흰색과 검은색이 섞인 새들 슈즈를 신고 또각또각 소리를 내며 삼삼오오 캠퍼스를 걷는 여자들. 거니슨은 집에서 50킬로미터도 안 되는 거리인데도 마치 외국에 와 있는 것처럼 생경한 풍경이 펼쳐졌다. 정부의 땅 매입이 마무리되어 아이올라를 떠나야 할 때 어디로 갈지 아직 결정하지 못했지만, 확실히 거니슨으로 올 일은 없을 것 같았다.

흰 벽토를 바른 건물 앞 정원이 내 눈길을 끌었다. 수십 개의 특이한 식물로 정교하게 꾸며진 정원이었다. 나는 정원을 가로지르며 신기하게 생긴 나무들을 구경하고 연신 감탄했다. 발음하기도 어려운 이름이 인쇄된 직사각형 모양의 금속 카드들이 나무 앞에 꽂혀 있었다. 정원을 따라 쭉 걷다 보니 유리로 된 현관문이 나왔다. 과학관 입구였다. 유리문 너머로 건물 안을 들여다보니 기다란 복도를 사이에 두고 번호표를 붙인 문들이 양쪽에 늘어서 있었는데, *사무실*이라는 문패가 달린 문 하나만 열려 있었다.

나는 심호흡을 한 뒤 사무실 안으로 들어갔다.

책상 너머에 금발의 여자가 한 손에 커피 잔을 쥐고 다른 한 손에는 빼곡히 채워진 서류를 들고 앉아 있었다. 그 여자가 호기심 많은 고상한 눈을 들고 나를 쳐다보기도 전이었는데, 왠지 비브 이모가 살아 있었더라면 이런 모습으로 중년이 되었을 것 같다는 생각이 들었다. 동시에 여러 가지 일을 처리하는 데 능숙한 사람 같은 분위기였다. 은색 테두리가 그려진 흑백 명판에는 이렇게 쓰여 있었다. *루이즈 랜던, 교직원.*

"어떻게 도와드릴까요?"

여자는 서두르는 동시에 상냥하게 인사를 건넸다.

"저는 빅토리아 내시라고 하는데요."

내가 손을 뻗자 그녀는 쥐고 있던 펜을 놓고 내 손을 맞잡았다.

"제가 이 학교를 다니는 건 아닌데, 조언이 필요해서요."

나는 우리 가족의 자랑인 복숭아 농장과 아이올라를 수몰하려는 정부의 계획에 대해 얘기했다. 여자는 둘 다 들어본 적 있는 얘기라며, 차게 식어가는 커피를 내버려 두고 미간을 찌푸려가며 내 말에 귀를 기울였다.

그녀는 내 고민을 다 듣고 나서 검은색 수화기를 집어 들었다. 손가락으로는 재빠르게 다이얼을 돌리면서 눈으로는 나를 힐끗 바라보았다.

"영락없는 괴짜 식물학자이긴 한데, 내시 씨에게 딱 필요한 분이 있어요."

랜던 씨는 수화기에 대고 내게 들은 상황을 간략히 설명하고 전화를 끊은 뒤, 나를 데리고 시모어 그릴리 박사의 사무실이 있다는 위층으로 올라갔다. 가는 길에 복도에 난 창 사이로 그릴리 박사의 연구실을 보여주었다. 수많은 화분, 튜브, 양동이, 수족관 안에 뿌리와 덩굴, 이파리가 정글같이 무성했다. 랜던 씨는 깔깔 웃으며 걱정할 것 없다고 날 안심시켰다.

"내 말을 믿어도 좋아요. 박사님은 틀림없이 내시 씨의 편이 되어줄 거예요."

시모어 그릴리 박사는 벌써 사무실 문 앞에 나와 우리를 기다리고 있었다. 살면서 교수라는 사람을 만나본 적은 없었지만, 둥글고 검은 안경과 큼직한 트위드 재킷 아래 늘씬한 체격이 왠지 교수라는 직업과 잘 어울렸다. 그릴리 박사는 내가 생각했던 것보다 더 어려 보였고, 내가 생각했던 것보다 더 조심스럽고 정중하게 나를 대했다. 불그스름한 머리칼은 너무 많이 가지고 논 것처럼 아무렇게나 헝클어져 있었다. 웃는 표정은 어색하지만 진심이 느껴졌다. 첫인상부터 그가 마음에 들었다.

"내시 복숭아!" 그가 힘차게 손을 뻗었다.

"빅토리아입니다."

나는 그의 손을 맞잡으며 대답했다. 그는 마치 중요한 사람을 만난 것처럼 내 손을 꼭 쥐고서 열정적으로 흔들었다.

"시모어 그릴리입니다. 학생들은 저를 '그리니'*라고 불러요. 보시다시피 제가 식물을 좀 좋아하거든요. 자, 안으로 들어오시죠."

그는 내 등에 살짝 손을 얹고 안으로 안내했다. 랜던 씨는 만족스러운 듯 씽긋 웃고서 자리를 떠났다.

---

* Greeney. 초록색, 풀, 채소 등을 의미하는 green에서 딴 말.

그의 사무실은 책과 종이와 식물들로 뒤죽박죽이었다. 그는 책상 뒤로 가서 앉고는 다른 의자를 가리키며 내게 앉으라고 손짓했다. 나는 종이 뭉치를 치우고 의자에 앉았다. 그는 양쪽 팔꿈치를 책상에 대고 상체를 바싹 내민 채 우리 과수원이 처한 운명에 대해 들었다. 내가 이야기를 끝내고 도움을 청하자 그는 머리를 긁적이며 얼굴을 찌푸렸다.

"그러니까 접목을 해서 처음부터 다시 시작하겠다는 말씀은 아닌 것 같네요?"

"네, 아니에요."

나는 어떤 계획도 없었지만 목소리만큼은 크게 대답했다.

"과수원 나무를 전부 다 구하고 싶어요. 한 그루도 남김없이."

"그렇군요." 그는 잠시 생각에 잠긴 듯했다. "늙은 나무들도요? 오래된 나무들은 구할 가치가 거의 없을 것 같은데."

그의 말이 옳다는 걸 알고 있었다. 우리 과수원의 나무들은 20년에서 25년 동안 질 좋은 과일을 생산하고 그다음부터는 시들어 가기 시작했다. 홀리스 할아버지와 아빠는 착실히 윤작을 했다. 오래된 나무를 뽑고 뿌리 덮개를 덮어야 할 때가 되면 그 자리에 심길 피복 작물*이 예외 없이 대기 중이었다. 윤작의 필요성에 대해서는 나도 잘 알고 있었지만, 나무를 전부 구할 수 없다는 사실을 받아들이고 싶지 않았다. 농장에 곧 생명이 꺾일 과수들이 심긴 구역은 딱 한 블록이었다. 거기엔 내가 아끼는 옹이투성이

---

* 토양에서 비료가 유출되거나 침식되는 것을 막기 위해 과수 또는 계절 작물 사이에 재배되는 작물.

고목이 네 줄로 길게 늘어서 있었는데, 모두 내가 태어난 해에 식재된 나무들이었다. 그 나무들을 남겨두고 떠나야 한다면 마음이 너무 아플 것 같았다.

"네." 나는 슬픈 목소리로 대답하곤 덧붙였다.

"그렇긴 하지만 고목은 딱 한 블록뿐이에요. 살려야 할 나무는 열 블록도 넘고요."

그러니 박사님의 미간 주름이 더욱 깊어졌다. 그는 생각에 잠긴 듯 책꽂이 쪽을 바라보았다.

"장담할 수는 없어요."

마침내 그가 입을 열었고, 다양한 용어를 사용해 가며 복잡한 이식 과정을 설명했다. 평생 나무와 함께 살아온 나였으니 이미 아는 단어도 있었지만, 토양 pH라든지 볕 데임, 뿌리 엉킴처럼 생소한 용어도 많았다. 나는 어릴 때부터 오랫동안 나무들이 저절로 크는 줄 알았기에, 그 단어들이 멋진 과학 용어로 들렸다.

"우리 과수원 나무들은 뿌리가 튼튼해요." 내가 말했다.

"오, 그럼요, 분명 그럴 거예요." 그가 대답했다.

"내시 과수원 나무들은 전설적이죠. 그렇지만 그건 고향 땅에 있기 때문에 강한 거거든요. 나무를 옮기면, 그러니까…… 그게, 알아두시는 게 좋겠는데. 자칫하면 전부 다 죽을 수도 있어요."

"해보는 데까지는 해봐야죠."

진심이었다. 차분히 대답하긴 했지만, 그 조심스러운 경고를 들으니 두려움이 엄습했다. 낯선 사람의 어수선한 사무실에 앉아 있던 나는 별안간 과수원 없이는 도저히 살아갈 수 없다는 확신이 들었다. 나는 윌도, 식구들도, 농장도 구하지 못했다. 내 아기를 두 번 다시 품에 안을 수도 없었다. 그러나 이 나무들만큼은 아직 구할 기회가 있었다.

"제발요, 교수님."

나는 그에게 애원했다. 그는 고개를 끄덕이더니 찡그리고 있던 미간을 부드럽게 풀었다.

"그러면, 저도 노력해 봐야겠네요."

그가 상냥하게 말하고는 자신의 헝클어진 머리칼을 매만졌다.

"쉽진 않겠지만, 영광스러운 일이 될 겁니다, 내시 양."

"빅토리아라고 불러주세요."

나는 싱긋 웃으며 대답했다.

다음 날 아침, 루비앨리스는 퇴원했다. 벨트 버클하며 부츠까지, 의사보다는 카우보이에 더 가까워 보이는 의사 선생님은 루비앨리스의 심장이 언제 고장 나도 이상할 게 없는, 낡은 시계 같은 상태라고 말했다. 그 말을 나는 심장이 시곗바늘처럼 똑딱똑딱 움직이다가 언젠가 멈출 거라는 의미로, 그러면 끝이라는 의미로 받아들였다.

루비앨리스를 부축해 트럭의 조수석에 앉히고 있는데 젊은 부부가 병원의 유리문을 열고 나왔다. 남자가 여자의 어깨에 팔을 두르고 있었고, 여자는 엉성하기 짝이 없는 자세로 신생아를 안고 있었다. 파란색 플란넬 담요 밖으로 삐쭉 튀어나온 자그마한 머리통에는 베이비 블루의 머리처럼 까만 머리카락이 회오리 모양으로 나 있었다. 여자의 품에서 아기를 빼앗아 달아나고 싶은 충동을 억누르느라 침을 꼴깍 삼키면서 부부를 쳐다봤다. 아기 엄마가 초보 엄마 특유의 걱정스러운 눈망울로 나를 힐끗 쳐다보았을 때 나는 아기를 단단히 안으라고 말해주고 싶었다.

거니슨강을 낀 구불구불한 50번 고속도로를 달려 아이올라로 돌아가는 길 내내 내 머릿속을 채운 생각은 복숭아나무도 이식의 위험성도 아니었다. 아까 본 그 아기 엄마의 눈빛을 도무지 떨쳐낼 수 없었다. 그 아기는 어떤 삶을 살게 될까, 그 여자는 어머니가 될 준비가 되어 있을까, 내 아들과 내게 기회가 주어졌더라면 나는 어떤 엄마가 되었을까.

루비앨리스네 도착해 대문을 열자 굶주린 동물들이 나를 반겼다. 나는 루비앨리스를 트럭에서 자게 두고서 먹이를 챙겼다. 먼저 작은 개 다섯 마리를 먹인 다음, 뿔닭과 암탉들에게 모이를 주었다. 사료를 다 먹은 개 한 마리를 안아 올려 강아지의 매끄러운 몸통을 가슴 앞에 대고 까만 머리통을 한 손으로 감쌌다. 어느새 나는 작은 개들을 한 마리씩 들어 올려 픽업트럭의 앞좌석에 싣고 있었다. 발치에 강아지들이 모여들어 앞발을 들고 무릎에서 깡충거리자 루비앨리스가 잠에서 깨어나 덜덜 떨리는 손을 뻗어 개들을 한 마리씩 쓰다듬었다. 나는 마당으로 돌아가 쉬이— 쉬이— 소리를 내며 닭들을 닭장으로 몰아넣은 뒤 닭장과 사료 포대를 적재함에 실었다. 이 노파와 그녀의 가족들을 우리 집으로 데려가야겠다고 결심했던 것이다.

루비앨리스의 부엌에서 삼베로 짠 장바구니를 찾은 나는 옷가지를 챙기러 노파의 침실에 들어갔다. 방은 거의 비어 있었고, 다른 방들과 마찬가지로 온통 분홍색이었다. 벽에 걸린 옷걸이에서 초록색 스웨터 두 장과 스타킹 캡 하나를 챙겨서 장바구니에 담았다. 잠옷과 속옷가지 등 필요할 것들이 있나 보려고 서랍장을 열자 어쩐지 도둑이 된 것 같은 기분이 들었다. 서랍 안은 옷가지 대신 희한한 물건들로 가득했다. 물건들은 마치 박물관 진열품처럼 한 줄로 가지런히 정돈되어 있었다. 상아색 손거울, 자수틀, 은제 회중시계, 마호가니 파이프, 낚시용 릴, 작은 갈색 새가 수놓인 남성용 손수건, 모슬린 드레스를 입고 있는 작은 도자기 인형, 실로 엮어놓은 금가락지 한 쌍. 하나같이 낡은 물건이었지만 먼지 한 톨 없이 반들거렸다. 루비앨리스가 독감으로 한꺼번에 가족 모두를 잃었던 그 시대의 특별한 유물이자 가족의 유품인 것 같았다. 그 물건들이 품고 있는 이야기까지 알 순 없었다. 결혼반지가 루비앨리스 부모님의 것인지 아니면 그녀의 것인지, 그 인형이 언니의 것인지 사촌동생의 것인지 아니면 딸의 것인지. 다만 이 물건들에는 루비앨리스가 감당하지 못할 만큼 강렬한 슬픔과 사랑이 담겨 있을 거라고 짐작할 뿐이었다.

허락 없이 열어 봤다는 죄책감에 얼른 서랍장을 닫았다. 침대 위에 깔린 분홍색 누비이불 두 장과 거실 선반 속 도자기 인형 몇 개를 챙겨 가방에 담은 뒤 트럭으로 돌아갔다. 노파는 개 한 마리를 무릎에 앉혀놓은 채 다시 잠들어 있었다. 시동을 걸고 집으로 차를 모는 동안 노파도 개도 꼼짝하지 않았다.

오그 이모부가 쓰던 방에 노파의 짐을 풀었다. 방 안에 자기 물건이 채워지고 침대에서 강아지들과 함께 시간을 보내며 적응하자 루비앨리스도 이사를 달가워하는 것 같았다. 그녀는 하루 중 대부분의 시간에 평화롭게 잠을 잤고, 내가 떠먹여 주는 음식을 받아먹었다. 마당에는 닭이 있고, 돌봐줄 사람이 다시 생기니 좋았다.

2주 뒤, 그리니 교수님과 대학원생 몇 명이 도착해 온갖 과학 장비들을 차에서 내리고 곧장 일을 시작했다. 처음 몇 주 동안은 데이터를 수집했다. 나는 묻는 질문에 대답하고 신선한 복숭아 통조림을 가져다주었을 뿐 그들 일에 관여하지 않았다. 날이 추워지면서는 신발 상자에 뜨거운 커피 한 주전자와 머그컵을 가득 담아서 가져다주었다. 12월이 되어 눈이 내리기 시작할 무렵, 그리니 교수님은 계획을 세웠다. 노스포크밸리의 울창한 저지대인 웨스트엘크 산맥 너머에 적당한 지역을 찾아서 겨우내 우리 농장의 비옥한 양토와 일치하는 새로운 토양을 준비한 뒤, 이듬해 봄이 되면 과수원 땅을 깊숙이 파내어 나무를 한 그루씩 옮기자고 했다. 교수님의 말마따나 그건 우리 할아버지의 꿈만큼 불가능한 일도 아니었고, 비용을 충당할 대학 보조금도 이미 찾았다고 했다.

"애초에 기적의 복숭아였잖아요."

교수님은 나를 안심시켰다. 그러더니 기적 같은 건 존재하지 않는다고 말하는 과학자의 얼굴로 이내 미간을 찌푸렸다.

아이올라에서 마지막 겨울을 날 준비를 모두 마쳤다. 체로 밀가루를 치듯 고운 눈발이 농장 전체에 내려앉으면서 모든 창조물을 가만히 쉬게 했다. 나는 그 고요함이 반가웠고, 온화한 날들에 익숙해져 갔다. 변화가 다가오고 있었다. 그리니 교수님이 파오니아라는 작은 도시에 있는 적당한 땅을 찾아주었고, 나는 땅을 보지도 않고서 부동산 중개업자에게 전화를 걸어 구매 의사를 전했다. 이제는 정말로 다가올 봄을 준비해야 했다.

다음 할 일은 과거에서 무엇을 챙겨 갈지 결정하는 것이었다. 나는 헛간에서 부셸 바구니들을 모아다가 응접실 한구석에 쌓아둔 하얗고 깨끗한 행주 더미 옆에 놓았다. 매일 저녁, 루비앨리스의 식사를 챙겨주고 강아지들을 집 안으로 들인 다음, 가족들의 물건들로 둘러싸인 금색 소파에 앉아 이삿짐을 꾸리려고 했다.

그러고 있으니 전에 우리 집에 왔던 공무원 생각이 자주 났다. 그 공무원은 두 번째 왔을 때 바로 이 소파에 앉아 가느다란 다리를 꼬고, 매끈한 두 손을 한쪽 무릎 위에 곱상하게 포갠 채 내가 이집에 남겨두고 떠나는 물건들은 경매에 붙여지거나 불태워지거나물에 잠길 거라고 태연하게 말했다. 나는 그의 새파란 눈에서 고개를 돌려 응접실을 둘러보았다. 모슬린 베개와 자수 액자 속 정교한 바느질 한 땀 한 땀에, 저 높이 달린 흰 선반 위 도자기 십자가에, 참나무 탁자 위 하얀 도일리 한가운데 놓인 어머니의 애장품 담청색 꽃병에 어머니가 있었다. 어머니의 반대를 무릅쓰고 아빠가 들여왔던 번쩍번쩍한 밤색 라디오에는 아빠가, 손수 만든 체커 판에는 캘 오빠가, 비비언 이모가 가장 좋아했던 의자에는 이모가 있었다. 나는 고개를 저으며 남자에게 아무것도 남겨두지 않을 거라고 호언했다.

"그렇다면 여기에 서명해 주십시오."

그는 내게 또 다른 서류를 건네고서 맨 아래 비어 있는 검은 선을 손가락으로 가리키며 회의적인 미소를 띠었다.

"혹시 모르니까요."

나는 황당한 나머지 눈을 한 번 치켜뜨고 서명을 했다.

부셸 바구니를 앞에 두고도 무엇 하나 챙길 수가 없었다. 물론 시도는 해봤다. 그러나 어머니의 쿠션이 없는 소파, 담청색 꽃병이 없는 탁자는 아무래도 말이 안 되는 것 같아 제자리에 도로 갖다 놓을 수밖에 없었다. 라디오는 몇 년째 고장 난 상태였다. 체커 판에는 캘 오빠뿐 아니라 세스도 담겨 있었다. 어느 한 사람만 데리고 가는 건 불가능했다. 비비언 이모의 의자는 사실 말도 못 하게 불편했다. 그럼 *어머니의 책상은?* 잠시 생각했지만, 접힌 책상을 조심스럽게 펼쳐보니 모든 물건이 누구의 손도 타지 않은 채 너무나 완벽하게 정리되어 있었다. 그 책상은 여전히 오롯이 어머니의 것이었다. 매일 밤, 나는 난로에 장작을 때고 거실 창가에 앉아서 눈 내리는 바깥 풍경을 바라보았다. 그러고는 아직 짐을 싸기에는 너무 이르다고 혼잣말을 했다. 물론, 봄이 오면 어떻게든 짐을 쌀 것이다.

17장
1955년

　2월의 아침 공기는 상쾌하고 맑았다. 아침을 먹은 뒤 루비앨리스를 일으켜 화장실에 가는 것을 도운 뒤, 앙상한 팔을 부축해 창가 의자에 앉혔다. 한때 희미하게나마 묻어났던 표정은 이제 읽을 수조차 없어졌지만, 창밖에 보석처럼 흩날리는 눈발과 짙푸른 하늘을 내다보는 걸 좋아하는 것 같았다. 루비앨리스의 가느다란 머리카락을 빗겨주었다. 노파는 흔들리는 손을 내 쪽으로 뻗고서 비단 같은 손끝으로 내 손목을 어루만졌다. 우리의 작고 기이한 우정 덕분에 자기도 외롭지 않았다고 말하는 것 같았다.

　얼마 뒤 루비앨리스에게 꿀을 넣은 오트밀을 먹이고, 낮잠을 잘 수 있도록 다시 누비이불에 데려가 앉혔다. 마을에 후딱 다녀오려고 방한부츠를 신고 파란 양털 코트를 입었다. 두 군데만 다녀오면 됐다. 먼저 채프먼스 슈퍼마켓에 들러 식료품 몇 가지를 산 다

음 저니건스에 들러 새 도끼 자루를 하나 사올 요량이었다. 동네
사람들과 수다를 떨 일도 없으니 늦어질 리도 없었다. 동네 사람
들이 날 보고도 고개인사조차 하지 않은 지 벌써 몇 달째였다. 동
네 사람들은 내가 우리 집을 팔았다는 사실만으로도 이를 갈았는
데, 그사이 내가 루비앨리스에게도 매매를 강요하고 그 이득을 몽
땅 갈취했다는 소문이 돌았다. 소문이 퍼진 이후로 나는 그야말로
사회의 천더기가 되었다. 물론 나는 루비앨리스에게 댐 건설이나
정부의 땅 매수 제의에 관해서는 입도 뻥긋하지 않았다. 그녀가
평안한 마음으로 여생을 살다 가는 게 돈보다 더 중요하다고 생각
했기 때문이다.

긴 진입로를 터벅터벅 걷고 있는데, 얼마 전까지만 해도 폐를
찢을 것처럼 날카로웠던 겨울바람이 어느덧 햇볕에 데워져 포근
하게 느껴졌다. 바닥에 쌓인 눈은 경이롭게 반짝였다. 앙상한 미루
나무 사이사이를 찌르레기들이 재잘거리며 날아다녔다. 봄이 오
고 있다는 확실한 신호였다. 루비앨리스 집을 지나자 솔밭에 둘러
싸인 그 작은 집이 내게 주었던 위안이 떠올랐다. 내가 처음으로
윌의 품에 안긴 곳이었고, 빅 블루에서 내려온 나를 루비앨리스가
돌봐준 곳이었다. 남겨두고 떠나야 하는 모든 것에 대한 아쉬움
이, 평생 같은 자리에 있었지만 이제 곧 물속에 잠겨버릴 풍경에
대한 아쉬움이 내 발목을 잡았다. 그러나 마을이 가까워질수록 너
무나 잔인한 무지의 동네이기도 하다는 생각이 들었다. 여기엔 외
로운 노파를 악마라고, 아름다운 구릿빛 피부를 지닌 소년을 비열
한 무법자라고 믿는 사람들이 살고 있었다. 말도 안 되는 분노의

화살이 이제는 나를 겨냥하고 있었다. 그리움이 아무리 커진다 한들 이곳에 남고 싶을 만큼은 아니었다. 나는 이 동네를 떠날 날을 꿈꾸며 메인 스트리트를 걸어 채프먼스 계단을 올라갔다.

입구에 서서 코트의 단추를 풀고 있는데, 조리 식품 코너에 앉아 있는 손님들의 머리 너머로 채프먼 아저씨가 날 냉담하게 쳐다보았다. 나는 신경 쓰지 않았다. 손님 두 명이 의자를 돌리자 던랩 부부의 얼굴이 정면으로 나타났지만 조금도 겁을 먹지 않았다. 사람들이 뭐라고 하든 나는 이미 면역이 되어 있었다.

밀리 아주머니가 노래하듯 내 이름을 부를 때도 나는 눈 하나 깜짝하지 않았다.

"이게 누구야, 토오오오리 내애애애애시."

던랩 부부는 고맙게도 아빠가 돌아가신 뒤에도 수확 철이면 꾸준히 우리 농장에 일꾼들을 보내주었다. 그해 가을까지도 일꾼을 보내주었지만, 내가 땅을 팔았다는 소문이 돈 이후로는 더 이상 복숭아 배달을 주문하지도 노점에 들르지도 않았다.

"안녕하세요, 던랩 부인."

나는 밀리 아주머니에게 대답한 뒤 매슈 아저씨를 향해 고개를 끄덕였지만, 아저씨는 몸통을 휙 돌려버렸다.

"아유, 얘는. 부인은 무슨. 밀리. 그냥 밀리라고 부르래두으."

아주머니가 스툴에서 일어나 쓰러지는 나무처럼 내 앞으로 다가왔다. 어찌나 날쌘지 도망갈 틈도 없었다.

"이게 얼마 만이니?" 아주머니는 포옹을 하다 말고 양손으로 내 어깨를 붙잡아 세웠다. "세상에! 예쁘기도 하지."

아주머니의 둥근 얼굴은 이제 양배추처럼 주름이 가득하고 창백했지만, 무해한 척하는 반달 모양의 갈색 눈만큼은 여전했다. 그러나 그 반달 같은 눈도, 노래하듯 다정한 말투도 믿을 게 못 된다는 사실을 나는 이미 오래전에 깨달았다. 여인숙 부엌에서 내가 윌의 행방을 물었을 때 '더러운 인전 놈'이라며 서슴없이 혐오감을 드러냈던 게 벌써 7년 전 일이었지만, 내게는 어제 일처럼 또렷했다. 채프먼스 슈퍼마켓 입구에 서서 그 가짜 미소를 보고 있으니 내가 과수원과 관련된 일을 제외하고는 아주머니와 그토록 오랫동안 거리를 두고 지냈던 이유가 새삼 또렷하게 떠올랐다.

아주머니는 내게 수확을 잘 마쳤냐고 물었다. 자기네가 일손을 보내준 것에 대해 감사 인사를 받기 위한 질문이었기에 나는 고맙다고 인사했다. 아주머니가 날씨를 시작으로 온갖 쓸모없는 수다를 퍼부어 대는 동안 내 머릿속은 어떻게 하면 여기서 빠져나갈 수 있을지 하는 궁리로 가득했다.

그 대화에서 아직 벗어나기 전에 아주머니가 너무나도 많은 이를 드러내며 말했다.

"아, 그렇지! 오랜만에 동생을 만났으니 정말로 좋겠구나."

따귀를 한 대 맞은 것처럼 눈이 멍해졌다.

"네?" 물론 아주머니의 말을 똑똑히 들었지만, 귀로 들어온 그 말은 내 머리로 가지 않고 귀에서 내장으로 곧장 내려가 버렸다.

"세스가 돌아왔으니 말이야."

아주머니는 같은 말을 반복했다.

"너희 남매에게 얼마나 잘된 일인지 모르겠어."

밀리 아주머니는 장난 치는 고양이처럼 내 팔뚝을 툭 쳤다.

다른 사람 입에서 동생의 이름을 듣는 건 몇 년 만에 있는 일이었다. 나는 세스가 동네 사람들의 기억 속에서 지워졌다고 생각했다. 동네 사람들이 액운을 경계하고 수치심을 들추지 않기 위해 흉작이 들었던 해나 부주의한 콤바인 사고를 굳이 꺼내지 않는 것처럼.

"네가 그 공무원들한테 어떻게, 얼마를 받았는지 세스가 *아무것도* 모르고 있더라. 우리 부부가 얼마나 놀랐나 몰라. 보상금 절반은 자기 몫일 텐데 그걸 모르고 있더라고."

반달 같은 그녀의 눈이 더 높이 굽었다.

"세스는⋯⋯." 쉰 목소리가 나왔다. 동생의 이름이 목구멍을 불태우는 것 같았다. "세스는 캘리포니아에 있어요."

"오, 이런 몰랐구나."

화들짝 놀란 척 연기하며 내 팔을 또 한 번 치는 아주머니의 표정은 내게 어쩜 그렇게 멍청하냐고 묻고 있었다.

"물론 한동안 거기 있었다지⋯⋯ 프레즈노 근처에. 세스가 우리집 양반한테 그렇게 얘기했다더라⋯⋯. 근데 이제 몬트로스로 온 지 1년은 족히 됐을걸? 마을 서쪽 말야. 옥수수 통조림 공장에서 일한댔나? 경매장에서도 가끔 봤는데, 며칠 전에는 영화 보고 나오면서도 봤어. 성격은 참 안 변하지. 세스는 여전히 말수가 없더라. 왜, 세스 성격이야 너도 잘 알잖니."

아주머니는 거기서 말을 멈추고 내 반응을 살폈다.

그럼요, 알다마다요. 앞에 있는 면상에 침을 뱉고 싶었다.

"딱하기도 해라. 뭐 때문인지 잔뜩 골이 나 있던데."

상냥한 척하던 아주머니의 표정이 찌무룩하게 변했다.

"네가 땅을 판다는 얘기를 들었는지, 그 미친 노인네를 데려다가 그네 집도 팔게 했다는 소문을 들었는지, 원."

아주머니는 잔인하게 말을 잠시 멈추더니 어깨를 으쓱했다.

"어쨌든 세스가 집에 들를 거라고 했단다. 나는 이제 다 해결된 줄 알았더니."

세스가. 아이올라에 있다니. 밀리 던랩은 내게 제대로 한 방 날리고서 거드름을 피우며 의자로 돌아갔다. 그 묵직한 엉덩이가 의자에 다시 붙기도 전에 나는 그대로 돌아 나와 집으로 달려갔다.

찬바람에 발개진 얼굴로 부엌문을 열고 뛰어 들어갔다. 숨을 고르거나 신발을 벗을 틈도 없이 곧장 루비앨리스의 방으로 달려가 냅다 문을 열었다. 내가 무슨 일을 걱정하고 있었는지(손에 흉기를 든 세스가 루비앨리스 주변을 맴돌고 있을까 봐 염려했는지, 이미 습격한 이후의 피비린내 나는 현장을 마주할까 봐 걱정했는지) 나도 잘 모르겠지만, 어쨌든 루비앨리스는 내가 나갈 때와 똑같은 모습으로 얕은 숨을 편안하게 내쉬고 들이쉬며 낮잠을 곤히 자고 있었다. 그녀의 옆에서 웅크리고 자던 작은 개 두 마리가 나른한 듯 눈을 들어 쳐다보더니 금세 다시 잠들었다.

부엌 싱크대로 가 유리잔에 물을 따르는데 손이 덜덜 떨렸다. 유리잔에 가득 채운 물을 벌컥벌컥 들이켠 뒤 한 잔을 더 마셨다. 창문 밖 세스의 로드스터는 여전히 나를 따라다니고 있었다. 윌이 죽던 날 밤, 이 창문 너머에서 세스의 차가 굉음을 내며 미끄러지듯 지나가던 그 장면은 결코 머릿속에서 지워지지 않을 것이다. 바로 그 자리에 세스가 사악한 얼굴로 또다시 거수경례를 하며 나타날 것 같았다. 그러나 그는 거기에 없었다. 응접실에도, 위층에도, 헛간에도 없었고, 옛날에 세스가 돼지들을 돌보던, 다 무너져가는 돼지우리에 숨어 있지도 않았다. 과수원을 오가는 길에 쌓인 폭신한 눈에는 누구의 발자국도 찍혀 있지 않았다. 나는 가능성이 있든 없든 온갖 곳을 샅샅이 뒤져가며 종일 세스가 오는지 살폈다. 세스를 찾아다니지 않을 때는 겁에 질린 개처럼 온 신경을 쫑긋 곤두세우고 경계했다. 커튼이라는 커튼은 죄다 치고, 창문과 문도 빠짐없이 잠갔다. 그날 밤 나는 한숨도 자지 않았다.

달빛 한 줌 없던 그날 밤, 10대 시절 여러 날 그랬던 것처럼 침대에 누운 채로 방문 손잡이를 쳐다보았다. 혐오가 밀려들었다. 세스를 향한 혐오였지만 나를 향한 것이기도 했다. 남동생을 두려워하며 너무 오랜 세월을 허비한 스스로가 혐오스러웠다.

산막에 간 지 얼마 안 됐던 때를 떠올렸다. 산막 밖에 뭔가 사악한 존재가 도사리고 있다는 확신에 잠 못 들던 긴밤, 뭐가 나타나든 상대할 수 있다고 마음을 다잡으며 하루하루 용기를 냈다. 출산할 때의 공포와 기쁨, 한 생명을 창조해 이 세상에 데려올 때의 기쁨, 그리고 그 생명을 살리기 위해 아기를 눕히고 돌아설 때의 결단을 떠올렸다. 집에 돌아와 아빠를 마주한 일, 아빠에게서 느낀 사랑, 아빠가 떠난 뒤에도 꿋꿋하게 버텨낸 시간들을 떠올렸다. 포치에 널어놓은 누비이불의 조각보를 세스의 얼굴로 착각했던 날, 화가 나서 이불을 홱 잡아당기며 두 번 다시 세스의 괴롭힘에 놀아나지 않겠다고 다짐했던 일을 떠올렸다.

　나는 이불을 걷어차고 벌떡 일어났다. 세스가 오고 있대도 상대할 준비가 되어 있었다.

　다음 날 아침, 잿빛 하늘에서 장엄하게 동이 텄다. 무색의 일출이 시작될 때 나는 컴컴한 부엌에서 아빠의 소총을 옆에 끼고 앉아 커피를 홀짝이고 있었다. 아빠가 돌아가신 뒤로 총에 손댄 적은 없었다. 아니, 돌아가시기 전에도 나는 수년 동안 총을 건드리지 않았다. 마지막으로 총을 쐈던 건 열세 살 때였다. 그때 아빠는 집 뒤편 울타리에 코카콜라 병을 세워놓고 나를 데려가서 여남은 발을 쏘게 했다. 총 쏘는 게 내키지도 않았고, 처음 몇 발은 표적 근처에 가지도 못했다. 그러나 내가 순종적이었던 것만큼이나 아빠의 고집은 보통이 아니었기에 우리 부녀의 사격 훈련은 계속되었다. 마침내 나는 여섯 발을 연거푸 명중시켰고, 그제야 아빠에게 이제 그만하고 싶다고 간청했다. 팔을 짓누르는 총의 무게도, 귀청을 찢을 듯한 큰 소리도, 내 얄팍한 어깨를 강타하는 반동도, 매캐한 냄새도 싫었다. 심지어 총알이 표적에 적중하는 것조차 싫었다. 공중으로 퍼지는 유리병 파편을 보고 있으면 꼭 총알에 파괴되는 삶을 보는 것 같았다. 나는 총을 식탁 의자에 기대어 세워놓긴 했지만, 정말로 쏠 생각은 없었다. 세스가 나타났을 때 총을 들고 있는 내 모습을 보여주고 싶었다. 나는 더 이상 세스가 기억하는 것처럼 약해빠진 여자가 아니라는 걸 똑똑히 보여줘야 했다.

　두려워하지 않기로 마음먹은 나는 닭에게 모이를 주고, 개들의 사료를 챙기고, 나무를 하고, 루비앨리스의 아침으로 오트밀 죽을 만들기 시작했다. 그러는 동안 한 순간도 총을 멀리 두지 않았다. 농장을 떠나고 싶다는 갈망이 시시각각 커졌고 나는 마침내 짐을 꾸리기 시작했다. 불안한 에너지를 쏟아부어서인지 정오도 되기 전에 부셸 바구니 네 개를 가득 채울 만큼 짐을 쌌다. 점심을 먹자마자 다시 짐을 챙겼다. 갑자기 이삿날이 너무나도 기다려졌다.

응접실의 높고 흰 선반에 어머니가 진열해 둔 도자기 십자가를 내리려고 헛간에서 사다리를 가져왔다. 낡은 사다리가 아래에서 흔들리고 삐걱거렸지만, 진열품에 감탄하느라 사다리에서 내려오지도 못하고 추억에 잠겼다. 크리스마스 아침이면 어머니는 해마다 아빠가 선물한 새 십자가의 포장을 뜯으면서도 매번 깜짝 놀라며 기뻐했다. 십자가들은 내 손바닥만 한 크기에 흰색 유광 재질이었고, 청색 물감으로 칠해진 띠나 꽃, 새 그림으로 장식되어 있었다. 해마다 12월이면 아빠가 저니건스에 가서 시어스 로벅* 카탈로그를 보며 특별 주문한 것들이었다. 나는 우리 부모님의 전통에 담긴 애정을 느끼며 십자가 하나하나를 닦아 포장했다. 수집품 중에 부러진 십자가가 하나 있다는 걸 기억하고 있었던 나는 더 조심히 옮기려고 그걸 유심히 찾았다. 아빠가 접착제로 붙여둔 깔쭉깔쭉한 이음새를 손끝으로 문지르고 있자니 끔찍했던 크리스마스 아침이 떠올랐다. 그날 놀림을 받다가 화를 주체하지 못한 세스가 옆에 있던 물건을 집어 들어 캘 오빠에게 던졌다. 어머니가 받은 선물이 응접실 벽에 부딪히더니 조각난 채로 바닥에 떨어졌

---

* Sears Roebuck. 미국의 유통업체로, 미국 전역에 카탈로그를 배포해 우편 주문을 받음으로써 소매점이 드문 시골에도 다양한 상품을 판매하며 사업을 확장했다.

다. 어머니의 반응을 기다리는 응접실에 정적이 깔렸다. 어머니는 그저 이를 악문 채 움켜쥔 손을 내려다보았다. 세스가 골을 부릴 때면 대개 화를 내던 어머니였는데 그날은 그저 슬퍼 보이기만 했다. 아빠는 우리 셋 모두를 응접실에서 쫓아냈고, 나는 크리스마스 날 아침 내내 아벨의 마구간에 들어가 펑펑 울었다.

접착제로 붙인 십자가를 손에 들고서 오래전 그날의 울적함에 빠져 있는데, 선반 위 다른 십자가 뒤에 엎어져 있는 나무 십자가가 눈에 들어왔다. 버드나무 가지 두 개를 겹쳐 빨간색 크리스마스 띠로 가운데를 고정시켜 만든 십자가였다. 오랫동안 잊고 지냈던 그 물건의 존재가 단숨에 기억났다. 그건 세스가 어머니에게 만들어준 십자가였다. 그날 식탁에 흑설탕을 발라 구운 햄을 차려낸 부엌으로 불려 들어갔을 때, 세스는 겸연쩍은 표정으로 어머니 앞에 작은 상자 하나를 내밀었다. 리본이 엉성하게 묶인 상자 안에는 나무 십자가가 들어 있었다. 점잖게 선물을 받아 든 어머니는 여전히 우울한 얼굴로 선물을 식탁에 올려둔 채 식사를 시작했다. 우리가 접시를 건네줄 때까지도 세스는 고개를 푹 숙이고서 아무도 쳐다보지 않았다. 명절에만 먹을 수 있는 별식으로 풍성한 밥상이 차려져 있었지만, 세스는 음식을 거의 입에 대지 않았다.

나는 금이 간 도자기 십자가와 손수 만든 나무 십자가를 양손에 하나씩 쥐고서 사다리에서 내려왔다. 두 개의 십자가 모두에 동생의 진짜 모습이 담겨 있었다. 세스는 충동적이고 사납긴 하지만 가끔 옳고 그름을 분명하게 이해하고 행동할 때도 있었고, 사랑받는 방법을 잘 모르면서도 항상 더 많이 사랑받고 싶어 했다. 세스의 지독한 성질과 그로 인한 슬픔이 내 기억을 잠식해 버린 나머지 어머니에게 사과의 선물로 줄 버드나무 십자가를 정성껏 만들었을 그 꼬마를, 나는 하마터면 떠올리지 못할 뻔했다. 어머니는 그 십자가 두 개를 다 소중히 간직했다. 그래서인지 왠지 나도 거기서 어떤 의미를 찾아야 할 것만 같았다. 나는 십자가 두 개를 손바닥에 올려두고 한참을 바라보다가 부엌으로 들고 가 쓰레기통 안에 떨어뜨렸다.

며칠 후, 점심 설거지를 마치고 접시를 닦아 찬장에 넣고 있는데 현관 앞 포치에서 묵직한 발자국 소리와 함께 쿵쿵쿵 세 번의 노크 소리가 들렸다. 누구냐 물을 것도 없이 세스였다. 나는 신경이 곤두서는 바람에 부엌에서 유난스럽게 종종거렸다. 농장에 들이닥치는 세스의 모습을 숱하게 상상해 봤지만, 정중하게 현관문을 노크하는 세스는 어느 시나리오에도 없었다.

크게 심호흡을 한번 하고서 아빠의 총을 집어 들었다. 복도를 지나 거실을 가로지르는 동안에도 세스가 무작정 들어올 수 있을 온갖 경우의 수를 생각했다. 수십 년간 포치 기둥에 걸어두던 열쇠를 진작에 치워놓긴 했지만, 세스가 자기 열쇠를 가지고 있을 수도 있었다. 창문을 깨고 들어올 수도 있었다. 어깨로 힘껏 밀쳐서 현관문을 부수고 들어올 수도 있었다. 그러나 내가 가까이 다가가자 세스는 한 번 더, 이번에는 조금 더 크게 노크할 뿐이었고, 그러자 루비앨리스의 방 안에 있는 개들이 한층 사납게 짖어댔다.

용기를 내 거실 창문에 눈을 대고 바라보니, 동생이 맞은편 유리창에 코를 갖다 댄 채 안을 쳐다보고 있었다. 나는 깜짝 놀라 뒷걸음질 쳤다. 심장이 쿵 내려앉았다.

"누나, 빌어먹을 문 좀 열어봐."

세스가 창문 너머에서 큰 소리로 나를 불렀다.

흘깃 본 게 다였지만, 세스는 전보다 더 마른 데다 검고 텁수룩한 수염까지 기르고 있어서 생각보다 더 어른처럼 보였다.

"얼른." 날 달래는 듯한 낮은 목소리로 세스가 다시 한번 재촉했다. "안 잡아먹어, 누나."

가만히 감정을 추스르고 보니, 내가 겁을 먹은 건 나의 안위 때문만은 아니었다. 세스가 무슨 짓을 하든 그 칼끝이 나를 향해 있다면 그건 충분히 상대할 수 있었다. 그러나 루비앨리스를 향해 있다면, 나도 확신할 수 없었다. 개들이 조용해졌을 때 나는 다시 창문으로 가까이 다가가 유리창 너머로 세스에게 포치에 있는 의자에 앉으라고 명령하듯 쏘아붙였다. 세스는 내 말에 키득거리면서도 순순히 내 말에 따랐다.

나는 스웨터를 걸쳤다. 그런 다음 총을 움켜쥐고 문 밖으로 나가자마자 현관문 손잡이의 잠금용 꼭지를 누른 뒤 서둘러 등짝으로 문을 밀어 닫았다. 세스에게서 잠시도 눈을 떼지 않고 잰걸음으로 현관에서 멀찍이 걸어갔다.

세스가 쉰 목소리로 웃었다.

"아니, 총이라면 아주 질색을 하는 줄 알았더니."

"맞아. 지금도 그래."

나는 세스가 가장 먼저 알아차린 게 총이라는 사실에 흡족했다.

내가 총을 들고 있는 의도를 세스가 알아주길 바랐다.

서로를 탐색하는 사이 긴 침묵이 흘렀다. 눈앞에 있는 청년은 틀림없이 세스였지만, 이상하게도 세스가 아니었다. 예전과 똑같이 담배와 위스키 냄새를 풍기고 있었지만, 아이올라에서 도망쳤을 때 체구가 땅딸막하고 머리칼이 연갈색이던 열여섯 살 소년은 이제 진갈색 머리칼과 갈색 수염을 기른 스물두 살 남자가 되어 있었고, 얼굴형도 달라져 있었다. 진한 눈썹 사이에는 깊은 주름이 패어 있었고, 한쪽 뺨에는 주름처럼 생긴 흰 상처가 나 있었다. 익숙한 회색 눈동자는 여전히 한시도 가만두지 못했지만, 웬일인지 내가 알던 것보다 한층 부드럽고 덜 공격적인 느낌이었다. 어깨는 떡 벌어져 있었지만 갈색 캔버스 재킷을 걸친 몸은 늘씬했다. 청바지의 꾀죄죄한 허벅지 쪽을 쉴 새 없이 문질러대는 손은 약간 떨리고 있었다. 손은 때가 묻어 더러웠고 아빠의 손이 그랬듯 마디마다 울퉁불퉁하고 두툼했다. 앉아 있는 자세만 봐도 지난 6년간 셀 수 없이 많은 문제를 겪었을 게 뻔했다. 보나마나 자기가 자초한 문제였을 터였다.

달라진 내 모습을 세스가 어떻게 생각하고 있을지 그 속을 읽을 수는 없었다. 그러나 나는 총을 들고 명령하는 게 이토록 편안할 줄 몰랐고 그 덕분에 다른 것은 별로 신경 쓰이지 않았다.

"몬트로스에서 우연히 던랩 부부를 만났는데,"

세스가 말을 꺼냈다.

"알아. 밀리 아주머니한테 다 들었어."

세스가 말을 끝내기 전에 내가 말을 끊었다.

"그랬어? 둘이 이제 안 친한 줄 알았더니."

나는 어깨를 으쓱했다.

"네가 찾아올 거라고 말해주더라. 돈 때문에."

"그럼 내가 올 줄 알았을 테니 놀라지도 않았겠네."

세스가 작게 웃었다.

"생각보다 늦게 온 것 말고는 뭐."

세스의 욕심을 비꼬는 말이었지만, 세스는 마치 우리가 우호적인 대화를 나누고 있다는 듯이 대꾸했다.

"어떻게 해야 할지 모르겠더라고. 떠날 때는 두 번 다시 안 돌아오려고 했는데."

아빠 장례식은 안 왔으면서 돈 때문에 그 다짐을 깼냐는 말이 목구멍까지 올라왔다. 이런 내 생각을 읽기라도 한 듯 세스가 어깨를 으쓱했다.

"꼭 돈 때문에 돌아온 건 아니고."

"그럼 왜 왔는데?" 내가 재촉했다.

"할 말도 있고."

세스가 곁눈질로 날 쳐다보았다. 오래전 크리스마스를 망친 뒤 어머니에게 십자가를 만들어 내밀던 그때 그 꼬마의 얼굴이었다.

견디기 힘든 상황을 마주했을 때 우리 남매가 헤쳐나가는 방식은 놀랄 만큼 다르다. 가족에게 비극이 닥쳤을 때 너무 어렸던 우리 남매는 상실을 어떻게 받아들여야 할지 전혀 몰랐다. 어머니, 캘 오빠, 비브 이모가 없는 그 자리에 쇠약해진 아버지와 심술궂게 망가진 이모부만 남겨진 집에서, 우리 남매는 평소처럼 각자의 역할을 더욱 공고히 하며 살아갔다. 나는 순종적인 딸의 역할, 세스는 심통 부리는 아들의 역할이었다. 나나 세스나 그것 말고는 달리 아는 게 없었다. 그러나 월을 사랑하게 되면서부터 나는 소심함이라는 갑옷을 던져버렸고, 베이비 블루를 만나면서 강해지는 법을 배웠다. 세스에게는 그런 운이 따르지 않았다는 생각이 들었다. 세스의 입에서 무슨 말이 나올지 마음을 단단히 먹고 기다렸다.

"이 말을 진작 했어야 했는데."

세스가 침을 꿀꺽 삼켰다.

"그 인전 애새끼 내가 죽인 거 아니야."

나는 호흡을 가다듬었다. 월은 애도 아니고 '인전 새끼'도 아니라고, 엄연히 이름이 있는 사람이고, 너 따위는 감히 상상조차 할 수 없을 만큼 멋있는 사람이라고 말하고 싶었다. 그러나 이제 와 그게 다 무슨 소용이랴. 나는 입술을 꾹 깨물며 대답했다.

"그래, 어련하시겠어. 돈 뜯어내려고 왔는데 네가 무슨 말을 못 하겠니."

"아니, 정말이야, 토리 누나."

세스가 거칠게 고개를 가로저었다.

"포레스트 데이비스였어. 그 사람이 끈으로…… 아무튼 그 사람이 한 짓이야. 내가 봤어. 같이 가지 말았어야 했는데, 어쨌든 내가 그런 건 아니야, 정말로."

세스가 알아차릴 만큼 총을 꽉 부여잡는 것 외에는 달리 할 수 있는 게 없었다. 내게 폭력은 화성만큼 멀고 낯선 것이었지만, 그 순간만큼은 폭발하는 복수심이, 내 고통을 조금이라도 지워내기 위해 필사적으로 상대방에게 조금이라도 더 큰 고통을 주고 싶어 하는 복수심이 이해가 됐다. 세스가 술에 취해 의기양양하게 집에 들어왔던 그날, 분명 양손에 피를 묻히고 있었을 그날, 그때 도망 치듯 기어 올라가는 행동밖에 하지 못했던 끔찍했던 그날 밤이 생 각났다.

"네가 그날 거기 있었으면."

나는 간신히 마음을 추스르고 다시 입을 열었다.

"왜 가만히 보고만 있었어?"

포레스트 데이비스가 살인에 가담했으리라는 건 늘 의심해 온 사실이었다. 그러나 약해빠지고 멍청하고 편협한 세스 녀석이 두 손 놓고 가만히 서서 윌이 죽는 걸 보고 있었다는 사실에 온몸이 떨렸다.

"어째서?"

버럭 소리를 지르고 싶었지만, 차오르는 눈물을 삼키고 침착하 게 다시 한번 물었다.

"못 하게 막았어야지, 왜 가만히 있었어?"

세스는 낡디낡은 마룻널만 한참 쳐다보다가 대답했다.

"내가 빌어먹을 멍청이였으니까. 성질만 고약한 바보였잖아."

손바닥으로 허벅지를 비비는 거친 소리만 들렸다. 세스가 재킷 주머니에 손을 넣어 럭키 스트라이크 담뱃갑을 꺼내 손바닥에 대 고 툭툭 한 개비를 꺼내더니 입술에 물고 불을 붙였다. 한 모금씩 길게 빨아들일 때마다 담뱃잎이 타들어 가는 소리가 정적을 깼다.

여남은 마리의 잿빛 뱀이 꾸물꾸물 기어오는 모양새로 먹구름이 밀려왔다. 화창했던 하늘이 금세 어두워지면서 눈 위에 기다랗게 그림자를 드리웠다. 매캐한 담배 연기도 차게 식었다.

　"그치만, 내가 아무리 멍청해도 그건 알았어."

　세스가 내 쪽으로 담배 개비를 흔들었다.

　"누나 네가 도망간 이유를 모를 만큼 바보는 아니었거든."

　나는 입술을 꽉 깨물고 가만히 기다렸다. 이제 세스가 내 임신 사실을 알고 있었다고, 아빠, 이모부, 라일 아저씨를 포함해 온 동네가 알고 있었다고 말하겠지.

　"우리가 누나까지 쫓을까 봐 무서웠던 거잖아."

　세스가 침울한 얼굴로 담배를 한 모금 더 깊이 빨아들이고 포치에 재를 떨어냈다.

　"아무리 그래도 내가 누나를 어떻게 하겠어. 누나랑 나는……그러니까 우리는…….."

　세스는 말을 멈추고 바닥을 쳐다보았다.

　"몰래 쫓아갔다가 그 인전 새끼랑 입 맞추는 거 봤을 땐 당연히 싫었지. 열받았어. 그래도 누나 잘못이라고 생각진 않았어. 그 인전 새끼가 그런 족속인지 모르고 그런 거니까. 누날 꾀어내려고 온갖 사탕발림에 별의별 술수를 쓰는 것도 몰랐을 거고."

　그 인전 새끼, 역겨웠다. 그런 족속. 사탕발림, 술수.

　어릴 적 나무집에 올라오지 못해 잔뜩 심통이 난 세스를 보면서 캘 오빠가 했던 말이 생각났다. 그냥 부러워서 저러는 거야. 너랑 내가.

"라일 그 자식이 어쩌나 숨통을 조여오던지, 데이비스가 동네를 뜨자고 하길래 가기 전에 누날 얼마나 찾아다녔나 몰라. 차 몰고 여기저기 안 간 데가 없어. 누나한테 알려주려고. 이제 동네에 데이비스도 없고, 그 인전 새끼도 없을 거니까 집으로 돌아와도 좋다고 말이야. 믿어줘."

믿지 않았다. 아니, 어쩌면 믿었는지도 모르겠다. 그러나 지금 내가 세스의 말을 믿든 믿지 않든, 그건 더 이상 중요한 문제가 아니었다.

"그래서, 원하는 게 뭔데?"

이 상황을 어서 끝맺고 싶었던 나는 무표정하게 물었다.

"대체 여기 왜 왔냐고."

"아, 나도 몰라."

세스가 마룻널에 담배 개비를 던지고 부츠로 짓밟았다.

"솔직히 돈 좀 받으려고 왔는데, 막상 와보니까……."

세스가 잠시 생각에 잠긴 듯 말을 멈췄다.

"아참, 그 미친 에이커스 노인네, 우리 집에 있다며, 진짜야?"

세스가 현관문을 가리켰다.

"아니." 내가 내답했다. "죽었어. 오래전에."

세스가 코웃음을 쳤다.

"내가 들은 거랑 얘기가 다른데."

나는 어깨를 으쓱하고 다시 물었다.

"원하는 게 뭐냐고, 세스."

"글쎄, 그냥 이것저것 궁금하네. 네가 떠나면 여기에는 누가 살려나? 과수원 농사는 누가 짓고?"

물고기가 살겠지. 이렇게 대꾸하고 싶었다. 물풀도. 그러다 썩어 없어질 거야.

"동네 사람들이 하는 말 들어보니까 진짜 여길 저수지로 만들진 못할 거라던데. 댐 짓는 거 자체가 불가능하대. 몰랐어? 땅 팔면 바보라고 다들 그래."

세스가 들었다는 말이 맞든 틀리든 내 알 바 아니었다. 내게는 계획이 있었고, 이 삶에서 빠져나갈 구멍도 있었다.

세스가 말을 이었다.

"누나가 여기 살기 싫으면 내가 살아도 되잖아. 집 없이 떠돌아다니는 것도 이제 지겹고. 솔직히 나만큼 이 과수원을 관리할 수 있는 사람도 없어."

"좋아."

나는 이걸 기회로 삼으려고 세스의 말을 덥석 물었다.

"데이비스를 라일 보안관한테 데려가서 자수시켜. 그리고 그날 밤에 네가 뭘 봤는지 다 증언하면 너한테 줄게."

"그게, 두 가지 문제가 있어." 세스가 대꾸했다. "첫째는, 수년 전에 죽은 인전 하나 때문에 배심원단을 꾸려주겠어?"

세스는 내 반응을 보려고 잠시 말을 멈추고 내 눈빛을 살폈고, 슬픔에 잠긴 내 눈은 그의 말이 옳다고 대답하고 있었다.

"그리고 둘째, 그렇게 된다고 한들 아무 소용 없어. 프레즈노에 있을 때 싸우다 죽었어, 데이비스."

세스가 자기 뺨에 있는 흰색 상처를 가리켰다.

"그 망할 놈이 까딱하면 나까지 데리고 갈 뻔했다니까."

세스는 또 잠시 말을 멈췄다가 덧붙였다.

"그 일에 정의는 거기까지야."

내 눈이 따끔거렸다. 제발 세스가 가줬으면 했다.

"난 여름이 오기 전에 이 집에서 나가니까 그때까지 여기에 코빼기도 비치지 마. 네가 뭘 하고 살든 내 알 바 아니니까 네 멋대로 사는데, 내 눈에 띄지 말라고. 여기서 또 보는 날에는 이 집 구석구석에 휘발유 들이붓고 몽땅 태워버릴 거야."

세스가 비웃었다.

"과수원은 못 태울걸."

"아니, 제일 먼저 불태울 거야."

나는 세스를 노려보며 마음에 없는 말을 했다.

언짢아 보이는 세스의 눈은 이 잔혹한 세상을 막무가내로 사는 그 애에게도 적어도 한 가지, 복숭아만큼은 소중하다고 말하고 있었다.

"내가 못 할 것 같아?"

나는 세스에게 가까이 다가갔다.

"내가 떠난 뒤에도 한동안은 얼씬도 하지 마. 다 끝난 다음에 와서 살 수 있으면 살아. 라일 보안관한테 걸려도 내 알 바 아니고, 공무원이 찾아와도 난 모르는 일이야. 무단 침입으로 걸리거나 말거나 그건 알아서 해."

내가 침착하게 대응하자 세스는 어리둥절해하는 눈치였다. 그러나 물에 잠겨버릴 것들 말고는 세스에게 줄 게 없었다. 나무들을 구해내 새로운 삶을 시작하고 나면 농장에 무슨 일이 일어나든 내겐 아무 의미가 없었다. 나는 세스도 아무 의미 없는 존재라고 속으로 되뇌었다. 그가 다시 돌아왔을 때, 과수원은 이미 사라지고 농가는 텅 빈 채 후회로 얼룩진 기억만 남아 있을 것이다. 내 복수, 월이 받아야 할 정의는 세스가 다시 나타날 그날, 거니슨강이 넘쳐흘러 이곳의 모든 걸 지워버릴 그날 비로소 완성될 것이었다.

나는 총을 들고 세스의 가슴을 정면으로 겨누었다.

"이제 그만 꺼져."

세스는 나를 쳐다보며 자리에서 일어났다. 지칠 대로 지친 데다 괴로워하는 얼굴이 그를 스물두 살이 아니라 여든 살의 노인으로 보이게 했다. 세스의 얼굴이 너무 슬퍼 보여서 순간 나는 한때 동생을 아꼈던 어린 누나의 애틋한 마음으로 돌아갔다. 두려움과 혼란을 풀어내고 애틋함만 남기고 싶었다. 동생을 구해주고 싶었다. 동생의 악함과 세상의 악함을 내 선한 행동으로 상쇄하고 싶었다. 나도 전에는 상상하지 못했던 내 모습이 내 안에 있었다고, 그러니 네 안에도 생각지 못한 면이 존재할 거라고 세스에게 말해주고 싶었다.

그러나 세스가 터벅터벅 포치 계단을 내딛고, 긴 진입로를 빠져나가 미루나무 너머로 사라질 때까지도 나는 총을 겨눈 손을 내려놓지 않았다. 저 멀리서 엔진의 굉음과 함께 자동차가 떠나는 소리가 들릴 때까지, 나는 총신을 내리기는커녕 숨소리조차 내지 않았다.

세스가 겨울을 챙겨서 떠나기라도 한 것처럼, 그다음 날부터 본

격적으로 얼음이 녹기 시작했다. 2주 사이, 쌓여 있던 눈이 녹아 군데군데 진흙 밭이 되더니 한순간에 땅이 초록으로 뒤덮였다. 그리니 교수님과 학생들이 엘크산맥 너머 새로운 땅에서 정지整地 작업*을 마무리하는 동안 나는 이곳에 두고 떠날 고목을 제외한 나머지 나무들의 앙상한 가지를 하나하나 치고 다녔다. 가지치기를 하는 내내 나는 성공적으로 이식할 수 있을 거라고, 5월이 오면 나도 내 나무들도 파오니아에서 함께 꽃필 거라고 소리 내 말했다. 말하는 동안에도 혹여나 실패할까 봐 오장이 옥죄였다. 너무나 그리워질 고목의 널찍하고 구불구불한 줄기에 등을 기대고 진흙 바닥에 앉아서 손을 모아 기도했다. 내 기도가 하늘에 닿길 간절히 바랐지만, 그건 신이 아니라 누구보다 과수원을 사랑하고 잘 아는 아빠가 들어주길 바라는 기도였다. 축복을 내려주고 도움을 베풀어달라고, 기적의 복숭아와 좋은 날씨를 허락해 달라고, 혹시 모든 게 엉망진창이 되더라도 최소한 노력은 했으니 나를 용서하고 이해해 달라고 기도했다.

3월 첫날, 나는 그리니 교수님, 학생 네 명과 함께 굵은베 여러 장을 옆구리에 들고 나란히 섰다. 학생 둘이서 조심스레 땅을 파고 뿌리 주변의 흙을 풀며 첫 번째 나무를 뽑는 모습을 나는 초조하게 지켜보았다. 땅속에서 나무를 뽑아 올리자마자 나와 그리니 교수님은 곧장 무릎을 대고 바닥에 앉아서 두툼하고 복잡하게 얽혀 있는 뿌리에 감탄하며 엉겨 있는 흙이 최대한 떨어지지 않도록

---

* 파종이나 이식하기에 앞서서 토양 조건을 개량하기 위해 땅을 고르는 작업.

손으로 뿌리를 받쳤다. 나머지 두 학생이 서둘러 굵은베로 그 거대한 뿌리를 감쌌다. 우리는 다 함께 뿌리를 감싼 더미를 외바퀴 손수레에 싣고 나무를 굴려서 미리 세워둔 평판 트레일러에 실었다. 그러니 교수님이 엄지를 치켜들며 희망에 찬 미소를 지어 보일 때까지 나는 숨도 제대로 쉬지 못했다. 속이 약간 메스꺼웠지만, 나도 씽긋 웃었다.

트레일러의 평판을 가득 채워 보내고 또 새로운 평판을 채울 때까지 우리는 하루에 한 그루 한 그루씩 작업을 이어갔다. 과수원 땅에 생긴 거대한 구멍들이 마치 찢긴 상처 같았다. 나무가 뽑히고 흙이 찢기고 바위와 뿌리가 떨어져 나가면서 과수원 땅이 무혈의 고통을 느끼고 있는 건 아닐지 걱정되었다. 훗날 이곳에 물이 차오르면 마지막 숨마저 고통스러워할 과수원 땅이 걱정되었다. 그러나 내가 산에서 얻은 가르침이 있다면, 그건 땅은 지속된다는 것, 필요한 때가 되면 인간의 어리석음을 없애고, 가능할 때 제 모습을 되찾고, 앞으로 나아간다는 사실이었다. 그래도 푸르스름한 땅거미가 내려앉는 서늘한 저녁, 뒤엎어진 과수원에 앉아 있을 때면 이따금 나는 내가 한 짓에 대해 사과했다.

루비앨리스는 이제 거의 종일 잠을 잤고, 다가오는 변화와 내 계획을 전혀 걱정하지 않는 듯 보였지만, 첫 번째 평판이 가득 채워질 무렵부터 음식을 건넬 때마다 고개를 돌리기 시작했다. 아이올라는 그녀의 집이었다. 저 나무들처럼 집을 떠나 다른 곳으로 끌려가기를 거부했던 게 아닐까 조심스레 짐작했다. 그녀가 먹지도 움직이지도 않고 그렇게 며칠이 흘렀다. 루비앨리스의 마지막 시간이 가까워졌다는 걸 감지한 나는 깡마른 그녀와 작은 개들을 아빠의 트럭에 태우고 솔밭 사이에 있는 그녀의 원래 집으로 갔다. 루비앨리스가 좋아했던 소파에 몸을 눕히고 누비이불을 덮어준 지 몇 시간 지나지 않아서 그녀의 호흡이 점점 짧고 얕아졌고, 숨 쉬는 간격은 점점 더 길어졌다. 그녀는 푸르스름한 손을 가슴에 포개고, 어깨 옆에 웅크린 개 한 마리, 그녀의 몸에 딱 붙어 잠자는 개 네 마리와 함께 누구나 바라는 모습으로 평화롭게 눈을 감았다. 나는 그녀의 이마에 입을 맞췄다. 그녀의 삶과 죽음이 반가웠다. 루비앨리스의 삶은 너무나 기이하고 독특하지만 놀라울 정도로 내 인생과 겹쳐져 있었고, 루비앨리스의 죽음은 내가 겪은 유일한 호상이었다.

"흐르는 강물처럼."

나는 윌을 대신해 루비앨리스에게 마지막 인사를 나직이 속삭였다. 그리고 맹세컨대 분명 그녀의 영혼이 떠오르는 걸 느꼈다.

루비앨리스의 유해를 안장하는 날, 아이올라 묘지에는 최근 우리의 삶이 그러했듯 우리 두 사람과 머리 위의 빅 블루가 전부일 터였다. 여름 내내 하얀 데이지가 피어나는 땅, 그녀가 떠나보낸 가족과 내 가족과 동네 사람들의 가족이 수수한 묘비 아래 잠들어 있는 땅에 그녀를 묻는 건 적절해 보였다. 마을이 저수지에 잠길 날이 오면, 이들의 유해는 땅과 함께 물속으로 가라앉거나 공무원이 약속한 대로 높은 언덕 위에 기념비와 함께 새로 만들어질 묘지에 다시 안치될 것이었다. 나는 루비앨리스의 옷장 서랍에서 발견했던 오래된 물건들을 상자에 조심스럽게 담아서 휘트 목사님에게 건네며 관을 봉인하기 전에 그 안에 넣어달라고 부탁했다. 목사님은 매장하는 날 아침 장지에서 내게 몇 마디 건네고 싶다고 했고, 나는 알겠다고 대답했다.

짹짹거리는 참새들과 완벽한 황금빛 햇살이 장지로 가는 길에 동행했다. 목사님이 기도하는 동안 나는 고개를 숙여 묘에 참배했고, 마지막으로 작별 인사를 고했다. 새로운 삶이 내 앞에 펼쳐지고 있었다. 그동안 나는 지난날의 선택을 끊임없이 돌아보며 의심했다. 그러나 우리 삶은 지금을 지나야만 그다음이 펼쳐진다. 그러므로 우리는 지도가 없고 초대장이 없더라도 눈앞에 펼쳐진 공간으로 걸어 나가야만 한다. 그건 윌이 가르쳐주고, 거니슨강이 가르쳐주고, 내가 생사의 갈림길을 수없이 마주했던 곳인 빅 블루가 끊임없이 가르쳐준 진리였다. 그것이 옳든 그르든, 내가 나아가야 할 다음 단계가 내 앞에 펼쳐져 있었고, 나는 그걸 믿으려고 최선을 다했다. 이 장례식을 끝으로 아이올라와 나 사이 인연의 끈이 끊길 것이었다. 그러면 나는 곧 내 길을 떠날 것이다.

잘 정돈된 공동묘지에 가까워지자 모여드는 인파가 보였다. 보면서도 믿기지 않았지만 정말이었다. 스무 명을 훌쩍 넘는 동네 사람들이 새하얀 단철 문을 통해 묘지로 들어오고 있었다. 검은색으로 단정하게 옷을 차려입은 사람들이었다. 아직 봉오리를 틔우지 않은 꽃 대신 세이지를 리본으로 묶어 만든 다발을 손에 들고 들어오는 사람들도 있었다. 나는 사람들 사이에 자리를 잡았고, 곧 전통적인 장례식이 시작되었다. 목사님은 찬송가를 불렀다. 희끗한 봉우리들이 반짝였다. 동네에 장례식이 있을 때마다 언제나 그랬듯 우리는 모두 손을 잡고 다 함께 「날빛보다 더 밝은 천국」*을 불렀다. 어두운 표정으로 서 있는 사람들을 둘러보았다. 미첼 가족, 휘트 형제, 버넷 선생님 부부, 저니건 아저씨, 거의 알아보지 못할 뻔한 동창 몇 명, 아빠와 함께 일했던 목장주 몇 명, 그 외에 마을 사람 몇몇이 보였다. 상종 못 할 나쁜 사람은 하나도 없었다. 모두 어릴 때부터 봐온 점잖고 성실한 사람들이었다. 장례식이 있으면 빠지지 않고 찾아가는 사람들. 최선을 다해, 그러나 맹목적으로 자신의 것들을 지켜온 사람들. 모든 게 물에 잠기고 나면 이들이 어디로 갈지, 어떤 사람으로 살아갈지, 이제 무엇을 지키려고 할지, 어떻게 다시 마음을 다잡고 삶을 살아나갈지 도무지 상상이 되지 않았다.

사람들이 묘지를 나설 때 나는 참석해 준 모든 이에게 감사 인사를 건넸다. 많은 사람들이 적어도 그 순간만큼은 지난 일을 잊고 내 손을 잡아주었다. 만약 윌의 장례식을 열 기회가 있었더라면 이들 중 몇 사람이나 왔을지 궁금해졌다. 그래, 전부 다 오지는 않았을 것이다. 그러나 틀림없이 대부분은 참석했을 것이다. 그러자 그동안 내가 마을 사람들에 대해 오해하고 있었던 것들, 잊고 있었던 것들이 머릿속에 떠올라 굵은 눈물방울이 되어 두 뺨을 타고 주르륵 흘러내렸다.

휘트 목사님과 그의 아들들이 매장을 마친 뒤 까만 트럭에 장비를 싣고 묘지를 떠났다. 나는 한동안 가만히 서서 에이커스가의

---

* In the Sweet By-and-By. 장례에 주로 사용하는 찬송가.

구획에 놓인 여덟 개의 작은 묘비 사이에 갓 올라온 봉분을 바라보았다. 루비앨리스가 마침내 가족 곁에 누웠다는 생각에 어쩐지 마음이 놓였다.

우리 식구들은 저 위쪽 풀이 무성한 언덕에 묻혀 있었다. 그리로 걸어가 이름이 크게 쓰여 있는 아치형 나무판을 매만졌다. 그곳에 사람들이 모여서 손을 맞잡고 한 사람 한 사람에게 노래를 불러줄 때마다 나는 언젠가 내가 죽으면 내 장례식도 이런 모습이겠거니 생각했었다. 마지막 작별 인사를 건네고 언덕을 내려오는데 인생이 참 묘하다는 생각이 들었다. 내 죽음은 고사하고 한 치 앞의 삶조차 어떤 모습일지 알 수 없었다.

3월 중순이 될 무렵 그리니 교수님과 나는 복숭아나무가 마지막 한 그루까지 땅에서 뽑혀 옮겨지는 모습을 끝까지 지켜봤다. 그러고는 마지막 나무들과 함께 나도 아이올라를 떠났다.

닭들이 들어가 있는 닭장을 금색 소파 위에 올렸다. 낡은 트럭 짐칸에 실어둔 소파 옆에는 가정용품으로 가득 찬 부셸 바구니들, 복숭아 병조림으로 채워진 나무상자들, 아빠가 쓰던 과수원 장비들, 일손을 거들어준 학생들이 최대한 빼곡하게 실어준 온갖 살림이 실려 있었다. 그리니 교수님과 학생들은 나보다 먼저 새로운 과수원으로 가기 위해 그들의 차에 짐을 실었다. 나는 마지막으로 집 안에 들어가 보려고 샛문으로 돌아왔다가 이내 걸음을 멈추었다. 진즉에 방마다 들어가 저마다의 고요함을 음미한 뒤였고, 내가 남기고 떠날 추억이며 물건들에 용서를 구한 뒤였다. 나는 안으로 들어가지 않고 마지막 바구니를 조수석에 실었다. 파란색 띠를 둘러 중요한 물건이 담겨 있다는 표시를 해둔 바구니였다. 그 안엔 어머니의 도자기 십자가와 자수 액자, 성경책이 들어 있었고, 아빠의 플란넬 셔츠가 들어 있었고, 루비앨리스의 누비이불 두 장과 내가 가장 좋아하는 그녀의 도자기 인형이 들어 있었다. 나는 집 안과 마당에 있는 작은 개들을 데려다가 뒷좌석에 태웠다. 그리고 마지막으로, 부엌문을 잡아당겨 세게 닫았다.

긴 진입로를 벗어나는 내내 뒤돌아보지 않으려고 무척 애썼다. 그러나 도무지 그럴 수가 없었다. 나는 트럭을 세우고 밖으로 나와 나를 만들어준 이 공간을 마지막으로 오랫동안 바라보았다. 그러고 나서야 트럭으로 돌아와 차를 몰았다. 나는 과거를 뒤로하고 새롭게 출발할 것이었다. 나는 기적을 바라지 않았다. 그저 새로운 토양이 충분히 강인하기만을 바랐다. 뿌리째 뽑힌 내 나무들이 새로운 곳에서 온갖 역경을 견디고 살아남는다면, 빌어먹을 온갖 불행이 닥치더라도 나 역시 살아남을 수 있을 것 같았다.

3부
1955~1970년

18장

1955년

파오니아를 가본 건 처음이었다. 그랜드 애비뉴를 운전하는 내내 파오니아는 내가 살기엔 지나치게 화려한 동네라는 생각이 들었다.

자동차 앞 유리 너머로 가장 먼저 눈에 들어온 건 정돈된 보도와 말끔한 연석이었다. 그 위로 높이 솟은 파라다이스 극장 옆면에는 큼직한 영화 포스터가 걸려 있었고, 그 옆에는 노란 바탕에 빨간 필기체로 '헤이스 버라이어티'라고 쓰인 벽돌 건물이 우뚝 서 있었다. 길가에는 녹색 어닝과 깨끗한 유리문으로 단장한 카페가 있었다. 유리문 앞에 놓인 칠판에는 송어를 곁들인 와플이 오늘의 특별 메뉴로 준비되어 있다고 적혀 있었다. 그랜드 애비뉴를 지나가는 동안 몇몇 사람이 신기하다는 듯한 눈으로 나를 쳐다보았다. 요란한 엔진 소리를 내며 이들의 평온한 봄날 오후를 방해하게 된 나는 민망해서 어찌할 바를 몰랐다.

　그러나 그랜드 애비뉴를 벗어나서 2번가로 접어들고 이내 미네소타 크리크 방향으로 난 철길을 건너자 과수원과 목초지와 넓은 평야가 눈앞에 펼쳐졌다. 멀리 보이는 솔숲이 굽은 산등성이로 이어졌고, 그 산등은 눈 덮인 봉우리 두 개를 연결하고 있었다. 하나는 들쭉날쭉 험하고, 다른 하나는 고래 등처럼 매끄러운 봉우리였다. 출발하기 전에 그리니 교수님이 휘갈겨 건네준 메모를 계기판에서 집어 들고, 거기 쓰인 대로 핸들을 틀었다. 빨간 헛간이 나오면 좌회전, 배수로 위 다리를 건너 이름 없는 비포장도로로 우회전, 그다음 갈림길에서 한 번 더 좌회전.

　곧 내 새로운 농장이 보였다. 농장은 처음 만나는 먼 친척처럼 서먹서먹하게, 그러나 아주 반갑게 나를 반겨주었다. 농가는 푸른 수레국화 빛깔이었다. 페인트칠과 양철 지붕을 새로 해야 할 것 같아 보였지만, 포치도 널찍한 데다 2층에 나란히 나 있는 하얀 창틀에는 중간 문설주까지 달려 있었다. 네모반듯하고 사랑스러운 건물이었다. 잔디가 깔린 자그마한 마당은 민들레로 노랗게 물들어 있었고 녹음 짙은 미루나무가 널찍한 그늘을 드리우고 있었다. 녹슨 울타리에는 새싹을 틔우는 라일락, 아직 이름을 알 수 없는 갖가지 관목이 줄지어 있었다. 자갈이 깔린 진입로를 따라 들어가 보니 기다란 옆 마당으로 이어졌다. 불룩하게 솟아 있는 부엌 텃밭, 벽돌로 된 테라스, 잡초가 무성한 화단을 지나자 낡은 차고가 보였다. 차고의 널찍한 출입문이 활짝 열려 있었고, 안은 텅 비어 있었다. 허락 없이 남의 집에 들어온 느낌이 들어 잠시 멈칫했지만, 진입로의 자갈길이 계속 이어지기에 나도 계속해서 길을 따라 들어갔다. 늘어진 버드나무 두 그루, 지금은 휴지기인 산딸기나무로 빙 둘러싸인 낡은 헛간 한 채, 세월의 풍파에 잿빛으로 바래긴 했어도 여전히 튼튼해 보이는 반듯하고 큼직한 헛간 한 채를 차례로 지나갔다. 이윽고 과수원이 눈에 들어오기 시작하자 가슴이 콩닥콩닥 뛰었다.

나무가 보였다. 내 나무들이었다. 아직 땅에 심기지 않아 뿌리 주머니를 달고서 푹 파인 구멍 옆에 이상한 각도로 누워 있는 나무들도 있었으나 대부분은 반듯반듯 긴 줄을 맞춰서 높다랗게 서 있었다. 밑동은 하나하나 땅에 박힌 채 뿌리 덮개에 덮여 있었고, 가지들은 새로운 하늘을 향해 쭉쭉 뻗어 있었다. 나무들도 이사에 동의한 것 같아서, 내가 끔찍한 실수를 저지른 게 아니라는 확신이 생겨서 마음이 놓였지만, 나무들이 나를 반겨줬다고 말하긴 이른 감이 있었다. 다만 새로운 땅에 심긴 나무들을 보면서 내가 확실하게 깨달은 게 있다면, 그건 새로운 여정이 시작되었다는 사실이었다. 앞으로 무슨 일이 일어날지 전혀 알 길이 없었다. 그러나 이 땅이 내 운명을 결정할 거라는 사실 하나만큼은 똑똑히 알고 있었다.

그리니 교수님과 학생 몇 명이 내 트럭 소리를 듣고 과수원 길가로 달려 나오더니 시합에서 이긴 아이들처럼 두 팔을 위아래로 흔들며 환호했다. 나도 경적을 마구 울려대며 인사에 화답했다. 아주 오랜만에 그 어느 때보다 희망찬 기분을 느꼈다. 마침 멀지 않은 곳에서 낮고 길게 기적 소리가 들렸다. 달리는 기차의 덜컹거리는 익숙한 소리에 나는 몇 년 만에 처음으로 씽긋 웃었다.

그날 과수원을 걸으며 나무를 하나하나 매만지며 몇 그루인지 숫자를 세어보고, 축복의 말을 건네고, 소리 내어 격려했다. 그 뒤로도 몇 주 동안은 하루에 두 번씩 이 일을 반복했다. 아빠에게 물려받은 전문 지식과 내 직감, 그리고 교수님의 조언에 따라 나는 가지를 치고 물을 주고 비료를 주면서 부디 잘 살아 있다는 징후를 내게 보여달라고 나무를 조금씩 어르고 달랬다.

저녁이 되어 농가로 들어갈 때마다 영락없이 남의 집에 들어가 살림을 꾸리는 것 같아 마음이 이상했다. 오래된 농가에서는 낡은 집 특유의 냄새가 났다. 수많은 이야기의 냄새, 수십 년간 켜켜이 쌓여온 고소한 아침밥 냄새, 커피 냄새, 수도꼭지 냄새, 가족의 냄새, 인생의 냄새, 그리고 케케묵은 나무에서 나는 냄새가 났다. 아이올라 집에서 나던 것과 비슷한 냄새도 있었으나 이곳에서 나는 냄새에는 우리 가족의 이야기도 습관도 역사도 담겨 있지 않았다. 내가 이사 온 파오니아의 집에 어떤 유령들이 살고 있을지 모르지만 어쨌든 나는 기를 쓰고 이 집에 정착하려고 애썼다. 거실 창으로 산이 가장 잘 보이는 곳에 금색 소파를 두고 매일 밤 소파에서 잠을 잤다. 벽로 선반 위에는 어머니의 도자기 십자가들을 조심스럽게 진열해 두었다. 부엌 찬장에는 흰 접시들을 넣어두었고 작년에 수확한 복숭아로 만들어둔 병조림 여남은 개를 팬트리에 한 줄로 늘어놓았다. 부엌에는 전에 살았던 사람이 놓고 간 길쭉한 소나무 식탁이 있었다. 가져가자니 너무 번거로워 두고 간 것 같았다. 위층에는 참나무 헤드 보드가 깔린 퀸 사이즈 침대 두 개, 같은 재질로 보이는 책상이 배치되어 있었다. 이 가구들은 내가 어서 새집에 정착해 이들의 진짜 주인이 되어주길 기다리고 있는 것 같았다.

처음 몇 주 동안은 과수원에 나가 있지 않을 때면 어디에 있어야 할지 몰라 망설였다. 루비앨리스의 개들을 데리고 시골길과 도랑을 따라 산책 다니는 일과 집에서 가져온 씨앗을 텃밭에 심는 일이 도움이 됐다. 매주 목요일이 되면 그리니 교수님이나 그의 학생 한 사람이 데이터를 수집하기 위해 들렀고, 그때마다 점심을 같이 먹으면서 여전히 더디고 불확실한 과수원의 진행 상황을 그들에게 알려주었다. 이웃들이 저마다 할머니의 비법으로 만든 캐서롤이나 갓 구운 파이, 잼을 들고 찾아올 때면 나는 정중하게 선물을 받고 전화번호를 교환했다. 이웃들은 다정했지만, 젊은 여자가 혼자 과수원 농사를 할 거라는 말을 듣고 나면 고개를 갸웃했고, 십중팔구는 농사가 망할 거라며 내 앞날을 걱정했다. 내시 복숭아에 대해 이미 알고 있다는 사람들조차 내게 나무들이 전에는 복숭아가 잘 자라는 땅에 있었기 때문에 농사가 잘됐던 거라고, 이곳은 체리, 배, 사과를 재배하기에나 적합한 땅이라며 행여 내 나무들이 살아남는다고 하더라도 이전처럼 특별한 열매를 맺을 거라 기대하진 말라고 조언했다. 에둘러 말하느냐 노골적으로 말하느냐의 차이가 있을 뿐 주민들은 하나같이 비관적이었다. 그런 말을 들을 때마다 나는 고개를 끄덕이고 악수를 하면서 겉으로는 그렇게 돼도 괜찮다고, 전혀 상관없다고 대꾸했다. 그러나 속으로는 이 사람들이 우리 내시 복숭아를 반으로 딱 쪼개어 한 입만 먹어보면 이런 생각을 못 할 거라고 확신했다. 그리고 제발 그런 기회가 생기기를 간절히 기도했다.

4월 하순의 어슴푸레한 아침, 소파에 앉아 커피를 마시며 비 내리는 바깥 풍경을 바라보고 있었다. 세상은 포근하고 조용했다. 납빛 구름이 골짜기를 켜켜이 덮고 있었다. 그 무렵 나는 창밖의 새로운 풍경을 거의 머릿속에 집어넣은 뒤였다. 창밖으로 멀리 보이는 소나무 숲은 가파른 바위를 향해 솟아 있었고, 뾰족한 바위는 불쑥 올라와 톱니처럼 깔쭉깔쭉한 램본산의 벼랑으로 이어져 있고, 나무로 뒤덮인 벼랑의 경사면은 바로 옆 랜즈엔드산으로 완만하게 이어져 있었다. 그러나 그날 아침에는 플란넬 담요 같은 연회색 구름 때문에 보이는 게 거의 없었다. 보이는 거라고는 구름 사이로 삐쭉 튀어나온 두 개의 봉우리 끄트머리뿐이었다. 하나는 들쭉날쭉하고 다른 하나는 매끈한 봉우리. 두 봉우리 모두 하늘을 찌를 듯이 높이 솟아올라 있었다. 마치 보랏빛 일출의 첫 조각을 앞다투어 잡아채고 싶어 하는 것 같았다. 세상이 뒤집혀서 땅과 구름이 뒤바뀐 것 같은 모습이었다. 창밖의 세상은 아름다웠고, 동시에 혼란스러웠다.

마침내 비가 그치자 작업용 장화를 신고 과수원으로 향했다. 축축한 흙에서 진하고 달큰한 냄새가 났지만, 아이올라에서 맡던 냄새와는 달랐다. 새들은 미동도 없이 조용했다. 멀리서 기차 경적이 울렸다. 낮은 데서 맴돌던 두터운 구름이 서서히 솟아올라 산꼭대기와 태양의 희망마저 지워버렸다. 그날 예정돼 있던 암울한 작업을 하기에 맞춤인 분위기였다. 그 무렵 드디어 내 나무들에 빛나는 초록 잎이 돋아나기 시작했다. 기적처럼 생명과 꽃과 열매를 약속하는 콩알만 한 크기의 꽃봉오리들이 이파리 사이사이에 단단히 묶여 있었다. 그러나 그날, 나는 클리퍼를 들고 가지를 헤치고 걸어 다니며 마지막 꽃봉오리 하나까지 모두 잘라내야 했다. 꽃봉오리가 은은한 분홍빛 꽃으로 피어날 때까지 보석처럼 애지중지 돌보는 것만 배웠던 내게는, 그리고 평생 그렇게 해왔던 내게는 너무나 가혹한 작업이었다. 가위질을 한 번씩 할 때마다 복숭아 농사에 관한 내 모든 지식과 믿음이 싹둑싹둑 잘려 나갔다. 그러니 교수님은 내게 연구 결과를 보여주며 이식 후 첫해에는, 어쩌면 두 번째 해까지도 열매가 열리지 않을 거라고, 꽃봉오리를 잘라내면 나무의 에너지를 다시 뿌리로 내려보낼 수 있다고 했다. 꽃봉오리를 희생하면 과수를 더욱 강하게 성장시킬 수 있다는 의미였다. 나는 교수님을 믿어야 했다. 그러나 가위질을 할 때마다, 귀중한 꽃봉오리가 쓸모를 잃고 땅바닥에 떨어질 때마다 가슴이 쓰라렸고, 아빠가 이걸 봤다면 뭐라고 하셨을까 하는 생각에 왠지 움츠러들었다. 다시 비가 내리기 시작하더니 안개처럼 가벼웠던 빗줄기가 금세 조약돌처럼 사납고 거세졌다. 나는 비를 피하지 않고 계속 가위질을 했다. 눈물이 비와 만나 두 뺨 위로 흘러내렸다. 고개를 하늘로 쳐들고, 두 눈을 감고, 항복의 의미로 두 팔을 쭉 늘어뜨린 채 빗줄기가 나를 흠뻑 적시도록 가만히 있었다.

그날 밤, 나는 루비앨리스의 누비이불을 덮고 또 소파에 누워 잠들었다. 그녀의 작은 개 두 마리가 내 발치에, 다른 두 마리는 하얀 달빛을 받으며 내 옆 방바닥에 웅크리고 누워 있었다. 가장 늙은 개 한 마리는 며칠째 보이질 않았다. 길을 잃거나 코요테에게 잡힌 게 아니라면 늙은 개들이 그렇듯 죽을 때가 되어 집을 떠난 게 아닐까 싶었다. 루비앨리스라면 이런 상황을 어떻게 받아들였을까. 루비앨리스는 어떤 상황에서든 잠연하게, 냉정하게 행동했으니, 나도 집 나간 강아지 때문에 호들갑 떨지 않으려고 노력했다. 그러자 월이 사랑스러운 두 손으로 살려냈던 바둑강아지가 떠올랐다. 그 강아지는 지금 어떻게 되었을까. 어쩌면 이렇게 까맣게 잊고 살았을까. 수년 동안 잊고 살았던 강아지 생각에 느닷없이 슬픔이 복받쳤다. 가슴께에서 이불을 움켜쥔 나는 마룻바닥에서 서서히 올라와 내 몸을 가로지르는 달빛을 맞으며 펑펑 울었다. 달빛이 내 얼굴에 닿을 즈음, 달빛을 피해 두 눈을 감고 숨죽여 눈물을 흘렸다. 물론 강아지 때문에 흐르는 눈물은 아니었다.

꿈속에서 포대기로 감싼 아기를 안은 채 길고 넓은 길을 걸었다. 왼팔로는 아기의 포동포동한 엉덩이를 받치고 오른팔로는 아기의 등을 감싸고, 오른손으로는 비단결 같은 아기의 머리를 내 어깨에 뉘인 채 빠른 걸음으로 걸었다. 아기의 숨결이 자그마한 깃털처럼 내 목을 간질였다. 꿈속에서 나는 아기를 어딘가로 데려가야 했다. 그곳에 가야만 아기를 살릴 수 있었다. 그러나 그토록 서두르는 와중에도 어디로 가야 할지 도대체 알 수가 없었다. 어딘지도 모르는 그곳으로 아기를 데려가기 위해 나는 미친 듯이 발걸음을 재촉했다. 그런데 갑자기, 발이 땅에 붙은 듯 떨어지지 않았다. 조심스레 포대기 너머로 바닥을 내려다보니 발밑에 아무것도 없었다. 단단하게 내 발을 받치고 있어야 할 땅이 푹 꺼지고 없었다. 빛도 실체도 아무것도 없는 동굴처럼 시커먼 어둠뿐이었다. 심장이 마구 쿵쾅거렸다. 어떻게든 계속 걸어야 했다. 내 몸무게를 견디지 못하고 빙판이 깨질까 봐 전전긍긍하는 사람처럼 매우 조심스럽게, 나를 넘어질 줄 모르는 존재로 믿고 있는 내 아기를 꼭 껴안고서 앞으로 한 발을 내디뎠다. 순간 나는 미끄러졌고, 아기와 나는 끝없는 어둠 속으로 굴러 떨어졌다. 나는 아기를 놓치지 않으려고 온 힘을 다해 끌어안았다. 그러나 아기를 잡아당기는 중력이 너무나도 강했다. 아기가 내 품에서 떨어지는 순간 나는 벌떡 일어났다.

식은땀에 몸을 덜덜 떨면서 소파에서 벌떡 일어난 나는 어쩔 줄 모르고 주변을 빙글빙글 서성거렸다. 베이비 블루의 꿈을 꾸는 건 하루 이틀 일이 아니었지만, 이렇게 무서운 꿈은 처음이었다. 꿈속에서 아기를 놓친 것도 놓친 것이지만 어디로 가야 할지 몰랐다는 것 때문에 너무 두렵고 마음이 어지러웠다.

잠옷 위에 외투를 걸치고 마당으로 나갔다. 밤의 생물들은 모두 고요했다. 차가운 공기가 젖은 흙의 향긋한 내음을 머금고 있었다. 밝은 반달이 서쪽 언덕을 향해 기울어져 있었다. 나는 그늘진 풍경을 바라보며 잠시 가만히 서 있었다. 예전에 월이 여기나 저기나 똑같다고 했을 때는 그 말을 이해하지 못했다. 말은 그렇게 하지만 월도 사실은 그렇게 생각하진 않을 거라고 믿었다. 그러나 이제는 그 말의 의미를 알 것 같았다. 나를 받아줄 곳이 아무 데도 없으면, 모든 곳은 그저 아무 곳도 아닌 게 된다. 내 악몽에서처럼,

땅조차 믿을 수 없는 곳이 되는 것이다.

달 끝이 지평선 너머로 사라지고 검게 변한 하늘에 별이 뿌려지자 나는 축축한 풀밭에 무릎을 꿇고 부디 이 땅에 축복을 내려달라고 기도했다. 나무들과 함께 이곳을 집으로 삼고 싶었다. 그렇게만 된다면, 죽는 날까지 이 땅을 아끼며 돌보겠다고 맹세했다. 어떤 식으로든 응답을 받길 기다리는 동안 나는 무엇보다 원했지만 그동안 결코 인정하지 못했던 기도를 덧붙였다. 기적이든 운명이든 내 아들이 내 품으로 돌아오기만 한다면, 이 땅과 더불어 내 아들을 돌볼 수 있게 된다면, 여기나 저기나 똑같은 곳이 아니라는 걸 아들에게 가르쳐주겠다고, 광대하고 알 수 없는 이 세상 속 한 뙈기의 작은 땅이 우리를 이어준다는 사실을 가르쳐주겠다고 기도했다.

어둠 속으로 첫 발을 들여놓았을 때 사라지고 없던 밤의 소리가 다시 시작되었다. 귀뚤귀뚤 노래하는 귀뚜라미, 폴짝폴짝 뛰어다니는 여치, 젖은 갈대에서 울부짖는 청개구리, 부엉부엉 저 멀리서 공허하게 울어대는 부엉이까지. 밤의 소리를 듣고 있던 나는, 이들의 합창을 내 기도에 대한 응답으로 받아들였다. 그렇게 받아들여도 될 거라고 믿었다.

단잠을 깨운 건 쿵쿵쿵 노크 소리와 개 짖는 소리였다. 잠이 덜 깬 나머지 소파에서 일어난 뒤에도 현관문의 위치를 가늠하느라 잠시 비틀거렸다. 아직 집 안에 거울을 달지 않아 내 몰골을 볼 순 없었지만 그토록 정신없는 밤을 보냈으니 보나마나 꼴이 말이 아니었을 터였다. 퉁퉁 부은 눈을 비비고 머리핀으로 대충 머리를 올린 뒤 현관으로 걸어가다가 아차, 발걸음을 멈추었다. 여전히 잠옷 차림인 데다가 양쪽 무릎에 마른풀 얼룩까지 그대로 있다는 걸 깨달은 탓이었다. 전날 저녁에 바닥에 벗어놓았던 바지와 스웨터를 서둘러 챙겨 입었다. 문을 열자 눈부신 아침 햇살이 폭죽처럼 내 눈을 때렸다. 나는 해를 피해 눈을 움찔하며 포치에 드리운 높고 어두운 그림자를 노려보았다.

"내시 씨 되십니까?"

우편으로 모든 서류를 주고받은 탓에 한 번도 만난 적은 없지만 자주 통화해서 이미 익숙한, 부동산 중개업자의 낮은 목소리였다.

"네, 그런데요."

내가 쉰 목소리로 대답했다.

"안녕하세요, 저는 에드 쿠퍼라고 합니다."

그는 한 걸음 다가와 손을 내밀었다.

"이 집 중개인인데요, 정말 죄송합니다. 저 때문에 깨셨나요?"

이런 시골에 새벽 6시가 넘어서까지 자는 사람은 없었다. 아니, 그런 사람이 있다고 하더라도 해가 저리 높이 뜬 걸 보니 이미 9시는 족히 지난 것 같았다. 늦잠을 잔 이유가 무엇인지, 왜 이렇게 부스스한 꼴인지 뭐라고 해명이라도 할까 하다가 그의 새파란 눈동자가 태연하고 자비로워 보이기에 핑계는 관두고 커피나 청하기로 마음을 바꾸었다.

"하딩 부인이 두고 간 침대는 사용하지 않으시나 봅니다?"

그가 누비이불과 베개, 내 더러운 잠옷이 널려 있는 소파를 지나가며 물었다.

"네, 아직요."

아직이라니 무슨 뜻인지 잘은 모르겠지만 어쨌든 쿠퍼 씨는 내 대답이 마음에 든다는 듯 키득 웃었다.

나는 가스레인지에 물주전자를 올린 뒤 의자가 없어서 미안하다고 사과했다. 그는 어깨를 으쓱하더니 부엌 벽에 한쪽 어깨를 기대고 서서 새집에서의 생활은 어떠냐고 물었다. 그는 깃이 달린 흰 셔츠에 검은 바지를 입고, 앞코가 뾰족하고 광을 잃은 검은 구두를 신고 있었다. 대부분이 하얗게 센 그의 머리칼은 어려 보이는 얼굴과 태도와는 어울리지 않았다. 손목시계와 결혼반지는 둘 다 빛나는 금색이었고, 가슴 주머니에 꽂힌 두 개의 잉크 펜도 마찬가지였다.

"그럭저럭 잘 지내고 있어요."

나는 어물어물 말을 흐렸다.

"음, 아시겠지만 새로운 곳에 적응하는 일엔 시간이 걸리는 법이죠."

날 안심시키려는 듯한 말투였다.

"궁금한 거 있으십니까?"

"네, 사실 몇 가지 있어요." 나는 주전자 안에 커피 가루를 넣었다. "여기를 판 사람들이 궁금해요. 왜 떠났나요?"

"아 그게, 슬픈 사정이 있어요, 아주."

그가 고개를 가로저으며 이야기를 시작했다.

"좋은 분들이었어요. 다양한 품종의 사과를 재배했죠. 옥수수도 좀 키웠고. 그러다가 휴, 불운이 찾아왔어요. 전쟁 나간 아들은 죽고, 딸은 멕시코 남자랑 도망가 버리고. 혹시 1949년도 가뭄 기억하세요? 그때부터였어요. 하딩 씨가 술을 입에 대기 시작한 게. 그해에 거의 전 재산을 잃었죠. 과수가 죄 말라 죽는 바람에."

이후 하딩 씨는 서머싯의 한 광산에서 석탄 캐는 일을 했는데, 깊은 수직 갱도에 들어갔다가 심장마비로 세상을 떠났다고 했다. 한동안 하딩 부인은 식당에서 음식을 나르고 헤이스에서 계산원으로 불철주야 일했지만, 그걸로는 생활비를 감당할 수 없었다.

"라일라였어요, 성함이. 법 없이도 살 만한 좋은 분이었죠."

나는 하얀 머그 두 잔에 커피를 따라서 쿠퍼 씨에게 하나를 건넸다. 그는 고개를 까딱하며 잔을 받아 들었다.

"그럼 땅은요?"

"아, 잡초 밭, 쓰레기 밭이 돼버렸어요. 상상되시나요? 여기가 그랬다는 게? 조금만 신경 썼어도, 아니 주변에 도와달라고만 했어도 그 지경이 되지는 않았을 텐데. 그러다 그 과학자 양반, 교수님이죠? 거참 놀랄 노 자란 말이에요, 그 양반이 저한테 전화한 날이 라일라 하딩 씨가 그렁그렁한 눈으로 사무실에 찾아와서 집을 팔아달라고 얘기한 바로 그날이었어요."

우리는 둘 다 잠시 말을 멈추고 커피를 홀짝였다.

"내시 씨와 교수님이 해낸 일은 정말 대단해요."

그가 창밖을 가리켰다. 나는 공손하게 웃었다.

"최선을 다해야죠. 땅이 저를 허락해 주기만 한다면."

"변덕스러운 날씨며 슬픈 일 때문에 이곳을 떠난 사람이 하딩 씨 부부가 처음은 아니었어요. 내시 복숭아와 내시 씨에게는 더 밝은 미래가 펼쳐지길 기원합니다."

"밝은 미래를 위하여." 나도 맞장구를 쳤다.

우리는 머그잔을 맞부딪쳤다. 하딩가의 행운이 몇 날 몇 시에 꺾여 불행이 시작됐을지 몰라도 오랫동안 불운했으니 이제 다시 행운이 펼쳐질 때가 되지 않았을까 하는 생각이 들었다. 지난 밤 축축한 풀밭에 무릎을 꿇고 앉아 기회를 달라고 기도했던 내 모습이 떠올랐다.

에드 쿠퍼 씨는 계속해서 이 동네가 어떻고 주변 환경은 어떤지 자세히 설명해 주었다. 그중에는 이웃들 험담이나 맛있는 햄버거 가게, 신랑감을 찾기에 좋은 장소 등 내가 조금도 관심 없는 이야기들도 있었다. 물론 유용한 정보도 꽤 많았다. 그는 철도가 어디에서 와서 어디로 향하는지, 신선한 농산물을 파는 노점이 어디에 있고 화요일마다 열리는 칠일장이 어디에 서는지, 관개수로를 다시 쓰려면 어느 배관공에게 연락해야 하는지, 헛간 뒤편에서 녹슬고 있는 낡은 트랙터를 고치려면 어느 정비공에게 연락해야 하는지, 배수로가 봄철 빗물 때문에 막히거나 가을에 말라버리면 누구에게 연락해야 하는지도 알려주었다.

"제 배수로에 물을 공급하는 강 있잖아요." 여기가 내 것이라고 말해보는 게 처음이었다. "이름이 노스포크 맞죠?"

쿠퍼 씨가 고개를 끄덕였다.

"어디를 기준으로 갈라진다는 거죠, 정확히?"

"그야, 당연히 거니슨이죠."

"거니슨이요?" 나는 귀를 의심했다.

"그럼요. 거니슨강이 블랙 캐니언을 지나자마자 로저스 메사에서 노스포크강과 만나요."

그가 두 손을 펼쳐서 V자 모양을 만들어 합류점을 묘사해 보이고는 남쪽을 가리켰다.

"여기로부터 20킬로미터 남짓 아래서요."

쿠퍼 씨가 싱글벙글 웃고 있었다.

"음, 그 거니슨 강물이 바로 아이올라를 먼저 지나요. 그러니까 잘 알고 계시겠네요."

"네, 맞아요."

그건 내게 위안을 주려고 한 말이었고, 나 또한 그렇게 받아들였지만, 거니슨을 향한 내 감정은 달라진 물줄기만큼이나 극단적으로 변해 있었다. 옛날에 아빠와 세스가 소 떼를 몰고 내려갔던 알몬트 상류에서 거니슨 마을을 지나 아이올라를 지나 우리 땅을 지나, 아기를 향한 내 눈물이 여전히 흐르는 빅 블루 크리크를 지나, 윌의 비극적인 무덤이 된 블랙 캐니언을 지나 흐르는 거니슨강의 물길을 머릿속에 그려봤다. 그 거대한 강물은 내 이야기를 담고 있었다. 굽이치는 거니슨강 물에는 내 애증이 담겨 있었다. 그 물길이 여기까지 나를 따라왔다는 사실에 경외심이 들었다.

쿠퍼 씨는 커피를 다 마시고 부엌 조리대에 머그잔을 올려놓았다. 나는 현관문까지 따라 나가 그를 배웅했고, 햇빛 속으로 걸어가던 그는 내게 자주 보자고 인사하며 자기 아내의 이름은 젤다인데 한번 만나보면 좋을 것 같다고 얘기했다.

"아참, 이번 주 토요일에 워커 씨가 이사 전 벼룩시장을 열어요. 드라이 걸치 로드 바로 아래예요."

그가 포치를 지나다 말고 대뜸 손가락으로 가리켰다.

"가서 가구도 좀 사고, 시간도 좀 보내봐요, 내시 씨."

그는 다정하게 눈을 찡긋한 뒤 덧붙였다.

"아, 걱정 마세요. 워커 씨네는 슬픈 사정이 있는 게 아니니까요. 도시에서 온 사람들인데 다시 돌아가고 싶다고 하네요. 나 원 참."

"나 원 참." 나는 빙긋 웃으며 그의 말을 따라 했다.

소파에 놓인 분홍색 누비이불을 개면서 쿠퍼 씨에게 전해 들은 전 주인의 복잡한 삶을 생각해 보았다. 평화로운 농장을 떠나 지옥 같은 전쟁터로 떠난 하딩 씨네 아들, 짐작건대 금지된 사랑에 빠져 도망간 딸. 아들은 영웅으로 딸은 천하의 불효녀로 기억될 테지만, 이 현관문을 열고 나간 그 용기는 둘 다 대단한 것이리라. 고통을 잊기 위해 술을 마셨던 하딩 씨, 그 속에서 하루하루 가슴의 멍이 깊어졌을 라일라 하딩 씨를 생각했다. 그리고 이곳에 도착한 뒤 불안해하는 내 모습이 매일 밤 소파에서 잠자던 루비앨리스와 너무나 닮았다는 생각이 들었다.

갑자기 눈앞에 정답이 뚝 떨어지기라도 한 것처럼, 나는 개킨 이불을 들고 성큼성큼 계단을 올라가 복도 끝 벽장 안에 고이 넣었다. 그런 다음 목욕을 하고 정갈한 원피스로 갈아입은 뒤 낡은 트럭에 올라타 헤이스 버라이어티로 차를 몰고 가 태어나서 처음으로 새 침구를 장만했다.

집으로 돌아온 나는 창밖으로 과수원이 보이는 위층 침실을 쓰는 게 좋겠다고 결론을 내렸다. 새것이라 바스락거리는 침대 시트, 하늘색 면 담요, 어울리는 색깔을 찾느라 30분 넘게 고른 셔닐 스프레드를 깔아 널찍한 침대를 완성했다. 마지막 사치품으로 사온 뚱뚱한 베갯솜 네 개에 흰색 커버를 씌워 참나무 재질의 헤드보드에 받쳐놓았다. 한 걸음 뒤로 물러나 새로 생긴 내 침실을 감탄하며 바라보았다. 월은 '빅토리아'라는 내 이름이 꼭 여왕 이름 같다고 자주 놀리곤 했다. 보는 사람 하나 없었지만 나는 씩 웃으며 월에게 말했다. 한번 보라고, 이제 내 이름에 어울리는 침실이 생겼다고. 그러고는 매트리스 끄트머리에 앉아서 창밖을 내다보았다. 푸른 나무들이 빽빽하고 완벽하게 줄지어 서 있었다. 나무들 너머 내 땅 뒤편으로는 철조망 울타리와 은색 철문이 보였고, 그 너머로는 이웃의 건초 밭이, 그 너머로는 먼 산에서 녹은 눈이 흘러와 물이 붇고 반짝거리는 노스포크강이 보였다.

에드 쿠퍼 씨가 추천해 준 벼룩시장에도 다녀왔다. 거기서 사온 가구들을 내 취향에 맞게 배치했다. 헤이스에 가서 작고 노란 해바라기가 그려진 줄무늬 천을 사다가 손바느질을 해가며 부엌과 침실에 달 커튼을 만들었다. 나무에 돋아나는 꽃봉오리를 하나도 빠뜨리지 않고 모두 다 잘라냈고, 과수원에 물과 거름을 꼬박 꼬박 주면서 이게 서로에게 도움이 될 거라고 스스로를 다독였다.

서서히 이곳에 정착해 가는 동안, 일주일에 한 번씩 차를 몰고 계곡을 따라 노스포크강이 거니슨강과 합류하는 로저스 메사로 갔다. 거기서 나는 세이지와 야생 꽃과 버드나무가 잔뜩 드리워진 오솔길을 걷다가 신발을 벗고 바지를 걷어 올린 뒤 차가운 물속으로 걸어 들어가 두 강이 하나로 합쳐지는 정확한 지점에 서 있었다. 강물이 합류할 때 들리는 거친 물소리가 두 강의 오랜 대화를 제외한 다른 모든 소리를 집어삼켰다. 나는 미끄러지지 않으려고 돌멩이를 발가락으로 움켜쥐고 곧게 서서 물살에 맞서 균형을 잡으며 눈을 감고 귀를 기울였다. 맑은 물이 내게 뭐라고 했는지 내가 다 이해했다고 할 순 없다. 그러나 그 모든 말이 사실이었다는 것만큼은 틀림없다.

그해 늦여름, 나는 다리가 햇볕에 익어 따뜻해질 때까지 합류점 근처 강가에 앉아 있었다. 윌은 툭하면 내게 그냥 앉아 있지 말고 등을 대고 누워서 몸 전체로 땅을 느끼고 하늘을 바라보라고 했다. 그날 나는 세상을 온몸으로 빨아들이는 즐거움을 맛보기 위해 바닥에 누웠다. 강과 바위, 완벽하게 파란 하늘, 분주하게 움직이는 곤충들이 만들어내는 진동이 피부로 전해지는 것 같았다. 한참 뒤 자리에서 일어나 두 발로 서자 힘이 솟으며 확신이 들었다. 왔던 길 그대로 오솔길을 따라 내려가 낡은 트럭에 올라탔다. 내가 어디로 가서 무얼 할지 생각하기도 전에 트럭은 아이올라를 향해 달리고 있었다. 무슨 일을 끝내려고 그리로 향하는지는 나도 몰랐다. 이제 몇 킬로미터만 더 가면 세이지 관목이 무성한 언덕이 나올 터였다. 거니슨 밸리로 접어드는 언덕이었다. 그제야 나는 내가 가고 있는 곳이 집이 아니라는 걸 깨달았다.

아이올라로 가는 대신 50번 고속도로에서 우회전을 한 뒤 빅 블루 크리크와 나란히 달리는 자갈길로 들어갔다. 굶주리고 멍한 여자였던 과거의 내가 비틀비틀 내려왔던 그 언덕길을 지금은 트럭이 신음하며 올라가고 있었다. 그날 처음으로, 내가 아기를 눕혀놓고 떠나왔던 바로 그 장소로 돌아갔다. 뭘 찾고 싶어서 거기로 간 건지 모르겠다. 아들이 나를 기다리고 있기를 간절히 바랐던 그곳엔 공허함뿐, 그 무엇도 없을 것이다. 당연히, 그곳에 가더라도 아들을 찾을 리 없다는 걸 나는 알고 있었다.

이제 너를 맞이할 준비가 되었다고 말해주고 싶었다. 집을 떠나는 게 얼마나 큰 고통인지 알고 있다고, 너를 버리고 가서 너무나도 미안하다고, 끔찍하게 미안하다고, 그때는 너를 살릴 다른 방법을 몰랐다고 말해주고 싶었다.

자갈길은 세이지와 잡목 사이로 솟아올라 울창한 숲을 통과하는 좁다란 비포장도로로 이어져 있었고, 내 기억보다 더 길고 가팔랐다. 공터가 눈에 들어오자 숨이 막혔다. 길고 검은 자동차가 주차되어 있었던 바로 그 자리에 트럭을 멈춰 세운 뒤, 내 아기를 마지막으로 품에 안았던 공터를 향해 걸었다. 두 손을 가슴 위에 포개어 가슴에 꽉 붙여놓고, 쓰러진 통나무가 있는 데까지 걸어갔다. 갓난아기에게 젖 먹이는 젊은 여자가 여전히, 너무나도 뚜렷하게 보였다. 파랗고 검은 깃털의 스텔라 까마귀 두 마리가 꽥꽥 울어대던 그 폰데로사 나뭇가지에는 찌르레기가 앉아 재잘거렸고, 그 아래 그 여자의 남편이 서 있었고 그가 피우는 담배 연기가 꼬불거리며 퍼졌었다. 한때 빨간 돗자리가 깔려 있었던 바로 그 자리에 나무 그늘이 널찍하게 드리워져 있었다. 나는 내가 아닌 다른 어머니가 앉아 있었던 그 통나무에 주저앉아 펑펑 울었다.

그날 내가 경험했던 감정에 견줄 만한 건 출산밖에 없을 것이다. 구속받지 않는 동물성에 의해, 선택과 이성을 초월한 무언가에 의해, 원초적 추진력에 의해, 내 흐느낌은 거친 울부짖음이 되어 터져 나왔다. 나는 두 팔로 배를 감싸고 몸을 웅크렸다. 아무리 크게 울어도 빼낼 수 없는 정체 모를 덩어리와, 오직 아기만이 채울 수 있는 내 안의 깊은 동굴을 동시에 끌어안았다. 아들의 흔적을 맛보려는 사람처럼 차가운 산 공기를 꿀꺽꿀꺽 삼켜댔다. 마침내 눈물이 잠잠해진 뒤에는 아들의 목소리를 들으려는 사람처럼 눈을 감고 고요한 숲에 귀를 기울였다.

공터 모퉁이를 살피던 내 눈에 그날 다른 어머니가 날 위해 복숭아를 올려두었던 바위가 보였다. 주변의 다른 바위들과 모양이 달랐다. 밝은 빛의 둥그스름한 바위가 아니라, 구릿빛과 오렌지색이 섞인 빛깔에 모양은 들쭉날쭉했고, 깎아놓은 듯이 매끈한 밑바닥에는 마치 발톱 자국 같은 검은 줄무늬 세 개가 있었다. 두 쪽으로 갈라진 이후에 나머지 절반은 세월과 함께 닳아 없어진 것 같은 모양이었다. 오랜 세월 이 바위가 공터에서 마주한 모든 장면을 헤아려본다면, 바위에게 나란 존재는 그저 빗방울 하나처럼 아주 미미할 것이다. 그러나 내게는 남다른 의미가 있는 바위였다. 이곳에 서 있는 이 바위는 1949년 여름 이 공터에서 있었던 일이 내 꿈이 아니라는 명백한 증거였고, 내가 기억할 수 있는 기념물이었고, 내가 붙잡을 수 있는 닻이었다.

왜 그랬는지 모르겠다. 나는 머뭇거리며 그 바위가 있는 쪽으로 걸어갔다. 가슴 높이의 편평한 바위 꼭대기에는 구릿빛 솔잎 몇 개와 매끄럽고 둥근 돌멩이 하나 말고는 아무것도 없었다. 나는 돌멩이를 들어 손바닥에 올려놓고 복숭아를 생각하며 움켜쥐었다. 그러고는 바위에 등을 기댄 채 주변을 둘러보았다. 자홍색 분홍바늘꽃이 오후의 빛을 받아 예쁘게 빛났다. 내 울음소리에 겁을 먹고 달아났던 솔새들이 머리 위 나뭇가지로 돌아왔다. 고개를 숙여 보니 조금 전에 움켜쥐었던 돌멩이와 비슷하게 생긴 매끄러운 돌멩이가 눈에 띄어 허리를 굽혀 주웠다. 촉촉한 흙에 파묻힌 돌멩이가 또 하나 눈에 띄기에 그것도 주워 들었다.

그때 결심했다. 1년에 돌멩이 하나씩, 내 아들의 나이만큼 돌멩이를 줍자고. 매끄러운 돌멩이 여섯 개를 주워다가 이 바위에 올려놓자고. 그리고 내년 여름이 되면, 이 공터로 돌아와 돌멩이를 하나 더 올려놓고, 후년에도 하나 더 올려놓고, 해마다 하나씩 올려놓자고. 이 공터를 일종의 기념비로 삼고 내 아들을 가까이 느낄 수 있는 장소로 만들어서 해마다 내 아들의 생일을 축하하고 축복해야겠다고.

나는 돌멩이 여섯 개를 주워다가 바위 위에 하나씩 내려놓으며 완벽한 원을 그렸다. 그러면서 부디 지난 6년의 세월이 아들에게 다정했기를 간절히 기도했다.

19장

1955~1962년

가을이 오면 창문으로 들어오는 햇살의 각도가 달라진다. 아이올라의 농가에서도 그랬고, 파오니아의 새집에서도 마찬가지였다. 바깥의 기온이 몇 도든 나뭇잎이 무슨 색이든 그건 중요하지 않다. 가을은 언제나 남향 창문 정면으로 곧게 비쳐 들어오는 빛살과 함께 찾아온다.

창문을 때리는 직사광이 아니어도 1955년 가을은 내가 알던 그 어떤 가을과도 달랐다. 잘 익어 수확을 기다리는 복숭아가 없었다. 온도계를 주의 깊게 살필 일도 없었다. 서리가 내리면 어쩌나, 바람에 바구니가 쓰러져 복숭아가 멍들었으면 어쩌나, 일손이 부족하면 어쩌나 걱정하느라 밤잠을 설칠 일도 없었다. 아침저녁으로 과수원에 나가 나무를 돌보았지만, 내가 할 일이라고는 인내심 있게 기다리는 것뿐이었다. 산막에서 초여름을 보내면서 시간을 채우려고 할 게 아니라 신뢰하는 방법을 익혀야겠다고 생각했던 그때 이후로 이토록 느긋하게 하루를 보낸 건 처음이었다.

파오니아에서 처음 맞는 광활한 가을날, 나는 몇 안 되는 농장 일을 마치고 노스포크 강둑을 돌아다니며 강물이 어디로 흘러가는지 살펴보았다. 얕은 물가에는 둥글고 검은 돌멩이들이 마치 잠자는 거북이 등처럼 튀어나와 있었다. 나는 그 돌들을 징검다리 삼아 유속이 느린 데까지 뛰어가서 물 한가운데 자리를 잡고 앉아 겨울 준비를 하는 주변의 모든 것을 지켜보았다. 햇살을 가득 머금은 소용돌이, 그 속에 있는 하루살이를 잔뜩 먹은 무지개송어, 기다란 줄기를 황금빛으로 둘러싸고 꽃피울 준비를 하는 통통한 갈색 부들, 온갖 영리한 방법으로 씨앗을 퍼뜨리는 야생화 천지의 들판, 그리고 이 모든 걸 내려다보며 사냥하는 붉은꼬리매와 푸른 날개 황조롱이, 길고 완벽하게 V자 대형을 만들어 이동하는 캐나다 기러기들까지. 어떤 날은 강에서 일어나 트럭을 몰고 램본 메사로 올라갔다. 숲속에 가만히 앉아 얼룩덜룩한 햇빛을 받으며 케케묵은 이끼와 소나무 냄새를 맡았고, 여기저기서 윙윙거리고 재잘거리며 수다 떠는 소리를 귀담아들었다. 나는 하루하루 내가 선택한 삶을 만들어나가고 있었고 그건 좋은 삶이었다. 내게 없는 것을 누구보다 잘 알고 있지만, 동시에 내 앞에 놓인 것들에 감사했다.

선선했던 가을 날씨는 곧 포근하고 화창한 겨울로 접어들었고, 보기에 편안하지만 성가시지는 않을 만큼 딱 적당히 눈이 내렸다. 여기저기서 짝이 안 맞는 의자를 몇 개 가져다가 하딩 씨가 두고 간 기다란 소나무 식탁에 놓았다. 소나무 식탁의 단골손님은 그리니 교수님과 학생들이었다. 에드 쿠퍼 씨와 그의 아내 젤다도 단골이 되었다. 금발에 화려한 장신구를 즐겨 하는 젤다는 쾌활한 사람이었다. 우리 집에 올 때마다 전문 빵집의 빵과 즐거운 대홧거리를 늘 챙겨 왔고, 어떻게든 내게 새 친구를 만들어주려고 자기 지인을 한두 명씩 꼭 데리고 왔다. 부부는 그해 크리스마스 만찬에 나를 초대했다. 그런 초대를 받는 건 처음이었다. 크리스마스 날, 나는 부부의 다른 친척들과 함께 시내의 높은 빅토리아풍 주택에 함께 모였다. 살면서 그렇게 많이 웃은 날은 처음이었다. 1월에는 아랫목에 새로운 가족이 이사 왔다. 여느 이웃들처럼 그 집도 설탕 한 컵, 연장, 전구 등 이런저런 필요한 게 있을 때마다 아들을 우리 집으로 보냈다. 늘 아들만 보내기에 아이 어머니는 너무 바쁘거나 낯가림이 심한 사람이려니 싶었다. 그 집 아들 카를로스는 예의 바르고 호기심이 많은 아이였고, 무엇보다 우리 베이비 블루와 동갑내기였다. 카를로스가 올 때마다 나는 빌려달라는 건 물론이고 쿠키라도 함께 내어주며 최대한 오랫동안 아이를 붙잡고 이런저런 바보 같은 이야기를 나누었다. 현관에 배웅하러 나왔다가 추운 날 마당에서 개들과 장난치거나 눈덩이를 굴리며 노는 카를로스를 보고 있으면, 옷을 꽁꽁 껴입은 저 아이가 내 자식 같다는 생각을 떨쳐내기 힘들었다. 발그레한 뺨에 코를 묻히고 씽긋 웃는 얼굴, 스타킹 캡 밖으로 삐져나온 검은 생머리까지, 내가 상상했던 아들의 모습 그대로였다. 그날 이후로 나는 커가는 카를로스를 보면서 내 아들의 키를 가늠했다.

1956년, 봄이 되자 동네 사람들은 저마다 농장 일로 너무 바빠져서 자주 모이지 못했다. 내 땅이 겨울에서 깨어나자 나도 기꺼이 일상의 리듬으로 빠져들었다. 지난봄보다 두 배는 많은 복숭아 꽃봉오리가 빛나는 약속처럼 통통하게 피어났다. 우리는, 그러니까 꽃봉오리들과 나는, 이제 나무에서 꽃을 피워도 된다고 허락해달라고 한마음으로 기도했다. 그러나 그리니 교수님으로부터 1년 더 나무를 쉬게 하라는 조언이 떨어졌고, 나는 또 몇 주간 꽃봉오리를 잘라냈다. 교수님의 방법이 효과가 있다는 증거를 내 눈으로 직접 보았기 때문에 이번엔 꽃봉오리를 잘라내면서도 작년만큼 걱정스럽지 않았다. 우리에겐 그저 시간이 조금 더 필요할 뿐이었다. 나는 비료를 주고 가지를 치고 잡초를 뽑으며 가만히 기다렸다. 부엌 텃밭에 씨앗을 심고, 수로를 손보고, 도랑을 치우고, 새 땅의 미묘한 차이를 관찰하며 그렇게 조금씩 조금씩 내 땅을 알아갔다.

그해 여름에도 나는 공터로 돌아가 바위 꼭대기에 일곱 번째 돌멩이를 올려두고 아들을 생각하며 축복의 말을 건넸다. 이 일도 작년보다 덜 괴로웠다. 새소리가 들리는 소나무 아래 통나무에 앉아서 아들에게 말했다. 혹시 새로운 집이 필요하다면, 내가 그 집을 마련하고 있다고. 다른 어머니에게도 말했다. 고맙다고, 그리고 당신과 내 아들이 어디에서 살고 있을지 정말 궁금하다고.

이후 몇 년간 있었던 세세한 일들은 잘 기억나지 않는다. 모든 삶이 그러하듯 어려움은 생기고 사라지길 반복했다. 루비앨리스가 키우던 소형견들은 하나씩 죽거나 사라졌다. 첫 두 해 동안 수확한 복숭아 대부분은 돼지 밥통행이 되었다. 서리, 가뭄, 해충, 망가진 장비, 외로움과 같은 숱한 시련에 맞서 싸워야 했다. 그러나 나는 불평하지 않았다. 새 땅이 나를 받아들이기로 선택했으니 그 영광스러운 선택에 걸맞은 결단력과 보살핌으로 보답해야 했다. 파오니아와 노스포크밸리는 특유의 편안한 리듬으로 나를 품어주면서 내 슬픔을 가라앉혀 주었다. 가을에는 통조림을 만들고 품앗이를 다니느라 바빴다. 그리고 찾아온 고요한 겨울에는 맛있는 음식과 독서 시간, 눈, 쿠퍼 씨네 가족과 함께 보내는 명절이 있었다. 그리고 다시 봄이 오면, 거의 모든 농장은 일거리와 경이로움과 풍성한 과일나무 꽃으로 가득해졌다. 내가 주로 기억하는 풍경은 길고 무더운 여름날이다. 나는 여름마다 과수원을 돌보고, 강을 따라 산책하고, 8월이면 어김없이 공터로 가 돌멩이를 올려두었다. 그리고 마침내 축복스럽게도, 몇 년간의 기다림 끝에 이식한 모든 나무에서 완벽한 내시 복숭아가 풍요롭게 열렸고 첫 수확을 거두었다. 이듬해 여름도, 그다음 여름도 마찬가지였다.

그렇다고 아이올라를 잊고 지냈던 건 아니다. 한동안은 저수지 사업 계획에 관해 들리는 소문이 있을 때마다 에드 쿠퍼 씨가 내게 전해주었다. 그러다 프로젝트가 지지부진해지면서 쿠퍼 씨도 흥미를 잃었는지, 언젠가부터는 아예 언급조차 하지 않았다. 매해 8월, 공터에 다녀올 때마다 나는 50번 고속도로와 자갈길이 만나는 교차로에서 잠시 차를 멈추었다. 여기서 우회전을 해 거니슨강과 녹슨 옛 철로를 따라가면 내가 아이올라에 남기고 떠난 것들을 한 번 더 볼 수 있을 터였다. 그러나 그때마다 나는 점점 더 커지는 댐 부지에서 하곡을 집어삼키고 있는 불도저와 크레인, 콘크리트 더미에서 눈을 돌려 지금 내 집이 있는 곳을 향해 핸들을 왼쪽으로 틀었다. 그래도 거니슨강이 여전히 자유롭게 흐르고 있다는 사실이 정말 감사했다.

　1962년 6월, 구름이 깔린 선선한 어느 날, 집에서 할 일을 마치고 시내로 차를 몰고 나가 장을 봤다. 집에서 끓이는 것보다 못한 커피를 돈 주고 사 마시는 건 바보 같은 짓이라고 생각하는 나였지만, 그날은 어쨌든 더 다이너에서 젤다 쿠퍼를 만나기로 약속한 날이었다. 젤다와의 대화는 언제나 재미있고 유쾌했다. 똑똑하고 책도 많이 읽고 자신감이 넘치는 젤다가 나를 웃게 해줄 때가 많았다. 수년간 뭇 총각들이 그토록 우리 집 문을 두드렸던 것도 다름 아닌 젤다 때문이었다. 물론 나는 전혀 관심이 없었지만 그래도 나를 생각해 준 젤다에게 고마웠다. 루비앨리스 에이커스와의 기묘한 유대 관계를 제외하면, 젤다는 내 평생 처음으로 사귄 진짜 친구였다.

　그날 젤다는 연두색 칠부바지에 오렌지색과 분홍색이 섞인 줄무늬 셔츠를 입고 있었다. 금발로 탈색한 머리카락은 녹색 머리띠로 봉긋하게 부풀려지고 바깥쪽으로 둥글게 컬이 들어간 채 오렌지색 모조 다이아몬드 귀걸이가 짤랑거리는 귀까지 내려와 있었다. 젤다의 외모를 보고 있으면 (낡은 면 원피스에 땋아 내린 칙칙한 갈색 머리를 하고 있는 나를 포함해) 식당 안에 있는 사람들은 1960년대가

도래했다는 사실을 아직 모르는 것같이 느껴졌다. 젤다 쿠퍼처럼 차려 입은 내 모습이 어떻지 머릿속으로 그려보려고 한 적도 있었는데, 상상 속에서도 불가능했다. 지금은 별 볼 일 없어 보이는 이 메인 스트리트도 파오니아에 처음 왔을 때는 지나치게 화려해 보였다고 언젠가 젤다에게 말한 적이 있었다. 그때 젤다는 고개를 뒤로 젖히고 숨넘어갈 듯 낄낄거렸다.

웨이트리스가 커피와 슈트로이젤 케이크* 두 조각을 가져다주었다. 젤다는 남 얘기에 열을 올리고 있었고 나는 가만히 듣는 중이었다. 젤다가 손가락을 펼쳐 펄럭거리며 매니큐어 색깔이 어떠냐고 물었다.

"이 색깔 이름이 글쎄 '수줍은 하늘색Bashful Blue'이래요."

젤다는 한껏 수줍은 척 연기를 하며 웃었다.

"오, 딱 어울리는 이름이네요."

마치 농담을 주고받는 게 몸에 밴 사람인 양 나도 맞장구를 쳤고, 젤다는 소녀처럼 깔깔거렸다. 여유가 넘치는 젤다와 함께 있으면 내가 사람보다 나무와 더 많은 시간을 보낸 사람이라는 게 평소보다 더 티가 났다. 그런 내가 말실수를 하더라도 다행히 젤다는 절대 불평하지 않았다.

젤다의 매니큐어 얘기를 들으면서 옆 테이블을 힐긋 쳐다보았다. 거기 앉은 목장 주인은 마치 우리의 수다에 벽을 치듯 《델타

---

* streusel cake. 소보로 같은 크럼블과 잘게 썬 과일을 올려 구운 케이크.

카운티 인디펜던트》*를 펼쳐 코에 닿을 만큼 가까이 당겼다. 그러자 두껍고 진한 글씨로 적힌 헤드라인이 눈에 들어왔다.

'아이올라, 사피네로, 세볼라여 안녕: 새 저수지 건설로 웨스턴 슬로프 마을 주민들 퇴거'

나는 고개를 떨구었다. 젤다가 걱정스러운 얼굴로 주변을 둘러보았다. 나는 옆자리 신문의 헤드라인을 가리키며 그게 내게 어떤 의미인지 얘기했다.

"음, 자기야." 무정한 말투가 아니었다. "몇 년 전부터 알고 있던 일이잖아요."

나는 고개를 끄덕였다. 맞는 말이었다. 그러나 그때까지도 나는 마을들이 정말로 지도에서, 그들의 땅에서 지워질 거라고, 마을 사람들이 강제로 퇴거당하고 그들의 집과 살림이 불에 타고 물에 잠길 거라고는 믿지 못했다. 나야 새로운 곳에 정착했지만, 다른 사람들은 어떻게 되는 걸까? 세스의 안부마저 궁금해졌다. 어찌어찌해서 지금까지 농장에서 살고 있다면, 돈도 회복력도 판단력도 없는 세스가 이제 어디로 갈 수 있을까? 나와 한동네에서 살던 사람들이 자신의 전 재산을 트럭에 싣는 모습을, 거니슨 동쪽의 안전한 땅으로 소를 모는 모습을, 말과 닭과 돼지를 트레일러 안으로 들이는 모습을 상상해 봤다. 틀림없이 수개월 전부터 진행되고 있었을 텐데, 그간 근처를 지나갈 일이 없었던 것이다.

"정말 가슴 아픈 일인 건 말할 것도 없죠."

* Delta County Independent. 콜로라도주 델타에 위치한 지역 신문사.

젤다가 커피를 한 모금 마시고, 케이크를 한 입 베어 물고는 덧붙였다.

"처음 있는 일도 아니에요. 우트족*을 봐요."

젤다의 말에 깜짝 놀랐다. 내가 아는 사람들은 우트족을 경멸하거나 무시했고, 아예 안중에 두지 않고 사는 사람들이 대부분이었다. 젤다는 말을 이었다.

"우리가 지금 여기 앉아 있는 것도 사실 원주민들을 다 쫓아내고 우리 땅이라고 부르고 있으니 가능한 일 아니겠어요? 아무리 모른 척, 아닌 척 한다고 해도 없던 일이 되는 건 아니잖아요."

윌은 자신이 어느 부족인지 말해준 적이 없었고, 너무 소심하고 어둑했던 나 역시 물어본 적이 없었다. 젤다에게 나도 그렇게 생각한다고 대답하고 싶었다. 원주민들이 끔찍한 대우를 받고 있다고, 젤다가 헤아릴 수 없을 만큼 나도 그렇게 생각한다고.

"물론 그게 똑같다는 건 아니에요. 그러니까 내 말은, 정부에 이익이 되면 정부는 국민들이 고통받더라도 그냥 해버리니까. 역사에서 아무것도 배우지 못하는 거죠."

젤다는 내가 잘 모르는 정치 얘기를 계속했다. 알아야 할 문제라는 건 알았지만, 당시에는 솔직히 전혀 관심 없는 이야기였다.

"케네디 대통령이 베트남에서 뭘 하려고 하는지 봐요."

젤다가 말을 이었다.

"두고 봐요, 빌어먹을 난장판이 되는 건 시간문제라니까요."

---

* Utes. 미국 원주민의 한 부족.

젤다의 말이 한 귀로 들어와 한 귀로 흘러 나가고 있었다. 나는 다시 윌 생각에 빠져드는 중이었다. 윌은 어디에서, 누구에게서 온 사람이었을까, 앨버커키에 있다는 그 학교에서는 무슨 일이 있었던 걸까, 그리고 학교에서 도망쳐 나오고도 어째서 집으로 돌아가지 않았던 걸까.

아들 생각도 났다. 그 무렵 나는 새로운 걱정거리로 마음이 괴로웠다. 이제 내 아들도 카를로스처럼 후리후리한 10대가 되었을 텐데. 틀림없이 윌처럼 사랑스럽게 까무잡잡할 테니 어째서 자기만 식구들과 피부색이 다른지 의아해할 것이었다. 자기가 친자식이 맞는지 궁금해한 적은 없었을까? 혹시 그랬다면, 자기가 주워온 아기라는 사실을 다른 어머니에게 들어서일까, 아니면 버려졌던 끔찍한 기억이 세포 깊은 곳에 박혀 있어서일까? 어느 쪽이든 아들이 받았을 상처가 그동안 내면에서 치유됐을지, 그러기엔 상처가 너무 깊은 건 아닐지 걱정되고 마음이 어수선했다.

웨이트리스가 다가와 우리 머그잔에 커피를 다시 채워주었다. 젤다는 말을 잠시 멈추고 고맙다고 인사한 뒤 다시 베트남 얘기를 시작했다. 그때 나는 베트남이 어디에 붙어 있는 나라인지, 젤다가 왜 저렇게 걱정이 많은지 전혀 몰랐다.

"전쟁 때문에 이 나라 가장을 죄 잃고 나면 그제야 너 나 할 것 없이 앞날을 걱정하겠죠." 젤다가 말을 이었다.

창가 자리에 앉은 늙은 농부 두 사람이 젤다를 흘겨보았다. 네가 뭔데 전쟁에 대해 지껄이느냐는 듯한 눈초리였다.

"혹시……." 젤다가 몸을 앞으로 숙이고 작은 소리로 물었다.

"그때 잃은 사람 있어요?"

젤다는 마치 전쟁이 단 한 번뿐이었다는 듯 '그때'라고 했다. 물론 젤다가 무슨 전쟁을 얘기하는지는 나도 알고 있었다.

"이모부요." 나는 전쟁으로 이모부를 잃은 것이나 다름없었기에 그렇게 대답했다. "그리고 이모부 동생도."

이름 없는 전쟁으로 윌과 내 아기를 잃었다는 사실은 입 밖에 내지 않았다.

"저희 삼촌도 그때 돌아가셨어요."

젤다는 잠시 서글픈 표정을 짓더니 이내 모든 걸 떨쳐내듯 손을 펼쳐 휘저었다.

"나도 참. 여기까지만 해야겠네요. 내가 또 정치 얘기를 했다는 걸 알면 에디가 불같이 화를 낼 거예요. 나 때문에 고객들을 잃는다나."

젤다가 파란 눈동자를 거들뜨며 화제를 바꾸었다. 젤다는 최근 「앵무새 죽이기」를 봤다면서 영화가 내려가기 전에 파라다이스 극장에 가서 꼭 한 번 보라고 당부했고, 또 보고 싶으니 그때 자기가 같이 가겠다고 덧붙였다.

나는 그 책을 읽었다고, 공연히 영화를 봐서 감상을 망치고 싶지 않다고 대답했다. 사실, 날 슬프게 만드는 건 여전히 내 눈을 똑바로 쳐다보고 있는 그 헤드라인, 강제 퇴거와 불공정과 전쟁에 관한 대화로 이미 족하다고 말하고 싶었다.

카페를 나서는 길에 신문 더미에서 신문을 한 부 집어 든 뒤 커피 캔 안에 10센트짜리 동전 한 닢을 떨어뜨렸다. 젤다는 습관처럼 포옹을 하는 사람이고 나는 전혀 그렇지 않았지만, 그날 평소보다 더 길게 나를 안아주는 젤다의 작별 인사가 싫지 않았다.

그랜드 애비뉴에 주차해 놓았던 트럭에 들어가 앉아《인디펜던트》에 실린 기사를 읽었다. 기사를 읽어보니 저수지 건립으로 인한 퇴거는 수개월이 아니라 이미 3년 전부터 시작된 일이었다. 그 사이 마지못해하면서도 별다른 저항 없이 동네를 떠난 주민이 대부분이었지만, 최종 기한인 이번 주까지 남아 있었던 사람들도 있다고 했다. 타협을 거부하고 마을에 남은 주민이라고 소개된 매슈 던랩의 인터뷰가 실려 있었다. 그 사람이 뭐라고 했는지 굳이 내가 알아야 하나 싶은 생각이 들어 잠시 고개를 갸웃했다. 아니나 다를까 그의 발언은 모순투성이였고 그야말로 역겨울 따름이었다. 인터뷰에 실린 내용은 이랬다.

"여기는 미국입니다. 자유의 땅이죠. 우리에게는 권리가 있고, 그 권리는 존중받아 마땅합니다."

그가 뒤이어 한 말을 읽으니 피가 거꾸로 솟았다.

"법을 준수하는 모범시민이 개처럼 쫓겨난다는 건 말이 안 됩니다. 옳지 않아요."

그날 저녁 과수원을 걷는 내내 우울하고 답답했다. 아직 어린 풋과일이 잘 익고 있는지 나무를 하나하나 만져보고 살펴보고 다니는데 옛날 생각이 났다. 아이올라에 살 때 아빠도 똑같은 작업을 했고, 그럴 때면 나는 아빠를 가만히 쳐다보고 있었다. 이번에는 새 과수원 모퉁이에 월과 아들이 나란히 서 있는 모습을 상상해 보았다. 세상이 이 모양이라 미안하다고 이들에게 나직이 속삭였다.

나중에 그 신문 기사를 오려내 (매슈 던랩의 짜증나는 인터뷰 내용을 빼고) 어머니의 성경책 사이에 꽂아두었다. 아이올라가 곧 사라질 운명이라는 걸 혹시 가족들이 안다면, 아이올라가 한때 존재했다는 증거를 나라도 남겨두길 바랄 것 같다는 생각이 들어서였다.

다음 날, 차를 몰고 두 시간을 달렸다. 동네를 떠난 이후 처음으로 아이올라에 가는 길이었다. 아니, 정확하게 말하자면 다리에서 날 멈춰 세운 부보안관의 제지를 받기 전까지, 아이올라에 최대한 가깝게 차를 몰았다. 내 차를 멈춰 세운 부보안관은 트럭 창문에 기댄 채 선글라스도 벗지 않고서 내게 행선지가 어디냐고 물었다.

"레이크 시티요."

남쪽에 있는 마을들로 가려면 허가를 받아야 한다는 걸 알고 있었기에 나는 거짓말을 했다.

"그러시군요. 아이올라에 진입하지만 마십시오."

순찰차는 마치 사고라도 난 것처럼 빨간불을 번쩍이며 갓길에 세워져 있었다.

"아, 사람들이 쫓겨나고 있다던데요."

반응을 보려고 그냥 한번 던져본 말이었다.

"이전이죠." 그는 단조롭게 내 말을 바로잡았다. "발전을 위해서 비켜주는 거라고 보면 되겠습니다, 부인."

부보안관이 뒤로 물러나 내게 다리를 지나가도 좋다고 손짓했다. 우리가 원하는 발전에 종착지는 있는지, 얼마나 발전하면 만족할 수 있을지 의아했다.

버려진 복숭아 노점에서 차를 돌렸다. 판자와 잡초로 뒤덮인 노점은 한때 이곳에서 살아 숨 쉬던 것들이 이제는 모두 죽고 없노라고 세상에 공표하는 것 같았다. 갓길에 차를 세웠다. 앞에 또 다른 순찰차가 하얀 나무 펜스를 지키고 있었다. 나는 라일 아저씨가 있길 바라는 마음으로 앞을 힐끗 쳐다보았다. 라일 아저씨라면 틀림없이 나를 그냥 통과시켜 줄 것이다. 그러나 순찰차 앞에는 젊고 통통한 경관이 단단하게 팔짱을 끼고 서서 나를 무단침입자 보듯 매섭게 노려보고 있었다. 그 너머로는 오로지 정적만 감돌고 있었다.

경관의 등 너머로 펼쳐진 도로를 마지막으로 한 번 더, 오랫동안 바라보았다. 저 멀리 골짜기 주변에 크고 작은 점들이 찍혀 있었다. 익숙한 건물들의 지붕, 깃발이 내려간 학교 깃대, 텅 빈 헛간과 축사, 타이어가 빠진 채로 버려진 트럭들이었다. 한순간에 내 운명을 바꿔놓은 노스 로라 사거리도 흐릿하게나마 보였다. 다시 한번 우리 노점을 바라보았다. 개업과 수십 년 된 단골손님들, 그리고 폐업. 폐업 이후 길에 버려진 채 황폐해지다가 결국 소멸을 앞둔 지금까지. 외따로 서 있는 낡은 노점 구조물이 한때 이 골짜기에 살았던 우리 가족의 역사를, 그리고 이제 끝나버린 그곳의 이야기를 대변하고 있었다. 나는 트럭을 돌려 차를 몰았다.

돌아가는 길에 보니 다리 위에 있는 경관이 여전히 순찰차에 몸을 기대고 서서 날 보는 둥 마는 둥 하고 있었다. 나는 다리를 건넌 뒤 차를 세우고 밖으로 나와 거니슨강을 내려다보았다.

초여름 빗물로 불어난 하얀 강물이 힘차게 흐르고 있었다. 강물은 자신의 운명을 조금도 의심하지 않는 듯 매우 아름다웠다. 곧 저수지가 될 거니슨강을 내려다보면서, 나는 댐이 건설되고 거니슨강 하류에 수문이 개방되어도, 지금 흐르는 강물의 일부는 변함없이 아래로 흘러갈 거라고 확신했다. 아무리 느리더라도, 아무리 험난하더라도, 아무리 적은 양이더라도 강물은 어떻게든 물길을 찾아내 꾸준히 흐를 것이다. 그러면, 노스포크강을 따라 새로운 삶을 꾸린 나는 그 반대편에서 흐르는 강물을 다시 만날 수 있을 것이다.

서쪽으로 갈수록 백미러에 비치는 아이올라, 그리고 아이올라와 관련된 모든 것이 작아지면서 나와 점점 더 멀어져 갔다. 고속도로를 달리던 내 낡은 트럭은 빅 블루 크리크 출구로 빠져나간 뒤 툴툴거리며 자갈길을 올라갔다. 아직 공터에 가는 날은 아니었지만, 새소리가 들리는 익숙한 휴식처가 필요했다.

공터에 가보니, 나무 밑이나 모퉁이처럼 그늘진 곳 군데군데 아직 녹지 않은 눈이 그대로 쌓여 있었지만, 통나무가 놓인 양지바른 곳은 깨끗하게 말라 있었다. 나는 언제나처럼 그 자리에, 그때 그 여자가 앉아 있었던 그 통나무 그루터기에 앉았다. 거기 앉을 때면 항상 그 여자, 내 아들의 다른 어머니 생각이 났다. 나는 그녀에게 고맙다고 소리 내 인사했다. 이제는 어떤 의식처럼, 올 때마다 그녀에게 인사를 건네고 있었다. 물론 의미 없는 짓이라는 걸 알았지만, 이렇게 인사를 건네면 미약하게나마 우리가 연결되는 느낌이 들었다. 그때 내게 그 복숭아가 필요했다는 걸 그녀가 감지했던 것처럼, 어쩌면 지금 내가 이 공터에서 그녀 생각을 하고 있다는 걸, 그녀의 손을 붙잡고 두 눈을 바라보며 정말로 고맙다는 한마디를 전하고 싶어 한다는 걸 느낄지도 모를 일이었다.

공터에 가서 아들에게 말을 건네는 일은 시간이 흐를수록 점점 더 힘들어졌다. 예전에는 통나무 그루터기에 앉아서 아들에게 사랑한다고, 언젠가 다시 만나게 되면 아들의 고사리손을 꼭 붙잡고서 아버지가 얼마나 멋진 사람이었는지, 너는 어떻게 태어났는지 이야기를 들려주겠다고 얘기했다. 새집에 아들을 초대해 외가 친척들이 어떤 나무를 심고 가꾸었는지 하나하나 일러주는 상상도 해보았다. 그러나 1962년 6월, 이제는 내 자식이라는 말 한마디로 아이를 데려올 수 없으리라는 걸, 아들이 더 이상 부모의 비극에 깃든 한 조각의 달콤한 이야기를 순진하게 믿어줄 어린 나이가 아니라는 걸 깨달았다. 이제 내가 아들에게 할 수 있는 말이라고는 하나밖에 없었다. 천 마디 말로도 설명할 수 없을 때에도 할 수 있는 유일한, 그러나 쓸모없는 한마디.

"미안해."

공터에 대고 힘없이 말했다. 아이올라에 들어갈 수 없게 된 그날, 마치 고아가 된 것처럼 묘한 공허함이 밀려왔다.

족제비와 다람쥐가 지나간 듯 자그마한 발자국들이 나무 아래 쌓인 눈밭을 아기자기하게 장식하고 있었다. 숲을 깊숙이 들여다보면서 어디까지 들어갈 수 있을지 한번 시험해 볼까 싶은 생각이 들었다. 그동안 공터 너머로 모험을 떠난 건 딱 한 번, 산막을 찾아가 보려고 했을 때뿐이었다. 그러나 익숙한 어떤 것도 눈에 들어오지 않아 금세 방향감각을 잃어버렸고, 길을 잃을까 봐 두려워 서둘러 돌아 나왔다. 이번에는 괜찮을 것 같았다. 얄팍하게 쌓인 눈에 발자국이 찍힐 테니 행여 길을 잃더라도 안전하게 돌아 나올 수 있을 터였다. 산막은 지금 어떤 모습일까. 눈사태에 무너졌거나 썩어버리진 않았을까? 또 다른 누군가의 새로운 피난처가 되어 있지는 않을까? 양치기나 사냥꾼, 아니면 도망자가 그 산막에 들어가 내가 남겨두고 온 냄비에 콩을 끓이고, 양초에 불을 붙여 어두운 밤을 밝히고 있을지도 모를 일이었다. 그러다 문득 '왜 내가 거기로 돌아가려고 하는지' 의문이 들었다. 산막과 나는 이미 끝난 사이이고, 우리 사이에 남은 볼일은 없었다. 바로 그날, 아이올라 언저리에서 다시 배운 교훈처럼, 단순히 돌아갈 수 없을 때도 있는 법이다. 윌이라면 틀림없이 이를 알고 있었을 터였다.

나는 맑은 공기를 마시며 조금 더 앉아 있다가 일어나서 땅을 훑어가며 돌멩이를 찾았다. 동그라미에 놓을 열세 번째 돌멩이. 그동안 신중하게 골라서 올려놓은 다른 돌들처럼 매끄럽고 희끗한 타원형 돌멩이를 하나 찾아 손에 쥔 나는 돌멩이에 살포시 입을 맞추고, 입술을 떼지 않은 채 바위 쪽으로 걸어갔다.

그때 발자국이 눈에 들어왔다. 바위 주변에 찍힌 발자국 하나, 그리고 눈 주변 진흙에 찍힌 발자국 하나. 두 켤레의 다른 신발 자국이 틀림없었다. 가까이 다가가서 보니 발자국 하나는 내 발과 비슷한 크기였고, 다른 하나는 조금 더 작았다. 순간 누가 나를 쳐다보고 있나 싶어 고요한 숲을 이리저리 둘러보았다. 그러나 공터

구석구석을 누빈 뒤 빠져나간 발자국이 뭉개진 채 굳은 걸 보니 적어도 며칠은 지난 것 같았다. 벌써 수년째 공터를 드나들었지만 다른 사람이 다녀간 흔적을 본 적은 없었다. 산짐승이나 거센 비바람 때문에 돌멩이가 제자리에서 살짝 벗어나 있거나 바위 옆에 떨어져 있는 정도가 다였다. 사람 발자국에 내 가슴이 쿵쾅거렸다. 서둘러 고개를 들어 바위 꼭대기를 쳐다보았다. 돌멩이 열두 개는 가지런한 모습 그대로였다.

그런데 동그라미 한가운데에 큼직하고 둥그스름한 돌 하나가 놓여 있었다. 나는 허깨비라도 본 듯 깜짝 놀라 손을 뻗어 얼른 그 돌덩이를 그러쥐었다. 묵직하고 둥근 돌은 분명 그때 그 복숭아의 크기와 모양을 꼭 닮아 있었다.

어떻게 된 일인지 알고 싶은 간절함에 몇 번이고 공터를 두리번거렸다. 새 한 마리, 다람쥐 한 마리, 나뭇가지 하나도 움직이지 않았다. 한낮의 기다란 구름조차 태양을 향해 가던 걸음을 잠시 멈추었다. 적막 속에서 얼마나 오래인지 모를 만큼 한참 동안 가만히 귀를 기울이고 서 있었다. 둥그런 돌덩이를 움켜쥔 손을 배에 갖다 댄 채 아주 작은 단서라도 찾을 수 있을까 공터를 샅샅이 뒤졌다.

끝내 아무것도 자신의 존재를 드러내지 않았고, 나는 그제야 공터에 간 목적을 실행에 옮겼다. 바위 위 동그라미에 열세 번째 돌멩이를 내려놓고 아들을 향한 축복의 말을 전했다. 구름이 하늘을 뒤덮으면서 맨팔을 드러내 놓고 있기에는 쌀쌀한 날씨가 되었지만, 차마 발이 떨어지지 않았다.

물론 알고 있었다. 바위 위에 놓인 둥근 돌은 아무런 의미도 없는 그냥 돌일 수도 있었다. 바위 옆에 찍힌 발자국은 내가 돌멩이로 그려놓은 동그라미를 발견한 어떤 사람이 호기심에 하나 더 올려놓으면서 생긴 흔적일 수도 있었다. 그러나 다른 가능성을 고려하지 않을 수 없었다. 과거에 이 공터가 나를 불렀던 것처럼, 지난 수년간 내 아들과 다른 어머니를 불러온 게 아닐까? 내가 그들을 궁금해하는 것처럼 그들도 내가 돌멩이로 그려놓은 동그라미를 보며 나를 궁금해한 건 아닐까? 그래서 혹시 내가 알아볼 수 있지 않을까 싶어 복숭아 모양의 메시지를 남겨둔 건 아닐까?

20장

1970년

시간이 흐를수록 점점 더 과수원에서 보는 여름 해돋이에 푹 빠져들었다. 농가 샛문을 열고 이슬 맺힌 바깥으로 나가 익어가는 복숭아와 비옥한 토양과 밤새 내린 비가 만든 달콤한 향기를 맡으며 시작하는 하루는 그것만으로도 충분히 좋았다. 1970년 8월 중순, 그날도 어김없이 청아한 황금빛으로 동녘 하늘이 밝아왔다. 차가운 금속 수도꼭지를 돌려 콸콸콸 쏟아져 나오는 물로 고랑을 흠뻑 적시며 관개용수를 흘려보낸 뒤 과수원 바구니를 집어 들고 복숭아를 따기 시작했다. 복숭아는 하나같이 흠잡을 데 없이 통통했고 아주 달콤했다.

새 땅도, 흐르는 세월도 대부분은 내게 상냥했다. 그러니 교수님의 도움을 받으며 이식된 나무들을 최대한의 생산량과 품질로 다시 끌어올리는 데에는 10년 가까이 걸렸고, 이식된 나무들을 비옥한 새 블록에 접붙이기 하는 데에도 그만큼 오랜 세월이 걸렸지만, 결국 우리는 홀리스 할아버지와 아빠가 자랑스러워할 만한 일에 성공했다. 그해 여름이 되자, 곳곳의 노점 판매대에 내시 복숭아가 진열됐고, 내시 복숭아를 사려는 손님들이 멀리서 찾아왔다. 그리니 교수님은 여러 편의 논문을 발표해 상도 받고 종신 교수직도 얻었다. 그리고 나는 다시 어릴 때처럼 늦여름과 초가을 동틀 녘이면 항상 복숭아를 따기 시작했다.

매년 순례하듯 공터를 찾아갔지만 복숭아 모양 돌멩이의 수수께끼는 풀지 못했다. 1962년 봄날 그 돌멩이와 눈밭에 찍힌 발자국을 발견한 이후로는 혹시 이들이 다시 돌아왔다는 흔적을 찾을 수 있을까, 아니면 발자국의 주인이 누구인지 알려줄 만한 실마리라도 찾을 수 있을까 싶어서 몇 달 동안 거의 매주 공터를 찾아갔지만 아무것도 찾지 못했다. 그 후 몇 년간은 공터에 갈 때마다 그들이 다녀갔다는 실낱같은 흔적이라도 찾고 싶은 간절함에 공터 모퉁이까지 샅샅이 뒤지고 다녔다. 한번은 트럭을 뒤져서 종이 쪼가리를 찾아 급하게 메모를 적어 남기고 온 적도 있었다. 그러나 내가 남긴 쪽지는 너무 짧았고 내용도 모호했다. 게다가 단단히 고정해 두지도 않았던 터라 바람에 날아갔어도 전혀 이상할 게 없었다. 내가 남긴 쪽지에는 "말해주세요"라는 다섯 글자가 전부였다. 여전히, 아무 단서도 없었다.

결국 나는 단서 찾기를 그만두었고, 둥근 돌덩이가 누군가 나에게 남겨두고 간 것일 수도 있다는 무모한 희망을 떨쳐버렸다. 고요하고 신성한 공터 안, 통나무 그루터기에 가만히 앉아 있던 나는 아들을 생각하며 돌멩이를 하나 더 올려놓을 수 있다면 그걸로 족하다고 생각하려고 애썼다. 둥그스름한 돌멩이는 한참 전에 집으로 가져가 책장에 올려두었다. 그 돌멩이는 잃어버린 내 아들과 다시 만나고 싶다는 희망을 상징하는 게 아니었다. 그 돌의 역할은 가질 수 없는 것을 너무 간절히 바라면 어리석은 소망과 바보 같은 상상력에 놀아날 수 있다는 걸 명심하라고 내게 경고하는 것이었다.

우리 집 일꾼들은 대부분 동네 남자들과 그들의 아들들이었고, 개중에는 우리 과수원을 찾아오는 임시 노동자들도 있었다. 수확철마다 고용한 일꾼들과 나는 복숭아가 가장 잘 익었을 때 수확해서 한 곳도 빠짐없이 꼼꼼히 배달했다. 1970년 8월 아침, 일꾼들이 도착했을 때 나는 집을 나서서 닭장으로 향했다. 모이를 뿌려준 뒤 반점이 찍힌 베이지색 달걀을 바구니에 주워 담는 내내 뿔닭들이 내 발치에서 종종거리며 꽥꽥 울어댔다. 아침 식사 때 젤다가 오기로 되어 있었다. 텃밭에서 거둔 마늘과 시금치, 뿔닭 알로 만든 스크램블드에그, 내가 만든 복숭아 라즈베리 머핀, 시나몬 가루를 솔솔 뿌린 신선한 복숭아 몇 조각. 젤다가 미리 주문한 메뉴였고 나는 기꺼이 해주마고 했다.

내가 아는 동네 사람들 중에 에드 쿠퍼와 젤다 쿠퍼만큼 자급자족을 모르는 사람도 없었다. 젤다는 늘 자기 부부는 땅을 일구기 위해서가 아니라 사고팔기 위해 태어난 사람들이라고 말하고 다녔다. 우스갯소리로 하는 말이 아니었다. 쿠퍼 씨네 가족은 대대로 손에 흙을 묻히고 산 적이 없었다. 그런 우리가 대체 어떻게 친해졌는지 불가사의할 정도였다. 그러나 수년의 세월이 흐르면서 나는 두 사람 모두를 사랑하게 되었고, 젤다는 내 인생에서 빼놓을 수 없는 큰 축복이 되었다. 우리가 자주 만나는 건 아니었다. 나는 농장 일로 바쁘기도 했고, 시간이 날 때면 숲이며 강둑이며 발길 닿는 대로 혼자 돌아다니며 산책하는 걸 좋아했다. 에드를 도와 부동산 업무를 함께하는 젤다는 한가할 땐 호치키스에 사는 가족들과 시간을 보내고, 일주일에 한 번씩은 그랜드 정크션*으로 쇼핑을 갔다. 또 손에서 책을 놓지 않는 다독가라 나와 만날 때마다 내가 알아두면 좋을 만한 이야깃거리를 가지고 왔다. 주로 《리더스 다이제스트》나 《타임》을 한 부씩 들고 와서 헤드라인을 손가락 끝으로 가리키며 기사의 내용을 요약해 들려주었고, 노스포크밸리 너머에는 불안한 세상이 휘몰아치고 있다는 걸 내게 일깨워주기도 했다.

그날 아침, 기다란 소나무 식탁에 앉아 아침을 먹는 동안에도 젤다는 쉴 새 없이 재잘거렸다. 젤다는 시민권에 관한 기사, '지구의 날'이라고 불리는 행사를 위해 행진하는 히피들에 관한 기사, 젤다가 늘 '빌어먹을 베트남'이라고 부르는 최근의 재앙에 대한 기사들을 내게 보여주었다. 젤다를 통해 세상을 배우는 건 무척 즐거웠다. 다만 내가 관심 없는 이야기도 있었는데, 그건 젤다가 아주 좋아하는 남자 이야기였다.

"그 귀여운 양봉가가 전화하던가요?"

* Grand Junction. 콜로라도주 서부에 있는 도시.

젤다가 물었다. 창문을 통해 들어오는 늦은 아침 햇살이 그녀의 금빛 단발에 후광을 비추었지만, 나와 양봉가가 잘되기를 희망하는 젤다의 실루엣은 썩 천사 같지 않았다.

"후, 젤다." 나는 한숨을 쉬었다. "매번 이런 얘길 해야겠어요?"

남자에 관심 없는 나를 바꾸겠다는 게 젤다의 오랜 사명이었다.

"그럼요, 물론이죠." 젤다는 고집스럽게 고개를 끄덕이며 바구니에서 따뜻한 머핀을 하나 꺼냈다. "그래서, 전화했어요?"

"나는 데이트 생각이 없어요." 내가 대답했다.

"누가 데이트하래요?"

젤다가 윙크를 하고는 머핀을 한 입 베어 먹고 기뻐하며 연기하듯 받아쳤다.

"오, 빅토리아, 우리 브이 아가씨. 그럼요, 그럼요. 결혼에는 전혀 관심이 없으시죠. 잘 알겠다고요. 그래도 누구나 가끔은⋯⋯ 꿀 같은 달콤함이⋯⋯ 조금은⋯⋯ 필요하잖아요."

젤다는 깔깔 웃었고 나는 눈을 거들떴다.

"아니, 도대체 어떤 사람을 기다리기에 이럴까? 워런 비티* 같은 남자가 백마 탄 왕자님처럼 짠, 하고 나타나길 기다리시나?"

"그럴 리가요."

나는 억지웃음을 지으며 고개를 가로저었다.

"그럼 도대체 *뭐 때문*이에요?"

젤다는 끔찍한 패배를 당한 사람을 연기하듯이 땅이 꺼져라 한

---

* Warren Beatty. 1937년생 미국의 영화배우 겸 감독.

숨을 쉬며 어깨를 구부정하게 말았다. 그러더니 젤다의 커다란 눈이 농담할 때의 눈빛에서 진지한 눈빛으로 변했다. 젤다의 눈은 제발 그 이유를 설명해 달라고 간청했다. 그러나 나는 그럴 수 없었다.

물론 젤다에게 윌슨 문 이야기를 터놓고 싶었던 적이 한두 번이 아니었다.

"그런 거 없어요."

그러나 나는 속내를 터놓을 기회를 또다시 피해버렸다.

"여러 번 얘기했잖아요. 기다리는 거 없어요. 기다리는 사람도 없고요. 양봉가의 꿈은 말할 것도 없고요."

내가 입꼬리를 올려 씩 웃었다. 평소 같으면 금방 따라 웃었을 젤다가, 외설스러운 말이라면 평소보다 두 배는 더 빨리 웃는 젤다가 이번에는 눈 하나 깜빡이지 않았다. 그러고는 접시에 포크를 내려놓더니 날 향해 몸을 기울였다.

"브이, 도대체 뭐예요? 나한테 말해봐요."

젤다가 아이에게 말하듯 나를 달랬다.

"어째서 남자를 안 만나는 건지 얘기 좀 해달라고요."

겨우 열일곱 살이었던 시절의 비극적인 첫사랑 때문에 두 번 다시 누군가를 사랑할 수 없게 되었다고 어떻게 설명할까?

"자, 이제 속 시원하게 터놓고 한번 얘기해 봅시다."

젤다는 한 번 더 재촉했다. 그러나 내 머릿속에는 내가 윌과 아들을 어떻게 저버렸는지에 대한 이야기밖에 떠오르지 않았다. 앞으로 혼자 산다면 두 번 다시 그들 또는 다른 누구도 배신하지 않을 수 있었다. 나는 내가 사랑할 줄 아는 것들, 그러니까 땅과 나무와 복숭아만 신경 쓰며 살고 있었다.

"어떤 나쁜 새끼가 몹쓸 짓이라도 했어요? 그런 거예요?"

젤다가 잘 손질된 눈썹을 찡그리며 물었다.

"아뇨, 아뇨." 내가 재빨리 대답했다. "그런 건 아니고. 그게……."

정말이지 모든 걸 털어놓고 싶었다. 그러나 내 비밀이 담긴 상자는 너무나 깊숙한 곳에 묻혀 아주 단단한 자물쇠로 잠겨 있었다. 그 무거운 빗장을 어떻게 열고 어디서부터 비밀을 털어놔야 할지 가늠조차 되지 않았다. 젤다가 날 경멸하게 될까 봐 두려운 건 아니었다. 그런데도 도무지 입이 떨어지지 않았다. 내 과거는 나 자신에게조차 설명하기 어려웠다. 아름다운 한 소년이 나 때문에 죽었다는 것, 내 아들은 자신이 어디에서 온 누구인지 그 뿌리도 모른 채 이 세상 어딘가에서 살고 있다는 것 외에는 내가 안다고 할 만한 사실도 없었다.

"그게…… 뭐요?" 젤다가 기대에 찬 눈으로 내 말을 기다렸다.

"그게…… 아무것도 아니에요."

나는 결국 뿌리를 내리지 못하고 둥둥 떠다니는 씨앗처럼 또다시 진실을 흘려보냈다.

"여자 좋아해요?" 비판하려는 기색 없는 순수한 질문이었다.

"그런 거 아니에요."

"괴짜 과학자 양반한테 빠져 있어요?"

"그리니 교수님요? 세상에, 절대 아니에요."

그리니 교수님은 지난 몇 년간 귀한 조언자의 역할을 해주었고,

우리 집에 올 때마다 내가 늘 반기는 손님이었다. 그러나 교수님이 내게 사생활을 공유한 적도, 내가 교수님에게 관심을 가진 적도 결코 없었다. 우리는 만날 때마다 뿌리와 토양, 균류에 대해서만 대화를 나누었고, 꼼꼼하고 신중하게 복숭아를 맛볼 뿐이었다.

"무슨 나무수녀, 그건가? 과수원하고 결혼했다, 그런 거예요?"

젤다는 이번에도 전혀 빈정대는 기색 없이 물었다.

"에이, 아뇨."

진심으로 순수하게 묻는 젤다는 무표정했고, 그런 젤다의 얼굴에 나는 웃음이 나왔다. 내가 복숭아를 더 썰어 오려고 부엌으로 가는 동안 젤다는 한숨을 쉬며 접시에 담긴 달걀을 마저 먹었다.

"그래서 남자도 없고, 아기도 없고."

복숭아를 들고 식탁으로 돌아올 때 젤다가 무심코 말을 던졌다. 가슴이 철렁 내려앉았다. 남자 얘기는, 그래, 꺼낼 수는 있었다. 그러나 아기 얘기는, 차마 입에 올릴 수도 없는 주제였다.

그 무렵 공터 안 바위 위에는 스무 개의 돌멩이가 올려져 있었다. 개수가 너무 늘면서부터 다닥다닥 겹쳐놓은 돌멩이들이 이제는 달팽이 껍데기처럼 나선형을 그리고 있었다. 어느덧 스무 개의 돌멩이가 바위의 편평한 꼭대기를 가득 메우고 있었다.

몇 해 전에 돌멩이 원 한가운데서 발견했던 복숭아 모양의 잿빛 돌덩이는 지금 젤다의 머리 바로 뒤 책장에 놓여 있었다.

"젤다는 어때요?"

젤다가 꺼낸 아기 이야기를 외면하고 이번엔 내가 물었다.

"왜 아이를 안 갖는지 얘기한 적 없잖아요. 나도 물론 궁금했지만 괜한 참견 하고 싶지 않아서."

"세상에, 자기가 나한테 뭘 물어도 나는 절대 자기가 참견한다고 생각하지 않아."

젤다는 내 엉터리 같은 질문을 떨쳐내듯 매니큐어를 칠한 손가락을 펼쳐 손부채질을 했다.

"솔직히, 너무 비참해요." 그녀가 말을 이었다. "외모는 번지르르할지 모르지만."

그녀는 게임 쇼의 트로피처럼 양손으로 자신의 오렌지색 민소매 미니 원피스의 옆구리를 쓸어내렸다.

"그럼 뭘 해요, 아기를 못 갖는데."

여섯 번. 여섯 번이라고 했다. 여섯 번의 임신. 여섯 번의 유산. 여섯 번째는 시기가 너무 늦었던 탓에 너무나도 작고 푸르스름한 아기를 실제로 안아보기까지 했다고 말하면서 젤다는 처량하게 몸을 곱송그렸다.

"이런, 젤다."

생기 없는 신생아를 안았던 고통스러운 기억과 내 아기가 거친 첫 숨결을 뱉었던 기적이 떠올랐다. 친구의 슬픔과 내 기억 속 안도감이 밀려오며 금세 눈물이 차올랐다.

"아들이었어요." 젤다의 목소리는 진지했다. "이름도 지었는데. 조셉이라고."

젤다는 잠시 말을 멈추었다.

"조셉을, 내 모든 자식을, 저는 바로 여기에 품고 살아요."

젤다는 한 손을 가슴에 얹었다.

"에디하고 둘이 남부럽지 않게 잘 살고 있지만, 늘 마음 한구석이 허전하네요. 무슨 말인지 알죠?"

무슨 말인지 나도 알았다. 눈물을 훔친 뒤 이야기를 들었다.

"날 미쳤다고 생각할 수도 있는데, 빅토리아가 이곳에 오기 전의 일이에요. 그때는 크리스마스 아침마다 거실이며 마당이며 나무 주변을 바라보면서 내 모든 자식들이 모여서 강아지처럼 장난치고 씨름하며 노는 모습을 상상했어요."

젤다의 입가에 잠시 옅은 미소가 번지는가 싶더니 그녀는 그 장면을 떨쳐내려는 듯 얼굴 앞에서 손바닥을 휘저었다.

"내가 미쳤나 봐."

나도 그랬다. 과수원에 있을 때면 윌과 아들이 보였다. 과수원 모퉁이에서 환히 웃고 있을 때도 있었고, 내 옆에 나란히 서서 나와 함께 일할 때도 있었다. 젤다가 미쳤다면 나 역시 미친 거였다.

"내가 무슨 생각까지 하는지 말해줄까요? 우리 조셉이 살아 있다면 빌어먹을 베트남으로 징집될 딱 그 나이거든요. 골짜기에서 바로 잡혀가는 상상이 되는 거야. 조셉이 살아 있었으면 나는 틀림없이 그앨 캐나다로 보냈을 거예요. 내가 감옥을 가고 지옥을 가는 한이 있더라도 절대 전쟁터에는 안 보냈을 거야."

젤다는 생각에 잠겨 창밖을 내다보았다. 어쩌면 미루나무 사이에 서 있는 조셉을 보고 있을지도 몰랐다.

"오, 기회만 주어졌다면 정말 사나운 어미 곰이 되었을 텐데."

여러모로 젤다가 부러웠다. 대화를 이끌어가는 재주, 정치에 빠삭할 만큼의 영리함, 가까운 친척들의 존재, 패션 감각, 당당한 웃음, 심지어 큼직한 옥빛 눈과 길고 까만 속눈썹마저도 부러웠다. 반대로 젤다는 날 보고 있으면 많은 것이 부럽다고 했다. 나처럼 혼자 힘으로 살아가는 건 상상도 못 하겠다고, 내가 혼자서 숲을 산책하는 것만 봐도 부럽다고 했다. 또 과수원, 텃밭, 부엌에서 발휘하는 내 전문지식을 자기는 발끝만큼도 따라갈 수 없다고 했다. 우정이란 게 무엇인지 잘은 모르지만, 욕심 내지 않고 서로의 장점을 바라본다는 면에서 나는 우리가 좋은 친구 사이라고 생각했다. 그러나 젤다가 자신의 고통스러운 과거를 어려워하지 않고 솔직하게 고백했던 그날, 나는 정말 정말 가슴이 아팠지만, 한편으로는 자기 비난 없이 담백하게 자신의 얘기를 하는 젤다가 너무나도 부러웠다.

샛문을 두드리는 소리가 우리의 대화를 끊지 않았더라면, 어쩌면 나도 마침내 그 얘기를 꺼냈을지도, 그렇게 젤다에게 모든 걸 고백했을지도 모르겠다.

문 밖엔 카를로스가 빨간색 철제 연장통을 들고 서 있었다. 카를로스는 키가 크고 어깨가 넓고 잘생긴 스물한 살의 청년이자 훌륭한 목수였다. 카를로스는 내가 언제든 일거리를 준다는 걸 알고 있었고, 용돈이 필요할 때면 우리 집에 들렀다.

카를로스를 안으로 초대하자 그는 조용하고 정중하게 들어와 한동안 우리와 함께 식탁에 앉아 있었다. 카를로스가 복숭아 머핀을 게 눈 감추듯 먹는 동안 젤다는 수다스럽게 질문을 퍼부었고, 카를로스는 시종일관 싹싹하게 웃는 얼굴로 고개를 끄덕이며 대답했다. 나는 그저 가만히 보고만 있었다. 카를로스가 먹는 모습,

웃는 모습, 굳은살이 박인 손으로 검은 앞머리를 매만지는 모습을.

"징집되면 어떻게 할 거예요?"

나는 얼마나 넋을 놓고 있었던지, 이 질문이 들릴 때까지 젤다가 또 베트남 얘기를 하는 것도 알아차리지 못하고 있었다.

"오지로 떠날 겁니다."

카를로스가 머핀을 입에 한가득 넣은 채 주저 없이 창밖으로 보이는 웨스트엘크산맥의 드넓은 황야를 손가락으로 가리켰다.

"저 산속으로요. 저기 지리에 빠삭하거든요."

젤다는 고개를 끄덕이더니 마치 카를로스를 앉은 자리 그대로 뿌리박고 싶어 하는 사람처럼 그의 어깨를 양손으로 꾹 눌렀다.

"좋은 생각이에요."

그런 계획을 세우는 카를로스를 보니, 과거의 나만큼이나 어리고 순진하고 대담하다는 생각이 들었다.

내가 카를로스를 데리고 헛간으로 가서 보강이 필요한 축 처진 지지대를 보여주자 그는 허리를 구부려 연장통을 열고는 곧장 일을 시작했다. 카를로스가 일을 시작한 걸 보고도 나는 발길이 떨어지지 않았다. 헛간 문에 서서 꽤 오랫동안 카를로스를 쳐다보았다.

"저기." 내가 마침내 입을 열자 카를로스가 고개를 들었다.

"혹시 떠나게 되면 가기 전에 꼭 우리 집에 들러요. 복숭아 병조림이라도 좀 챙겨줄게요."

내가 이상한 말을 한다고 생각했겠지만, 카를로스는 그런 걸 티내지 못할 만큼 예의 바른 청년이었다.

"네, 노력해 보겠습니다."

카를로스가 공손하게 고개를 끄덕였다. 젊은이들이 완곡하게 거절할 때 하는 말이었다. 헛간에서 나와 등 뒤에서 미닫이문을 닫자 마음이 쓰라렸다. 나는 다시 문을 열었다.

"카를로스?"

또 카를로스를 부르고 말았다. 카를로스는 온화하고 어두운 눈을 들고서 날 바라보았다.

"그러니까, 무슨 말이냐면, 내가 저 산맥까지 차로 데려다줄게요. 필요하면 말이에요. 나도 저 산맥을 아주 잘 알거든."

그는 씩 웃으며 고맙다고 인사했다. 헛간을 빠져나오자 끔찍한 공허함이 차올랐다.

농가로 돌아와 보니 젤다가 아침 먹은 그릇들을 설거지하고 있었다. 젤다는 에드의 계약을 도우러 빨리 가봐야 한다고 둘러댔다. 사실인 것 같지 않았다. 내게서 도망가고 싶어서 거짓말하는 것 같았다. 사과를 해야 할 것 같았다. 그러나 내가 젤다에게 한 거짓말, 나 자신에게 한 거짓말은 나의 침묵 그 자체였다. 주워 담을 말 자체가 존재하지 않았다.

"미안해요."

어쨌든 나는 젤다에게 사과했다.

"뭐가요?"

젤다는 내게 정직해질 기회를 한 번 더 주고 있었다. 뭘 어떻게 대답해야 할지 확신이 서지 않았다.

"아기 얘기를 꺼내게 해서……"

나는 멍청한 선택을 하고 말았다. 젤다는 안타까워하면서도 도무지 믿을 수 없다는 듯한 표정을 지었다.

"내가 아기 얘기를 하고 싶어 하지 않을 이유가 뭐가 있겠어요? 내 자식들인데. 빅토리아가 물어봐서 할 수 없이 대답한 것도 아니에요. 나는 늘 얘기하고 싶었어. 자기가 관심 없을까 봐 얘기를 안 했지. 묘목 얘기도 아니고……."

젤다는 농담을 하려고 했지만 입가의 미소는 너무 희미했고, 그 말 속엔 뼈가 있었다.

"나한테 숨기는 게 무엇이든, 말하든 말든 그건 자기가 알아서 할 일이에요. 그렇지만 두 가지만 얘기할게요. 하나, 빅토리아가 강한 사람이라는 건 나도 잘 알아요. 나무도 구하고 농장도 운영하고 열심히 일하고 걷고…… 뭐든 혼자서 척척 잘 해낸다는 거. 그래도 슬픔을 혼자 짊어지고 사는 건 강인한 게 아니에요, 빅토리아. 그건 누가 봐도 벌이야. 과거에 무슨 일을 겪었든 자신을 비난하는 것만큼은 멈췄으면 해요."

어른에게 혼나는 어린아이가 된 것 같았다. 나는 이제 그만 젤다가 갔으면 했다.

"그리고 둘, 아까 이 식탁에 앉아서 보니까, 카를로스라는 청년을 바라보는 자기 눈빛이 그렇게 슬플 수가 없었어. 무슨 사연인지 몰라도 준비가 되면 나한테 털어놔요, 언제든 들어줄게요."

나는 젤다에게 눈을 보여주지 않으려고 서둘러 고개를 돌렸다.

젤다는 내 볼에 입을 맞추며 아침밥 잘 먹었다고 인사한 뒤 집을 나서다 말고 잠시 멈추어 한마디 덧붙였다.

"앞으로 남자들이랑 엮으려고 하지 않을게요. 약속해요."

젤다의 자동차가 진입로를 나서는 소리를 들은 뒤 나는 복숭아를 따러 과수원으로 갔다. 줄줄이 매달린 완벽한 복숭아가 나를 에워싸고 있었다. 일꾼들이 사다리 꼭대기에서 휘파람을 불었고, 복숭아가 가득 담긴 바구니들이 배달 트럭을 기다리며 길가에 늘어서 있었다. 관개수는 풍부하게 흘렀고, 8월의 태양은 따뜻하고 환하게 빛났다. 복숭아 농사와 사업은 시계태엽처럼 서로 맞물려 잘 돌아가고 있었다. 각 지역의 판매대마다 내 복숭아를 사려고 기다리는 사람들이 줄을 이었다. 젤다의 말대로 나는 이 땅을 일굴 만큼 강인하다는 걸 증명해 냈고, 이 땅은 나를 받아줄 만큼 관대하다는 걸 증명해 보였다. 그러나 내 속마음은 우리 복숭아의 잎마다 뿌리마다 씨앗마다 슬픔이 묻어 있다는 걸 잘 알고 있었다. 당연했다. 윌과 내 아들은 과수원 모퉁이에서 날 보며 웃고 있지도, 내 옆에 서서 나와 함께 일하고 있지도 않았다. 아무리 자주 상상한다 한들 그 사실이 바뀌지는 않았다.

올해는 아직 공터에 가지 않았다. 이런저런 일로 너무 바빴다고 나 자신에게 핑계를 댔지만 솔직히 말하면, 지난여름 바위 위의 동그라미에 스무 번째 돌멩이를 올려놓을 때 이게 마지막이라는 느낌이 가슴을 뭉근히 짓눌렀다. 나는 공터를 둘러보면서 이제 이 동그라미가 완성되었으니, 내 아이가 성인이 되었으니, 여기도 나와 끝인 걸까, 하는 생각을 했다. 그런데 젤다와 카를로스가 다녀간 뒤 마음이 잔뜩 어지러웠던 그날 아침, 왠지 한 번 더 돌아와 보라고 공터가 나를 잡아당기는 것 같았다.

차고에는 새로 산 파란색 포드 픽업트럭이 아빠의 낡은 트럭 옆에 세워져 있었다. 녹슨 유물 같은 아빠의 트럭은 언제 멈추어도 이상할 게 없는 상태였지만, 그래도 나는 낡은 차에 올라탔다. 오늘로 공터와 마지막이라면, 이 낡은 트럭이 어울릴 것 같았다.

빅 블루 야생지로 향하는 길 대부분은 이제 거의 알아보기도 힘들 정도로 달라져 있었다. 한때 세이지와 소 떼뿐이었던 언덕길에는 이제 새로운 자갈길이 깔렸고, 대충 지어놓은 노동자 숙소들은 마치 흉터처럼 보였다. 쓰임 없이 세워진 여러 대의 굴착기와 불도저는 상처 입고 잠들어 있는 황룡 같았다. 오르락내리락, 구불구불해진 50번 고속도로를 타고 가니 블루 메사 댐을 이루는 우뚝 솟은 콘크리트와 바위 덩어리 풍경이 넓은 흉터처럼 펼쳐졌다. 지난 몇 년간, 여름이 되어 공터로 갈 때마다 댐 공사가 진척되는 끔찍한 광경을 보아왔지만 적응되질 않았다. 익숙해지기는커녕 마주할 때마다 늘 충격을 받았다. 이게 끝이 아니다. 반대편이 어떤 모습일지 알고 있었기 때문에 마음을 더 단단히 먹어야 했다. 한때는 세볼라, 사피네로, 아이올라가 있었던 댐 너머에는 이제 거대하고 푸른 저수지가 있을 터였다. 거니슨강을 메운 저수지는 둑 너머 1킬로미터 남짓 안의 모든 걸 집어삼키고 한껏 부풀어 올라 있을 터였다.

소풍 나온 가족들과 어부들이 저수지 남쪽 해안 모래밭에 마치 점처럼 찍혀 있었다. 모르는 사람이 언뜻 보면 자연으로 착각할 만했다. 몰랐던 호수를 발견했다고 생각할 수도 있을 것이다. 이곳의 역사를 모르는 사람이라면, 저 호수가 인공 호수이며 물속 밑바닥에는 사라진 마을이 존재한다는 걸 모른다면, 나라도 그렇게 생각할 것 같았다. 저수지 모퉁이 끼고 차를 모는 내내 나는 최대한 저수지를 쳐다보지 않으려고 애썼다. 공터로 이어지는 익숙한 비포장도로에 접어들자 그제야 마음이 놓였다.

낡은 트럭이 툴툴거리며 긴 언덕을 올라 숲을 지났다. 나는 마침내 차를 세우고 주차한 뒤, 고마운 마음을 담아 계기판을 쓰다듬었다. 운전석에 앉아 공터를 내다보는데 열린 창문 사이로 따뜻하고 달콤한 바람이 불어 들어왔다. 거센 오후의 햇살과 늙은 폰데로사 소나무가 만들어낸 들쭉날쭉한 그림자가 이유 없이 삭막하고 불쾌했다. 내 아기의 운명을 뒤집어 놓았던 여름 눈송이를 본 날처럼, 내 땅을 사겠다고 찾아온 공무원에게 문을 열어준 날처럼, 이번에도 때가 됐다는 걸 한눈에 알아차렸다. 이제는 이곳을 떠날 때였다.

이런 심경의 변화를 느끼고 있는데 낯선 사물이 눈에 들어왔다. 내가 아들을 생각하며 돌멩이를 올려둔 바위, 처음에는 복숭아를, 나중에는 복숭아 모양 돌멩이를 발견했던 바로 그 바위에 놓인 납작한 돌멩이 하나가 비닐봉지를 누르고 있었다. 마치 살아 있는 새를 잡아놓기라도 한 것처럼, 비닐 자락이 솔솔 부는 바람을 맞아서 펄럭거리고 있었다.

마음을 가다듬으며 천천히 트럭에서 내렸다. 바위에 가까이 다가가 보니, 비닐봉지 안에 두툼한 연하늘색 종이 뭉치가 들어 있었다. 마음이 봄철 개울처럼 출렁거렸다. 앞으로 뻗는 손이 덜덜 떨렸다. 지금처럼 출렁거리는 마음으로 손을 뻗던 날이 떠올랐다.

처음으로 루비앨리스의 분홍색 현관문을 두드렸던 날이었다. 그때 나는 월이 그 문을 열어줄 거라고 믿었고, 정말로 그랬다. 이번에도 나는 이 비닐봉지를 열면 앞으로의 모든 게 달라질 거라는 사실을 알았다. 나는 봉지를 집어 들었다.

봉지 위에 쌓여 있던 먼지와 꽃가루가 바람에 흩날렸다. 봉지를 촘촘히 뒤덮고 있던 티끌이 하루 만에 쌓인 것인지 1년 동안 쌓인 것인지 알 길은 없었다. 그러나 상관없었다. 이 봉지는 지금 여기에 있고, 나도 그랬다.

비닐 너머로 급하게 흘려 쓴 글씨가 보였다. 첫 줄을 읽는데 목이 메고 눈물이 차올라 눈앞이 흐려졌다. 편지라기보다 일기에 가까운 문장이었다. 첫 문장을 읽자마자 내게 필요한 사실들을 알게 되었다. 이건 정말로 내게 남겨진 글이었다. 내 아들이 아니라 그 여자, 내 아들의 다른 어머니가 날 위해 놓아둔 것이었다.

나는 티셔츠 자락을 잡아당겨 눈물을 닦고서 비닐봉지 너머로 첫 줄을 읽었다.

아기에게 젖을 먹이는데, 어디선가 새소리가 들렸다.

그 뒤에 어떤 말이 쓰여 있을지 너무나 궁금했고 또 너무나 두려웠다. 나는 봉지를 통나무로 가지고 와 그녀의 자리이자 내가 늘 머물렀던 자리에 앉았다. 잠시 마음의 준비를 한 뒤 봉지를 열고 종이를 꺼내 무릎 위에 올렸다.

반으로 접힌 종이 한 장이 바닥으로 떨어졌다. 종이를 펼쳐보니,

거기에도 급해 보이는 필체로 짤막한 글이 쓰여 있었다. 내게 쓴 쪽지였다.

숲의 어머니에게,

이건 제 이야기입니다. 써보고 싶어서 쓴 글이에요. 처음에는 나 자신을 위해서, 내게 일어난 모든 일을 스스로 이해하고 기억하기 위해서 쓴 글이었습니다. 그러나 이 이야기에는 언제나 당신이라는 구멍이 존재했어요.
사실은 당신을 위해 쓴 글이라는 걸 비로소 깨달았습니다. 당신이 알았어야 할 모든 이야기를 이제야 전합니다.

쪽지 맨 아래에는 '잉가 테이트'라는 그녀의 이름과 함께 전화번호, 주소가 적혀 있었다. 주소지를 보니 저 남쪽의 듀랑고였다.
처음 몇 장을 읽을 때는 마치 수정 구슬을 통해 1949년 8월의 그날을 들여다보고 있는 것 같았다. 빨간 돗자리, 소풍, 날카롭게 울어대는 어치, 남자와 담배 연기, 여자의 품에 안겨 버둥대는 갓난 아기.
그녀가 아기를 발견했던 날의 장면은 내가 상상했던 거의 그대로였다. 새들의 울음소리를 뚫고 내 아들의 울음소리가 점점 커졌고, 통나무 그루터기에 앉아 있던 여자가 자동차로 달려가 내 아기를 발견했다. 내 아들을 보자마자 본능적으로 품에 안고 젖부터 먹였다는 문장을 읽으면서 나는 눈물을 훔쳤다. 그리고 내 아이의 이름을 알게 되었을 때 나는 한 번 더 눈물을 흘렸다.

"루카스."

숲에 대고 나직이 이름을 불러보았다. 그러고는 그 종이 뭉치를 가슴에 꼭 끌어안았다.

다시 첫 페이지로 되돌아갔다. 떨리는 손을 진정시키고 마음을 가라앉히려고 심호흡을 했다. 그런 다음, 글을 처음부터 읽기 시작했다.

4부

1949~1970년

21장

새

아기에게 젖을 먹이는데, 어디선가 새소리가 들렸다.

머리 위 나뭇가지에서 미친 사람처럼 소리를 질러대는 어치 두 마리가 남편이 피우는 담배 연기에 휩싸였다. 어치의 까만 눈동자는 빨간 돗자리에 대충 깔아놓은 간식거리에 고정되어 있었다. 돗자리 위 갈색 종이봉투에는 노점 가판대의 살집 있는 여자에게서 사 온 복숭아가 담겨 있었고, 종이 접시에는 덴버에 있는 병원에서 집으로 먼 길을 오는 동안 잠시 들른, 강물이 흐르는 도시의 깡마른 가게 주인이 얇게 썰어준 햄과 빵이 놓여 있었다.

바닥에 쓰러져 있는 통나무는 배고픈 젖먹이를 안은 초보 엄마가 앉기엔 영 불편한 의자였다. 조심한다고 했는데도 블라우스 단추를 풀다가 비틀거렸다. 폴이 등을 돌리고 섰다. 아기는 한참 동안 날 밀치고 때리더니 비로소 풍선처럼 부푼 내 젖가슴을 붙잡고 쪽쪽 빨아대기 시작했다. 아까부터 복숭아를 한 입이라도 먹고 싶었는데, 아이올라를 떠난 직후부터 맥스웰이 악을 쓰며 울어대는 바람에 재간이 없었다. 한참을 빙빙 돌다가 이 공터를 찾은 폴이 씩씩거리며 차를 세웠다. 폴의 마음에 들게끔 소풍을 준비하고 싶었지만, 맥스웰이 태어난 지 나흘 만에 나는 결단코 부인할 수 없는 사실을 깨달았다. 남편보다 갓난아기가 먼저였다.

젖을 물리는 동안에는 맥스가 울지 않아 새소리만 들렸다. 높은 소나무 위에서 넓은 숲 전체를 가로지르며 찍찍 짹짹 울려 퍼지는 새들의 합창 소리는 어딘가 미친 것 같기도, 기쁨에 찬 것 같기도 했다. 왠지 슬프기도, 아름답기도 했다.

그런데, 새소리가 그냥 새소리가 아니었다.

긴가민가하여 귀를 기울였다. 내 모성 본능이 최대치로 발동했다. 분명 가녀리고 들쭉날쭉한, 갓난아기의 울음소리였다.

젖꼭지를 빨아대는 맥스를 억지로 잡아당겨 내게서 떼어냈다. 젖을 덜 먹은 아기만큼이나 못마땅해하는 폴에게 아기를 들이밀고는 다시금 살랑거리는 바람에 귀를 기울였다. 내가 통나무 그루터기에서 부랴부랴 일어나자 폴과 맥스 둘 다 어리둥절해하는 눈치였다. 나는 블라우스를 여미면서 도무지 이해할 수 없는 소리가 들려오는 자동차를 향해 서둘러 뛰어갔다.

예상과 달리 주변에 아기는 없었다. 분명 아기 울음소리를 들었는데 아기가 보이지 않자 마치 꿈속을 헤매는 듯 몽롱했다. 그러나 차창을 들여다본 순간, 역시나였다. 우리 차 안에서 갓난아기가 힘없이 울부짖고 있었다.

자동차 문을 열자 아기의 울음소리가 잦아들었다. 아기의 몸은 노란색 니트 담요로 둘둘 싸여 있었다. 앙상한 엉덩이에는 흠뻑 젖은 니트 기저귀가 채워져 있었다. 두 팔로 폭 뜨듯 아이를 안았다. 아기가 목 언저리에 닿도록 안고 있으니 깃털 같은 숨결과 무게가 전해졌다. 맥스웰의 절반이나 되려나 싶은 자그마한 몸집은 마치 나뭇가지로 만든 작품 같았다.

자동차 안으로 들어가 따뜻한 가죽 시트에 앉은 뒤 본능적으로 아기에게 젖을 물렸다. 아기는 젖을 물었다가 제대로 삼키지 못해 쿨럭쿨럭 뱉기를 반복하더니, 그예 흘러나오는 젖에 맞추어 쪽쪽거리며 한참을 꿀꺽꿀꺽 삼켜댔다.

한 팔로 느슨하게 맥스웰을 안은 폴이 성난 발소리를 내며 다가왔다. 폴의 얼굴에는 공포와 혼란, 혐오가 묻어 있었다. 무슨 상황인지, 내 심정이 어떤지 뭐라 말도 꺼내기 전에 남편은 세 가지 행동을 취했다.

폴은 끝없이 펼쳐진 숲을 향해 고개를 왼쪽으로 한 번, 오른쪽으로 한 번 돌려 주변을 둘러보았고, 내 남은 팔 하나에 맥스를 밀어 넣었고, 그대로 뒤돌아서서 성큼성큼 걸어갔다. 굶주린 채 버려진 이 갓난아기의 미친 어머니를 찾겠다고.

맥스웰이 악을 쓰며 울어댔다. 젖가슴이 아팠다. 당혹스러워 눈물이 차올랐다.

내 몸은 아기 둘로 뒤덮여 있었다.

복숭아

그 여자는 내게 자신의 아기를 주었고, 나는 그 여자를 위해 복숭아를 하나 남겼다. 작은 보답이었다. 보답이라고 하기에도 무엇한 게, 사실 나는 1년 전까지만 해도 팔 사이에 아기가 아닌 교과서를 한아름 들고 다니던 대학생이었다. 공터에 갔던 그맘때도 아이 둘은 고사하고 내 새끼 한 명도 버거울 따름이었다.

드디어 잠든 아기 둘을 뒷좌석에 나란히 눕혀놓고서 얼른 돗자리를 접고 소풍을 마무리했다. 그런 다음 들쭉날쭉한 바위의 편평한 꼭대기에다가 둥그스름한 복숭아를 한 알 올려두었다. 이 복숭아가 그 여자에게 '당신이 배고플 걸 알아요'라는 말 이상의 메시지를 전달해 주길, '내가 아기를 데려가요, 안전하게 잘 돌볼게요'라는 메시지를 전달해 주길 기도했다. 나는 폴이 돌아와 결정을 내리길 기다렸다.

폴은 30분은 족히 지나서 나타났다. 땀에 흠뻑 젖고 지친 모습이었다.

"차에 타."

언제나처럼 명령조였다.

폴이 비포장도로로 차를 후진시키고 급커브한 뒤 우리가 왔던 길을 질주하는 동안 나는 한 팔에 한 명씩 잠든 아기를 안고서 바위 위에 남겨둔 복숭아를 마지막으로 한 번 더 바라보았다. 50번 고속도로와 만나는 교차로에서 폴은 차를 멈추고 생각에 잠겼다. 거기서 좌회전을 하면 듀랑고, 우회전을 하면 아이올라였다.

이러쿵저러쿵 한마디도 없이, 남편은 핸들을 왼쪽으로 꺾어 집으로 향했다.

우리는 이 아기를 키울 것이다. 폴이 차를 돌리기 전부터 나는 이미 알고 있었다. 맥스웰의 출산은 수월하지 않았다. 자궁에서 피가 흘러내리자 의사는 폴에게 출산 예정일이 다가오기 한참 전에 나를 덴버의 큰 병원으로 데려가라고 했다. 그곳에서 나는 거의 3주 동안 꼼짝도 못 하고 가만히 누워서 피를 흘리며 출산의 때를 기다렸다. 출산 이후에는 불임의 상태가 되었다. 병원에서는 내 나팔관을 묶었다며, 적어도 두 번 다시 이런 고통을 겪을 일은 없을 거라고 날 안심시켰다.

"사람들한테는 쌍둥이라고 하자고."

폴의 결정이었다. 거기서 가타부타 해봐야 좋을 게 없다는 걸 나는 이미 잘 알고 있었다. 결혼식 때 폴은 내 의견은 묻지도 않고서 사람들에게 자녀 계획을 얘기했다. 둘을 낳을 거고, 둘 다 아들이면 좋겠다며 무슨 대단한 발표라도 하듯이. 폴은 자식을 과거의 자신처럼 비참한 외아들로 만들 생각이 없었고, 셋을 키우느라 돈에 허덕일 생각도 없었다.

늘 그랬듯 폴은 자기 마음대로, 자기 방식대로 할 게 뻔했다. 아직 맥스의 탄생을 주변에 알리기 전이었고, 이제 우리 부부는 쌍둥이를 낳았다는 소식을 전할 것이다. 숲에서 태어난 아이는 몸집이 맥스보다 훨씬 작고 피부색은 더 어두웠지만, 두 사람은 쌍둥이 형제가 될 것이다.

한참을 말없이 가다가 내가 소심하게 물었다.

"이름을 루카스라고 지으면 어때요?"

맥스웰은 폴이 고른 이름이었다. 폴이 존경하는 물리학자의 이름으로, 그가 대학교 수학과 동료들에게 자랑할 수 있는 이름이었다. 루카스는 우리 아버지의 이름으로, 내가 늘 가슴에 새기고 사는 이름이었다.

폴은 떨떠름한 말투였지만 웬일인지 좋을 대로 하라며 한 가지 조건을 걸었다.

"대신 루크라고 부르는 걸로."

그는 우리 사이에 놓인 갈색 종이봉투에 손을 뻗어 그 안에 남아 있던 복숭아를 꺼내어 크고 향긋한 한 입을 베어 물었다.

그날 이후 아기를 루카스라고 부르는 건 나뿐이었다. 어떤 이름으로든 폴이 아기를 부르는 일은 거의 없었다.

산책

집에 온 뒤에도 맥스웰은 밤이면 밤마다 잠들지 못하고 울어댔다. 루카스가 곤히 잠들어 있는 동안 나는 맥스웰을 안고서 동물원에 갇혀 사는 동물처럼 멍하니 복도를 이리저리 서성거렸다. 폴이 나 대신 맥스를 달래주려고 안아보기도 했지만 갓난아기의 울부짖음을 얼마 견디지 못하고 곧 내게 도로 들이밀었다.

결혼 전에는 폴이 어떤 사람인지 잘 몰랐다. 내가 제대로 알고 있었다고 할 만한 사실은 그의 머리카락과 눈썹이 검은색이라는 것, 돋보이게 잘생긴 대학원생이라는 것 정도였다. 오하이오주립대학교 사교 모임에 처음 갔던 날, 폴은 혼자 서 있는 내게 다가와 말을 걸었다. 나는 너무 쉽게 그의 관심을 애정으로, 그의 오만을 학식과 내가 꿈꾸던 대학 생활로 착각하고 말았다. 폴이 좋아했던 대상은 얼빠진 신입생이었던 내가 아니라 자신을 향해 있는 나의 동경이었다. 문학을 공부해 작가가 되는 게 꿈이라고 말하는 나를 그가 비웃었던 그때 나는 그에게서 벗어났어야 했다. 그러나 나는 그와 함께 스파이크 펀치*를 마셔버렸고, 그의 품에 안기고 말았다. 그날 이후, 폴은 허구한 날 기숙사 창문 아래에 서서 애달프게 나를 기다렸다. 짓궂은 룸메이트들의 얄궂은 부추김 때문에 그리고 내 눈에 단단히 씐 콩깍지 때문에 나는 기어이 책을 놓고 그를 만나러 다녔다. 그에게 청혼을 받았을 땐 머리가 아찔했다. 사랑 때문인 줄 알았다. 그리고 내 이름, 부모님의 뿌리인 독일이 가득 담긴 이름, 언젠가 책 표지에 쓰여 있는 걸 보고 싶었던 이름, '잉가 사브리나 짐머만'은 결혼 이후 '폴 레이 테이트'라는 단조로운 세 어절로 바뀌었다. 누군가의 아내가 되었다는 당황스러운 사실에 미처 적응하기도 전에, 이윽고 엄마가 된다는 사실을 알게 되었다. 내 계획과 내 꿈이 담긴 두 개의 스위치는 그렇게 한순간에 꺼져버렸다.

지도 속 네모반듯한 땅. 콜로라도는 학교에서 배울 때 말고는 생각해 본 적도 없는 곳이었다. 폴이 서부 지역 학교에서 강의를 맡게 되어 오하이오를 떠나야 한다고 말하는데, '듀랑고'라는 도시 이름조차 너무 처량하고 쓸쓸하게 들렸다. 거기서 내가 과연 견딜 수 있을까 걱정스러웠다.

* spiked punch. 음료나 과일 주스에 술을 타 칵테일처럼 마시는 술.

"그렇지만 여보, 콜로라도라니······ 거긴······."

나는 무슨 대답이라도 하려고 애썼다.

"콜로라도밖에 없어, 잉가."

그가 눈에 불을 켜고 내 말을 잘랐다.

"콜로라도뿐이라고. 우리는 콜로라도로 갈 거고, 내가 간다면 가는 거야."

나는 그때 너무 늦게 깨달았다. 내가 어떤 남자와 결혼했는지, 폴이 어떤 남편, 어떤 아버지가 될 것인지 너무 늦게 알아버렸다.

그러나 이건 폴의 이야기가 아니다. 이건 나와 두 아들의 이야기다. 서로 원해서 뭉친 삼인조는 아닐지라도 어쨌든 우리는 삼인조였다. 내 삶의 모든 순간에는 하나든 둘이든 언제나 아들들이 함께했다. 학업을 포기하고 어머니로서의 삶을 선택했을 때 염려했던 모든 일은 고단한 현실이 되었다. 그것도 두 배가 되어.

내 유일한 휴식은 산책이었다. 일요일마다 폴이 고집스럽게 온 가족을 끌고 다니던 교회의 목사 사모가 자기 집 헛간에서 꺼내 왔다며 쌍둥이 유아차를 물려주었다. 그 유아차는 어떤 설교보다도 큰 구원이었다. 어쩌다 쌍둥이 엄마가 되어버린 첫해에 나는 틈만 나면 두 아이를 각각 담요로 둘둘 싸매고 나란히 유아차에 태워서 듀랑고를 여기저기 걸어 다녔다. 산책만이 내게 허락된 유일한 평화였다. 동네와 시내를 지나 널찍한 공원을 가로질러 7번 가 언덕길을 오르내리다 보면 루카스는 스르르 잠이 들었고, 깨어 있을 땐 구름을 골똘히 쳐다보았다. 유난스러운 맥스조차 산책 시간엔 얌전했다.

영혼의 강이라고 불리는 애니머스강에 도착할 때까지 아기들이 협조해 주는 날은 최고의 하루였다. 내가 보고 자란 오하이오강에 비하면 애니머스강은 물살이 거세고 유속이 빨랐다. 강가에 도착하면 나는 유아차를 세우고 기저귀 가방에서 펜과 공책을 꺼낸 뒤 강둑에 앉아서 하얀 강물이 첨벙첨벙 바위에 부딪히는 모습을 바라보았다. 그곳에 가만히 앉아서 결혼, 기저귀, 빨래, 사라진 내 모든 가능성을 곰곰 생각했다. 루카스의 생모는 어떤 절망적인 상황에 처했기에 아기를 두고 떠나야 했을까. 상점가를 지나갈 때 본 신문의 헤드라인을 곱씹으며, 끊임없이 미쳐 돌아가는 전후의 세월을 떠올리며, 내 아들들을 기다리고 있을 세상은 어떤 모습일지 생각했다. 머릿속을 맴도는 생각을 기록하려고 공책에 펜촉을 댈 때면 어김없이 아기의 울음소리가 울려 퍼졌고, 그러면 나는 공책을 덮고 자리에서 일어나 다시 유아차를 밀며 앞으로 걸어야 했다.

손

시간이 흘러도 루카스는 맥스보다 몸집이 작았다. 피부색은 더 어둡고 성격은 훨씬 더 차분했다. 그러나 아이들이 걸음마를 뗄 무렵부터는 친형제가 맞느냐고 묻는 사람은 없었다. 그때 그 새소리, 그 여름 햇살이 루카스를 발견했던 그날로 나를 데려갈 때까지는, 나조차도 루카스가 내 피붙이가 아니라는 사실을 잊고 지낼 때가 더 많았다.

결국 나는 기저귀 가방 안에 무의미하게 넣어 다니던 공책과 소설책을 몽땅 꺼내서 버렸고, 가보지 않은 길을 동경하는 걸 그만두었다. 모든 걸 포기하고 어머니로서의 삶을 살기로 했다. 당시 내게 주어진 선택은 어머니로서의 삶 혹은 광기 어린 삶, 두 가지가 전부였다.

어쩔 수 없는 선택이었으나, 그 안에서 나는 아이들을 사랑하는 법을 배워나갔다. 제 아버지를 빼다 박은 맥스는 변덕스럽고 감정 기복이 심했지만 발랄하고 호기심 많고 유쾌한 면도 있었다. 맥스웰의 불같은 성미에 평형을 맞춰주는 선물처럼, 루카스는 아기 때부터 온순하고 영리했다. 루카스는 어디서 나오는지 알 수 없는 차분함으로 내 삶에 예기치 못한 기쁨을 가득 채워주었다. 폴은 늘 그렇듯 기분 내키는 대로 살았고, 나는 신경 쓰지 않으려고 노력했다. 그가 내게 진정 잘해준 일은 아기 루카스가 나를 필요로 하던 그날 그 시간에 그 숲속 공터로 차를 끌고 갔던 것, 그것뿐이었다.

루카스의 손길에는 마법 같은 힘이 있었다. 전기나 열 같은 어떤 에너지가 흐르는 것인지, 아니면 마음씨가 비범할 정도로 따뜻해서인지 모르겠지만, 루카스의 손길이 특별하다는 건 내 공상이 아니었다. 루카스는 싱크대 배수구에 빠진 거미를 꺼내주었고, 창문 방충망 사이에 갇힌 벌을 살려주었다. 병든 동물이나 식물도 루카스가 어루만져 주면 낫는 것 같았다. 무엇보다 다가가지도 못할 만큼 난동을 부리는 맥스웰도 루카스라면 진정시킬 수 있었다. 맥스웰이 울고불고 떼를 쓰며 난리를 치는 와중에도 루카스가 손을 갖다 대면, 맥스웰은 온몸에 힘을 빼고 훌쩍거리다가 이내 잠잠해졌다. 그러고 나면 루카스는 아무 일도 없었다는 듯 하던 일을 계속했다.

나무

아이들은 뒤뜰의 미루나무와 함께 자라났다. 아니, 미루나무도 아이들과 함께 자라났다. 아이들이 태어난 해 여름까지만 해도 레이스처럼 가녀리고 섬세했던 미루나무는 형제가 기어오를 수 있을 만큼 자라면서 두 아이의 무게를 떠받칠 정도로 가지가 굵어졌다. 아이들은 다람쥐처럼 나무줄기를 기어올랐고, 새처럼 나뭇가지에 앉아 있었고, 꽃봉오리처럼 아름답게 피어났다. 그러던 어느 날, 부엌 창밖을 내다보니 나무 아래 잔디밭에 맥스웰이 미동 없이 누워 있었다. 루카스는 그 옆에 웅크리고 앉아 있었다. 깜짝 놀라 밖으로 달려 나갔다. 철썩 하며 방충문 여닫히는 소리를 듣고 고개를 든 루카스가 양 손바닥을 들어 내게 보여주었다. 두 손엔 맥스웰의 피가 묻어 있었다.

맥스웰의 한쪽 팔이 부러졌다. 두개골이 쪼개지거나 척추가 부러진 건 아니었다. 심하게 다쳤지만 아들을 잃은 건 아니었다. 맥스의 팔꿈치 바깥으로 뼈가 드러나 있었다. 부러진 막대기처럼 뾰족뾰족하게 튀어나와 있었다. 루카스는 이번엔 자기도 어떻게 해볼 수 없다는 걸 아는 듯 피 묻은 손을 벌벌 떨면서 상처 부위를 감쌌다.

내가 맥스의 축 처진 몸을 안아 들고, 루카스가 맥스의 다친 팔을 받친 상태로 우리는 총총거리며 집 안으로 들어갔다. 전화기에 손을 뻗는 짧은 순간에 선택해야 했다. 이웃집, 구급차, 폴, 셋 중 누구에게 전화를 걸까? 겨우 몇 분 뒤, 세 집 건너에 사는 이웃집 퇴직 교사가 우리 집 앞에 파란 세단을 멈춰 세웠다.

수술과 회복, 더딘 재활을 거치면서 맥스의 오른손이 제 기능을 할 수 있을지 불확실한 상황이 지속되자 폴은 나를 비난했다. 나는 다친 아이를 부적절하게 들어 올린 부주의하고 태만한 엄마였다. 하필 둔해빠진 늙은이에게 전화를 한 바보 천치였다. 거기서 끝이 아니었다. 폴은 아이들에게까지 화풀이를 했다. 맥스에게는 조심성 없이 그렇게 높이 올라가면 어떡하느냐고, 루카스에게는 나무 꼭대기에서 맥스를 밀면 어떡하느냐고 분노를 쏟아냈다. 딱한 루카스. 루카스가 맥스를 밀었다는 건 사실이 아니었다. 아버지에게 혼날까 봐 맥스가 지어낸 거짓말이었다. 폴이 루카스에게 잘못을 인정하지 않으면 소중한 미루나무를 베어버리겠다며 도끼를 손에 쥔 채 으름장을 놓는 바람에 루카스는 어쩔 수 없이 거짓 자백을 했다. 루카스의 슬픈 눈망울이 내 눈과 마주친 그 순간, 굵은 눈물방울이 아들의 뺨을 타고 흘러내렸다. 맥스가 저 혼자 뛰어내렸다는 그 애도 알고 나도 아는 사실이었다.

시간이 지나면서 맥스의 팔은 회복되었다. 루카스가 맥스를 나무에서 밀었다는 이야기는 우리 집의 미스터리로 남았지만, 그 일을 빌미로 아버지에게 혼이 날 때마다 루카스는 그 거짓말을 낚아채 옆에다 가만히 내려놓고 있는 것처럼 보였다. 마치 너무 병들어 먹이를 잡고도 뜯어 먹지 못하는 한 마리의 짐승처럼.

튀기

9월의 햇살을 받으며 빨래를 너는 동안에도 내 귀는 뒷골목을 향해 쫑긋 세워져 있었다. 폴을 설득해 아이들의 열두 번째 생일 선물로 사준 파란색 신형 스윈* 자전거를 맥스가 뒷골목에서 신나게 타고 있던 까닭이었다. 맥스는 돌무더기에 합판을 얹어 만든 점프대를 연거푸 넘어대는 중이었다. 곧 충돌음과 통곡 소리가 울려 퍼지리란 건 안 봐도 비디오였다.

루카스는 내 근처 땅바닥에 무릎을 대고 앉아 선물받은 자전거의 바퀴살을 하나하나 닦고 있었다. 오후 햇살을 받은 루카스의 머리카락이 유난히 검게 빛났다.

"엄마, 튀기가 뭐예요?" 루카스가 물었다.

"뭐라고? 도대체 그런 말은 어디서 배웠니, 루카스?"

나는 허리를 구부려 옷가지를 집어 들어 빨랫줄에 널었다. 폴의 바지와 속옷이 두 벌 딸려 나왔다.

"지미한테요."

루카스가 앞바퀴 쪽 흙받기를 닦으면서 대답했다.

"지미가 뭐라고 했는지 자세히 얘기해 봐."

루카스는 언제나 간략하게 말하는 아이라 이렇게 낱낱이 물어봐야 했다.

"지미가 그 물고기, 엄청 큰 송어 잡았던 날 기억하세요?"

나는 기억한다고 대꾸했고, 루카스는 지미와 그의 아버지와 함

---

* Schwinn. 1800년대 후반에 창립된 미국의 자전거 브랜드로 1900년대까지 많은 인기를 끌었다.

께 마을 남쪽에 사는 박제사를 찾아갔던 날에 있었던 일을 얘기하기 시작했다. 그 박제사 노인이 세 사람을 현관에 세워두고는 팔짱을 끼고 서서 위아래로 훑어보았다고 했다. 그러고는 지미의 아버지에게 뭔가 험한 말을 중얼거렸고, 이들을 그대로 문간에 세워둔 채 물고기가 담긴 아이스박스를 받아 들고는 혼자만 오두막 안으로 들어갔다고 했다.

"어차피 저도 들어가고 싶지 않았어요."

루카스가 자전거 안장을 닦으며 말했다.

"안에서 이상한 냄새가 났거든요. 죽음의 냄새 같은 슬픈 냄새."

루카스의 독특한 인식과 표현에 감탄한 나는 빨래를 널다 말고 아들을 바라보았다. 그때 골목에서 와장창 소리가 들렸다. 이제 맥스가 우는 소리가 들릴 차례였다. 그런데 웬일인지 울음소리 대신 한바탕 욕을 퍼붓는 소리, 자전거를 발로 차는 소리, 맥스가 다시 자전거에 올라탄 듯 바퀴 굴러가는 소리가 들렸다.

"그래서 뒷마당에 있는 낡은 타이어에 앉아 기다렸어요."

루카스는 그때 박제사가 뭐라고 했는지 지미에게 전해 들었다고 덧붙였다.

"지미가 그러는데, 우리가 튀기라서 못 들어간다고 그랬대요."

가슴이 철렁했다. 루카스의 피부가 백인 부모 사이에서는 나올 수 없는 색이라 나도 늘 신경 쓰고 있긴 했지만, 그래도 폴의 머리카락이 까만색이고 그에게 조금이나마 이탈리아인의 피가 섞여 있으니 루카스의 피부색을 뒷받침해 줄 수 있으리라 생각했었다.

루카스가 혼란스럽다는 표정으로 나를 올려다보았다.

"그건 좋은 말이 아니야."

나는 입을 열었다. 그리고 거짓말을 택했다.

"아빠는 이탈리아 혈통이고, 엄마 가족은 독일계란다. 루카스는 두 혈통의 특징을 다 물려받은 거야."

"아빠가 독일 놈들은 배추쟁이 바보랬는데."

"그것도 좋은 말이 아니야, 루카스. 엄마 가족들한테 두 번 다시 그런 말 하면 못 써. 누구에게도 그런 말 쓰면 안 돼. 알겠니?"

루카스가 겸연쩍은 듯 고개를 끄덕였다.

"그럼 지미한테는 왜 그런 거예요?"

지미는 금발에 파란 눈이었으니, 박제사가 가진 편견의 대상일 리가 없었다.

"그건 엄마도 잘 모르겠구나. 그렇지만 모든 사람은 각자 다른 곳에서 왔고, 이런 혈통, 저런 혈통이 다 섞여 있단다. 그러니 걱정할 것 없어, 아들. 그냥 심술궂은 할아버지가 한 소리일 뿐이야."

루카스가 고개를 끄덕이고는 물었다.

"그 강에 데려다줄 수 있어요? 지미랑 지미네 아빠랑 같이 갔던 그 강요."

애니머스강은 아이들이 어릴 때 자주 갔던 곳이었다. 어째서 그동안 아이들을 데리고 가지 않았을까 싶었다.

"근데, 물고기는 잡지 말고요."

루카스가 말을 덧붙였다. 나는 씩 웃으며 대답했다.

"그러자, 아들. 강에 가보자."

만족한 루카스는 반짝이는 파란색 스윈에 다시 집중했다. 루카스가 안장에 앉아보기도 전에 맥스가 어디에 부딪혔는지 통곡하는 소리가 울려 퍼졌다. 우리는 곧장 맥스에게 달려가 맥스를 일으켜 안으로 데려온 뒤 상처를 소독했다. 그러는 내내 맥스는 점프대를 허술하게 만든 루카스 때문에 넘어졌다며 볼멘소리로 투덜댔다.

다음 날, 아이들과 나는 자전거를 타고 애니머스강으로 갔다. 루카스는 도착하자마자 강물에 물수제비를 뜨며 놀기 시작했다. 루카스는 신발을 벗고 까치발로 시원한 강물에 다가가 발을 담그더니 깔깔 웃으며 금세 무릎 깊이까지 걸어 들어갔다. 맥스는 강가에서 뾰루퉁한 얼굴로 자전거 근처만 왔다 갔다 하면서 지루하다고, 집에 언제 갈 거냐고 몇 분마다 물었다. 맥스가 징징거릴수록 루카스는 돌멩이를 더 세게 던졌다. 돌멩이가 수면을 튀면서 날아가 강물 속 바위에 부딪혀 반으로 쪼개지도록. 그렇게 한참 동안 물수제비를 떴다.

돌멩이

애니머스에 가는 길을 알게 된 뒤로 애니머스강은 루카스의 안식처가 되었다. 완벽한 노을빛이 깔릴 때, 보름달의 빛이 퍼질 때, 폴이나 학교 아이들 때문에 속상할 때, 맥스가 저만 생각하며 못되게 굴 때면 루카스는 자전거를 타고 강으로 갔다. 내게 같이 가자고 하는 일은 거의 없었다. 같이 가자고 하는 날이면 나는 아들을 더욱 유심히 관찰했다. 아들이 달라지고 있었다. 소리 없는 우울이 루카스 안의 기쁨을 서서히 밀어내고 있었다. 스스로 설명할 수 없는 자신의 무언가를 강물이 설명해 주기를 바라는 것 같았다.

어느 초겨울 저녁, 우리 둘은 하얀 언덕으로 넘어가는 해를 바라보며 얕게 흐르는 강물에 돌을 던지고 있었다. 학교생활은 재미있냐고, 친구들과는 잘 지내냐고 물었지만 루카스는 다른 소리를 하며 대답을 피했다. 그런 아들을 가만히 두었다. 슬픔을 끌어안고 사는 루카스를 지켜보는 건 매우 힘들었다. 그날 애니머스강에서 나는 결심했다. 5월이 오면 거니슨강 근처 산길 너머 공터로 아들을 데려가겠다고. 아기 루카스가 앙앙 울며 나를 부르던 그곳에 데리고 가서 모든 걸 말해주겠노라고 다짐했다.

봄이 되었다. 나는 듀랑고 북쪽으로 차를 몰았다. 돌로레스와 리코를 지나 리저드 헤드 패스를 넘어 아이올라 쪽으로 달리면서도 내가 혹시 끔찍한 실수를 하는 건 아닌지 걱정됐다. 조수석에 앉은 루카스는 신이 나서 엉덩이를 들썩거렸다. 꽃놀이. 맥스의 놀이 약속을 미리 정해놓고 루카스에게는 꽃놀이를 가자고 말해두었다. 스카우트 활동. 폴에게는 스카우트 활동에 필요하다고 둘러대고 자동차를 빌렸다.

끝없이 펼쳐진 숲과 절벽 사이로 난 도로는 좁고 구불구불했다. 기름도 넣고 요동치는 마음을 진정시킬 겸 텔루라이드*에서 잠시 차를 멈춰 세웠다. 밖으로 나온 루카스는 바스락거리는 찬바람, 여전히 눈으로 덮여 있는 뾰족한 산봉우리, 강으로 쏟아지는 폭포수

* Telluride. 콜로라도주에 있는 도시.

를 보며 경탄했다. 나는 루카스에게 다시 차에 타라고 일렀고 우리는 계속 나아갔다.

세이지로 뒤덮인 언덕, 거니슨강, 버려지고 녹슨 철로. 골짜기 안으로 차를 몰수록 모든 기억이 다시 떠올랐다. 고속도로에는 세볼라, 사피네로, 아이올라 등 북부 도시로의 출입을 금지한다는 안내판이 붙어 있었다. 이유를 궁금해하지 않고 계속해서 차를 몰았다. 자갈길로 이어지는 출구가 나올 때마다 주변을 살피며 고속도로를 빠져나갈지 말지 선택해야 했다. 그때마다 그저 내 감이 맞기를 바라는 수밖에 없었다. 가파른 언덕을 올라, 구불구불한 길과 소나무 숲을 지나자 드디어 눈에 익은 풍경이 펼쳐졌다. 낯선 모자의 삶과 내 삶이 교차한 바로 그 공터, 우리 모두의 삶을 송두리째 바꾸어놓은 그 공터였다. 나는 차를 멈춰 세웠다.

"여기가 어디예요?"

루카스가 아직 녹지 않은 눈과 진흙이 남아 있는 땅에 폴짝 뛰어내리며 물었다.

나는 아무런 대답을 하지 않았다. 다행히 루카스는 대답을 기다리지 않고 공터를 둘러보러 뛰어가느라 바빴다.

공터는 기억 속 그대로였다. 햇빛이 내리쬐는 통나무, 시끄러운 어치들이 걸터앉아 있던 큼직한 소나무, 내가 공터를 떠나기 전에 복숭아 한 개를 올려두었던, 들쭉날쭉하고 큼직한 바위까지도. 겁에 질렸던 어린 나, 두 아기에게 둘러싸여 눈물로 뒤범벅돼 있던 그때의 내가 생각났다. 높은 데서 내려다보면, 이 공터는 작은 점 하나밖에 안 될 텐데. 갓난아기였던 맥스웰의 빽빽거리는 울음소리를 견디지 못하고 운전대를 틀어 차를 세웠던 그날 그 순간, 내 삶과 루카스의 삶은 바로 이 공터에서 우연히 교차했다. 그때만 해도 이 장소가 루카스와 내게 가장 소중한 곳이 될 줄은 꿈에도 몰랐다. 나도 이해하기 어려운 이 일을 루카스에게 어떻게 설명해야 좋을지 고민이 됐다.

루카스와 나는 통나무 그루터기 옆 마른땅에 자리를 잡고 소풍을 즐겼다. 왠지 그때를 오마주한 장면 같아 기분이 묘했다. 나는 우리가 여기에 온 이유를 아들에게 설명해 줄 적절한 때를 보느라 긴장한 나머지 말도 없이 가만히 앉아 있었다. 루카스는 시종일관 웃는 얼굴로 쉴 새 없이 재잘거렸다. 마치 우리에서 해방된 사슴처럼 빨간 돗자리에서 폴짝거리고, 멀리 뛰어갔다가 다시 돌아와서 샌드위치를 한 입 베어 물고는 금세 또 뛰어가기 바빴다.

그걸 먼저 발견한 건 루카스였다.

"엄마, 이게 뭐예요?"

루카스가 그늘진 눈밭에 까치발로 서서 들쭉날쭉한 바위의 편평한 꼭대기를 가리켰다.

가까이 다가가 보니 납작하고 둥그런 돌멩이들이 완벽한 동그라미 모양으로 놓여 있었다.

"글쎄, 모르겠는데."

정말 몰랐다. 루카스가 손끝으로 돌멩이를 하나씩 건드리며 개수를 셀 때까지는.

"열두 개!" 루카스가 활짝 웃었다. "내 나이랑 똑같아요!"

숲의 어머니였다. 루카스의 어머니구나, 나는 속으로 생각했다.

그녀가 이곳에 돌아온 것이다. 이곳에 온 게 한 번일지, 열두 번일지는 알 수 없다. 아들과 떨어져 지낸 햇수만큼 돌을 올려놓은 것이다. 내가 생각해 낼 수 있는 유일한 설명이었다.

그러나 루카스는 그녀의 아들이 아닌 내 아들이었고, 내 아들은 여기 있었다. 루카스는 바로 내 옆에 있었다. 나는 주변에 포식자가 숨어 있기라도 한 듯 루카스를 바짝 끌어당겼다. 지난 오랜 세월, 내게 루카스의 생모는 실존하는 사람이라기보다는 숲속의 덧없는 생물 같은 존재였다. 그런데 둥글게 놓인 돌멩이를 보고 있으니 생모가 루카스를 데려가고 싶어 할지도 모른다는 생각이 들었다. 모든 사실을 알게 되면 루카스도 틀림없이 생모에게 돌아가고 싶어 할 것 같았다. 끔찍하게 두려웠다.

당장 공터를 떠나고 싶었다. 한참을 달려 이곳에 왔다는 사실, 루카스가 즐거워하고 있다는 사실, 5월 말의 햇살이 내리쬐는 이 공터가 너무나도 평화롭다는 사실은 안중에도 없었다. 애초에 이 먼 길을 온 것이 루카스에게 진실을 알려주기 위해서였다는 사실은 조금도 중요하지 않았다.

"엄마도 모르겠어." 다시 한번 모르겠다는 대답, 그러나 이번엔 거짓말이었다. "건드리지 말고 그대로 두자."

"왜요?" 루카스가 물었다.

"누군가에게 중요한 걸 수도 있잖니."

"누구한테요?"

기회였다. 진실을 털어놓을 기회. 그러나 나는 그 기회를 잡지 않았다. 오랫동안 모은 용기를 허공에 날려 보내고 멍하니 돌로 그린 동그라미를 바라보았다. 고개를 돌려 호기심 가득한 아들의 까만 눈동자를 들여다보니 거짓말이라고 털어놓을 수도 없었다.

우리는 소풍을 끝냈다. 더 있다 가자고 조르는 루카스를 외면한 채 돗자리를 접었다. 그냥 숲에서 노는 게 즐거워서 그러겠거니 생각하면서도 혹시 루카스가 이 땅과 연결되어 있다는 느낌을 받는 건 아닐지 걱정되었다. 공터에 있는 루카스는 날아갈 듯 가벼워 보였다. 부인할 수 없는 사실이었다. 뭔지 몰라도 그 무렵 루카스가 짊어지기 시작한 마음의 짐이 한결 가벼워진 것 같은 모습이었다. 땅거미로 하늘이 어둑해질 때까지 공터에 머물렀다. 나는 아들의 어깨에 팔을 두르고 자동차를 세워둔 곳으로 향했다.

그때 루카스가 갑자기 몸을 돌려 바위 쪽으로 뛰어가기 시작했다. 나는 혹시라도 아들이 나와 함께 돌아가지 않겠다고 말할까 봐 너무나 두려웠다.

루카스는 집으로 가기 전에 바위 위 동그라미에 돌멩이를 하나 얹어놓고 싶다고 했다. 그게 다였다.

안 된다고 말하고 싶었다. 어떤 흔적도 남기지 않고 조용히 떠나고 싶었다. 그러나 이미 한 번의 비겁한 선택을 해버린 뒤였다. 루카스와 그의 생모가 마주칠 단 한 번의 기회를 막아서는 건 두 배로 잔인한 일 같았다. 그러라고 허락하자 루카스는 가장 예쁜 돌멩이를 찾겠다며 공터 끝에서 끝까지 바닥을 샅샅이 뒤지고 다녔다.

루카스는 여느 돌멩이와 다른 모양의 큼직하고 둥근 돌덩이를 주워 왔다. 아들은 돌멩이를 야구공처럼 움켜쥐고 바위를 향해 달려간 뒤 까치발로 서서 동그라미 한가운데에 조심스럽게 올려두었다. 어슴푸레한 저녁노을과 과거의 기억이 뒤섞여서일까, 자동차 앞에 서 있던 내 눈에는 루카스가 고른 돌덩이가 그때 내가 바로 그 자리에 놓았던 복숭아와 매우 비슷해 보였다.

여자 친구

첫 번째 여자 친구의 이름은 제인이었다. 두 번째는 질리언. 여자를 향한 맥스의 관심은 일찍이 시작되었다. 카라, 조앤, 켈리, 마거릿, 아주 닮은 두 명의 킴. 빨간 나비넥타이를 매고 첫 무도회에 갔던 중학생 맥스는 눈 깜짝할 사이에 고등학생이 되어 반쯤 벗은 여자들의 사진을 방의 벽지에 덕지덕지 붙였고 침대 아래에는《플레이보이》를 숨겨두었다. 훤칠한 키, 뚜렷한 턱선, 푸른 눈동자를 지닌 맥스의 곁에는 여자 친구가 끊이질 않았다.

맥스의 행동은 제 아버지를 쏙 빼닮았다. 간이고 쓸개고 다 빼줄 것처럼 여자들을 웃게 하다가도 애정이 식는 순간 마음을 철문처럼 닫아버렸다. 어떻게든 맥스의 마음을 돌려보려고 애쓰는 여자 친구들에게 돌아오는 건 맥스의 차가운 시선뿐이었다. 맥스가 다른 여자들에게 추파를 던지고 있으면 루카스는 맥스에게 버림받은 여자아이들을 모른 척하지 못했다. 루카스는 마실 걸 건네거나 체스를 두자고 하거나 영화를 보러 가자고 하면서 어떻게든 그네들에게 생명줄을 던져주려고 노력했다. 그런데도 여자아이들은 루카스를 본체만체 무시하고 오로지 맥스만 바라보았다.

리사는 큰 키, 둥근 눈과 가슴, 갈색 머리칼을 지닌 예쁘장한 아이였다. 리사와 맥스가 고등학교 2학년이었던 어느 봄날 오후, 두 사람이 비틀거리며 요란하게 현관문을 열고 들어왔다. 술에 취한 건지 약에 취한 건지 아니면 그냥 기분이 좋은 건지 분간이 되지 않았다. 맥스는 신나게 공을 던지듯 리사의 이름을 툭 내뱉고는 숙제를 하겠다며 리사의 손을 잡아끌고 복도를 걸어 방으로 들어 갔다. 방문이 쾅 닫혔다. 더 버즈*의 노래가 쩌렁쩌렁 울렸다.

이걸 어떻게 해야 하나 고민하며 서성이는데 마침 루카스가 집에 들어왔다. 루카스는 어깨를 축 늘어뜨린 채 수심 가득한 얼굴로 들어와 무뚝뚝하게 인사를 건네고는 책가방을 내려놓고 겉옷을 옷걸이에 걸었다. 방에서 새어 나오는 음악 소리에 루카스의 눈이 휘둥그레졌다. 루카스는 이를 악물며 방 안에 맥스 혼자 있냐고 물었다.

"아니." 나는 한숨을 쉬며 대답했다. "리사라는 여자애랑 같이 왔던데."

"저 개자식!"

루카스가 버럭 소리를 지르더니 냅다 복도로 달렸다.

부서진 문, 비명을 지르는 여자아이, 쓰러진 선반, 오가는 주먹, 으르렁거리는 소리, 턴테이블의 끽끽대는 소리. 한때 내 품에 안겨 있었던 아기들이 이제 괴물처럼 커져 있었다. 아이들이 커진 만큼 나는 작아진 것 같았다. 둘을 떼어놓으려고 등짝을 때리고 잡아당기면서 소리를 질렀지만 헛수고였다. 리사는 가슴팍에 베개를 껴

---

* The Byrds. 1960년대 중반에 결성해 포크 록, 사이키델릭 록, 컨트리 록 등 여러 장르에서 활동한 미국 록밴드.

흐르는 강물처럼

안고서 도망쳤다. 검은 브래지어를 입은 채로, 검은 눈동자의 멍투성이 형제를 뒤로하고.

지칠 대로 지친 형제들은 결국 서로 멀찍이 떨어져서 씩씩거렸다. 루카스는 바닥에 누워 눈물을 흘리고 있었다. 맥스가 비틀비틀 일어나더니 집에서 뛰쳐나갔다. 나는 벽에 기대어 앉아 어리벙벙한 눈으로 쑥대밭이 된 방을 쳐다보고 있었다.

"죄송해요, 엄마."

루카스가 손을 뻗었고, 나는 그 손을 잡았다.

얼마 뒤 맥스와 폴이 둘 다 어딜 갔는지 집에 없을 때, 루카스와 둘이서 방을 치우다가 조앤, 켈리, 킴 중 하나와 마찬가지로 리사도 원래는 루카스의 여자 친구였다는 사실을 알게 되었다.

"저 좀 나갔다 와야겠어요."

루카스가 애니머스강으로 가리라는 걸 난 알고 있었다. 언제나처럼 그곳에서 해결책을 찾을 게 분명했다. 좋든 싫든 루카스는 형제를 잃느니 용서를 택할 터였다.

그날 밤, 빈집에 가만히 누워 있는데 현관문이 여닫히는 소리가 들렸다. 내 침대 옆에 나타난 어두운 그림자는 루카스였다.

"저, 그 숲에 다시 데려다주실 수 있어요? 바위 위에 돌멩이가 놓여 있던 그 숲요."

루카스가 물었다. 누구를 위한 건지도 모른 채 복숭아 모양의 돌멩이를 올려놓고서 나무 사이를 뛰어다니며 활짝 웃던 루카스의 얼굴이 떠올랐다. 그때, 이번에는 반드시 루카스에게 사실을 말해주겠다고 맹세했다.

"아직 눈이 쌓여 있을 것 같긴 한데." 내가 대꾸했다. "그러자. 가능한 한 빨리 가보자."

진심이었다. 그러나 나는 루카스를 데려가지 않았고, 루카스도 두 번 다시 묻지 않았다.

생일

배트맨, 불윙클,* 그린 애로우,** 고인돌 가족 플린스톤.*** 오랫동안 8월 31일은 파티하는 날을 의미했다. 캐릭터가 그려진 종이 접시에 《굿 하우스키핑》의 레시피대로 구운 케이크를 얹어 두 아들, 그리고 아들들의 친구들과 나누어 먹는 날이었다. 그랬던 생일은 언젠가부터 늘어나는 걱정거리를 의미하는 날이 되어 있었다. 10대가 된 아들들은 밤에 밖으로 나가 다른 아이들과 함께할 수 있는 모든 잘못된 방법으로 어른인 척하려 했다. 이제 아이들의 생일은 자정이 넘은 시간에 다리가 완전히 풀려버린 맥스와 그런 맥스를 똑바로 걷도록 부축하는 루카스를 창밖으로 지켜봐야 하는 날이 되어 있었다.

1969년 12월 1일, 그해 생일은 운명을 의미했다. 죽거나 죽이거나, 도망치거나 쓰러지거나, 가족이 산산이 부서지거나 온전하게 남거나 결정되는 날을 의미했다.

---

* 1959~1964년에 방영된 TV애니메이션 시리즈 「로키와 불윙클 쇼(The Adventures of Rocky and Bullwinkle and Friends)」의 주인공.
** Green Arrow. DC코믹스의 슈퍼 히어로.
*** The Flinstones. 1960~1966년에 방영된 TV애니메이션 시리즈.

우리 가족이 한자리에 모인 건 몇 달 만에 처음이었다. 추첨 징병제 때문이었다. 그해 여름, 아들들은 스무 살이 되었다. 두 아들은 친구 몇 명과 다른 동네에 아파트를 얻어 나가 살기 시작하면서 집에는 거의 오지 않았다. 맥스는 대학 입시를 준비한다더니 어정쩡하게 시간만 보내다가 결국 타이어 가게에 취직해 폴에게 굴욕을 안겨주었다. 루카스는 고등학교를 졸업하자마자 수습생으로 들어가 전기 기술을 익혔다. 둘 다 평발도 색맹도 아니었고 심장 잡음이나 알레르기도 없었다. 아이들의 생일이 제비에 뽑히면 도리 없이 베트남에 가야 했다.

온 가족의 시선이 텔레비전 화면에 꽂혀 있었다. 폴은 차분히 안락의자에 앉아 있었다. 맥스는 일요일에 풋볼이라도 보듯이 소파에 질펀하게 누워 감자 칩을 먹고 있었다. 루카스는 거실 바닥에 돌처럼 앉아 있었다. 나는 가만히 있지 못하고 이리저리 서성거렸다.

화면에는 검은색 뿔테 안경을 쓰고, 얇고 검은 넥타이를 맨 정치인들이 엄숙한 표정으로 미국 국기 앞에 서서 악수를 나누었다. 날짜가 적힌 종이가 들어 있는 파란색 플라스틱 캡슐들이 반짝이는 유리 통 안에 담겨 있었다. (늙은이들의 전쟁에 동의하는 젊은 세대의 모습을 연출하기 위해 세워둔) 빳빳한 흰 셔츠 차림의 세련된 청년들이 캡슐을 골라 하나씩 열었다. 9월 14일, 4월 24일, 12월 30일, 2월 14일. 종이에 적힌 날짜가 큰 소리로 읽힌 뒤 번호가 매겨진 게시판에 붙을 때마다 한 대씩 얻어맞는 느낌이었다. 내 아들들의 생일은 아니었지만 날짜가 불릴 때마다 다른 젊은이들의 운명이 결정되고 있었다. 목록은 계속 이어졌다. 10월 18일, 9월 6일, 10월 26일, 9월 7일.

11월 22일, 12월 6일, 8월 31일, 8월 31일, *8월 31일.* 그 날짜 하나가 내 귓전을 때렸다. 다른 날짜는 들리지 않았다. 8월 31일. 내가 처음 어머니가 되었던 날짜. 해마다 뒷마당에서 천방지축 꼬마들과 파티를 즐겼던 날짜. 끔찍한 유리 통 위로 올라오지 말고 제발 마지막까지 달팽이처럼 맨바닥에 웅크리고 있어 달라고 기도했던 그 날짜였다.

맥스는 환호성을 지르며 벌떡 일어났다. 폴은 눈살을 찌푸렸지만 아무 말도 하지 않았다. 루카스는 겁먹은 눈으로 내 얼굴을 살폈고, 나는 그런 루카스를 무력한 시선으로 바라보았다. 루카스가 전쟁터에 나갈 만한 아이가 아니라는 걸 우리 둘 다 잘 알고 있었다.

나는 그날 밤 늦도록 혼자 소파에 앉아 레드와인을 마시며 벌써부터 아들들을 애도했다. 사형 선고를 받은 것이나 다름없었다. 베트남이 아이들의 목숨을 앗아가지 않는다고 하더라도 순수함은 분명 앗아갈 것이었다. 맥스는 마초적인 면을 앞세워 숨기려고 했지만 루카스만큼이나 두려워하고 있을 터였다. 나는 한 잔을 더 따르며 이미 목숨을 잃었거나 불구가 되었거나 마음의 병을 얻은 모든 아이를, 불태워진 베트남 마을을 생각하며 슬퍼했다. 그리고 그들의 어머니를 애도했다.

거나하게 취한 나는, 진작 했어야 할 일을 하기로 마음먹었다. 누가 뭐래도 루카스의 진짜 생일은 8월 31일이 아니었다. 사실상 나는 루카스의 어머니가 아니었고, 폴과 맥스도 루카스의 아버지나 형제가 아니었다. 루카스에게는 제대로 된 출생 기록이 없었다. 병무청에 찾아가 루카스의 출생증명서가 가짜라고 말할 작정이었다. 그러나 그러려면 먼저 루카스에게 내가 친엄마가 아니라는 걸 고백해야 했다.

그 날짜가 불린 이상 우리 가족의 거짓말을 더는 숨길 수 없다는 사실을 알게 된 나는 술병을 들고 마지막 한 방울까지 입 안에 털어 넣었다.

진실

진실을 털어놓지 말았어야 했다.

아들들이 군대 신체검사를 받기 2주 전, 루카스가 빨래를 하러 집에 들렀다. 아이들이 시내의 빨래방 대신 집에 와서 세탁기를 쓰는 걸 폴이 지나치게 못마땅해하는 탓에 아들들은 아버지를 피해 아침나절에만 집에 왔다. 언제 어느 녀석이 빨래 바구니를 손에 들고 현관에 들이닥칠지 예측할 수 없었다. 소년티를 벗고 남자가 된 아이들은 저마다의 방식대로 멋있어졌다. 루카스는 떡 벌어진 어깨, 살팍진 팔뚝, 매끈한 구릿빛 피부가 돋보였다. 루카스의 미소는 사람의 마음을 벅차게 만들었다. 아들이 내 아들로 남을 마지막 날, 루카스는 흰 티셔츠에 청바지를 입고 있었다. 말총머리가 유행하고 있었지만 루카스는 까만 머리를 여전히 짧게 다듬고 나타났다. 아름다웠다.

추첨 날이 오기 전에 나는 폴의 서류철에서 아이들의 출생증명서를 미리 꺼내두었다. 이름만 다를 뿐 시간과 날짜, 신생아의 발 도장까지 똑같이 찍혀 있어서 둘의 출생증명서를 구별하긴 어려 웠다. 아기들을 집으로 데려온 지 얼마 안 되었을 때 폴이 가죽 서 류 가방에서 이 위조된 서류를 꺼내면서 내게 아무것도 묻지 말고 문서를 철해두라고 시켰다. 그날 이후로 언제나 그 문서는 무사 통과였고, 이번에도 분명 그럴 거였다.

그날 루카스가 출생증명서를 달라고 했을 때 나는 아무 말도 하 지 않고 서류를 건네주었다. 루카스는 종이를 받자마자 무심코 접 어서 뒷주머니에 밀어 넣었다. 입술이 바싹 타들어 갔다.

나는 루카스에게 세탁기가 돌아가는 동안 마당 일을 좀 도와달 라고 부탁했다. 루카스는 특유의 온화한 얼굴로 나를 따라 나와 갈퀴를 받아 들었다. 우리 둘은 나란히 쪼그려 앉아 잡초를 긁어 내면서 전쟁 대신 달콤한 봄 햇살, 돌아온 새소리에 관해 도란도 란 이야기를 나누었다.

우리의 시작이 새소리와 함께였듯, 우리의 끝도 새소리와 함께 였다.

나는 별안간 갈퀴를 손에서 내려놓고 루카스에게 모든 걸 털어 놓았다. 도로에서 벗어나 어찌저찌 찾아 들어간 공터. 소풍. 자동 차 뒷좌석에 누워 있던 수척한 아기, 우리 아들로 키우자는 결정, 집으로 가는 먼 길. 당황스러웠던 시작, 거짓말 같은 축복이 된 인 연, 내 자식으로 받아들이기로 한 마음. 우리는 뒤뜰의 늙은 미루 나무 아래 놓인 벤치에 앉아 이야기를 나누었다. 나는 루카스의 두 손을 잡았다. 루카스를 사랑한다고, 루카스는 내 아들이라고 말

했다. 그러나 내 고백이 이어질수록 루카스는 점점 더 깊은 혼란
과 고뇌에 빠져드는 것 같았다. 조금 전 현관문을 열고 들어왔던
명랑한 청년은 온데간데없고 이제는 다 녹아버린 밀랍 인형 같은
모습이었다. 루카스는 경청했고, 아무 질문도 하지 않았다.

"그러니까 8월 31일은 네 생일이 아니야, 루카스."

실컷 난도질한 끝에 안타까운 위로를 건네는 것처럼 보였을지
도 모르겠다. 나를 쳐다보는 루카스의 눈이 멍했다.

"베트남에 안 가도 돼. 8월 31일은 네 진짜 생일이 아니니까."

루카스는 내 손에서 손을 뺐고, 한참 생각하다 대꾸했다.

"그럼 제 생일은 언제예요?"

"엄마도 몰라."

"그렇지만……."

루카스는 주머니에서 출생증명서를 꺼내어 펼친 뒤 허벅지 위
에서 빳빳해지도록 문질렀다.

"그건 위조한 거야."

우리 둘 다 서류를 쳐다보고 있었고, 나는 부끄러움에 작아진
목소리로 말했다. 자기가 언제 태어났는지, 어디에서 왔는지, 왜
진작 사실대로 말해주지 않았는지, 정확히 어떤 방법으로 징집에
서 빼주려는 것인지. 당황하여 침묵하는 루카스에게는 내 설명이
필요했다. 그제야 깨달았다. 아들에게 설명해 줘야 할 답을 나조차
도 모르고 있었다.

완벽하게 짜인 비극을 보는 것 같았다. 뒷문에 달린 방충문이
삐거덕 열리더니 이내 쾅 닫혔다. 학교에 갔던 폴이 평소보다 일

찍 점심 식사를 하러 집에 온 것이었다. 루카스는 벌떡 일어나 서류를 다시 뒷주머니에 찔러 넣었다.

루카스를 바라보면서 방금 한 말을 아버지에게 전하지 말아달라고 눈빛으로 간청했다. 루카스가 공허한 시선으로 나를 바라보기에 나는 기어들어 가는 소리로 "제발, 루카스"라고 속삭였다.

그러나 사랑스러운 내 아이가 감당하기엔 이 모든 게 너무 벅찼다. 폴은 공짜 빨래에 공짜 점심으로도 모자라 어머니의 집안일까지 방해하느냐며 언제나처럼 루카스를 못살게 굴었다. 결국 루카스는 폭발했다. 20년간 받아온 살벌한 통제가 가슴속 응어리로 쌓이고 쌓이다 포탄이 되어 날아간 것이다. 루카스는 모욕에 모욕으로 응수하며 아버지에게 대들었다. 처음 보는 모습이었다. 내가 차마 입밖에 내지 못했던 진실을 루카스는 기어이 온 세상이 듣도록 소리쳤다. 당신이 친아버지가 아니라 얼마나 기쁜지 모르겠다고.

"잘됐군." 잔혹하게 대꾸하는 폴의 얼굴에 놀란 기색은 없었다. 능글맞고 잔인한 미소만 번질 뿐이었다. "짐 하나 줄었구먼."

루카스는 자신을 쫓아온 포식자의 존재를 방금 막 발견한 사슴처럼 서 있었다. 아연한 고요 속에 잠시 멈칫하던 루카스는 담장을 향해 성큼성큼 걷다가 울타리 앞에서 나를 돌아보았다. 벌게진 얼굴에 눈에는 눈물이 그렁그렁했다. 루카스가 소리쳐 물었다.

"맥스는요?"

"맥스는 아직 몰라."

나는 맥스도 이 사실을 알고 있느냐고 묻는 줄 알았다.

"그게 아니라." 루카스는 이제 내 말을 끊고 흐느끼고 있었다. "맥스는 어떻게 빼내실 거냐고요."

베트남 얘기였다. 루카스는 아들이 둘인데 어떻게 하나만 구할 수 있느냐고 묻고 있었다.

"맥스를 빼낼 순 없어, 루카스." 목이 메었다.

내 말은 종착지에 닿지 못한 채 우리 둘 사이를 맴돌았다. 끔찍한 순간이었다. 루카스는 우아한 달음질로 가볍게 담장을 뛰어넘어 그대로 사라졌다. 나는 봄 잔디에 털썩 무릎을 꿇으며 주저앉았고, 폴은 집 안으로 들어가 버렸다.

당연히 루카스가 강에 갔을 거라고 생각했다. 그러나 그날 저녁, 맥스가 루카스의 짐이 아파트에서 모두 사라졌다며 전화를 걸어 왔다. 나는 그날 하루 동안 진실의 칼날에 너무 많이 베인 나머지 루카스를 못 보았다고 거짓말을 했다. 루카스가 버려두고 간 빨래를 건조기에 넣어 돌리고, 아들이 언제 오든 간에 주름 하나 없이 완벽한 상태로 내어줄 수 있도록 옷가지를 한 장 한 장 매끈하게 빳빳하게 펼치고 개키면서 나는 하염없이 눈물을 흘렸다.

일주일 뒤, 끄트머리가 희끗한 봉우리들을 배경으로 한 고층 건물들이 그려진 엽서 한 장을 받았다. 엽서의 내용을 읽으려고 반대쪽으로 뒤집는 손이 덜덜 떨렸다. 또박또박 눌러 쓴 아들의 익숙한 글씨가 1970년 3월 18일이라는 날짜와 함께 적혀 있었다.

덴버에서 입대했습니다. 더는 짐이 되지 않을게요. 맥스에게 미안하다고 전해주세요. 그동안 감사했습니다.

루카스.

기다림

맥스가 언제 물어보려나 나는 마음의 준비를 하고 있었다. 그러나 곧 다가올 신체검사와 입대 날짜에 온 정신이 팔린 맥스는 루카스의 갑작스러운 입대에 괘념할 여유가 없는 모양이었다.

"아, 이틀만 더 있다가요."

내가 구워준 애플파이를 한 조각 입에 넣으면서 맥스가 뻐기듯 대꾸했다. 길게 기른 맥스의 머리칼은 감을 때가 지나 있었다. 맥스의 눈이 몽롱하게 충혈되어 있었다.

"곧 있으면 루카스랑 같이 빨갱이들 싹 쓸어버릴 수 있어요. 거기 가면 저 진짜 끝내줄 것 같아요."

맥스가 상상하는 전쟁은 만화 속 모험 같은 놀이였고, 동남아의 정글은 미지의 놀이터나 다름없었다.

"죄송해요." 걱정하는 내 눈빛을 보고 맥스가 킬킬 웃었다. "하, 너무 기대가 돼서."

맥스가 영장을 받으러 간 날, 나는 아침부터 전화기 옆에 앉아 있었다. 다른 청년들과 함께 한 줄로 서 있다가 자기 차례를 알리는 생일이 불리면 신체검사를 받고, 머리카락을 짧게 깎고, 은줄에 달린 반짝이는 인식표와 군복을 전달받을 아들의 모습을 상상했다. 맥스는 다 끝나고 집에 전화를 하겠다고 한 터였다. 나는 잡지를 읽으며 기다렸다. 점심으로 참치 샐러드 토스트를 후다닥 만들고 또 기다렸다. 열린 창문 옆에 전화기를 놓아둔 채 손이라도 바쁘게 놀리려고 장미 덤불을 다듬으며 기다렸다. 그냥 전화하는 걸 깜빡했을 거라고, 그렇게 믿었다. 퇴근하고 돌아온 폴에게 저녁 식사를 차려주었다. 그러면서 종일 맥스에게 연락이 없다고 푸념했다.

"나이가 몇 살인데 엄마한테 사사건건 말하겠나."

폴이 조롱하듯 나무랐다.

"당신 말이 맞아요."

살아보니 이럴 땐 남편 말이 옳다고 대답하는 편이 편했다. 그러나 뭔가 잘못된 게 틀림없었다. 확실했다. 그러나 뭐가 어떻게 잘못되었는지 알려면 가만히 기다리는 수밖에 없었다.

전쟁

걱정이 되어 뜬눈으로 밤을 지새웠다. 다음 날 아침 버스에 올라탄 나는 줄지어 앉은 멍한 눈들을 지나 군복 차림 청년 옆의 빈자리로 다가갔다. 그 청년은 아까부터 앞만 보고 있던 터라 내가 다가온 걸 모르는 줄 알았는데, 녹색 더플백을 검은 군화 사이로 옮겨서 내게 앉을 자리를 마련해 주었다. 나는 고맙다고 인사했고, 돌아오는 대답은 없었다.

그에게서 전쟁의 냄새가 났다. 나는 그의 땀 냄새와 담배 냄새, 술 냄새, 타 지역 냄새 등 복잡한 냄새에 둘러싸여 앉아 있었다.

"집에 가나 봐요?" 내가 물었다.

"네, 뭐." 그는 여전히 정면을 주시한 채 나직이 대꾸했다.

12번가 정류장에 멈추었을 때 버스에서 내렸다. 맥스의 아파트 쪽으로 걸어가는 동안 나는 언제나 스피드스틱*과 리스테린**의 깨끗한 향기를 풍기던 루카스에게서도 이제는 전쟁의 냄새가 날지 궁금했다.

철제 계단을 밟고 올라가기도 전에 발코니 난간 너머로 맥스의 집 현관문이 열려 있는 게 보였다. 전축에서 나오는 요란한 기타 소리가 집 밖으로 새어 나오고 있었다. 내 노크 소리를 듣지 못하기에 열린 문을 당겨 안으로 들어갔다. 피자 상자, 맥주 캔, 널브러진 옷가지, 음식물이 눌어붙은 접시들로 난장판이 된 아파트 한가운데에 윗도리를 입지 않은 맥스가 누워 있었고, 그 위에는 핫팬츠에 노란 비키니 톱을 입은 홀쭉한 여자아이가 누워 있었다. 나는 문 앞에서 큰 소리로 맥스를 불렀다. 둘 다 꼼짝도 하지 않았다. 안으로 들어가면서 보니 위스키 병과 대마 파이프가 카펫에 널브러져 있었다. 가만히 서서 두 사람의 가슴이 오르락내리락하는 모습을 보고서야 안심했다. 내 아가들이 한 침대에서 뒤엉킨 채 곤히 자던 시절이 떠올랐다.

맥스는 술에 취한 여자를 담요처럼 덮고 곯아떨어졌지만, 잠든 얼굴에는 여전히 아기 때의 표정이 남아 있었다. 여자와 마약과 난장판과 전쟁, 이 모든 것으로부터 아들을 떼어놓고 온전히 내 품에 안고 싶었다. 그러나 내가 할 수 있는 것이라고는 손을 뻗어

---

* Speed Stick. 데오도란트 상품명.
** Listerine. 구강 세정제 상품명.

아들의 이마를 가린 머리카락을 부드럽게 쓸어 넘기는 것, 그뿐이었다.

메모를 남기고 갈 요량으로 펜과 종잇조각을 찾느라 지저분한 식탁을 뒤졌다. 기름에 전 종이 접시 밑에 맥스의 소집 영장이 보였다. 문서 상단에는 자주색 도장이 *찍혀 있었다*.

무엇이 잘못되었는지 보려고 한 장씩 차근히 읽어 보았다. '신체검사' 항목이 나오기 전까지는 모든 게 정상인 것 같았다. 신체검사 페이지에는 전시 능력 분류가 세로로 쭉 나열되어 있었고 각 항목 옆에는 검은색 네모 칸이 그려져 있었다. '4-F, 군 복무 자격 불충분'이라고 적힌 맨 마지막 줄 옆에 굵직한 빨간색 체크 표시가 있었다. 거의 읽을 수 없을 정도로 휘갈겨 쓴 의사의 메모가 아래에 덧붙여져 있었다.

'오른팔 휨. 부적격.'

나는 맥스의 이름을 소리쳐 부르며 서류를 머리 위로 들고 소파로 빠르게 걸어갔다. 충혈된 눈을 느릿느릿 뜨는 맥스는 나를 보고도 전혀 놀라는 기색이 없었다.

"어제 병무청에서 무슨 일이 있었던 거니?"

시끄러운 음악 소리를 뚫고 내가 물었다.

"씨팔." 맥스가 나직이 지껄였다. 맥스의 목소리에 살짝 깬 여자애가 맥스의 목덜미에 코를 비벼대기 시작했다. "아무 일도 없었어요."

맥스는 그렇게 중얼거리고는 다시 눈을 감았다.

"무슨 일이 있었던 게 분명해. 의사가 뭐라고 했기에 그래?"

"아, 의사고 나발이고 엿이나 먹으라 그래요."

맥스가 대답하자 여자애가 꿈지럭거리며 맥스의 몸에 올라탔다. 여자애는 맥스에게 엿은 자기에게나 먹여달라고 아양을 떨었고, 둘은 입과 손과 엉덩이를 맞대고 비벼대기 시작했다.

서류를 식탁 위에 다시 올려놓고 아파트를 나섰다. 4월치고는 너무 뜨거운 발코니의 햇살. 아파트에서 새어 나오는 시끄러운 음악 소리. 그리고 혼란의 도가니에 빠져버린 내 아들. 맥스는 베트남에서 루카스와 합류하지 않을 것이다. 생각지도 못한 징집 취소 결정에도 왠지 마음이 놓이질 않았다. 내면의 전쟁이 이미 맥스를 집어삼킨 건 아닐까 두려웠던 것 같다.

뉴스

5시 30분 저녁 식사, 6시 정각 뉴스. 폴이 들어오지 않는 날이 많았지만, 집에 오는 날이면 그의 저녁 루틴은 땅거미만큼이나 일정했다.

나는 뉴스를 보는 대신 설거지를 했다. 총성이 터지는 장면과 산 제물처럼 바쳐진 젊은이들의 초췌한 얼굴을 밤마다 보고 있기에는 속이 너무 메스꺼웠다. 내가 듣고 싶은 소식이라고는 루카스가 집에 돌아오기 전에는 결코 들을 일이 없는 뉴스, 루카스가 안전하다는 뉴스 하나뿐이었다.

그러나 지난 4월에는 나도 다른 사람들처럼 텔레비전 앞에 달라붙어서 눈앞에 펼쳐지는 아폴로 13호의 드라마를 유심히 지켜보고 있었다. 아무도 이해하지 못하는 전쟁 때문에 매일 수십 명씩 죽어나가는 와중에 겨우 세 명을 위해서 온 나라가 숨죽이고 있다는 아이러니를 떨쳐낼 수 없었다. 그렇지만 아폴로 13호 승무원들이 무사히 귀환할 때까지 여드레라는 긴 시간 동안, 나도 뉴스에서 눈을 떼지 못했고, 그들이 귀환한 이후로도 뉴스 보는 습관을 버리지 못했다. 나는 계속해서 뉴스를 틀어놓고 앉아 베트남 특파 소식을 지켜보았다. 미군 지상군이 캄보디아로 쳐들어가는 장면을 지켜보았고, 닷새 뒤에는 켄트주립대학교의 푸른 잔디밭에 쓰러져 죽은 학생들*의 모습을 보고 너무나 놀랐다. 보도는 계속되었고 이전의 비극은 새로운 비극으로 가려졌다. 내가 아들들에게 선물한 세상은 두려워했던 것보다 훨씬 더 광적이고 혼란스러웠다. 그냥 외면하고 눈을 돌려버릴 수가 없었다.

드문드문 맥스가 집에 들렀다. 타이어 가게에서 하는 일이 꼬이거나 못마땅한 소식을 접하는 날이면 맥스는 벌겋게 충혈된 눈으로 집에 나타났다. 그럴 때면 나는 밥을 차려주었고, 빨갱이, 헤로인, 밀고자, 짭새, 깡패에 대해 불평하는 소리를 잠자코 들어주었다. 나는 맥스의 노여움이 넓고 너덜너덜한 그물을 쳤다는 사실만 어렴풋이 이해할 뿐이었다. 맥스는 루카스 얘기를 거의 꺼내지 않았지만, 우리 둘 다 루카스를 그리워하고 있다는 걸, 루카스가 집으로 돌아와 이 난장판 같은 상황을 이해시켜 주길 바라고 있다는 걸 알고 있었다.

내가 맥스를 마지막으로 본 날, 맥스는 데님과 플린지를 입은

---

* 1970년 5월 4일 오하이오주 육군 주방위군 부대가 캠퍼스에서 반전 시위를 하던 학생들에게 총격을 가해 4명이 사망하고 9명이 부상당했다.

히피들로 가득 찬 밴에 올라타고 있었다. 3,000킬로미터도 넘게 떨어진 시 스타디움*에서 열리는 여름 음악 축제에 다녀온다고 했다. 아이스박스를 빌릴 필요가 없었더라면 집에 들르지도 않았을 터였다. 그날 맥스가 집에 들른 건 평생을 두고 감사할 일이다.

"평화를 위한 축제에 다녀옵니다아, 저 예쁜이랑 같이."

뽀글뽀글한 파마머리에 시든 데이지 꽃으로 만든 화관을 얹고서 브래지어를 입지 않고 낭창낭창한 자세로 운전석에 앉아 있는 여자를 가리키며 맥스가 활짝 웃었다. 미소 띤 여자가 손가락으로 평화를 의미하는 V자를 만들어 보이자 맥스가 호탕하게 웃었다.

나는 맥스가 평화를 지지하는지 전쟁을 지지하는지, 이 여자를 좋아하는지 저 여자를 좋아하는지 스스로도 전혀 모른다는 걸 알고 있었다.

"조플린, 크리던스, 스테픈울프도 온대요. 우드스톡**처럼요!"

잔뜩 신난 맥스는 양팔을 넓게 벌려 내게 작별 포옹을 건넸다.

나는 맥스의 품으로 파고들었다. 맥스에게서 대마초와 진, 땀 냄새가 풍겼지만, 언제나처럼 나는 맥스의 체취를 한껏 들이마셨다.

"재밌게 놀고 오렴."

나는 맥스의 어깨에 대고 귀엣말하듯 속삭였다. 콜로라도 촌놈은 뉴욕에 가면 눈 뜨고 코 베이기 십상이라고 말해주고 싶었지만 그러는 대신 "사랑해, 아들"이라는 인사를 마지막으로 아들을 보

---

* Shea Stadium. 1964년 뉴욕시 퀸스에 개장한 야구장으로 2009년 철거되었다.
** Woodstock. 1969년 8월 미국 뉴욕시 교외의 우드스톡에서 열린 전설적인 록 페스티벌.

냈다.

맥스는 날 꼭 껴안으며 장난스럽게 속삭였다.

"반사!"

아름답고 혼란스러운 아이들을 잔뜩 실은 밴이 거리를 질주했고, 열린 창문 사이로 헨드릭스[*]의 노랫소리가 날카롭게 울려 퍼졌다. 아이들이 탄 차는 모퉁이를 돌아 그대로 떠났다.

나는 다시 집 안으로 들어와 멍하니 텔레비전을 켰다. 폴은 저녁 시간이 되어도 집에 오지 않았고 나는 우스꽝스러운 게임 쇼를 보면서 뉴스를 기다렸다.

말

현관문을 두드리는 소리에 잠에서 깼는데 제복 차림으로 뻣뻣하게 서서 기다리는 두 남자의 흐릿한 윤곽이 유리 너머로 보였을 때, 이미 심장이 대포알처럼 쿵 떨어졌지만 어쨌든 앞으로 걸어가 문을 열고 소식을 전해 들어야 할 때, 그럴 땐 어떤 말도 나오지 않는다.

떨리는 손으로 가까스로 문고리를 돌리고 나서 앞에 서 있는 두 사람이 군인이 아니라 경찰이라는 걸 알아봤을 때, 안도하는 마음과 새로이 들이치는 공포가 맞서 싸울 때, 그럴 땐 어떤 말도 나오지 않는다. 당신의 아들이, 당신의 아름다운 아들이 퀸스의 밴 안에서 자신의 토사물에 기도가 막혀 질식사한 상태로 발견되었고

---

[*] 미국 록밴드 '지미 헨드릭스 익스피리언스(Jimi Hendrix Experience)'로 데뷔해 기타리스트 겸 리드 보컬로 활동한 전설적 뮤지션. 1970년 약물 및 알코올 과용으로 토사물에 기도가 막혀 요절했다.

옆에는 주삿바늘이 놓여 있었다는 말을 전해 들을 때, 그럴 땐 말은 고사하고 숨조차 나오지 않는다.

흐느껴 울면서도 예의를 갖춰 무의미한 말을 주고받고, 문을 닫고, 이름을 부르면 죽은 사람을 불러올 수 있기라도 한 것처럼 아들의 이름을 몇 번이고 불러본다. 몸통에 붙어 있는 두 팔을 쳐다보면서 경관의 말을 듣고도 이 몸이 재가 되지 않고 여전히 살아 있다는 끔찍한 사실에 몸서리친다. 유령처럼 걸어 침실로 돌아간 뒤, 지금 내가 꾸고 있는 악몽 속에서 아직 잠들어 있는 남편을 바라본다. 남편에게 알려야 한다는 걸 알지만 말이 나오지 않는다. 대신 바닥에 쓰러져 미친 사람처럼 목이 터질 듯 울부짖는다. 사실 남편에게 할 말이라고는 이게 전부이기도 하다.

어제 맥스의 장례식을 치렀다. 아무 말도 할 수 없었다. 추도문을 준비해 갔지만, 내가 아들에게 작별 인사를 건넨다는 것 자체가 말이 안 되는 일이었다. 차가운 교회에 조문객들이 하나둘 모여들었다. 이제는 어른이 된 맥스의 어릴 적 친구들이 너무나도 생생한 모습으로 신도석에 줄지어 앉아 있는 모습을 보고 있으니 몸이 기둥처럼 뻣뻣하게 굳었다. 슬픔과 분노와 피로에 잠식당한 나는 그저 넋 놓고 멍하니 앉아 있었다. 폴도 내 옆에서 나만큼이나 경직된 몸으로 벙어리처럼 앉아 있었다. 루카스가 필요했다.

사랑과 경의를 담은 말로 형제를 기려줄 루카스가 필요했다. 내게 엄마라고 불러줄 루카스가, 내가 이 땅을 밟고 계속 살아갈 수 있도록 내게 엄마라고 불러줄 루카스가 필요했다. 어두컴컴한 예배당을 밝혀줄 루카스의 환한 미소가, 내 몸속에 여전히 피가 흐르고 있음을 알게 해줄 루카스의 포옹이 필요했다.

그때 마치 유령처럼 루카스가 나타났다. 군대 정복 차림의 눈부시게 멋진 루카스가 예배당 한가운데로 걸어 들어오고 있었다. 내고백을 듣고 루카스가 도망친 지 거의 반년 만이었다. 맥스의 사망 소식을 전하러 병무청에 가서도 나는 내 아들이 어디에 주둔하고 있는지 모른다고, 내가 가진 거라고는 '발송인에게 반송'이라는 직인이 찍힌 편지 뭉치뿐이라고 말해야 했다. 그랬던 내 눈앞에 아들이 걸어 들어오고 있다니. 내 아들이지만 내 아들이 아닌 루카스가 살짝 움켜진 두 주먹을 옆구리에 붙이고서 내가 앉아 있는 예배당 앞을 향해 걸어오고 있었다.

예배당 앞까지 가는 걸음을 멈추지는 않았지만, 루카스는 우리 앞을 지나가면서 재빠르게 내게 슬픈 눈길을 보냈다. 내가 바라던 모습의 귀향은 아니었지만 어쨌든 루카스가 돌아왔다는 사실에 나는 필사적으로 매달렸다.

목사님의 소개말과 기도가 끝나고 가족을 대표로 루카스가 추도사를 낭독했다. 감동적인 추도문이었다. 루카스는 맥스의 장점을 치켜세우면서 단점을 결략하는 완벽한 단어들을 찾아 맥스를 추모했다. 맥스를 영리하고 용감하고 장난기 많은, 평생의 반쪽이라고 묘사했다. 어린 시절 함께했던 몇 가지 장난을 얘기했을 때는 사람들 사이에서 낮은 웃음소리가 흘러나왔다. 나는 무너지지 않으려고 교회의 퀴퀴한 공기를 길게, 깊이 들이마셨다. 폴은 안절부절못하고 끊임없이 몸을 움직였다. 나는 폴에게 손을 내밀었다. 몇 년 만에 처음 있는 일이었다. 그리고 폴은 내 손을 잡았다.

비행

검은 옷차림의 마지막 조문객들이 교회를 빠져나간 뒤, 나는 나무 벤치에 앉아 산들바람을 타고 노는 파랑새 한 마리를 바라보고 있었다. 장례식의 기도와 찬송, 악수, 어색한 포옹, 인사말은 벌써 흐릿했다. 이제 다 끝났다. 맥스의 얘기를 다시 꺼낼 사람이 있을까, 장례식은 그저 사람을 지워버리는 절차에 지나지 않는 걸까. 마음이 아렸다.

나는 파랑새에 눈을 고정한 채 아치형 입구로 걸어 나올 루카스를 기다리고 있었다. 루카스가 나왔을 때 옆에는 똑같이 녹색 군대 정복을 입은 동료가 함께 서 있었다. 두 청년의 모습은 순간적으로 슬픔을 잊을 만큼 눈부셨다. 동료는 연석으로 걸어가 담배에 불을 붙였고 루카스는 천천히 내 쪽으로 걸어왔다.

"저기."

아주 쓰라린 인사였지만, 내가 자초한 일이다. 루카스에게 어머니라고 불릴 권리를 포기한 사람은 결국 나 자신이었다.

내가 벤치 바닥을 톡톡 두드리며 앉으라는 눈길을 보내자 루카스는 나와 멀찍이 떨어져 앉았다.

"맥스 일은 정말 안타까워요."

루카스가 맥 빠진 목소리로 말했다.

"그러게 말이다." 나도 간신히 목소리를 냈다. "엄마가 전부 다, 미안해."

파랑새는 하늘을 한참 오르락내리락하더니 결국 단단한 잿빛 구름 속으로 들어가 버렸다. 우리는 그 파랑새를 가만히 앉아 바라보았다. 길고 고통스러운 침묵만 흘렀다. 나도 루카스도 할 말이 너무 많아서 차마 아무 말도 할 수 없었다.

"제가……." 루카스가 이윽고 입을 떼었다. "그러니까 제가…… 옆에 있었으면 맥스가…….'

루카스는 슬픔이라는 단단한 공이 목에 걸린 듯 헛기침을 하고는 말을 잇지 못했다.

"아니야, 아가."

나는 루카스 쪽으로 몸을 돌리고 손을 뻗었다. 자기를 향해 뻗은 내 손을 루카스는 자비롭게도 잡아주었다.

"네가 있었더라도 어쩔 수 없었을 거야. 이번에는 아니야."

"그래도 노력이라도 해볼 수 있었는데……."

루카스가 콘크리트를 바라보며 쉰 목소리로 대꾸했다. 더 노력해 보지 그랬냐고 날 원망하고 있었다. 루카스가 그렇게 말한 건 아니었지만, 나는 알 수 있었다.

"이번엔 아니었어."

나는 얼간이처럼 똑같은 말을 되풀이했다. 내가 진실을 말하지 않았더라면 아이들의 인생이 어떻게 달라졌을까. 셀 수 없이 많은 가능성이, 수많은 이야기가 머릿속에 펼쳐졌다. 루카스가 옳을 수도 있었다. 어쩌면 루카스가 있었더라면 맥스를 구할 수 있었을지도 모른다. 그러나 미안하다는 말을 하기에는 너무나 터무니없는 상황이 있다. 하늘의 별 하나로 온 우주를 설명할 수 있다고 생각하는 것처럼 터무니없는 경우가 있다. 나는 미안하다고 말하는 대신 나직이 속삭였다.

"제발, 집으로 돌아오렴."

루카스에게는 지나친 요구라는 걸 진즉에 알았어야 했다. 루카스는 내 손을 놓고 자리에서 일어났다.

"그럴 수 없어요." 루카스는 기다리는 동료를 쳐다보았다. "저는 이제 여기 사람이 아니에요."

"그렇다고 네가 전쟁터에 있을 위인도 아니잖니, 루카스."

서투르지만 진심이 담긴 농담이었다.

"그렇죠."

그가 마침내 나를 쳐다보았다. 루카스의 아름다운 까만 눈동자는 고통스럽게 젖어 있었고 날 비난하듯 날카로웠다.

"그렇지만 아무것도 없는 것보다는 나아요. 갈 곳이 없는 것보다는 나아요."

폴과 목사님이 걸어 나오다가 교회 입구에서 걸음을 멈추고 대화를 나누었다. 루카스는 긴장한 눈으로 폴을 쳐다보더니 동료에게 눈길을 돌렸다. 동료는 분위기를 살피고는 루카스에게 물었다.

"준비되셨습니까?"

"이제 가봐야겠어요…… 엄마."

루카스는 허리를 숙여 내 뺨에 가볍게 입을 맞추었다. 나는 루카스의 부드러운 얼굴에 손바닥을 갖다 댔다. 평생 곁에 잡아두고 싶었다. 그러나 루카스가 몸을 떼어내자 이제는 아들을 보내줘야 한다는 걸, 충분히 잘 알 수 있었다.

내게 있는 두 여자의 자아가 다투기 시작한다. 너무나도 사랑하는 사람이 떠나가는 이 순간, 표면의 자아는 벤치에 뻣뻣하게 앉아서 적절한 품위를 지키며 현실을 받아들이지만, 내면의 자아는 그의 발목을 붙잡고 떠나지 말라고 울부짖으며 애원하고 싶다.

"루카스!"

내 안의 절박한 여자가 소리쳤다. 큰길로 이어지는 연석에 다다랐을 때 루카스가 돌아보았다.

"와줘서 고맙다."

품위를 잃지 않은 제정신의 여자가 말했다.

적어도 그 덕분에 동료의 차 안으로 미끄러지듯 들어가기 전에 루카스가 완벽한 미소를 짓는 모습을 마지막으로 볼 수 있었다.

어머니

지난밤, 나는 어두운 거실에 앉아 와인을 마시다 잠이 들었다. 한 시간이나 지났을까 소파에서 번쩍 눈이 뜨였다. 삭신이 구석구석 쑤시고 정신이 없었다. 장례식이 끝난 뒤 파랑새와 함께 하늘로 날아가는 꿈을 꾸고 있었는데, 살짝 어지러운 탓인지 여전히 하늘을 날고 있는 것 같았다. 끔찍한 현실이 내 꿈을 산산이 조각내기 전까지 잠시나마 나는 자유로웠다. 그러다 하나씩 하나씩 정신이 돌아왔다. 맥스는 떠났다. 루카스도 떠났다.

그때, 이 모든 일을 기록해야겠다는 결심이 섰다. 나는 자리에서 일어나 책상으로 가서 펜과 연습장을 집어 들었다. 부엌 등을 밝히고 식탁에 앉자마자 쓰고 싶은 말이 쉴 새 없이 쏟아져 나왔고, 펜을 쥔 손이 쓰는 속도를 따라가기 힘들 정도였다.

해가 뜨고 글을 이만큼이나 쓴 뒤에야 깨달았다.

이 글은 나를 위해 쓰고 있는 게 아니었습니다. 이 모든 이야기는 숲의 어머니, 당신을 위한 것입니다. 내가 당신을 어떻게 찾을 수 있을지는 모르겠지만, 열두 살의 루카스가 발견했던 돌멩이 동그라미를 만든 사람이 당신이라는 사실만큼은 아주 오래전부터 확실하게 알고 있었습니다. 그날 내가 용기를 내서 루카스에게 사실대로 말했더라면, 그래서 바위 위에 복숭아 모양 돌덩이 대신 메모를 남겼더라면, 루카스도 진즉에 자신의 뿌리를 알게 되었겠지요. 그랬더라면 지금쯤 당신과 나, 두 사람 다 우리의 아들과 함께하고 있었을지도 모르겠습니다. 어차피 아들을 잃을 거라고는, 두 아들 모두 나를 떠날 거라고는 상상도 하지 못했습니다. 내 이기심 때문입니다.

복숭아를 올려두었던 그 바위에 이 글을 올려두고 당신의 손에 닿기를 기도하겠습니다.

루카스의 이야기는 제가 할 수 있는 게 아니니, 그 대신 제 이야기를 들려드립니다. 평생 루카스에게 내 자식이라고 말해놓고, 이제 와 아니라고 고백해 루카스에게 상처를 주었습니다. 지금 내 소중한 아이가, 자신은 아무 데도 속하지 않은 사람이고, 아무것도 아닌 존재라고 생각하고 있습니다. 루카스에게 필요한 이야기를 알고 있는 사람은 당신뿐입니다.

부디 우리를 도와주세요.

22장

잉가 테이트가 남기고 간 종이 뭉치를 통나무 옆 마른땅에 내려 두고 바람에 날아가지 않도록 돌멩이를 얹어놓았다. 자리에서 일어났다. 머릿속에 너무 많은 생각이 맴돌아서 머리가 돌아가지 않았다. 마음이 벅차면서 동시에 아려왔다. 몸을 좀 움직여야 했다. 나는 안정을 찾기 위해 고개를 들어 나무 꼭대기에 둘러싸인 푸른 하늘을 한번 바라보고 숲속으로 향했다.

잉가 테이트의 이야기는 모든 게 지나쳤다. 지나치게 놀라웠고 지나치게 슬펐다. 그러나 동시에 지나치게 적었다.

그녀는 내게 아주 많은 걸 알려주었지만, 정작 내 아들이 어디에 있는지는 알려주지 않았다. 이제는 내게 도움을 청하고 있었지만, 어떻게 대답해야 할지 감이 오지 않았다.

아들을 향한 갈망과 현실의 차이가 나를 집어삼킬 듯 밀려왔다.

아들은 더 이상 추상적인 존재나 내 갈망 속 대상이 아니었다. 내 아들은 자신의 뿌리를 알지 못하는 슬픈 청년, 혼자서는 도저히 이해할 수 없는 적들과 전쟁 중인 루카스라는 이름의 슬픈 청년이었다. 그리고 잉가는 이제 흐릿한 기억도, 구원의 손길도 아니었다. 그녀는 내 도움이 있으면 잃어버린 무언가를 찾을 수 있으리라 믿고 있는 비통한 여인이었다.

새롭게 알게 된 모든 사실을 낱낱이 곱씹으며 숲속을 서성였다. 다시 공터로 나가는 길에는 이곳에 다녀갔을 그들의 모습을 상상했다. 눈밭을 걷다가 바위 위 동그라미 모양으로 배열된 돌멩이들을 발견하고 바위 위에 복숭아 모양 돌을 올려둔 열두 살 루카스, 그로부터 수년이 흐른 뒤, 다른 아들의 장례를 마치고 홀로 공터로 돌아와 내 손에 닿기를 바라며 자신이 쓴 글 뭉치를 한 줄기 희망과 함께 돌멩이로 눌러둔 잉가.

나는 들쭉날쭉한 바위 앞에 멈춰 서서 동그라미 위에 떨리는 두 손을 올려놓았다. 정교하게 놓은 돌멩이 하나하나에 담긴 오랜 그리움이 앞으로 내가 해야 할 일이 무엇인지 가르쳐주기를 기도했다.

23장

사흘 뒤 텃밭에서 푸른아마꽃을 자르고 있을 때, 젤다가 흰색 뷰익*을 몰고 진입로에 들어오면서 열린 창밖으로 손을 흔들었다. 젤다가 주차하는 사이 나는 꽃줄기를 우유병에 꽂고 빗물 통에 달린 수도꼭지를 열어 물을 받았다. 테라스의 테이블에 차가운 레모네이드 두 잔을 놓고 그 가운데에는 꽃병을 올려두었다. 벽돌로 된 테라스 모퉁이에 드리운 미루나무와 향기로운 개박하의 그림자가 8월의 뜨거운 공기를 부드럽게 식혀주었지만, 나는 바짝 긴장한 탓에 식은땀을 흘렸다.

"와, 이게 다 뭐예요?" 젤다가 양팔을 벌리고 다가오며 물었다.

"그냥 레모네이드예요."

---

* Buick. 미국 제너럴모터스의 자동차 브랜드.

젤다와 포옹하며 거짓말을 했다. 나는 산토끼만큼이나 불안해하고 있었고, 젤다가 그걸 모를 리 없었다. 젤다는 자리에 앉아 레모네이드를 한 모금 홀짝이며 유리잔 너머로 날 살폈다.

"브이, 무슨 일 있죠?"

젤다가 날 뚫어져라 쳐다보고 있었다. 나는 침을 꼴깍 삼키고 젤다의 눈을 바로 보았다.

"그게⋯⋯ 이제 내 얘기를 할 때가 된 것 같아요."

나는 간신히 입을 뗐다. 잉가 테이트도 자기 이야기를 털어놓고 내게 도움을 청했으니, 나도 그럴 수 있을 것 같다고 생각했다.

젤다는 안심한 표정으로 날 바라보았다.

"이야기라."

"그래요." 나는 꽃을 만지작거리며 대꾸했다.

"잘됐네요." 내게 비밀이 있다는 걸 알고 있었다는 듯 젤다가 고개를 끄덕였다. "어서, 말해봐요."

나는 크게 심호흡했다. 젤다는 기대에 찬 얼굴로 앉아 있었고, 나는 심장이 터질 것만 같았다. 자리에서 일어났다.

"좀 걸을까요?"

젤다는 대개 뾰족한 구두나 무릎까지 올라오는 부츠를 신고 다녔기에 우리 둘 다 젤다의 신발을 힐긋 쳐다보았다. 노란 선글라스와 잘 어울리는, 굽 없는 스트랩 샌들이라 걷기 적당해 보였다.

"좋죠." 젤다가 대답하며 자리에서 일어났다.

우리는 과수원 모퉁이를 돌아 뒷마당으로 이어지는 자갈길을 향해 뜨거운 햇살로 걸어 들어갔다. 말을 꺼내고 싶었지만 어디서부터 시작해야 할지 막막했다. 나는 젤다가 신문에서 읽은 뉴스를 들려주며 공허한 침묵을 깨뜨려 주길 내심 바랐지만 젤다는 그러지 않았다. 뒤쪽 담장에 늘어선 키 큰 해바라기를 바라보면서 뒷문을 열었다. 습지를 가로지르는 나무다리를 건너, 인근 농장으로 강물을 흘려보내는 도랑을 따라 우리는 그늘진 길을 계속 걸었다. 내 이야기도 이렇게 수월하게 흘러가면 좋겠다고 생각했다.

"그러니까······."

나는 마침내 숨을 길게 내쉬었다. 내 세상의 맨 바깥을 감싸고 있는 껍질이 아주 살짝 벗겨지는 느낌이었다.

"진즉에 다 얘기했어야 했는데. 그러지 못한 걸 용서해요."

"용서라니요?" 젤다가 고개를 저었다. "바보 같은 소리는 넣어 둬요. 지금 그냥 시간 끌고 있는 거잖아요, 브이."

"그런가요?" 나는 웃었다. "어머니가 생전에 나한테 늘 그러셨는데, '늦장 부리지 말고, 토리, 빨리빨리!'"

"토리?" 젤다가 놀란 목소리로 물었다.

"아, 어렸을 때 다들 날 토리라고 불렀거든요."

"그건 또 몰랐네. 예전에 내가 비키라고 불러도 되겠냐고 물었을 때 '절대 안 돼요'라고 칼같이 대답했던 건 기억하는데."

우리는 한목소리로 웃었다. 웃었더니 기분이 한결 나아졌다.

"그때 안 된다고 해서 얼마나 다행이었는지 몰라."

젤다가 덧붙였다.

"비키는 안 어울리지. 토리도 그렇고. 그래, 언제부터 빅토리아라는 이름을 쓴 거예요?"

배수로를 따라 줄지은 부들에서 들려오는 붉은죽지찌르레기들의 합창을 들으니 힘이 났다.

"그 얘기도 곧 해줄게요."

나는 잠시 멈추어 무슨 말로 시작해야 좋을지 생각했다. 그리고 이 문장을 택했다.

"남자애가 하나 있었어요."

"아하, 내 그럴 줄 알았지."

젤다가 장난스럽게 받아쳤다. 나는 그저 농담거리로 삼을 그저 그런 남자애가 아니라고 말투와 표정으로 일렀다.

"네, 남자애요." 한숨이 나왔다.

"이 남자애 얘기를 다른 사람에게 하는 건 젤다가 처음이자 마지막일 거예요. 지금부터 할 다른 얘기도 마찬가지고. 그러려면 처음부터 이야기를 시작해야 할 것 같아요. 젤다가 그냥 들어주면 좋겠어요."

"당연하죠." 젤다가 대답했다.

"그 남자 이름은 윌슨 문이었어요."

윌슨 문. 20년이 넘는 세월 동안 이 이름은 내 입술 선을 넘어 나오지 않았다. 입 밖에 내는 것만으로도 알 수 있었다. 첫사랑의 짜릿함은 여전히 내 피를 타고 온몸에 흐르고 있었다.

내 이야기가 끝날 무렵 우리는 이미 봇도랑을 따라 1.5킬로미터를 넘게 왕복으로 걸어갔다 왔고, 아침 일찍이 부엌 텃밭에서 뽑아둔 채소 한 바구니를 씻고 썰어 점심에 먹을 수프를 끓이기 시작했다. 모든 이야기를 세세히 기억해 내는 건 쉽지 않았다. 몸은 꽤 지쳤지만 지난 추억은 내 생각보다 더 사랑스러웠다.

젤다는 내 말 한마디 한마디에 귀를 기울였다. 이야기에 등장하는 소녀, 즉 토리가 사실 나라는 게, 이 모든 이야기가 이토록 오랫동안 자물쇠를 걸어둔 일기장처럼 내 안에 꽁꽁 숨겨져 있었다는 게 도무지 믿기지 않는다는 표정이었다. 젤다는 내 얘기를 듣는 내내 손을 가슴에다가 또 배에다가 얹기를 반복했고, 내 눈에서 눈물이 흐를 때에는 두 팔을 뻗어 나를 안아주었다. 젤다도, 이전의 수많은 여성들처럼 상실의 아픔을 알고 있었다. 젤다는 나 역시 자기처럼 여전히 온몸 구석구석 상실의 아픔을 느끼고 있다는 걸 알고 있었다.

마침내 모든 걸 털어놓았다는 사실이 놀라웠다. 나는 수프를 저으면서 말했다.

"이 정도면 충분히 다 얘기한 것 같아요. 음, 어때요?"

협곡에 버려진 윌의 피투성이 시체, 황야에서 더럽고 황량하고 정신없이 살았던 나, 모르는 사람의 차 안에 아기를 눕혀놓고 도망쳐 버렸다는 이야기를 들으면 젤다가 어떻게 반응할지 생각해 본 적이 있었다. 그때 혼자 예상했던 젤다의 끔찍한 반응들이 떠올라 머릿속이 어지러웠다.

"브이는 매 순간 해야 할 일을 했던 것뿐이죠."

젤다는 고르고 고른 선물처럼 오로지 진심만을 담아 대답했다. 그 어떤 말보다 다정한 대답이었다.

"아무 얘기도 할 수가 없었어요, 그동안은."

"수치심 때문이었어요? 비밀로 한 게?"

"그런 것 같아요." 작은 목소리로 솔직히 고백했다.

젤다가 내게 손을 뻗었고, 우리는 서로 안아주었다. 젤다는 그동안 내게 필요했던 모든 말을 꺼내 내 마음을 달래주었다. 그러나 월과 아들에 관한 모든 걸 감추는 데 너무나 익숙해진 탓에, 오로지 공터와 강과 과수원에서만 슬픔을 드러내는 것에 너무나 익숙해진 탓에, 나는 마음 한편으로 당장 젤다의 팔을 뿌리치고 나가고 싶었다. 다시 뒷문을 열고 나가 늪을 지나 달아나 버리고 싶었다.

젤다는 한 걸음 뒤로 물러선 뒤에도 한 손으로 내 팔을 붙잡은 채 물었다.

"세스는 어떻게 됐어요? 잡히긴 잡혔어요? 기소는 됐고?"

마지막으로 세스를 봤을 때 나는 한때 가족으로 함께 살던 집에서 고개를 푹 떨구고 멀어져 가는 그의 등에 총을 겨누었다. 세스가 농장을 차지하려다가 물에 잠겨버렸든 술독에 빠져 죽었든 감옥에 갔든 천국에 갔든 내 알 바 아니었다. 15년 전, 아빠의 트럭을 몰고 처음으로 이곳에 왔던 그날부터 내 인생은 아이올라의 삶과 그 이후의 삶으로 나뉘었다. 세스는 내 과거의 삶에 속한 일부였다. 현재의 삶에는 없는 존재였다. 세스 얘기를 꺼내려니 불쾌했지만, 그래도 용기를 내 대답했다.

"당시엔 데이비스나 세스가 월을 살해했다고 유죄 판결을 내릴 배심원도 없었을 거예요. 특히 월이 도둑으로 몰린 뒤엔 더더욱."

입술을 스치는 월의 이름이 달콤한 맛이었다면 세스의 이름에서는 쓰디쓴 맛이 났다. 데이비스의 이름은 독약처럼 지독한 맛이었다.

"라일 아저씨…… 그 보안관 아저씨는 좋은 분이었어요."

나는 간신히 말을 이었다.

"윌의 죽음을…… 중요하게 여기는 사람이 거의 없을 때에도 정의가 필요하다고 생각하는 사람이었거든요. 그렇지만 사건을 추적하지는 않았어요. 그때는 평등권도 없었고, 원주민들을 위한 법이랄 것도 없었고, 그들이 어떤 일을 참고 견뎌야 했는지 아무도 신경 안 썼어요. 지금도 달라진 게 별로 없고요. 잘 알잖아요."

"알죠."

젤다가 양손을 가슴에 얹으며 고개를 끄덕였다.

"나는 그런 게 역사책이나 뉴스에서나 볼 수 있는, 먼 나라 얘기인 줄만 알았는데. 현실은 정말 섬뜩하네요. 끔찍해요. 브이가 떠나라고 했을 때 윌이 집으로 돌아갔으면 좋았으련만."

윌은 집이 어디인지 말해준 적이 없었다. 언젠가 남서쪽을 가리키며 던져준 작은 힌트 "포 코너스Four Corners 라고 부르든지"라는 말 한마디뿐이었다. 들어본 적 있는 이름이었다. 포 코너스는 콜로라도, 뉴멕시코, 애리조나, 유타가 만나는 지점, 바닥에 황동으로 그려놓은 열십자 선을 밟고 서면 네 개의 주州에 동시에 발을 디딜 수 있다는 지점이었다. 그러나 나는 그게 어느 동네에 있는지 몰랐고, '부르든지'라는 말은 또 무슨 의미인지 이해할 수 없었다. 집이 그립지 않느냐고 묻자 윌슨 문은 이 정도면 내게 충분한 대답이 될 거라는 듯 "땅에는 모퉁이corner 가 없는걸"이라고 말할 뿐이었다.

"아마 돌아갈 수 없었던 거겠죠."

젤다에게 얘기를 계속했다.

"이유는 모르겠어요. 나도 애였으니까. 윌의 이야기를 어떻게 받아들여야 할지, 상황을 어떻게 내게 도움이 되게 만들어야 할지 아무것도 몰랐어요."

잘못한 것 없는 무고한 소년에게 세상은 어떻게 그토록 편협하고 끔찍했는지, 나는 여전히 공포를 떨쳐내지 못한 채 멍하니 수프를 저어댔다.

"그러고 나선 아이올라 사람들도 뿔뿔이 흩어졌어요. 다들 새로운 삶을 찾아서."

목에 돌멩이라도 걸린 것 같았다.

"모든 게 지워져 버렸죠."

나는 눈을 들어 젤다를 바라보며 이쯤에서 세스와 윌의 죽음에 관한 이야기를 그만하자고 눈빛으로 애원했다. 젤다는 에밋 틸*과 마틴 루서 킹**에 대해 읽은 뉴스를 생각하고 있었을 것이다. 그리고 자신이 나였더라면 정의를 위해 치열하게 싸웠으리라고 생각하고 있을 것이다. 틀림없이 젤다가 그랬으리라는 걸 난 알고 있다. 그러나 젤다는 친절하게도 거기서 멈추었다. 나는 목소리가 계속 떨리는 탓에 시간을 끌기 위해 당근을 하나 더 썰어 수프에 넣었다.

---

* Emmett Till. 1955년, 열네 살의 나이에 백인들에게 잔혹하게 살해당한 아프리카계 미국인으로, 범죄에 가담한 누구도 기소되지 않았다. 이 사건은 흑인 인권 운동이 싹트는 계기가 되었다.

** Dr. King. 미국의 흑인 인권 운동가이자 목사. 평화적인 방법으로 흑인의 인권 개선을 위해 노력했고, 그 공로를 인정받아 노벨평화상을 수상했다.

긴 침묵을 견딘 젤다는 결국 내가 피할 수 없는 질문을, 두렵지만 반드시 들어야 할 질문을 던졌다.

"아들을 찾으려고 해봤어요?"

나는 고개를 가로저었다.

"아뇨."

젤다가 움찔했다. 젤다로서는 상상조차 할 수 없는 대답이었다.

"이유를 물어봐도 될까요?"

"그때는 지금이랑 달라서 아이를 찾는 게 불가능했거든요."

젤다가 고개를 끄덕였다.

"그도 그렇고, 아들을 찾는다고 하더라도, 제가 뭘 어쩌겠어요?"

나는 말을 이었다.

"새 가족한테서 아이를 빼앗을 순 없잖아요. 내가 선택한 일이니까. 좋은 사람들일 거라고 믿을 수밖에 없었어요. 그렇게 그냥, 이런 것들이나 만들면서 살아온 거죠."

나는 손을 뻗어 창밖의 과수원을 가리켰다.

"이걸로 충분하다고 생각하면서."

"그게 다예요? 이걸로 충분해요?"

부드러운 말투였지만 젤다는 망설이지 않고 나를 살짝 밀었다.

나는 대꾸하지 않았다. 이걸로 충분하기를 간절히 바라며 이제껏 살아왔다. 아빠를 돌보고, 루비앨리스를 돌보고, 가족의 나무들을 돌보는 것으로. 땅의 축복 속에서 가능한 모든 것을 구해내고 내 삶을 다시 세우는 것으로 충분하기를 바라면서. 그러나 그게 아니었다는 걸, 그걸로 충분하지 않다는 걸 비로소 인정할 수 있었다. 내가 잃은 모든 것을 보상받을 만큼 충분하지는 않았다.

"브이 아들이잖아요. 어딘가에서 살고 있는 아들. 아들이 어디에 있는지, 어떻게 컸는지 자기도 분명 궁금할 거 아니에요."

나는 고개를 끄덕였다. 21년 동안 하루도 내 아들이 궁금하지 않은 날이 없었다.

"브이, 아들을 찾아요."

나는 시선을 피했다. 모든 이야기를 주워 담아 오래된 화석처럼 원래 있던 단단한 땅속에 도로 집어넣고 싶다는 생각이 마음 한구석에 일었다.

그러나 이제는 과거를 마주해야 했다. 인정해야 했다. 아들이 없는 한 내 집은 결코 온전한 집이 아니었다. 잉가 테이트가 말했듯이 그건 내 아들에게도 마찬가지였다. 마구간에서 아벨을 끌고 나와 산으로 향했던 날을 떠올렸다. 그때 나는 그게 돌이킬 수 없는 일이라는 걸 알았고, 내 행동의 결과 또한 되돌릴 수 없으리라는 걸 알고 있었다. 젤다의 질문을 마주하고 다음 할 일을 결정하는 것도 비슷했다. 이번에도 그때처럼 결단을 내려야 했다.

부엌에 있던 나는 잉가의 편지가 놓인 탁자로 걸어갔다. 젤다가 앉아 있는 식탁으로 돌아온 나는 연하늘색 종이 뭉치를 젤다에게 내밀었다. 젤다의 큼직한 눈이 더욱 커졌다.

"이걸 발견했어요. 메모랑 같이. 왜 며칠 전에, 젤다가 아침 먹으러 왔던 날 있잖아요. 그날 그 공터에 갔거든요. 내가 돌멩이로 만들어 놓은 동그라미 안에 이게 있더라고요."

종이를 받아 든 젤다의 입이 떡 벌어졌다.

젤다가 글을 읽기 시작할 때 나는 수프를 저으러 부엌으로 돌아왔다. 수프 냄새를 맡으니 속이 살짝 쓰렸다.

"이걸 쓴 사람이 그러니까……." 젤다가 입을 열었다.

"맞아요." 나는 젤다가 생각하는 게 맞다고 확인시켜 주었다.

"이런, 세상에."

젤다가 긴 숨을 내쉬며 미친 듯이 종이를 훑어 내려갔다.

"그 여자랑 대화를 나눠봤어요?" 그녀가 물었다.

"아뇨."

"아니, 왜요?"

그건 내가 사흘 내내 밤이고 낮이고 쉴 새 없이 묻고 있던 질문이었다. 한밤중에 과수원을 걸어도, 차오르는 달을 보아도 답을 얻을 수 없었다. 배 속에서 꿈틀거리는 내 아들의 움직임을 처음 느꼈던 그날 이후의 내 모든 결정에는 내게 있는지조차 몰랐던 용기가 담겨 있었다. 잉가 테이트의 편지를 읽으며 나는 깨달았다. 그동안 수많은 위험을 감수하고 위기를 극복하며 살아왔지만, 그런 용기도 샘물처럼 끝없이 솟아나는 건 아니었다.

"이제 다 컸는데, 불쑥 나타나서 어머니라고 하는 여자를 받아들이겠어요? 내가 무슨 권리로 그래요."

"당연히 그럴 권리가 있죠."

젤다가 맞섰다.

"내가 아들의 삶을 망칠 순 없어요. 그건 너무 불공평하잖아요."

마음에 없는 소리였지만, 그렇게 말해야 했다. 그 말이 친구의 얼굴에 어이없다는 표정으로 드러나 내 눈에 다시 비치도록.

"주인이 바뀐 이유도 모른 채 평생 살아가도록 내버려 두는 것. 그거야말로 불공평해요."

젤다는 화를 참지 못하고 거칠게 쏘아붙였다.

"주인이 *바뀌었다뇨*, 젤다. 우리 아들은 가축이 아니에요."

나는 되받아쳤다.

젤다는 내 방어적인 태도에 동요하지 않고 그게 아니라며 팔을 휘저었다. 젤다는 한 치의 거짓이나 가식 없이 솔직하게 대화를 주고받는 게 가능한 사람이었고, 나는 그런 젤다를 통해 내 용기를, 결심을 시험하는 중이었다. 그리고 젤다 또한 그걸 알고 있었다.

"그럼 브이한테 필요한 건 어떡하고요? 이건 아들 일이기도 하지만 브이의 일이기도 하잖아요."

나는 고개를 가로저었다.

"그렇지 않아요. 여자는 참아야죠. 그게 우리의 일이고."

"말 같지도 않은 소리."

생각보다 더 거친 반응이었다.

"여자는 아기와 슬픔을 실어 나르는 그릇이 아니에요."

"무슨 뜻이에요?"

"브이는 아들을 만날 자격이 충분해요."

"젤다만큼은 아니죠."

"오, 물론 나야 자식을 가질 자격이 있죠. 확실히 짚고 넘어갑시다. 내 자식 하나하나 모두 다 만날 자격이 있죠, 당연히."

젤다가 받아쳤다.

"그렇지만 자식을 잃는 건 자격이 있고 없고의 문제가 아니에요, 전혀 아니라고요."

젤다는 내게 어머니의 자격이 있다고 어떻게 그렇게 확신할 수 있을까. 내가 아는 거라고는 오로지 인내뿐이건만.

"브이는 두려운 거예요."

젤다의 말이 가슴에 날카롭게 꽂혔다. 내가 놓은 덫에 내가 걸린 것 같았다.

"물론 두렵죠." 참고 있던 눈물 때문에 눈이 따가웠다. "어떻게 두렵지 않을 수 있겠어요."

"그렇게 생각한다면, 브이가 오늘 나한테 해준 얘기를 정작 브이는 나만큼 집중해서 듣지 않은 거예요."

젤다는 언제든 내가 준비되면 그다음 할 일을 할 수 있도록 돕겠다고 날 안심시키고 떠났다. 나는 좀 누워야 했다. 잉가의 글을 챙겨서 2층의 침실로 올라갔다. 한 번 더 읽을 요량으로 가져왔지만, 그냥 옆에 둔 채 베개에 머리를 얹었다. 침대 옆 창문을 활짝 열어두었는데도 공기가 뜨겁고 묵직했다. 열기와 결심과 다음 할 일이 너무나 무겁게 날 짓눌렀다. 나는 눈을 감고 잠 속으로 도망쳐 버렸다.

몇 시간 뒤 잠에서 깨어났을 때 축복처럼 침실 커튼을 펄럭이며 방 안으로 들어오는 산들바람이 내 몸에 시원한 공기를 불어주었다. 동쪽 산봉우리와 구릉 너머에서 불어 들어오는 바람에는 소나무, 세이지, 흙, 약간의 비 냄새를 비롯한 야생의 향기가 묻어 있었다. 나는 바람을 깊이 들이마시고 잠자리에서 일어났다. 잉가 테이트의 글은 서랍장 위에 그대로 놓여 있었다. 여전히 뭐라고 답장해야 좋을지 떠오르지 않았다. 이번에도 내가 아는 것이라고는 숲이 나를 부른다는 것뿐이었다.

새 트럭을 몰고 램본산 쪽으로 향했다. 구불구불한 길을 따라가니 여남은 채의 집과 농장, 목초지가 드문드문 보였다. 내리막길이 한참 이어졌고, 다시 가파른 언덕을 굽이쳐 올라갔다. 도로는 메사의 널찍한 꼭대기까지 매끄럽게 이어졌다. 푸른 가문비나무와 더글러스전나무가 그늘을 드리운 꼭대기 도로변에 차를 세우고서 고요 속으로 걸어 들어갔다. 스트레칭을 하고, 천천히 오래오래 숨을 들이쉬고 내쉬자 엉켜 있던 마음이 조금씩 풀리기 시작했다.

우거진 졸참나무와 노란 관목 사이로 사슴이 지나간 흔적을 따라갔다. 그렇게 내가 가장 좋아하는 들판, 여름이면 푸릇푸릇 싱그러워지는 들판으로 향했다. 들판의 나풀거리는 붓꽃과 키 큰 풀들 사이에서 하얀 나비들이 춤을 추었다. 벌과 산호랑나비들이 태양처럼 샛노란 국화를 구경하고 있었다. 내가 한 걸음씩 발을 뗄 때마다 메뚜기들이 폴짝폴짝 튀어 올랐다. 나는 들판 한가운데를 핏줄처럼 가로질러 흐르는 좁다란 개울가에 자리를 잡고 앉았다. 축축한 습지에 옹기종기 자란 보랏빛 용담을 보고 있으니 감탄이 절로 나왔다. 시원한 물에 양손을 담그고 손가락을 오므려 얼굴에 개울물을 튀겼다. 한 번 더, 한 번 더. 이곳을 내 피부로 느끼고 싶었다. 정신을 차리고 이곳의 소리를 귀에 담고 싶었다. 자리에서 일어나 한참 걷고 있으니 그동안 내 발목을 붙잡고 따라다니던 무언가가 떨어져 나간 것처럼 몸이 한결 가벼워졌다.

개울을 따라 숲속으로 걸어 들어갔다. 숲은 마치 이끼로 뒤덮인 폭포 같았다. 폭포의 음악 소리와 안개 낀 바위를 쫓아 언덕을 내려오는 내 걸음은 사슴처럼 경쾌하고 단단했다. 언제부터였을까? 불현듯 궁금했다. 숲속 황야를 인간처럼 서투르게 걷지 않고 숲속 생물들처럼 편안하게 걷는 법을 익힌 건. 숲이 바위투성이라서, 너무 미끄러워서, 너무 가팔라서 걷기 힘든 땅이 아니라 없어서는 안 될 소중한 땅이 된 건 언제부터였을까.

서늘한 소나무 그늘에 앉았다. 바닥에 손을 뻗어 잡히는 대로 흙 두 줌을 퍼 올렸다. 퍼 올린 흙에는 시커먼 흙, 솔잎, 조약돌, 잔가지, 나뭇잎, 자그마한 달팽이 껍데기, 솜처럼 하얀 깃털이 들어 있었다. 주변을 둘러보았다. 탄생, 성장, 그리고 죽음이 겹겹이 쌓여 있는 모습, 쓰러진 나무 사이로 새싹이 돋아나는 모습, 모든 굴곡을 이겨내고 틈을 뚫고 빛을 향해 쭉쭉 뻗어 나간 생명들을 둘러보았다. 숲에 깃든 태곳적 혜안은 너무 깊고 복잡해 오롯이 이해할 수 없었지만, 내게 꼭 필요했던 지혜를 다시금 떠올릴 만큼은 헤아릴 수 있었다. 숲은 내게 말했다. 모든 존재를 그 자체로 가치 있게 만들어주는 건, 바로 겹겹이 쌓인 시간의 층이라고.

그랬다. 젤다의 말이 옳았다. 내 과수원이 그랬듯 나 역시 새로운 토양에서 다시 시작할 수 있는 회복력을 가지고 있었고, 내 의지와 관계없이 뿌리째 뽑히고도 어떻게든 살아왔다. 그러나 셀 수 없을 만큼 흔들리고, 넘어지고, 무너지고, 두려움에 웅크린 것도 사실이다. 그러면서 나는 강인함은 이 어수선한 숲 바닥과 같다는 걸 배웠다. 강인함은 작은 승리와 무한한 실수로 만들어진 숲과 같고, 모든 걸 쓰러뜨린 폭풍이 지나가고 햇빛이 내리쬐는 숲과 같다. 우리는 넘어지고, 밀려나고, 다시 일어난다. 그리고 최선을 희망하며 예측할 수 없는 조각들을 모아가며 성장한다. 이토록 아름다운 방식으로 성장한다는 것 하나만으로 우리 모두는 함께였다.

그때, 잉가 테이트에게 뭐라고 대답할지, 혹시라도 운 좋게 아들과 다시 만나게 된다면 아들에게 뭐라고 얘기할지에 대해 마음먹었다. 내게 닥친 일을 피하지 않고 기꺼이 마주하며 살아왔다고, 옳은 일을 하려고 애쓰며 살아왔다고 말해줄 것이다. 어떤 존재가 형성되기까지는 시간이라는 대가가 따른다는 사실을 알게 되었다고 말해줄 것이다. 윌이 가르쳐주었듯이 흐르는 강물처럼 살려고 노력했지만, 그 말의 의미를 깨닫기까지는 오랜 시간이 걸렸다고 말해줄 것이다. 물론 걸림돌을 무릅쓰며 멈추지 않고 흘러왔다는 게 내 이야기의 전부는 아니다. 강물처럼 나 역시 나를 다른 존재들과 이어주는 작은 조각들을 모으면서 살아왔고, 그렇게 여기까지 왔다. 손바닥에는 흙 두 줌이 쥐여져 있고, 심장은 여전히 삶을 두려워하지 않는 방법을 배우는 중이다. 나라는 존재를 형성한 건 내 고향이었다. 떠나보낸 가족, 떠나보낸 사랑, 몇 없는 친구, 나를 살아가게 해준 나무들과 내게 안식처를 제공해 준 모든 나무, 여기까지 오면서 마주한 모든 생명과 내 어깨에 내려앉은 모든 빗방울과 눈송이와, 하늘을 가른 모든 바람, 내 발이 닿은 모든 굽잇길과 내 손과 머리를 얹은 모든 곳과 지금 내 앞에 있는 것과 같은 모든 개울, 모든 생물과 조화롭게 주고받으며 산비탈에서 쏟아져 나오고 중력을 얻고 소용돌이치며 다음 굽이로 밀고 나아가는 개울이라는 고향.

내가 아들에게 준 건 바로 이것, 내 존재를 지탱해 주는 이 땅이었다고 말할 것이다. (내가 진심으로 바라고 바라는 대로) 내 아들이 조금이라도 아버지를 닮았다면, 지금의 내 모습 속에서 조금이나마 용기를 발견할 것이다. 그리고 내가 그를 사랑할 수 있는 기회를 주기 위해 겁먹은 마음속에서 한 뼘의 자리를 찾아낼 것이다.

24장

젤다와 함께 호텔 로비를 나섰을 때 까만 주차장 바닥은 열기를 한껏 뿜어내고 있었다. 나는 그대로 뒤돌아 에어컨이 있는 방으로 올라가고 싶었다.

용기를 내 잉가 테이트에게 답장을 쓰기로 했다. 처음엔 글로 모든 걸 설명할 생각이었지만 결국 내가 쓴 글은 "준비됐습니다"라는 한 문장이 다였다. 답장을 보낸 뒤에 나는 듀랑고에 가기로 했다. 잉가가 답장을 보내 나를 집으로 초대한 뒤 이렇게까지 빠르게 만남이 성사된 건 젤다의 성화 때문이었다. 뜨겁게 익은 젤다의 뷰익에 미끄러지듯 올라타고서 잉가를 만나러 가는 길 내내 나는 연거푸 혼잣말을 해댔다. *난 준비가 됐다. 난 준비가 됐다.*

"신나요?" 젤다가 시동을 걸면서 물었다.

"너무 떨려요."

나는 젤다에게 대답한 뒤 함께해 줘서 고맙다는 의미로 젤다의 다리를 톡톡 두들겼다.

젤다가 운전을 시작하자 시원한 공기가 서서히 열기를 식혔다. 차창에 이마를 대고서 휙휙 지나가는 듀랑고의 메마른 풍경을 바라보았다. 어딘가 고집스럽게 황량한 모습이 아름다웠다. 금빛 사암 절벽과 뒤틀린 나무는 지나가는 이들에게 손짓이 아니라 경고를 보내는 것 같았다. 이런 데서 길을 잃으면 지독하겠거니 싶었다. 나는 아들이 이 풍경을 황량하다고 느꼈을까, 장관이라며 좋아했을까, 아니면 그저 일상의 배경으로 여길 뿐 신경 쓰지 않았을까 궁금했다.

노란 바위와 깔쭉깔쭉한 버드나무 숲으로 둘러싸인 널찍한 강을 건넜다. 9월 초인데도 흰 물줄기가 휘몰아치고 소용돌이를 일으키며 강물이 거세게 흐르고 있었다. 다리 위 표지판에는 '리우 데 라스 애니머스Rio de las Animas'라고 적혀 있었다. '영혼의 강'. 잉가 테이트의 글에서 읽은 적 있는, 내 아들이 위안을 찾았다던 그곳이었다.

"젤다, 잠깐 차 좀 세워줄래요?"

젤다는 최대한 가까운 갓길에 차를 세웠다.

뜨뜻한 진흙을 가로질러 강가로 걸어갔다. 광광 울리는 강물 소리에 자동차가 다니는 소리와 새소리가 묻혔다. 높다란 미루나무들이 주변의 바싹 마른 땅을 뒤덮고 있었다. 그곳엔 애니머스와 나, 내 상상 속에서 물수제비를 뜨는 소년뿐이었다. 내가 잃어버린 그곳, 한때 거칠고 자유롭게 흐르며 아이올라의 들판과 내 유년 시절을 동시에 살찌웠던 거니슨강과 이렇게나 비슷한 곳은 처음 보았다. 나는 신발을 벗고 바지를 걷어 올리고는 어쩌면 내 아들도 이렇게 넋을 잃고 서 있었을지도 모를 그 맑은 물속에 발을 들여놓고 차가운 물살을 느끼며 가만히 서 있었다. 내가 그랬던 것처럼 아들도 강물이 이야기하는 사랑과 시간을 들었을지 궁금했다. 혹시 그랬다면, 날 만난다고 해도 아들이 그렇게 놀라지는 않을 것 같았다.

잘 가꾼 잔디가 딸린 아담한 벽돌집 앞에서 차를 세웠다. 포치에 놓인 곡목 의자에 짧고 검은 머리를 한 여자가 앉아 있었다. 내가 가방을 찾아 손을 더듬거리자 젤다가 팔을 뻗어 내 어깨를 부드럽게 어루만졌다.

"준비됐어요?" 젤다가 물었다.

"네." 내가 대답했다. 정말로 그렇다고 나 자신을 다독이며 한번 더 마음을 다잡았다. 준비됐다.

자동차 문을 열고 뜨거운 열기 속으로 발을 내디뎠다. 서둘러 따라 내린 젤다가 자동차를 에둘러 총총걸음으로 다가와 부축해주었다.

젤다 너머로, 의자에서 일어나 포치 계단을 내려오는 여자가 보였다.

무슨 말이라도 하고 싶었지만 여자가 점점 더 가까이 다가오고 있었다. 여자의 얼굴이 기억의 진창을 뚫고 들끓어 올랐다. 대문을 열고 나온 잉가 테이트는 우리를 반겨주었고, 젤다가 살살 나를 달래는 동안 나는 비틀거리며 앞으로 걸어가고 있었다.

우리의 시선이 마주치자 잉가가 내 쪽으로 비틀거렸다. 잉가는 양손을 뻗더니 마치 기도하듯 내 두 손을 포개어 쥐고는 턱 앞으로 끌어당겼다. 넘쳐흐르는 눈물이 내게 말해주고 있었다. 내가 그랬던 것처럼 그녀도 오랜 세월 나를 가슴에 품고 살아왔다고. 너무나 이상하지만 분명히 우리는 아름다운 한 소년을 아들로 둔 두 명의 어머니였다. 내가 한 손을 빼서 그녀의 어깨를 감싸 안자 낯설지 않은 낯선 이가 내 품에 안겨 울었다. 우리 둘은 갑작스러운 돌풍에 서로 떨어질까 봐 두려워하는 사람처럼 서로를 붙들고서 그동안 우리가 주고받았던 모든 잔인한 아픔 속으로 오랫동안 파묻혀 들어갔다.

달콤한 향기를 풍기는 그녀의 머리칼에 대고서 지난 20년 동안 하고 싶었던 말을 속삭였다.

"고맙습니다, 고마워요, 고마워요, 고마워요."

그녀는 내 어깨에 기댄 고개를 좌우로 가로저었고, 마침내 고개를 들어 슬픈 눈으로 나를 쳐다보았다. 그리고 내가 조금도 예상하지 못했던 말을 건넸다.

"미안해요." 그녀가 속삭였다.

"잉가, 아니에요."

그녀가 손바닥을 보이며 내 말을 가로막자, 나는 그녀도 나처럼 너무 오랫동안 하고 싶었던 말을 참아왔다는 사실을 깨달았다.

"아들을 만나지 못하게 해서 미안해요. 그런 아들을 내가 잃어버려서…… 더 미안해요."

25장

　젤다가 가고 난 뒤 나와 잉가는 정갈한 노란빛 부엌에 앉아 한 시간 넘게 대화를 나누었다. 우리는 세세한 기억과 공감을 나누며 서로의 마음을 어루만졌다. 그렇게 서로 감당할 수 있는 모든 말을 주고받으며 수많은 이야기와 눈물을 나누고 잉가가 바람을 쐬어야겠다며 일어난 뒤에야 우리에게 침묵의 시간이 허락되었다.

　갓난아기 때부터 남자가 될 때까지 루카스와 맥스가 바로 여기, 포마이카* 식탁에 앉아 밥을 먹으며 성장했을 모습을 상상해 보았다. 루카스는 미트볼 스파게티와 외할머니의 레시피로 구운 독일식 사과 케이크를 가장 좋아했다고 잉가가 말해주었다. 잉가가 루카스에게 차려준 모든 끼니가 사실은 내게 차려준 끼니나 다름없

---

* Formica. 내열성을 위해 가구 표면에 칠하는 합성수지 도료. 포마이카 회사의 상품명에서 비롯되었다.

다고 나는 생각했다. 씻겨주고, 숙제를 봐주고, 따뜻하게 안아주고, 두 배로 많은 옷가지를 빨아주었을 잉가. 루카스를 향한 잉가의 보살핌은 나에 대한 보살핌이나 다름없었다. 루카스가 소속감을 잃고 힘들어할 때 그녀는 적어도 사실을 말해줄 생각으로 루카스를 데리고 공터에 갔다. 그건 그녀를 위한 일이고 루카스를 위한 일이었지만, 나를 위한 일이기도 했다. 그녀가 루카스를 사랑한 매일은 나를 대신한 매일이었다.

나는 비로소 다른 어머니의 손을 붙잡으며 내 이야기를 털어놓았고 고마움을 전했다. 그러나 내가 얼마나 고마운지 그 진정한 깊이를 설명할 방법은 결코 없을 것이다. 잉가가 들려준 가정사를 들어보니, 다른 가족들처럼 이들의 삶 또한 슬픔과 복잡함과 행복과 달콤함과 비극이 한데 엮여 있었다. 완벽한 가족은 아니었지만, 그래도 이들은 내 아들과 함께해 주었고, 나는 그러지 못했다.

뒤뜰 한가운데에 있는 거대한 미루나무를 창밖으로 바라보고 있으니, 맥스가 팔이 부러졌을 때 거짓말로 루카스를 탓했다는 이야기가 떠올랐다. 나무 아래 놓인 벤치를 바라보고 있으니, 그 벤치에서 잉가가 끔찍한 진실을 털어놓았을 때 루카스가 벌떡 일어나 담장을 뛰어넘어 가버렸다는 이야기가 떠올랐다. 이 가족의 사생활을 내가 이토록 세세히 알고 있다니 기분이 이상했다. 그리고 내가 열일곱 살이었던 해 10월의 어느 날, 시내로 향했던 발걸음이 이 가족의 삶을 얼마나 기묘하게 뒤틀어 놓았는지 생각하니 놀라웠다. 잉가가 말하길, 그녀가 용기를 내어 잔인한 남편에게 이혼을 요구하는 데에도 내 존재가 큰 영향을 미쳤다고 했다. 잉가는 나를 찾기로 마음먹고, 마침내 자신의 이야기를 글로 쓰고 내게 전달하면서 이혼할 용기를 얻었다고 말했다.

"빅토리아?" 잉가가 부엌 문간에 서 있었다. "여기 와서 이것 좀 봐요."

잉가를 따라 거실로 가보니, 유리판이 깔린 탁자 위에 여러 장의 사진이 펼쳐져 있었다.

"보고 싶어 할 것 같아서요."

가슴이 두근거렸다. 우리 가족은 카메라를 살 생각을 한 적이 없었다. 내게는 내 사진도, 내가 사랑했다 잃었던 사람들의 사진도 없었다. 그런데 그곳에, 바로 내 눈앞에 월의 모습이 담긴 네모난 컬러사진이 놓여 있었다.

나는 떨리는 손으로 사진을 집어 들었다. 흰색 티셔츠와 청바지를 입은 근육질의 10대 청년이 장미 정원에 서서 포즈를 취하고 있었다. 부드러운 진갈색 눈과 온화한 미소가 나를 과거로 끌고 갔다. 나는 눈을 떼지 못하고 뚫어져라 사진을 바라보았다.

"루카스가 열일곱 살 되는 생일에 찍은 사진이에요."

잉가가 사진을 보며 설명해 주었다.

"정말…… 사랑스러워요."

나는 멈춘 숨을 내쉬는 것도 깜빡 잊은 채 대답했다.

잉가가 또 다른 사진을 내게 건넸다. 두 아이가 쌍둥이 유아차에 타고 있는 흑백사진이었고, 그중 하나는 우리 베이비 블루였다. 내가 기억하는 소중한 얼굴 그대로였다. 나는 다리가 비틀거려 꽃무늬 소파로 몸을 옮겼다. 그녀는 내게 더 많은 사진을 보여주었다. 이도 없이 활짝 웃는 얼굴로 기저귀만 차고서 손뜨개 러그를 기어 다니는 아기. 의기양양한 표정으로 세발자전거를 타는 아기. 뾰족한 생일 모자를 쓴, 앞니가 벌어진 형제. 똑같은 자전거를 탄 깡마른 초등학생 둘. 내가 카메라 반대편에 있는 어머니가 되어주지 못한 탓에 이 모든 순간을 잃어버렸다는 사실, 내 아이의 목소리를 모른다는 사실, 하루하루 성장하며 미묘하게 달라졌을 아들의 모습을 모른다는 사실에 마음이 아팠다.

"이건 루카스가 떠나기 몇 주 전에 찍은 사진이에요."

잉가가 이번에는 폴라로이드 사진 한 장을 건넸다. 사진 속 루카스는 잉가와 내가 조금 전까지 속마음을 터놓았던 부엌 식탁에 앉아서 웃고 있었다.

"루카스의 미소는 정말." 그녀가 말했다. "정말이지 따뜻하고 사랑스러워요……."

목에 뭐가 걸린 듯 그녀의 목소리가 메어왔다.

"빅토리아."

잠시 마음을 가라앉힌 잉가가 손끝으로 사진 속 루카스의 얼굴을 매만졌다.

"봐요, 눈썹하며, 코, 턱선도. 루카스는 당신을 쏙 빼닮았어요."

하지만 내 눈에는 윌만 보였다. "그런 것 같네요." 그러나 그냥 그렇다고 대답했다. "피부색은……."

잉가가 웃으며 고개를 끄덕였다.

"커가면서 점점 까매졌어요."

"그랬군요."

물끄러미 사진을 보던 내 마음이 갑자기 요동쳤다.

언젠가 윌이 말했듯, 세스 같은 사람들이 밤하늘의 별보다 더 많다면 루카스는 틀림없이 세스 같은 악질들을 견뎌내야 했을 것이다. 루카스에게 튀기라고 했다던 편협한 박제사의 모욕은 그저 시작에 불과했을 것이다. 아버지가 어떤 사람인지 루카스에게 말해주고 싶었다. 내가 아는 모든 것은 물론 모르는 것까지도 전부. 그러나 친부모의 금지된 사랑에 대해서, 제 아버지의 잔인한 죽음에 대해서 모르고 사는 게 훨씬 더 낫다면 나는 어떻게 해야 할까?

아들을 두고 떠난 그날 이후, 나는 처음으로 루카스를 지켜줘야 할 내 아들이라고 느꼈다.

"내 이야기가 루카스에게 너무 큰 상처가 되면 어쩌죠?"

내가 물었다.

"루카스가 어떻게 받아들일지 우리는 모르잖아요. 루카스가 어디로부터 도망치고 싶었는지, 또 어디로 도망치고 있는 건지. 어쩌면 루카스를 도울 수 있는 사람은 우리가 아닐 수도 있고요."

잉가가 생각에 잠겨 고개를 끄덕였다.

"그렇네요. 우리가 아니겠죠. 루카스의 인생은 루카스의 것이니까. 우리가 할 수 있는 일은 루카스가 어디에서 왔는지 말해주는 것, 그리고 항상 사랑받고 있었다는 사실을 알려주는 것. 그게 전부일 거예요. 우선 그 얘기만 해주면 어때요? 나머지는 루카스가 선택할 수 있도록."

나는 내 농장과 과수원과 노스포크강, 그리고 숲과 들판까지, 오랜 세월 아들에게 보여주기 위해 기다려온 모든 완벽한 것을 떠올렸다. 그리고 사진 속 청년을 다시 한번, 한참 동안 쳐다보았다. 운명과 미스터리, 우리의 삶을 조각하는 예측할 수 없는 모든 거친 힘에 동의하며 나는 고개를 끄덕였다. 그리고 마침내 우리 아기를 집에 초대하겠다고 마음먹었다.

"만나고 싶다고 루카스에게 전할 방법이 있을까요?"

나는 떨리는 목소리로 물었다.

잉가는 웃으며 한 손을 뻗어 내 손에 얹었다.

"제가 방법을 찾아볼게요."

26장
1971년

    연무 낀 봄날, 블루 메사 저수지 끄트머리에 서서 물 밑에 깔려 있을 내 고향 집의 잔해를 상상해 보았다. 이제는 다 무너지고 잔뜩 물에 불어버렸을 우리 집. 어쩌면 남아 있는 거라고는 못과 문손잡이뿐일지도 몰랐다.

    내가 물가를 서성이는 동안 젤다와 잉가는 물속에 돌을 던졌다. 동쪽으로 거니슨강 상류가 보였다. 강물은 골짜기 아래로 굽이쳐 내려가다가 새로 지은 콘크리트 다리 근처 저수지로 흘러 들어갔다. 아주 많은 게 변했지만, 역사는 여전히 내게 바짝 들러붙어 있었다. 뾰족하고 단단한 도깨비바늘처럼. 미래로 나아가기에 앞서 과거를 헤아릴 수 있는 이곳은 재회에 적합한 장소 같았다. 그러나 한때 아이올라였던 곳에 이제는 하염없이 흐르는 푸른 물을 보고 있노라니 내 생각이 맞았는지 더 이상 확신이 들지 않았다.

근처 주차장에는 희끗한 조약돌과 젤다의 자동차밖에 없는데도 나는 쉴 새 없이 그 방향을 힐끗거렸다. 잉가가 보낸 편지에 루카스가 답장을 해왔다. 루카스의 복무 기간이 끝나고 나를 만나러 와줄 때까지, 나는 기나긴 겨우내 걱정스러운 마음으로 기다렸다.

　내 아들이 정오에 도착할 예정이었다.

　저수지 위로 내 아가가 태어났던 빅 블루 야생지의 눈 덮인 산꼭대기들이 보였다. 내 눈은 언젠가 윌을 따라 언덕을 넘어 산막으로 갔던 그 길을 따라갔다. 윌과 내가 그곳에서 발견했던 사랑, 그 사랑 때문에 윌이 위험을 감수하고 잃어야 했던 모든 것이 떠올라 여전히 마음이 아팠다. 이후 그 지역의 이름은 땅을 잃은 우트족에게 경의를 표하는 의미에서 '언컴파그레'로 바뀌었다. 이 사실을 윌이 알았다면 어떻게 생각했을까. 아이러니하고 말도 안 되는 보상이라고 생각했을지, 아니면 그냥 '좋을 대로'라고 하고 말았을까.

　나는 다시 한번 주차장을 힐끗 보고, 뒤미처 긴장한 듯 보이는 두 사람을 힐끗 쳐다보았다. 외투 주머니에 손을 넣어서 아들에게 주려고 아침에 꺾어 온 분홍색 복숭아꽃 가지를 꺼냈다. 달콤한 향기를 한껏 들이마신 뒤 손가락 두 개로 잔가지를 빙빙 돌리며 나풀나풀 돌아가는 꽃잎을 바라보았다. 그러고서 다시 저수지를 바라보면서 내가 한때 알고 있었던 과수원과 시내와 거친 강을 머릿속에 그렸다. 손목시계를 확인했다. 시곗바늘이 정오에 가까워지고 있었다.

　다리 건너편의 텅 빈 고속도로를 바라보았다. 아들이 실망하면 어떡하나 겁이 났다는 걸 부인할 순 없겠다. 떳떳하지 못한 임신으로 태어난 자신, 잔혹하게 살해당한 아버지와 사라진 정의, 자신을 버리고 새로운 삶을 시작한 어머니. 한편으로는 또 다른 걱정이 피어났다. 아들이 와주기는 할까? 나와 잉가, 우리 두 사람에게 원망을 드러내기 위해 아예 나타나지 않는 건 아닐까? 그러나 왠지 낙관적인 기분이 들었다. 이곳을 만남의 장소로 택한 건 희망을 위해 내 안에 만든 공간과 함께 지난 모든 과거를 짊어지고 가야 한다는 걸 알고 있었기 때문이었다.

얇은 구름이 흩어지고 윤슬이 반짝이는 걸 보며 생각했다. 내가 삶이라고 불러온 이 여정도 잠겨버린 이 강물과 비슷하지 않은가. 저수지로 만들어놓았는데도 온갖 걸림돌과 댐을 거슬러 앞으로 나아가고 흐르는 이 강물, 다른 방법을 알지 못해 그저 그동안 쌓아온 모든 걸 가지고 계속 흘러가는 이 강물이 내 삶과 같았다.

먼지투성이 은색 픽업트럭이 50번 고속도로에서 빠져나와 다리를 건너고 천천히 주차장으로 들어왔다. 젤다와 잉가가 벌떡 일어났다. 내가 아들을 만날 수 있도록 도와준 행동이 마치 자신의 아픈 마음을 달래주기라도 한 것처럼, 아들을 되찾는 일이 마치 곳곳에서 슬퍼하는 어머니들에게 작은 승리를 가져다주기라도 하는 것처럼 젤다의 얼굴에는 승리의 빛이 감돌았다.

잉가가 가까이 다가와 내 눈빛을 살폈다. 나는 복숭아꽃을 다시 주머니에 넣었다. 손을 뻗어 잉가의 손을 잡고 다른 손을 뻗어 젤다의 손을 잡았다. 우리 세 여자는 그곳에 서서 곧 다가올 일을 함께 기다렸다.

흰색 티셔츠에 청바지를 입은 청년이 트럭에서 내리는 그 짧은 순간, 내 인생의 역사가 다시 쓰였다. 내가 그동안 뭔가를 끔찍하게, 비극적으로 잘못 알고 있었던 게 아닌가 싶었다. 블랙 캐니언에 던져진 채 발견된 그 피투성이 시체는 사실 다른 소년이었고, 윌은 살아 있었던 게 아니었을까 싶었다.

"루카스예요."

내게 확신이 필요하다는 걸 직감한 잉가가 귀엣말로 속삭였다. 두려움과 안도가 뒤섞인 듯 살짝 떨리는 목소리였다. 잉가는 내 손을 꼭 쥐었고, 나도 손에 힘을 주어 대답을 대신했다.

루카스는 저수지를 한번 내다보고는 우리가 있는 곳으로 몸을 돌리고 긴장한 듯한 미소를 보였다. 그제야 나는 윌이나 나를 닮은 아이가 아니라 루카스를 보았다. 견고한 군인의 자세와 놀랍도록 각진 턱선. 더 이상 아기가 아니었다. 상실과 외로움과 전쟁을 알고서도 나를 만날 용기를 내 여기까지 와준 남자가 서 있었다. 루카스는 두 손을 주머니에 찔러 넣고 고개를 살짝 갸웃하며 긴 가민가하는 눈초리로 나를 살짝 쳐다보았다. 그 순간 나도 그날이 떠올랐다. 갓 태어나 처음으로 눈을 떴던 그날도 아들이 비슷한 눈빛으로 나를 바라보았다. 왠지 알고 지낸 사람인 듯 익숙한 지금처럼, 아들이 태어난 그날도 이미 아기를 알고 있는 듯한 느낌이 들었다.

다리에 아무런 감각이 느껴지지 않았지만 오로지 믿음에 의지해 한 걸음 나아갔다. 젤다와 잉가가 내 손을 놓으며 나를 살짝 앞으로 밀어주었다.

내가 아들을 향해 걸어가는 동안 내 아들은 나를 향해 걸어오고 있었다. 자갈이 깔린 물가를 따라 내딛는 우리의 발걸음을 이 땅이 단단히 붙잡아 줄 거라고, 아들도 나도 그렇게 믿고 있었다.

작가의 말 : 내가 글을 쓰는 곳

어디에서 글을 쓰느냐는 질문을 자주 받습니다.

우리 부부는 집을 지을 때(공구 벨트를 차고, 망치와 드릴을 들고서 바닥부터 손수 지어 올린 집) 저만을 위한 공간으로 세모꼴 지붕 아래 아담한 다락방을 설계했고, 저는 주로 그곳에서 글을 씁니다. 작은 다락 서재는 연노란색 벽에 책이 넘치도록 꽂힌 책장과 딸이 네팔에서 직접 골라 온 다르촉*이 걸려 있는 공간입니다. 과장을 보태지 않고 정말로 열 개가 넘는 산봉우리가 내다보이는 사랑스러운 창문도 하나 있습니다. 아담한 작업 공간이 있다는 건 매우 감사한 일이지만, 제가 첫 소설을 쓰기 시작한 공간은 이곳이 아니었습니다.

『흐르는 강물처럼』의 시작은 홀로 캠핑을 떠난 어느 여름날 저

---

* 티베트인들이 신을 만나기 위해 거는 깃발.

녁이었습니다. 그날 저는 고산 지대의 들판에 놓인 나무 그루터기에 앉아서 먼 산 능선 너머로 천천히 넘어가는 태양과 그 주변을 둘러싸는 황금빛 석양을 감상하고 있었습니다. 그때, 바로 앞 공터로 암사슴 한 마리가 폴짝 뛰어 나오더니 얼룩무늬 새끼 사슴 한 마리가 어미 뒤를 따라왔습니다. 먼저 나온 새끼 사슴보다 더 작은 사슴 한 마리가 뒤미처 나왔고, 앞선 둘에 뒤처지지 않으려고 무던히 애쓰고 있었습니다. 소설에 나오는 장면과 매우 흡사한 장면이었죠. 숨이 막힐 것 같았습니다. 사슴 세 마리는 우아하게 그러나 조심스럽게 내 쪽을 슬쩍 돌아보더니 이내 들판을 가로질러 숲속으로 사라졌습니다. 강으로 저녁 산책을 가는 사슴 가족이 무척 아름다웠지만, 앙상한 새끼 사슴의 모습에 가슴이 아프기도 했습니다. 궁금했습니다. 어떻게 어미 사슴이 두 마리 새끼를 다 건사할 수 있었는지.

그 아름다운 장면에 감동받고 또 어미 사슴에게 깊은 동질감을 느낀 저는 곧장 일기장에 글을 써 내려가기 시작했습니다. 그러다 땅거미가 지고 황혼이 드리우자 일기장을 한쪽에 치워두고, 다운 재킷을 걸쳐 입고, 맨땅에 드러누워 밤하늘을 바라봤습니다. 하나둘 모습을 드러내던 별이 어느새 은하수를 이루자 나라는 존재는 한없이 작아졌고, 내 안은 경건함과 경이로움으로 가득 찼습니다. 그때 텐트로 들어가 밤새도록 글을 썼습니다. 버지니아 울프는 여성에게 글을 쓸 '자기만의 방'이 필요하다는 훌륭한 말을 했습니다. 홀로 떠나는 캠핑은 제가 야생 속 나만의 글쓰기 공간을 확보

하는 방법이라고 말하고 싶습니다. '자기만의 텐트' 안에 있으면 저는 가정과 일터의 분주함을 떠나 있는 그대로 존재할 수 있게 됩니다. 조용히. 고요하게. 홀로. 자연에 존재하는 것이죠. 그때 글이 흘러나옵니다.

그다음 날, 산에 오른 저는 첫 소설이 될 글을 몇 장 더 끼적였습니다. 이후 캠핑이나 하이킹, 등산을 갈 때마다, 또는 강을 바라보며 오후를 보낼 때마다 몇 년간 조금씩 글을 써 내려갔습니다.

『흐르는 강물처럼』의 대부분은 소설의 배경과 동일한 자연 풍경에서 탄생했습니다. 빅토리아 내시와 마찬가지로 저 또한 자연에서 듣고 배웠기 때문이고, 자연에 있으면 살아 있음을 느끼는 만큼이나 겸손과 나약함을 느끼기 때문이며, 자연에 있을 때면 무지하지만 활짝 열린 인간의 마음으로 산과 강이 아는 것을 이해하려고 노력하기 때문입니다.

지금 이 글은 자료 조사와 메모가 잔뜩 쌓인 서재에서 쓰고 있습니다. 저는 두 번째 소설을 쓰고 있는 이 다락 서재에 앉아 글을 쓰는 걸 무척 좋아하지만, 공책 한 권, 펜 한 자루, '자기만의 텐트'를 가지고 야생에 나가 글을 써야 하는 상황이 된다면, 여전히 빅토리아 내시가 제 곁에 있다고 느낄 것입니다.

셸리 리드

작가 인터뷰

Q 빅토리아 내시는 시대를 앞서가는 여성입니다. 이 특별한 인물에 대한 아이디어는 어디에서 왔나요?

빅토리아 내시는 처음부터 제 안에 선명하게 존재했고, 원래 가까이 알고 지낸 사람처럼 느껴졌어요. 아마도 가족, 지역의 목장과 산악 공동체 안에서 알고 지내온 여성들의 많은 특징이 빅토리아 안에 녹아들어 있기 때문인 것 같아요. 열심히 일하고, 또해야 할 일을 하는 강인하고 의리 있고 상냥하고 겸손한 여성들이죠. 빅토리아는 자신과 세상을 온전히 이해하지 못한 탓에 사람들의 기대에 순응해 살아가는 일종의 순진함도 가지고 있는데, 그건 제 어릴 적 경험이기도 합니다. 빅토리아는 늘 옳은 일을 하고 싶어 하지만, 스스로의 생각이 옳은지 확신이 없어요. 그러다 윌슨 문을 만난 그날, 순진함이 벗겨지기 시작하죠. 마음의 소리에 귀를 기울이고 자기 안에 깃든 힘을 신뢰하기 시작하면서 자신만의 길을 걸어나갑니다.

빅토리아가 살던 시대는 물론이고 모든 시대의 여성들이 자기 선택의 힘을 발견하기 전까지 한계에 부딪혀 위축되곤 했죠. 선택하고 책임지는 일이 믿기 힘들 만큼 어렵다는 사실을 빅토리아가 여실히 보여주지만, 그것이야말로 우리가 우리 자신이 될 수 있는 유일한 방법입니다.

Q 물에 잠긴 마을이자 이 책에 영감을 준 마을, 아이올라에 대해 말씀해 주세요.

콜로라도주 아이올라는 1896년에 거니슨강을 따라 형성되기 시작한 소규모 목축 공동체였어요. 콜로라도 서부의 다른 많은 도시들이 그랬듯 아이올라의 흥망성쇠에도 주로 세 가지 요소가 작용했습니다. 바로 목축업 우선주의, 철도, 그리고 수자원이죠. 전성기 때 아이올라 인구는 약 250명이었고, 대부분은 목축업과 농업, 플라이낚시 관광업으로 생계를 유지했어요. 그러다 미국 정부는 소설에서처럼 거니슨밸리의 아이올라를 비롯한 세 개의 마을을 댐과 저수지로 만들기로 결정했습니다. 그레이트베이슨* 수자원 관리 계획의 일환이었죠.

저는 자라면서 블루 메사 저수지 아래 세 개의 마을이 잠겨 있

---

* Great Basin. 네바다, 유타, 캘리포니아, 아이다호, 와이오밍, 오리건 등 여섯 개 주에 걸쳐 있는 광대한 분지.

다는 사실을 알게 되었는데, 당시 주민들의 삶과 그들이 어떤 상실을 경험했을지가 오래도록 궁금했어요. 조상의 땅에서 쫓겨나는 일은 미국 서부에서 오랫동안 비일비재하게 일어난 비극적 역사이기도 하고요. 아이올라의 소멸은 이러한 주제를 탐구하기에 흥미로운 주제였죠.

Q 이 소설에서 나무는 매우 큰 존재입니다. 나무들이 빅토리아와 함께 호흡하는 것처럼 느껴질 정도로요. 나무를 소설의 중심으로 삼은 이유가 무엇인가요?

저는 나무의 본질적인 가치와 나무가 우리에게 주는 것들에 경이로움을 느껴요. 빅토리아의 '유일하게 남아 있는 아름다운 공간'인 과수원은 그녀가 모든 걸 잃었을 때 목적과 소속감이 되어 그녀를 삶에 붙잡아 매줍니다. 소설에서 나무는 몇 가지를 상징하는 데 쓰이기도 하는데, 이를테면 가족과 모성, 뿌리, 이주, '새로운 땅에서 다시 시작할 수 있는 회복 탄력성' 같은 거죠.

과수뿐 아니라 야생의 나무도 소설에서 중요한 역할을 해요. 콜로라도의 생태계는 고도에 따라 판이하게 다릅니다. 빅토리아가 아이올라에서 빅 블루 야생지로, 점점 더 높은 지대로 도망쳐 갈수록 복숭아나무, 미루나무, 덤불 참나무에서 소나무와 포플러나무로 나무의 종도 달라지죠. 달라지는 나무의 종만 봐도 빅토리아가 집에서 얼마나 멀리 도망쳤는지를 알 수 있고, 나중에는 그녀가 집으로 돌아가는 길을 가늠하는 데 도움을 주기도 해요. 특히 빅토리아와 잉가 모두에게 운명적인 장소인 공터에 마치 신성한 장소를 감시하는 보초병처럼 홀로 우뚝 서 있는 폰데로사 소나무를 참 좋아합니다.

Q 젤다에 관해 말씀해 주세요. 젤다라는 캐릭터는 어떻게 탄생했나요?

젤다는 제가 가장 마지막에 창조했지만, 가장 좋아하는 인물로 꼽는 캐릭터가 되었어요. 다정하면서도 대담하게 빅토리아를 지지하는 동시에 자극하는, 자신감 넘치는 사람이죠. 젤다는 1950년대와 1960년대의 시대 변화를 상징하면서, 자신의 과거와 슬픔을 두려워하지 않는 여성이에요. 그렇지만 젤다를 통해 가장 강조하고 싶었던 부분은 바로 우정이었어요. 젤다를 향한 빅토리아의 애정은(물론 반대의 경우도 마찬가지로) 빅토리아에게 자연에서 찾은 힘을 인간관계에서도 찾을 수 있다는 사실을, 그리고 모든 사랑이 비극으로 끝나는 건 아니라는 사실을 알려주었죠.

Q 빅토리아는 '형성becoming'이라는 개념에 대해 얘기합니다. 이 단어는 어떻게 나왔나요?

저는 오랫동안 북미 원주민 작가와 현실의 개념을 대학 수업에

접목시켜 왔는데, 그중 '순환 시간의 공통된 이해'라는 흥미로운 개념이 있습니다. 이 세계관의 핵심은 모든 생명은 끊임없이 형성되는 상태에 있다는 것입니다. 이 관점은 자연의 모든 면에 적용될뿐더러 저의 자아 감각에도 영향을 미쳤습니다. 숲과 강이 그렇듯 우리의 삶은 도착이 아니라 과정에 가깝습니다. 소설 말미에서 빅토리아가 이렇게 말하죠. "우리는 넘어지고, 밀려나고, 다시 일어난다. 그리고 최선을 희망하며 예측할 수 없는 조각들을 모아가며 성장한다. 이토록 아름다운 방식으로 성장한다는 것 하나만으로 우리 모두는 함께였다."

50대에 첫 소설을 쓴 것의 장점 중 하나는, 오랜 시간 '형성'이라는 개념에 대해 고민할 수 있었다는 것, 그것이 밀물과 썰물처럼 내 안을 드나드는 것을 관찰할 수 있었다는 거였습니다.

Q 소설을 쓰면서 특별히 어려웠던 부분이 있었나요? 어떤 캐릭터가 상상하기 어려웠는지도 말씀해 주세요.

윌슨 문이라는 등장인물은 '어렵지'는 않았지만, 가장 공들인 캐릭터예요. 미국 서부 확장의 역사는 원주민에게 물리적, 문화적 제노사이드를 행했습니다(저는 당시의 일을 반드시 이렇게 명명해야 한다고 생각해요). 원주민이 겪은 일을 포함하지 않고서는 미국 서부 이주에 대해 쓸 수 없는 건 틀림없는 사실이지만, 윌의 이야기를 정중하고 정확하게 전달하는 데에 한계가 따른다는 것

또한 잘 알고 있었습니다. 루카스의 이야기를 쓸 때도 같은 고민을 했죠. 원주민의 존재를 조명하는 것만큼이나, 그들의 이야기를 완전히 장악하려고 하지 않는 것도 중요했어요. 자료 조사도 중요하지만 때로는 오로지 작가만이 오롯이 끌고 갈 수 있는 이야기가 있고요.

월의 캐릭터를 매우 사랑하지만, 저 역시 딱 빅토리아가 아는만큼만 그를 알 수 있다고 생각했어요. 어느 정도 문화적 거리감이 있는 상태로 그를 아는 게 내게 허락된 전부일 거라고 생각했습니다. 그보다 독자들에게 더 전달하고 싶은 것은 월과 빅토리아가 공유하는 마음이었어요. 더 많은 사람들이 문화적 편견을 뛰어넘어 두 사람처럼 소통할 수 있기를 바랐거든요.

이 책이 '서부 확장'이 원주민들에게 미친 긴 영향에 대해 깊은 관심을 갖는 계기가 되면 좋겠습니다. 나아가 편견이 어떻게 학습되어 뿌리내리는지, 어떻게 하면 우리가 세상을 더 나은 방향으로 만들어나갈 수 있는지 더 깊이 생각해 본다면 참 좋겠네요.

Q 복숭아는 아주 예민한 과일이면서 소설의 줄거리에서 매우 핵심적인 역할을 합니다. 복숭아를 선택한 이유가 무엇인가요?

콜로라도주 웨스턴 슬로프의 복숭아는 단맛이 뛰어나기로 유명해요. 그중 대부분은 노스포크와 그랜드밸리의 울창한 농경지에서 재배되는데, 이 지역의 서늘한 밤 기온과 따뜻한 낮 기온, 미네랄이 풍부하게 녹아든 눈석임물* 토양이 어우러지면서 복숭아의 맛을 돋우죠. 복숭아꽃은 매우 연약하고 봄 서리에 취약해서 콜로라도에서 나는 모든 복숭아가 기적의 결과물처럼 보이지만, 사실은 세대를 거쳐 내려온 전문 지식과 세심한 관리의 결실입니다. 복숭아나무는 고지대인 거니슨 카운티의 건조한 기후에서는 잘 자라지 않고, 아마 아이올라의 실제 주민들이 복숭아 재배를 시도한 적도 없을 거예요. 그러나 바로 그런 이유에서 저는 '기적의 내시 복숭아'를 그려내기로 선택했어요. 어려움에 처한 내시 가족이 화합할 수 있었던 계기이자 어려운 상황에서의 성장 가능성에 대한 은유로서요.

Q 다음 작품이 무척 궁금합니다! 어떤 작품을 염두에 두고 있는지 살짝 알려줄 수 있나요?

두 번째 작품도 자연에 뿌리를 둔 캐릭터의 이야기가 될 것 같습니다. 스코틀랜드 시골의 탄광부터 콜로라도 남동부 평야와 생그레데크리스토산맥**이 배경이 될 거예요. 생그레데크리스토산맥은 제 조부모와 증조부모가 3대에 걸쳐 살았던 곳이기도

---

* 쌓인 눈이 땅속으로 녹아서 흐르는 물.
** Sangre de Cristo mountains, 콜로라도주 남부에서 뉴멕시코주 북부에 이르는 산맥으로 로키산맥의 일부이다.

해요. 이런 배경을 탐험하고 그 안에서 펼쳐질 등장인물의 삶을 상상하는 일을 사랑합니다.

독자들을 위한 독서 모임 가이드

1 『흐르는 강물처럼』은 콜로라도주 아이올라의 몰락이라는 역사적 사건을 바탕으로 하며, 아이올라는 실제로 블루 메사 저수지 바닥에 가라앉아 있습니다. 우리는 어떤 곳을 집이라고 부를까요? 우리는 진정 어린 시절의 집으로 돌아갈 수 있을까요? "어린 시절의 풍경은 우리를 창조한다. 그 풍경이 내어주고 앗아간 모든 것은 이야기가 되어 우리 가슴에 남고, 그렇게 우리라는 존재를 형성한다"는 빅토리아의 말에 동의하나요? 빅토리아는 또 다른 '집'을 어디서, 어떻게 찾았을까요?

2 윌과 빅토리아는 서로 다른 문화와 배경을 지닌 연인을 대변합니다. 윌이 아이올라에 오기 전에 어떤 삶을 살았는지 알 수 있는 건 거의 없습니다. 윌이 어떤 사람인지, 어디서 왔는지 작가가 더 많은 것을 알려줬어야 한다고 생각하나요? 그렇게 하지 않은 이유는 무엇일까요? 빅토리아와 윌이 함께하는 미래가 그려지나요? 그 이유 또는 그렇지 않은 이유는 무엇인가요?

3 윌은 떠돌이였던 반면, 빅토리아는 평생을 한곳에서 살아왔습니다. 이 사실이 두 사람의 성격에 어떤 영향을 미쳤을까요?

4 인물들의 성격은 그들이 겪은 상실을 통해 형성됩니다. 빅토리아, 아버지, 세스, 오그던은 교통사고로 가족을 잃었다는 동일한 비극을 공유하지만, 각자 다른 방식으로 반응합니다. 루비앨리스, 잉가, 루카스 역시 저마다의 상실을 겪습니다. 이 소설에서 상실은 어떤 역할을 할까요? 다른 이들과 달리 빅토리아가 삶을 앞으로 끌고 나아갈 수 있었던 이유는 무엇일까요?

5 윌슨 문은 인종차별을 겪다가 잔혹하게 살해당합니다. 편견은 이 소설에서 어떤 역할을 하며, 그 편견이 윌, 루카스, 루비앨리스에게 미친 영향은 무엇일까요? 또 당시의 사회적 규범이 빅토리아와 잉가의 삶에 어떤 한계와 제재를 가했을지 생각해 봅시다.

6 임신한 채 빅 블루 야생지로 도망갔을 때, 빅토리아는 비바람에 맞서 홀로 살아남아야 했습니다. 빅 블루와 아이올라, 두 자연은 어떻게 다를까요? 빅토리아는 숲속 집에 적응해 가면서 달라지는 자신을 발견합니다. "거대하고 신비로운 태피스트리로 장식된 숲속의 집에서 잠을 청할 때면 숲의 심장이 뛰는 소리, 주변의 무수한 생명이 숨을 들이쉬고 내쉬며 나와 함께 호흡하는 소리밖에 들리지 않았다. 밤이 두렵지 않은 건 살면서 처음이었다."

빅토리아의 성장에 자연이 어떤 역할을 했으며, 야생에서 보낸 시간을 통해 그녀는 자신의 어떤 점을 발견했을까요?

7 아이올라 사람들 대부분은 과수원을 팔겠다는 빅토리아의 결정을 배신으로 여깁니다. 어떤 요인이 빅토리아로 하여금 가장 먼저 동네를 떠나게 만들었을까요? 빅토리아가 땅을 팔지 말았어야 했다고 생각하나요? 세스는 어째서 아이올라로 돌아오고 싶어 했을까요? 동생에게 거짓말을 하고 가족의 과수원을 없애버린 빅토리아의 결정이 옳다고 생각하나요?

8 동네에서 따돌림받던 루비앨리스가 죽었을 때, 빅토리아는 장례식에 참석할 사람이 거의 없을 거라고 생각했습니다. 그러나 놀랍게도 수많은 사람들이 장지에 모여 손을 잡고 루비앨리스를 추모하는 노래를 불러주었습니다. 이를 계기로 아이올라에 대한 생각이 달라졌나요? 만약 윌의 장례를 치렀더라면 동네 사람 대부분이 참석했을 거라는 빅토리아의 생각에 동의하나요?

9 거니슨밸리의 건조한 기후는 복숭아를 재배하는 데 적합하지 않지만, 내시 집안은 조지아 복숭아나무를 아이올라에 적응시켰고, 훗날 빅토리아는 그 나무들을 파오니아에 이식하는 데 성공했습니다. 빅토리아가 그토록 과수 이식에 집착한 이유는 무엇일까요? 과수원은 무엇을 상징할까요? 과수원을 구하면 빅토리아의 목적도 이룰 수 있을까요?

10 젤다는 저수지 건립을 위해 아이올라 주민을 이주시키는 상황을 우트족 강제 퇴거와 비교하면서, 현재 주민들이 자기 땅이라고 주장하는 곳이 사실은 다른 이들의 고향이었다는 사실을 지적합니다. 젤다가 두 상황이 '정확히 동일하지는 않다'고 지적한 요점은 무엇일까요? 젤다의 의견에 동의하나요? 후에 아이올라 방문을 거절당하면서 빅토리아가 생각한 '발전'에 대한 의견과 젤다의 의견은 맞닿아 있을까요?

11 잉가와 빅토리아는 처음엔 서로 다른 상황(빅토리아가 아들에게 줄 수 없는 것을 줄 수 있는 잉가의 상황) 때문에 연결되었지만, 둘 사이에는 비슷한 점도 많습니다. 어떤 점에서 닮았고, 또 어떻게 다를까요?

12 소설의 제목은 윌의 말에서 따온 것으로, 결국 빅토리아의 만트라가 되었습니다. 결말에서 빅토리아는 아들을 다시 만나면 이렇게 말해주겠다고 생각합니다. "어떤 존재가 형성되기까지는 시간이라는 대가가 따른다는 사실을 알게 되었다고 말해줄 것이다. 윌이 가르쳐주었듯이 흐르는 강물처럼 살려고 노력했지만, 그 말의 의미를 깨닫기까지는 오랜 시간이 걸렸다고 말해줄 것이다. 물론 걸림돌을 무릅쓰며 멈추지 않고 흘러왔다는 게 내 이야기의 전부는 아니다. 강물처럼 나 역시 나를 다른 존재들과 이어주는 작은 조각들을 모으면서 살아왔고, 그렇게 여기

까지 왔다." 소설의 제목인 '흐르는 강물처럼'은 어떤 의미를 가진 말이라고 생각하나요?

13 소설의 결말 이후 빅토리아, 잉가, 젤다, 루카스는 어떻게 살아갔을까요?

옮긴이 **김보람**

국제관계학을 전공하고, 비영리 민간단체와 대기업에서 일했다. 지금은 '애니멀플로우' 인스트럭터로 활동하며 글을 옮긴다. 그동안 『힐빌리의 노래』, 『스틸니스』, 『바다의 선물』, 『할아버지와 꿀벌과 나』, 『심리학 100문장』, 『멈추고 호흡하고 선택하라』, 『누구나 세 가지 사랑을 한다』, 『우리는 다시 한번 별을 보았다』, 『그 여름, 그 섬에서』를 포함해 여러 권의 책을 번역했다.

흐르는 강물처럼

초판 1쇄 발행 2024년 1월 1일
초판 17쇄 발행 2024년 10월 15일

지은이 셸리 리드
옮긴이 김보람
펴낸이 김선식

부사장 김은영
콘텐츠사업본부장 임보윤
콘텐츠사업2팀장 김보람 **콘텐츠사업2팀** 박하빈, 채윤지, 김영훈
마케팅본부장 권장규 **마케팅2팀** 이고은, 배한진, 양지환 **채널2팀** 권오권, 지석배
미디어홍보본부장 정명찬 **브랜드관리팀** 오수미, 김은지, 이소영, 박장미, 박주현, 서가을
뉴미디어팀 김민정, 이지은, 홍수경, 변승주
지식교양팀 이수인, 염아라, 석찬미, 김혜원
편집관리팀 조세현, 김호주, 백설희 **저작권팀** 이슬, 윤제희
재무관리팀 하미선, 임혜정, 이슬기, 김주영, 오지수
인사총무팀 강미숙, 김혜진, 황종원
제작관리팀 이소현, 김소영, 김진경, 최완규, 이지우, 박예찬
물류관리팀 김형기, 김선민, 주정훈, 김선진, 한유현, 전태연, 양문현, 이민운
외부스태프 표지디자인 데일리루틴

펴낸곳 다산북스 **출판등록** 2005년 12월 23일 제313-2005-00277호
주소 경기도 파주시 회동길 490
대표전화 02-704-1724 **팩스** 02-703-2219 **이메일** dasanbooks@dasanbooks.com
홈페이지 www.dasanbooks.com **블로그** blog.naver.com/dasan_books
종이 아이피피 **인쇄 · 제본** 한영문화사 **후가공** 평창피앤지
ISBN 979-11-306-4967-2 (03840)

다산북스(DASANBOOKS)는 책에 관한 독자 여러분의 아이디어와 원고를 기쁜 마음으로 기다리고 있습니다.
출간을 원하는 분은 다산북스 홈페이지 '원고 투고' 항목에 출간 기획서와 원고 샘플 등을 보내주세요.
머뭇거리지 말고 문을 두드리세요.